SIE
SAGT KEIN
STERBENSWORT

WEITERE TITEL VON D.K. HOOD

Detective Kane und Alton serie

Sie sagt kein Sterbenswort

Schenk mir Blumen

In Englischer Sprache

Detective Kane und Alton serie

Don't Tell A Soul

Bring Me Flowers

Follow Me Home

The Crying Season

Where Angels Fear

Whisper in the Night

Break the Silence

Her Broken Wings

Her Shallow Grave

Promises in the Dark

Be Mine Forever

Cross My Heart

Fallen Angel

Lose Your Breath

D.K. HOOD

SIE SAGT KEIN STERBENSWORT

Übersetzt von Laura Orden

bookouture

Herausgegeben von Bookouture, 2021

Ein Imprint von Storyfire Ltd.
Carmelite House
50 Victoria Embankment
London EC4Y 0DZ

www.bookouture.com

ISBN: 978-1-80314-191-6
eBook ISBN: 978-1-80314-132-9

Zuvor unter dem Titel *Black Rock Falls* erschienen

Für Gary, der mich unablässig mit Kaffee versorgt hat.

PROLOG

Töte mich. Ein blutbespritzter Cowboystiefel trat knirschend auf den rissigen Zementboden, nur Zentimeter von seiner Wange entfernt. Ein krankes Lachen, gefolgt von einem nervenzerfetzenden Tritt in die gebrochenen Rippen, ließ ihn wieder zusammenzucken. Gleißender Schmerz schoss seine Wirbelsäule hinab. Verzweifelt versuchte er, zwischen seinen aufgeplatzten Lippen hindurch kostbare Luft einzusaugen, spuckte aber Blut und japste elendig. Seine Lungen brannten, er krümmte sich wie ein Wurm im Dreck und wartete auf den Gnadenstoß. Seine Umgebung nahm er nur noch schemenhaft wahr und wahnsinnige Schmerzen pochten in seinem Schädel. Er hatte jeglichen Orientierungssinn verloren und das teuflische Gelächter seines Peinigers spielte seinem verwirrten Geist zusätzliche Streiche. Die Nacht war in einen weiteren Tag endloser Folter übergegangen. Als er versuchte, wegzukriechen, stieß er blutigen Speichel aus, der das Stroh auf dem Boden aufwirbelte. Wie lange war es her, dass er die Stallungen betreten hatte? Einen Tag? Fünf? Zeit maß sich nur noch in den Phasen zwischen den Attacken. Er hatte unvorstellbare Qualen erlitten, von einem Mann, der darin geübt war, Leid zuzufügen – aber er hatte irgendwie überlebt. Zuerst hatte er versucht, mit seinem Entführer zu sprechen und ihm die verlangten Informationen zu geben, aber er war Spielball der sadistischen Fantasien eines Wahnsinnigen geworden. Er hatte keine Gelegenheit gehabt, sich zu wehren, keine Zeit, um sein Leben zu feilschen. Der erste Hammerschlag hatte ihn besinnungslos gemacht und als er wieder zu sich gekommen war, hatte er sich in einer Welt voller Schmerz wiedergefunden – an Händen und Füßen gefesselt und der Gnade eines Monsters ausgeliefert. Er schwebte zwischen Realität und Wahn. Der Verstand ist etwas Wunderbares, und seiner versuchte gerade, all das hier auszugleichen, indem er ihm die Strandausflüge mit seiner Familie in Erinnerung rief. Manchmal schwebte er auf Wattewolken in eine andere Dimension, aber die Realität kam mit jeder neuen Runde von Qualen zurück. Bald fand er heraus, dass Schreien oder Betteln seine Pein nur verlängerten. Sich stattdessen das Stöhnen zu verkneifen und so zu tun, als wäre er bewusstlos, entzog seinem Peiniger seine Befriedigung.

Der kühle Boden unter ihm wirkte wie Balsam auf seinen Wunden, betäubte die Schmerzen, und wenn die Dunkelheit kam, konnte er sich unter einem Haufen stinkenden Strohs verkriechen. Der Pferdemist hielt ihn warm, hielt ihn am Leben. Die ersten Stunden in Gefangenschaft hatte er damit verbracht, an den Stricken zu nagen, mit denen seine Handgelenke gefesselt waren, und zu versuchen, mit den Zähnen die Knoten zu lösen, aber ein Schlag mit dem Hammer des Verrückten hatte jede Hoffnung auf eine Flucht beendet. Plötzlich nahm er einen Schatten über sich wahr. Jemand stellte sich mit schweren Cowboystiefeln und seinem ganzen Gewicht auf ihn, presste den Absatz schwer auf seine Wirbelsäule, und mit einer kraftvollen Drehung des Absatzes gaben die Rückenwirbel krachend nach. Alles Gefühl wich aus seinen Beinen. Er hat mich gelähmt. Entschlossen, ihm nicht die Freude eines Schreis zu schenken, blieb er stumm. Noch eine Nacht hier, nackt auf dem eisigen Boden, würde sein Ende bedeuten – welch Erlösung.

In der Ferne hörte er ein Auto. Der Peiniger mit den Cowboystiefeln beugte sich über ihn, packte seine Beine und zerrte ihn in eine Box. Stroh fiel auf ihn herab und verklebte seine Wimpern. Durch den goldgelben Staub hindurch spähte er aus der offenen Tür und sein Herz pochte voller Erwartung. Ein Streifenwagen hielt in der Einfahrt und zwei uniformierte Beamte stiegen aus. Die Polizistin reichte seinem Entführer einen Zettel. Er schleppte sich auf seinen Ellbogen nach vorne und zog seine gefühllosen Beine hinter sich her. Dann holte er tief Luft und schrie mit aller Kraft durch seine rissigen Lippen, aber seiner Kehle entkam nur ein leises Wimmern.

Die Polizistin blickte in seine Richtung. Er krallte sich in den Boden und kroch Zentimeter um Zentimeter weiter. Er musste sie irgendwie auf sich aufmerksam machen. Mit aller Kraft kämpfte er gegen die Wellen der Übelkeit an und versuchte es erneut.

»Aaaaargh.«

Die Polizistin deutete mit dem Kinn in Richtung Scheune und bewegte sich dann auf ihn zu, doch Mr. Cowboystiefel stellte sich ihr in den Weg und schüttelte den Kopf. Auf seinem Gesicht breitete sich ein Grinsen aus, wie ein arglistiger Dämon – die Fratze des personifizierten Bösen. Die Polizistin erwiderte etwas, doch ihre Stimme verhallte im Wind und die Aufmerksamkeit seines Peinigers richtete sich wieder auf das Papier in seiner Hand. Irgendwie hatte er sie überzeugt, dass alles in Ordnung war. Ich habe eine Chance zu entkommen. Er mobilisierte sein letztes Quäntchen Kraft und schob sich einen schmerzhaften Zentimeter nach dem anderen vorwärts.

Ich muss ins Freie kriechen. Blut spuckend versuchte er mit seinem zerschundenen Mund ihre Aufmerksamkeit zu gewinnen. Hör mich. Bitte hör mich. »Aaaaargh.«

Die Polizistin blickte kurz erneut in seine Richtung, drückte dann den Arm von Mr. Cowboystiefel, so als wollte sie ihn trösten, und folgte dann ihrem Kollegen zurück zum Auto. Er wurde von Verzweiflung übermannt. Alle Hoffnung war verloren, und er ließ den Tränen freien Lauf. Da näherten sich Schritte, auf dem kalten Betonboden klangen sie wie das Läuten der Totenglocke. Seine Hilfeschreie hatten den Wahnsinnigen wütend gemacht.

»Wie kannst du es wagen, die Polizei auf dich aufmerksam zu machen? Du gehörst mir.« Mr. Cowboystiefel spuckte ihm einen heißen, schleimigen Klumpen auf die Wange. »Es ist deine Schuld, dass die Schlampe meinen Hof überprüft hat. Das wirst du mir verdammt nochmal büßen.«

Wie zum Beweis prasselten Schläge auf ihn ein, unerträgliche Schmerzen explodierten in seinem Schädel und seine Sicht verschwamm. Dann umhüllte ihn ein seltsamer Nebel und alles wurde dunkel.

1

»Jetzt ist es offiziell. Ich muss verrückt sein, irre, unzurechnungsfähig.« David Kane spähte durch die mit Frost überzogene Windschutzscheibe in die tiefe Dunkelheit, die seinen Geländewagen umgab. »Nur ein Verrückter fährt nachts in einem Schneesturm herum.« So ganz allein im Auto klang seine Stimme lauter als üblich.

Die Scheinwerfer beleuchteten einen Streifen Asphalt, der sich wie eine glänzende, eisbedeckte Schlange durch schneeweiße Felder wand. Während seines zehnmonatigen Aufenthalts im Walter Reed National Militärkrankenhaus hatte ihm die Vorstellung eines unkomplizierten Lebens in einer kleinen, verschlafenen Stadt in Montana ganz gut gefallen. Aber nach vier Stunden Fahrt immer tiefer ins Nirgendwo machten sich die ersten Zweifel breit. »Ich rede schon mit mir selbst, das ist das erste Anzeichen.«

Kane gähnte und öffnete ein Fenster, um den Kopf frei zu bekommen. Ein eiskalter Wind peitschte ihm ins Gesicht und brachte seine Konzentration auf Hochtouren. »Schon besser.« Er zog seine schwarze Wollmütze tief über die Ohren und tippte dann auf den GPS-Bildschirm. »Bist du noch da?«

Die weibliche Computerstimme, die ihm auf der Fahrt Gesellschaft geleistet hatte, war seit ihrem letzten Routenhinweis stumm geblieben. In der Ferne nahm er das sporadische Aufleuchten von Rücklichtern wahr und beschleunigte. Wenn er sich auf diesen tückischen, unbekannten Straßen an ein anderes Auto dranhängen könnte, wäre das eine ziemliche Erleichterung. Und sollte er es dann verlieren, bezweifelte er, dass so bald ein anderes vorbeikommen würde. Nur Idioten wie er suchten während eines Schneesturms eine abgelegene und so weit von der Zivilisation entfernte Stadt wie das hinterwäldlerische Black Rock Falls auf.

Er folgte einer langgezogenen Kurve und schloss zu den roten Rücklichtern auf, die vor ihm auf und abtanzten. Die Scheibenwischer hatten Mühe mit den Schneewehen und die Frostschlieren auf der Windschutzscheibe erschwerten die Sicht zusätzlich. Er verlangsamte sein Tempo, um nicht zu dicht aufzufahren oder den Fahrer zu blenden, aber die Tatsache, dass da noch jemand dem Wetter trotzte, beruhigte ihn. Als rechter Hand eine Straße auftauchte, mit einem Stoppschild voller Einschusslöcher, das nur noch halb an seinem Pfosten hing, seufzte er erleichtert auf. Im Scheinwerferlicht seines Geländewagens konnte er eine weiße Scheune, Zäune und eine Einfahrt erkennen, die in die Dunkelheit führte. Na endlich ein Lebenszeichen.

Das Aufheulen eines Motors durchbrach die Stille und das Licht von Doppel-Halogenscheinwerfern in seinem Rückspiegel brannte sich in seine Augen und blendete ihn. Mit hoher Geschwindigkeit schoss ein Wagen an ihm vorbei und spie einen Hagel aus Eis und Schotter auf seinen schwarzen SUV. Ein kurzes Blinzeln und die roten Flecken in seinem Sichtfeld verschwanden, rechtzeitig genug, um gerade noch das schlammverschmierte Nummernschild eines dunklen Pickups zu erkennen, auf dessen Ladefläche ein großes schwarzes Fass mit Seilen befestigt war. Verdammter Idiot! Der wahnsinnige Raser näherte sich dem Wagen vor ihm und beide verschwanden in einer engen Kurve. Kane überkam eine Art Vorahnung – da durchbrach auch schon ein lauter Knall und das Knirschen von Metall die nächtliche Stille. Kane wurde langsamer. Als er vorsichtig in die enge Kurve fuhr, starrte er entsetzt auf die Teile verbogenen Metalls, die überall auf der Neuschneedecke am Straßenrand verstreut lagen.

Lebhafte Erinnerungen an die wenigen Sekunden, die sein Leben verändert hatten, schossen ihm durch den Kopf – die leblosen Augen seiner Frau, die ins Nichts starrten. Das viele Blut auf ihrer Stirn. Und die unsägliche Wut, weil er wusste, dass die Bösen gewonnen hatten. Er schüttelte die Erinnerungen ab, konzentrierte sich wieder auf die Gegenwart und suchte die Straße nach Trümmerteilen ab. Tiefe Spurrillen im Schnee zeigten an, dass ein Fahrzeug von der Straße abgekommen war. Er fuhr langsam vorwärts und blickte in die Ferne.

Kurz erkannte er zwei rote Rücklichter, die gerade in der Dunkelheit verschwanden.

Penner. Der Pickup war so plötzlich aus dem Nichts aufgetaucht, als hätte der Fahrer hinter der Scheune auf der Lauer gelegen. Dann hatte er das andere Auto ohne Rücksicht auf Verluste einfach gerammt. Was für ein toller Start in seinen neuen Job. Der einzige Zeuge eines Mordversuchs samt Fahrerflucht mitten in der Nacht – ein toller Einstand in Black Rock Falls. Na prima! Mit den Scheinwerfern seines Autos suchte Kane die Umgebung ab und fuhr langsam vorwärts, um im grauen, festgefahrenen Schnee am Straßenrand nach dem anderen Fahrzeug zu suchen. Unweit der Straße bemerkte er plötzlich eine Rauchfahne und eine tiefe Kerbe im Boden verriet ihm, wo der andere Wagen aufgeschlagen war. Kane wendete sein Auto, um den Bereich komplett auszuleuchten, ließ den Motor laufen, schnappte sich eine Taschenlampe aus dem Handschuhfach und glitt von seinem Sitz.

Beißender Eisregen schnitt in seine Wangen und schneidender Wind pfiff durch seine Kleidung. Er zog den Reißverschluss seiner dicken Winterkapuze zu und erschauerte. Sein Magen verkrampfte sich vor Angst, in dem zerquetschten Metall nur noch dem Tod ins Gesicht blicken zu können. Seine Stiefel knirschten auf dem festgefrorenen Schnee, während er auf das Fahrzeug zulief, das sich als Streifenwagen entpuppte, auf dessen Tür das Logo des »Black Rock Falls County Sheriff's Department«

prangte. Der Wagen lag auf dem Dach, kreiselte noch langsam und war in einen Nebelschleier gehüllt. Die Räder drehten sich noch immer. Als das Fahrzeug sich nicht mehr rührte, sprang Kane über den Entwässerungsgraben am Straßenrand, ließ die Taschenlampe fallen und rutschte auf den Knien zur Fahrertür. Um ihn herum waberte eine Rauchwolke und im Schnee war deutlich eine Benzinlache zu erkennen – ein kleiner Funke nur und der Treibstoff würde sich sofort entzünden. Kane presste einen Stiefel gegen die Seitenverkleidung, packte den Türgriff und hebelte die Tür vorsichtig auf. Er griff nach seiner Taschenlampe und richtete den Lichtstrahl auf das Gesicht einer uniformierten Frau, die kopfüber im Sicherheitsgurt hing, ihr Gesicht fest gegen den Airbag gepresst. Sie sah ihn mit dunklen, blitzenden Augen an. Sie wirkte wach und war, ihrem Gesichtsausdruck nach zu urteilen, stinksauer. Sie lebt.

Als Kane die Polizistin mit der Taschenlampe anleuchtete, kniff sie die Augen zusammen, hob die Mündung einer Glock 22 und richtete sie direkt auf sein Gesicht.

2

Ungläubig starrte Kane die Frau an und seine Frage, ob er ihr helfen könne, gefror ihm auf den Lippen. Was war denn hier los?

Blut sickerte aus ihrem Haaransatz, aber ihre kleine Hand blieb ruhig an der Waffe. Ihr finsterer Blick verengte sich.

»Leuchten Sie mir nicht direkt in die Augen. Treten Sie vom Auto weg und halten Sie Ihre Hände so, dass ich sie sehen kann.«

»Ja, Ma'am.« Kane legte die Taschenlampe auf den Boden und hob seine Hände. Er verhielt sich ruhig und professionell, denn er wollte nicht, dass plötzlich sein Hirn über den ganzen Schnee verspritzt wurde. »Soll ich den Vorfall melden und die Rettungskräfte verständigen? Sie sind sicher verletzt.«

Kühl wie ein kampferprobter Militäroffizier verzog sie keine Miene, sondern spie weiter ihre Befehle aus. »Nein, ich brauche keinen Arzt. Ist nur ein Kratzer. Nennen Sie mir Ihren Namen.«

»Ich bin David Kane, der neue Deputy Sheriff von Black Rock Falls. Darf ich Ihnen meinen Ausweis oder Führerschein zeigen? Sie sind beide in der Innentasche meiner Jacke. Außerdem trage ich einen Revolver in einem Schulterholster.« Er schaute in Augen, die kalt wie Eis waren. Die Frau musterte ihn mit dem nüchternen Blick eines trainierten Killers, ein Ausdruck, der ihm so vertraut war wie sein eigenes Spiegelbild. »Dienstmarke habe ich noch keine. Ich soll sie und meine Uniform bei meiner Ankunft abholen.«

»Die Papiere, die man Ihnen zugeschickt hat, reichen völlig aus.« Ihr Blick wanderte über Kane, aber die Glock zeigte unverändert auf seine Stirn. »Eine Hand am Kopf, die Waffe im Holster lassen und dann ganz langsam den Ausweis rausholen.«

Kane fragte sich, an was für einen Ort er hier nach seinen Jahren im Special Forces Investigation Command in DC versetzt worden war, gehorchte aber, klappte die Brieftasche auf und drehte sie um, um seinen Ausweis zu zeigen. »Das Black Rock Falls County Sheriff's Department ist eine kleine Dienststelle – ich bin mir sicher, Sie haben von meinem Termin gehört? Ich soll mich dort am Montagmorgen um acht Uhr bei Sheriff Alton melden.«

»Leuchten Sie auf den Ausweis.« Genervt blinzelte sie das kleine Blutrinnsal weg, das in ein Auge lief. »Und keine hastigen Bewegungen.«

Er hielt die Brieftasche mit seinem Foto und seinem Ausweis als Deputy Sheriff ins Licht der Taschenlampe. »Jetzt wissen Sie, wer ich bin. Darf ich Ihnen jetzt helfen, Ma'am? Kann ich jemanden anrufen, der sich Ihren Kopf ansieht?«

Sie nannte ihm ihren Namen nicht, nickte ihm nur knapp zu und zuckte zusammen. »Es ist nichts. Ich brauche niemanden.«

Er ließ seinen Blick über ihr aschfahles Gesicht wandern und beugte sich dichter vor, um den schwarzen Pony von einem zentimeterlangen Kratzer am Haaransatz wegzuschieben, aus dem Blut sickerte. Ihre Waffe lag weiterhin fest in ihrer Hand, aber ihr Finger glitt vom Abzug und krümmte sich nun um den Griff. Er wollte sie gerade bitten, die Waffe zurück ins Holster zu stecken, aber er verkniff es sich. »Ich muss Ihnen aus dem Auto helfen, damit ich die Wunde verbinden kann. Irgendwelche anderen Verletzungen?«

»Nein. Mir geht es ganz ausgezeichnet.« Sie schenkte ihm ein sarkastisches Lächeln. »An meinem rechten Knöchel ist ein Messer festgeschnallt. Schneiden Sie damit den Sicherheitsgurt durch.«

Kane griff nach seinem eigenen Messer, und ihre Augen weiteten sich. Er ignorierte sie und durchstach den Airbag an der Unterseite von ihrem Gesicht entfernt. Nun hatte er mehr Platz, um sich ihre Verletzungen genauer anzusehen. »Nehmen Sie die Waffe aus meinem Gesicht. Wenn die versehentlich losgeht, sind wir beide Toast. Hier draußen läuft nämlich Benzin aus.«

»Hab ich etwa meinen Finger am Abzug? Ich bin doch kein Anfänger. Hier, bitte.« Sie senkte die Mündung der Waffe und reichte sie ihm mit dem Griff voran. »Holen Sie mich jetzt endlich hier raus.«

Kane sicherte die Glock und steckte sie hinten in seinen Gürtel. »Gut. Sagen Sie mir, ob Ihnen etwas wehtut, wenn ich Sie bewege.«

Er legte seinen linken Arm um ihre Taille, um sie zu stützen, schnitt den Sicherheitsgurt durch, hob sie aus dem Auto und legte sie in sicherer Entfernung vom Wagen auf den Boden. Dann lief er zurück, holte seine Taschenlampe und streckte ihr die Hand hin. »Können Sie aufstehen?«

»Einen Moment noch.« Sie fasste sich vorsichtig an ihren Kopf, starrte auf ihre blutverschmierten Finger, drehte sich dann weg und übergab sich.

»Sie zeigen Anzeichen einer Gehirnerschütterung. Ich wähle jetzt den Notruf.« Sie wischte sich den Mund mit einer Handvoll Schnee ab.

»Das ist keine Kopfverletzung, das war das Schleudern des Wagens.« Sie würgte und kroch auf Händen und Knien von ihm weg. »Ich hatte schon mal eine Gehirnerschütterung, und ich bin bei klarem Verstand. Ich kann alles deutlich erkennen und ich habe auch keinen Schock. Geben Sie mir einfach einen Moment.« Sie reagierte nicht wie jemand, der gerade noch in Lebensgefahr geschwebt hatte. In dem Moment, als er am Tatort angekommen war, war sie in die Offensive gegangen und hatte sich auch weiterhin völlig unter Kontrolle. Aber warum richtete sie ihre Waffe auf einen potenziellen Retter, wenn sie nicht glaubte, ihr Leben wäre in Gefahr? Kane bemerkte das leichte Zittern ihrer

Hände in den Handschuhen. Ja, es war eiskalt, aber sie schien geschickt darin zu sein, alle emotionalen Regungen zu unterdrücken. Er hatte lange genug im Special Forces Investigation Command gearbeitet, um die Spezialausbildung zu erkennen, und sein Verstand überschlug sich, was das hier alles bedeuten sollte.

Warum sollte mich das SFIC mitten in eine laufende Undercover-Mission schicken?

Kane ging zurück zum Wagen und schob mit dem Fuß Schnee über die immer größer werdende Benzinlache. Dann nahm er sein Handy aus der Tasche, machte ein paar Fotos vom Tatort und wählte anschließend den Notruf – einer der anderen Deputy Sheriffs würde den Tatort absichern müssen. Er musste zuallererst die Polizistin in Sicherheit zu bringen. Als ihr Handy mit einem Hundegebell einen Anruf ankündigte, drehte er sich um und sah sie erstaunt an.

»Ja, genau. Alle Notrufe gehen direkt auf mein Handy. Betrachten Sie den Unfall als gemeldet.« Sie drückte eine Handvoll Schnee auf die nässende Wunde an ihrem Kopf und zuckte erneut zusammen. »Ich schicke morgen früh jemanden hier raus. Sichern Sie jetzt einfach nur das Fahrzeug.«

»Ja, Ma'am.«

Er ging um das Fahrzeug herum zur offenen Tür und spähte hinein. Der Innenraum war frei von den üblichen Einwegbecherdeckeln und To-Go Verpackungen. Er glitt auf den Vordersitz und öffnete das Handschuhfach. Dort befanden sich ein Stapel Blanko-Vorladungen und eine Thermoskanne. Er sammelte die Sachen ein, zog den Schlüssel aus dem Zündschloss und kletterte hinaus, wobei er die Tür sorgfältig hinter sich abschloss. Das Piepsen des Schlüsselsensors klang laut in der Dunkelheit. Scharfer Wind blies ihm entgegen und ein betäubendes Frösteln reizte die Metallplatte in seinem Kopf, so dass sein Nacken vor Kälte erschauerte. Ein vertrautes Pochen setzte einen schmerzhaften Rhythmus in seiner Schläfe in Gang und breitete sich bis in seine Augenhöhlen aus. In den wenigen Minuten seit dem Unfall hatte sich der Schneeregen in einen Schneesturm verwandelt. Die Polizistin lag auf den Knien und kotzte sich die Eingeweide aus dem Leib. Er musste sie in sein Fahrzeug bringen, bevor sie wirklich einen Schock erlitt.

Er warf die Gegenstände auf den Rücksitz seines SUVs, ging dann zu ihr zurück und kniete neben ihr nieder.

»Sind irgendwelche Waffen im Kofferraum?«

»Nein.« Sie sah ihn nicht mal an.

»Okay, bringen wir Sie erst mal aus der Kälte.«

Ihre Proteste ignorierend, hob er sie hoch und ging auf sein Auto zu. Sie war schwerer als erwartet und hatte die Art von muskulösem Körper, der das Ergebnis jahrelangen harten Trainings war. Die Tatsache, dass sie denselben Körperbau hatte wie viele der weiblichen Agenten, mit denen er in den letzten zehn Jahren zusammengearbeitet hatte, ließ weitere Alarmglocken in Kanes Kopf schrillen. Er konnte sich irren, denn nicht jeder war in seiner Lage. Man wollte ihn tot sehen. Obwohl die Medien darüber berichtet hatten, dass er neben seiner Frau Annie in einem Autowrack gestorben war, musste er sich rund um die Uhr in Acht nehmen. Sein Vorgesetzter hatte das Untertauchen hier aufs Land organisiert – bis hin zur Degradierung zum Deputy Sheriff. Seine Identität zu wechseln gehörte mit zum Job, und nachdem er Monate in der Reha damit verbracht hatte, die Geschichte seiner Tarnung zu perfektionieren, hatte er erwartet, endlich Zeit zu haben, in einer ruhigen Stadt auf dem Land den Verlust seiner Frau betrauern zu können. Stattdessen hatte er sich wieder einmal in Schwierigkeiten gebracht.

Irgendwie scheine ich Verbrechen anzuziehen.

Die Frau eng an sich gedrückt, trug er sie mit knirschenden Schritten durch den Schnee. Sie fixierte ihn mit fragendem Blick, als hätte sie seine Gedanken gelesen. Er deutete mit dem Kinn in Richtung seines Wagens. »Ich hab im Auto einen Erste-Hilfe-Kasten. Ich werde mich erst um Ihre Kopfwunde kümmern und dann fahren wir los.«

»Machen Sie das immer so? Einfach irgendwo auftauchen und sofort die Verantwortung für die Situation übernehmen?«

»Das gehört zu meiner Arbeit. Und Sie scheinen mir gerade

nicht in der Lage zu sein, Verantwortung übernehmen zu können.« Er hielt sie in einem Arm, zog die Beifahrertür auf und half ihr einzusteigen. »Hier.« Er gab ihr die Pistole zurück. »Nur für den Fall, dass ich außer Kontrolle gerate.« Dann schloss er die Tür und ging vorne um den Wagen herum.

Er holte den Erste-Hilfe-Kasten vom Rücksitz und setzte sich neben sie. Zu seiner Überraschung verharrte sie regungslos und erlaubte ihm, ihre Kopfwunde zu reinigen und zu verbinden. Sie hatte recht gehabt: Der Schnitt war klein, aber er war sich trotzdem nicht sicher. »Ich weiß, dass Sie medizinische Behandlung ablehnen, aber darf ich trotzdem Ihre Pupillen testen?«

»Wenn's unbedingt sein muss.«

Er nahm die Taschenlampe in die Hand und leuchtete kurz in beide Augen. Als beide Pupillen übereinstimmend reagierten, seufzte er erleichtert auf. »Alles in Ordnung.«

»Verstanden. Können wir jetzt los?« Sie bewegte sich, als hätte sie Schmerzen, lehnte sich im Sitz zurück und legte den Gurt an.

Kane warf den Erste-Hilfe-Kasten auf den Rücksitz und drehte sich zu ihr um. »Sie kennen ja jetzt meinen Namen. Wie soll ich Sie anreden?«

»Sheriff Alton genügt völlig.« Ein amüsiertes Funkeln in ihren Augen quittierte seinen ungläubigen Blick.

Aufgrund ihrer coolen Reaktion auf den Unfall hatte er schon vermutet, dass sie einige Zeit im Außendienst verbracht hatte, aber dass sie die Position des Sheriffs von Black Rock Falls innehatte, überraschte ihn dann doch. Zum ersten Mal nahm er ihre Gesichtszüge wahr. Sie war zu jung, um die nötige Erfahrung für eine solche Position zu haben, und wahrscheinlich müsste er alles, was über einen Strafzettel hinausging, selbst in die Hand nehmen. Ihre Uniform war, abgesehen von den Blutspritzern, makellos, und sie trug ihr Haar kurz, aber modisch geschnitten. Dunkelblaue Augen unterstrichen ihr attraktives Gesicht zusätzlich, und er fragte sich, in welcher Abteilung des Militärs sie wohl ausgebildet worden war. Er verkniff es sich, sie danach zu fragen und nickte ihr stattdessen zu.

»Wissen Sie, wer Sie von der Straße gedrängt hat und warum?« Er legte den ersten Gang ein und bog auf den Highway.

»Nein, ich hatte irgendwie alle Hände voll damit zu tun, zu überleben. Haben Sie sich das Nummernschild gemerkt?«

Er schaute sie an und schüttelte den Kopf. »Das Schild war voller Schlamm, aber eine Zahl hab ich erkennen können – eine Neun.«

»Marke?«

»Klar. Ein Ford Pickup, vielleicht ein Modell aus den 70ern, mit einer dunklen Lackierung, blau oder grün vielleicht, mit einem abgerissenen Aufkleber neben dem Rücklicht. Auf der Ladefläche war ein verbeultes schwarzes Fass festgeschnallt, auf dessen einer Seite Melasse geschrieben stand. Ich bin sicher, ich würde das Fahrzeug wiedererkennen. Ich nehme an, der Fahrer ist ein Stück weiter hinten von einer Einfahrt aus eingebogen, denn hinter mir war die ganze Zeit niemand.« Er räusperte sich. »Haben Sie irgendwelche Feinde?«

»Wer hat die nicht in Black Rock Falls?« Alton schnaubte. »Wenn es nicht die Mitglieder des Stadtrats sind, die sich gegenseitig an die Gurgel gehen, dann sind es die Streuner oder Cowboys, die mit dem Rodeo-Zirkus herumziehen. Dann gibt's da noch diverse Schlägereien zwischen den rivalisierenden Eishockeymannschaften und ihren Fans. Auf der anderen Seite der Stadt ist das Stadion und dieses Wochenende ist dort ein Heimspiel. Glauben Sie mir, die kommen selbst bei schlechtem Wetter, und der Großteil der Fans kommt früh und bleibt dann das ganze Wochenende.« Sie zuckte mit den Schultern. »Sie übertreiben gerne, was ihren Alkohol- oder Drogenkonsum angeht, und wenn der Fahrer unter Alkohol oder Drogen gestanden hat, würde er bestimmt nicht anhalten, um einem Cop zu helfen und dabei eine Anzeige zu riskieren.«

»Kann schon sein, aber der Dreck auf dem Nummernschild erscheint mir ein bisschen zu praktisch.« Kane überlegte, was es bedeuten würde, eine Horde von Besuchern in der Stadt zu überprüfen, und zuckte mit den Schultern. »Zumindest haben wir eine

Ziffer des Nummernschilds sowie Marke und Modell des Fahrzeugs.«

»In Black Rock Falls gibt's Dutzende Ford Pickups – die aus den anderen Städten noch nicht mitgezählt.« Sie warf ihm einen langen, prüfenden Blick zu, als würde sie ihn abschätzen.

»Was meine persönlichen Feinde betrifft, könnte ich Ihnen eine Liste von vielleicht fünf Leuten geben, die lieber einen Mann auf meinem Posten hätten. Wie gut, dass Frauen doch endlich Wahlrecht haben.« Wohl doch nicht die ruhige kleine Stadt, die ich mir vorgestellt hatte.

Kane holte tief Luft. »Wegen welchem Notfall waren Sie denn um diese Zeit da draußen?«

»Ein Telefonstreich.« Sie drückte ihre zitternden Finger auf den weißen Verband um ihren Kopf. »Sie haben keinen Namen genannt und nur gesagt, sie hätten in der Nähe des Hauses der Simpsons ein Unfallauto gesehen. Die Simpsons wohnen etwa eine Meile hinter der Scheune, die Sie erwähnt haben. Ich bin dann ganz langsam fünf Meilen in jede Richtung gefahren, hab aber nichts gefunden und befand mich zum Zeitpunkt des Unfalls auf dem Rückweg.«

Er blickte sie verwundert an, denn ihre Gelassenheit verwirrte ihn weiterhin. »Ich würde das, was passiert ist, nicht als ›Unfall‹ bezeichnen. Der Wagen kam aus dem Nichts. Ich glaube, der Anrufer war der Fahrer und hat gewartet, bis Sie an ihm vorbeifahren. Bei dem Tempo, das der Pickup drauf hatte, war es eindeutige Absicht, Sie zu rammen. Ich werde das Fahrzeug finden und die Leute zum Verhör vorladen.«

»Sie sind ja wirklich sehr motiviert.« Alton zog den Kragen ihrer Jacke hoch, und er bemerkte ihre zitternden Finger. »Haben Sie schon viele Fälle von Fahrerflucht bearbeitet?«

»Einen oder zwei.« Er warf einen Blick in ihre Richtung. »Machen Sie das eigentlich immer so – mitten in der Nacht hier draußen ohne Kollegen auf Streife fahren?«

»Normalerweise nehme ich Rowley oder einen der anderen Deputys mit.« Altons Mundwinkel zuckten, als fände sie etwas lustig. »Aber jetzt, wo Sie hier sind, melden Sie sich doch sicher freiwillig für den ständigen Nachtdienst?«

»Vielleicht später, wenn ich die Gegend besser kenne.« Die Scheinwerfer seines Geländewagens erfassten Gebäudereihen, die die Straße säumten. »Ich setze Sie zu Hause ab und dann brauche ich eine Wegbeschreibung zur O'Reilly-Ranch. Ich habe mich dort einquartiert, bis ich eine eigene Wohnung gefunden habe.«

»An der nächsten Kreuzung rechts abbiegen. Die O'Reilly-Ranch ist etwa eine Meile entfernt. Halten Sie Ausschau nach einem weißen Torbogen mit einem Stierschädel oben drauf.« Ihre Lippen formten sich zu einem leichten Lächeln. »Sie wohnen nämlich bei mir, ich bin die Besitzerin.«

3

Das Letzte, was Kane brauchte, war Gesellschaft. »Ich weiß das sehr zu schätzen, aber es wird höchstens für ein oder zwei Nächte sein. Ich ziehe es vor, allein zu leben.«

»Sie werden allein sein. Ich mag auch keine Mitbewohner und ich bin sicher, Sie werden die Unterkunft, die ich hergerichtet habe, mehr als ausreichend finden.« Sie warf ihm einen empörten Blick zu und deutete dann in die Ferne. »Die Einfahrt ist gleich da vorne, beim weißen Zaun. Einfach dort einbiegen und dann dem Weg folgen.«

Drei Meter hinter dem Tor blitzte eine Reihe von Lichtern auf und beleuchtete die Umrisse eines schneebedeckten Weges. Kane entdeckte Überwachungskameras, die hoch oben auf den Lichtmasten angebracht waren, und ließ seinen Blick in alle Richtungen schweifen. Das Grundstück um das alte Ranchhaus war frei von Bäumen, und ermöglichte eine ungehinderte Rundumsicht auf die Straße und ihre Umgebung. Er hielt auf einer kürzlich vom Schnee geräumten Kiesauffahrt und warf ihr einen Blick zu. »Wohnen Sie schon lange hier?«

»Zwei Jahre ungefähr.« Alton deutete auf ein stattliches Cottage, etwa dreißig Meter vom Haupthaus entfernt. »Dort werden Sie wohnen. Ich habe den Kühlschrank mit genügend

Lebensmitteln gefüllt, damit Sie mindestens das Wochenende durchhalten. Ich habe Ihre Uniform, Ihre Marke und Karten auf dem Küchentisch liegen lassen.« Sie kramte einen Schlüsselbund aus ihrer Jackentasche und übergab ihn Kane schwungvoll. »Willkommen in Black Rock Falls County.« Dann stieg sie aus dem Wagen und ging ohne einen Blick zurück zum Haupthaus.

»Na, das wird ein Spaß.« Kane wendete den Wagen in Richtung Cottage.

Er schnappte sich seine Taschen vom Rücksitz, ging zur Haustür, fand den passenden Schlüssel an dem neuen Bund und schaltete das Licht ein. Innen roch es nach Möbelpolitur mit einem Hauch von Bleichmittel. Er schaute sich um und betrachtete das schlicht gehaltene Wohnzimmer, das mit einem einsamen Stuhl, einem Couchtisch und einem Sofa vor einem Flachbildfernseher eingerichtet war. Der Raum war angenehm warm. Kane zog seinen Mantel aus und ließ ihn über die Rückenlehne des Sofas fallen, dann zog er den Wanzendetektor aus seiner Tasche. Mit Hilfe der Ohrstöpsel überprüfte er Raum für Raum. Mal sehen, ob du paranoid genug bist und Abhörgeräte installiert hast.

Nachdem er jeden Raum systematisch abgesucht hatte, schüttelte er ungläubig den Kopf über die Menge an Abhörgeräten und Kameras, die er an strategischen Punkten im ganzen Cottage eingesammelt hatte. Er schlenderte den Gang entlang und bog dann in den Küchenbereich ein, der mit Granitarbeitsplatten und Haushaltsgeräten aus Aluminium ausgestattet war. Er räumte alle Geräte aus dem Raum und legte den Stapel Wanzen auf den Tisch, neben drei ordentlich gefalteten Stapeln Uniformen, drei Winterjacken, Stiefeln und einer glänzenden neuen Dienstmarke.

Kane hatte von seinem Vorgesetzten weder zu Black Rock Falls County noch zu Sheriff Alton irgendwelche Informationen erhalten. Allerdings schien der Sheriff sehr wohl über ihn informiert zu sein – bis hin zur Größe seiner Hose. Sicher, sie kannte seine Geschichte von einem im Dienst verletzten Polizisten, die er als Tarnung benutzte, aber seine wahre Identität herauszufinden wäre unmöglich für sie. Die Behörde hatte seine Dienstakte versiegelt, und Alton würde schon seinen richtigen Namen und eine Freigabe des Präsidenten benötigen, um einen Hinweis auf seine letzte Stelle zu bekommen. Abhängig davon aus welchem Grund sie selbst in Black Rock Falls war, könnte sie ihn als potentielle Gefahr empfunden haben. Wenn dem so war, hatte sie einen Grund für die Abhörgeräte und Kameras. Du stehst nicht auf meiner Abschussliste.

Doch andererseits, hätte Alton die Geräte nicht platziert, hätte er direkt in eine Falle laufen können. Er zog seine Wollmütze ab und fuhr mit der Fingerspitze über die 15 Zentimeter lange Narbe an seinem Kopf. Die Haare in seinem Nacken kribbelten und er stützte eine Hand auf dem Griff seiner Pistole. Sein messerscharfer Überlebensinstinkt hatte ihm schon oft das Leben gerettet, und in diesem Augenblick lief er auf voller Kraft.

4

Mit einem Ruck saß Jenna Alton kerzengerade im Bett und blinzelte ins Zwielicht, das durch die Vorhänge fiel. Sie griff nach der Glock auf dem Nachttisch, die wie von selbst in ihre Handfläche glitt – ein Akt, so vertraut wie das Atmen. Sie konzentrierte sich auf die Schlafzimmertür und lauschte. Jemand hatte sie gefunden. Drei Jahre waren vergangen, seit sie gegen den Unterweltboss Viktor Carlos ausgesagt hatte. Während seines Prozesses wegen des Handels mit Sexsklavinnen hatte ihr der Verbrecher geschworen, sie zu töten. Und es war ein dummer Fehler gewesen, zu glauben, sie wäre sicher, sobald Carlos hinter Gittern war. Seine Kontakte reichten weit, und wie eine Krake streckte er seine Arme nach ihr aus. Nach dem brutalen Mord an ihrem Kollegen, einem Undercover-Agent, hatte das FBI Jenna zwar nach Black Rock Falls versetzt, doch obwohl ihre neue Identität jetzt absolut wasserdicht sein sollte, hatte Carlos überall seine Spione und Jenna blieb in Alarmbereitschaft und wartete, ob das dicke Ende noch kommen würde. Und als sie vorhin Kanes schwarzen SUV und einen Mann sah, der nach einem fast tödlichen Unfall auf sie zugerannt kam, war sie überzeugt gewesen, dass ein Profikiller sie nun endlich aufgespürt hatte. Instinktiv hatte sie deshalb nach ihrer Waffe gegriffen, und obwohl sich der Mann als ungefährlich erwiesen hatte, hatte der Vorfall an ihren Nerven gezehrt. Sie hörte das Geräusch erneut. Hellwach glitt sie aus dem Bett und verharrte in Kampfposition. Als ein lautes Hämmern an der Eingangstür ertönte, entspannte sich ihr Körper voller Erleichterung. Da musste wohl jemand tot sein, dass einer ihrer Deputy Sheriffs sie an einem Samstagmorgen vor sieben Uhr morgens störte. Alle dachten soweit mit, sie vorher anzurufen und nicht einfach unangemeldet vor ihrer Tür zu stehen. Alle außer Kane.

Sie schlüpfte in ihre rosa Lieblingspantoffeln, zog sich einen Morgenmantel über und steckte ihre Waffe ein. Als sie den Flur hinuntersah, zog sie beim Anblick der blinkenden grünen Lichter auf der Sicherheitstafel laut den Atem ein. Ich Idiot, ich hab die Alarmanlage nicht eingeschaltet. Sie ging in ihr Büro und schaltete die verschiedenen Bildschirme ein. Dass auf den Displays für Kanes Wohnung alles schwarz war, passte zu dem wütenden Gesichtsausdruck mit dem er in die Kamera starrte, die auf ihrer Veranda montiert war. Er stützte sich mit einem Arm auf dem Türrahmen ab.

Sie ging den Flur entlang und stieß die Haustür auf. »Ja?« Sie blickte in ein grimmiges Gesicht.

»Ich glaube, wir müssen reden.« Kane öffnete seine Hand und zeigte ihr den Haufen Überwachungsgeräte.

Jenna blieb im Eingang stehen und warf ihm einen Blick zu, der normalen Männern eigentlich hätte Einhalt gebieten sollen. »Später, wenn ich angezogen bin und gegessen habe.«

»Nein, jetzt.« Kane drückte mit seiner großen Hand die Tür auf und schob sich mit seinen breiten Schultern an ihr vorbei in den Flur. »Ich möchte den Grund wissen, warum Sie mich überwachen.« Er zog eine dunkle Augenbraue hoch. »Und ich hoffe, es ist ein guter.«

»Na schön, kommen Sie rein, wenn Sie reden wollen. Die Küche ist die zweite Tür links. Ich mach uns schnell Kaffee.«

Während Jenna die Kaffeekanne füllte, warf sie kurz einen Blick über ihre Schulter auf Kane. Der Küchenstuhl im Kolonialstil knarrte unter seinem Gewicht. Er wirkte größer als sie ihn vom

Abend zuvor in Erinnerung hatte – ein robuster, aber gut aussehender Mann mit intensiv blauen Augen. Die Luft zwischen ihnen knisterte und zweifellos würden Kriminelle unter seinem wütenden Blick sofort klein beigeben. Du bist ja ein ganz harter Knochen.

Nachdem Jenna seine beeindruckenden Qualifikationen gelesen hatte, hatte sie sich gefragt, warum er ausgerechnet eine Stelle in Black Rock Falls County angenommen hatte. Jetzt, da er ihre gut versteckten Überwachungsgeräte entdeckt hatte, arbeitete ihr Misstrauen auf Hochtouren. Das Gewicht der Glock in ihrer Tasche gab ihr etwas Mut und sie zwang sich zu einem neutralen Gesichtsausdruck. Es fiel ihr nicht leicht, Menschen zu vertrauen, und sie vernahm eine mahnende Stimme im Hinterkopf, die ihr riet, sich vor ihm in Acht zu nehmen. Sie nahm zwei Tassen aus dem Hängeschrank und stellte sie auf den Tisch. »Milch und Zucker?«

»Informationen.« Kane ließ die Überwachungsgeräte auf den Tisch fallen. »Ich kenne nicht allzu viele County-Sheriffs, die sich die Mühe machen, die Wohnung ihres Deputys zu verwanzen oder ihn mit einer Waffe an der Tür zu empfangen – es sei denn, ich irre mich, und Sie haben da ein besonders dickes Paket Taschentücher in Ihrem Bademantel. Ich möchte wissen, was hier los ist und warum Sie glauben, dass ich eine Gefahr für Sie darstelle.«

Jenna richtete sich auf und achtete darauf, dass ihre Miene härter wurde, obwohl ihr schon klar war, dass sie damit in einem Bademantel und rosa Pantoffeln nicht wirklich punkten konnte. Sie räusperte sich und blickte ihn an. »Ich bin Ihnen keine Rechenschaft schuldig. Das Gesetz in Black Rock Falls County bin nämlich ich.«

»Mag schon sein, aber Sie haben nicht die Befugnis, die Verfassung der Vereinigten Staaten zu ändern.« Ein Nerv in Kanes Wange zuckte, und sein stahlharter Blick war weiterhin fest auf ihr Gesicht gerichtet. »Ich habe das Recht, den Befehl zu lesen, mit dem Sie meine Rechte aus dem vierten Verfassungszusatz verletzen.« Sein Mund verzog sich zu einem schiefen Lächeln. »Sie haben gar keinen? Nun, vielleicht sollte ich, anstatt hier zu sitzen, den Bürgermeister aufsuchen und Beschwerde gegen Sie einreichen.« Langsam stand er auf und beugte sich dann zu ihr hinunter. »Es sei denn, Sie wollen mir reinen Wein einschenken, was das Attentat von letzter Nacht und der Grund für diese ganze Überwachung hier bedeutet?« Er legte seine großen Hände auf den Tisch und blickte sie direkt an. »Wenn Sie keine Voyeuristin sind, mich aber für ein Problem halten, warum haben Sie dann die Alarmanlage nicht eingeschaltet? Ich hätte in Sekundenschnelle einbrechen und Ihnen die Kehle aufschlitzen können.«

Sie schluckte den Kloß in ihrem Hals hinunter. »Vermutlich hat mich der Unfall mehr durcheinandergebracht, als ich dachte. Ich hab einfach vergessen, die Alarmanlage anzumachen, okay?«

»Sind Sie bedroht worden?«

»Nicht in letzter Zeit.« Jenna fühlte sich in der Zwickmühle und drehte sich zum Kühlschrank um. Sie nahm ein Milchkännchen heraus, stellte es auf den Tisch, holte dann die Kaffeekanne, setzte sich ihm gegenüber und verhielt sich weiterhin ganz professionell. »Ich kenne das Gesetz, aber ich hatte einen guten Grund, Sie zu verdächtigen.« Sie goss zwei Tassen Kaffee ein und schob ihm eine hinüber.

»Wir sind uns gerade erst begegnet. Wie konnten Sie sich in so kurzer Zeit ein Bild über meine Person machen? Oder müssen wir da vielleicht was besprechen?« Er warf ihr einen wütenden Blick zu, griff nach dem Zucker, schaufelte vier Löffel in seine Tasse und langte dann nach der Milch. »Ich bin sicher, Sie haben meine Qualifikationen und Referenzen für diese Stelle gelesen, sonst hätten Sie meine Bewerbung gar nicht erst angenommen.«

»Natürlich habe ich das, und Sie wurden mir wärmstens empfohlen. Aber nicht viele Männer um die Fünfunddreißig mit Ihrer bisherigen Karriere würden eine derartige Degradierung in Kauf nehmen, ganz zu schweigen von der Hälfte des Gehalts, und freiwillig in eine Stadt wie Black Rock Falls ziehen.« Sie zuckte mit den Schultern. »Das hat nichts mit Ihnen persönlich zu tun. Ich wollte einfach nur vorsichtig sein.«

»Tut mir leid, aber das reicht mir nicht als Erklärung.« Er schüttelte den Kopf und seine breiten Schultern sackten zusammen. »Wenn wir zusammenarbeiten wollen, brauchen wir ein Mindestmaß an gegenseitigem Vertrauen.«

Jenna brauchte schnell eine plausible Ausrede. »Hat der Bürgermeister Sie abgeworben, um meinen Job zu übernehmen?«

»Nein. Ich habe den Bürgermeister noch gar nicht getroffen. Ich habe auf die Anzeige in der Zeitung geantwortet. Ich habe diese Stelle angenommen, weil ich im Dienst eine Schusswunde am Kopf erlitten habe. Die schöne Titanplatte, die das Loch in meinem Schädel bedeckt, löst Sicherheitsscans aus und deshalb kann ich nicht mehr in meinem Lieblingsdezernat arbeiten.« Kanes dunkle Wimpern verdeckten seine Augen. »Ich wollte in der Strafverfolgung bleiben, und Black Rock Falls schien ein schöner, ruhiger Ort zum Arbeiten zu sein.« Er schnaubte. »Aber anscheinend habe ich mich geirrt. Warum erklären Sie mir nicht einfach, was hier vor sich geht?«

Jenna hatte keinen Grund, seiner Geschichte keinen Glauben zu schenken; sie hatte ihn überprüft, und seine Referenzen schienen in Ordnung. Allerdings gab es nicht viele Polizeikommissare, die ihre Zimmer nach Wanzen absuchten oder die Statur eines Marineinfanteristen hatten. Sie musste wieder an gestern Nacht denken. In dem Moment, als er mit seinem Auto auf ihr Grundstück eingebogen war, hatten seine Augen von links nach rechts geblickt und er hatte ihre gut versteckte Überwachung komplett entdeckt. Sein Kopf hatte sich dabei nicht bewegt, und dieser vertraute Trick ließ ihre inneren Alarmglocken laut und deutlich läuten. Sie würde ihren letzten Dollar darauf verwetten, dass er ein Ex-Geheimdienstler war und seine Vergangenheit verbergen wollte. Wenn sie zu sehr nachbohrte, würde er anfangen, ihre eigene Geschichte zu durchleuchten und könnte leicht die Freigabe bekommen, ihr Geheimnis aufzudecken. Um seine

Prüfung zu bestehen, musste ihre Geschichte also wirklich gut sein.

Sie zuckte mit den Schultern. »Hier passiert nichts Ungewöhnliches. Ich bin hierhergekommen, um aus einer Beziehung zu fliehen, die von Gewalt geprägt war. Mein Lebenspartner war Polizist, also ist mein Vertrauen diesbezüglich eher gering, und ich bin nicht so dumm, mich jetzt nicht mehr zu schützen.«

»Wovor haben Sie sonst noch Angst? Diese ganzen Geräte hier sind eine ganze Menge Selbstschutz.«

Jenna kaute auf ihrer Unterlippe. Kane bemerkte ihr Zögern. »Na gut. Viele Leute hier machen keinen Hehl daraus, dass sie eine Frau hassen, die den Job eines Mannes macht, und wollen mich einfach loswerden.« Sie nippte an ihrem Kaffee und betrachtete Kane über den Rand ihrer Tasse hinweg. »Ich glaube, letzte Nacht hat ein verärgerter Einheimischer versucht, mir Angst einzujagen, in der Hoffnung, ich würde die Stadt verlassen. Bald sind Bezirkswahlen und meine Stelle hier steht ganz oben auf der Tagesordnung.«

»Verstehe.« Kane spielte mit seiner Kaffeetasse und drehte sie mit den Spitzen seiner langen Finger. »Wenn Sie einverstanden sind Ma'am, werde ich den Vorfall untersuchen und herausfinden, wer letzte Nacht versucht hat, Sie zu töten, und mich persönlich um die Person kümmern. Wenn Sie glauben, dass irgendjemand in der Stadt eine potenzielle Bedrohung für Sie darstellt, dann will ich eine Liste mit Namen und allen offenen Fällen, in denen Sie ermitteln. Wenn Sie etwas wissen, was Sie oder Ihre Sicherheit betrifft, muss ich das auch wissen.« Er deutete mit einer Hand in Richtung Eingangstür. »So sollten sie nicht leben müssen. Ich könnte einen stillen Alarm einrichten, der direkt auf mein Handy geht.«

Jenna verdrehte die Augen. »Ich habe eine Alarmanlage und die ist normalerweise auch an.«

»Die wird Sie nicht schützen, wenn Sie ernsthaft glauben, Ihr Leben sei in Gefahr. Die Ranch ist abgelegen, und ich kann in einer Minute hier sein.« Kane ließ seinen Blick über ihr Gesicht wandern. »Wenn Sie wollen, kann ich einen Chip in einen Ihrer Ohrringe einsetzen. Wenn Sie dann auf Streife in Schwierigkeiten geraten, drücken Sie ihn und ich kann nachverfolgen, wo Sie gerade sind.« Sein Mund verzog sich zu einem kleinen Lächeln. »Technik interessiert Sie ja, wie man deutlich feststellen kann, wenn Sie also lieber selber einen machen möchten, dann gebe ich Ihnen die Spezifikationen. Ich schlage das nicht vor, um Ihnen ständig auf die Finger schauen zu können. Ich biete einfach nur meine Hilfe an, das ist alles. Und mal ehrlich, hätte ich Sie töten wollen, dann hätte ich in den letzten acht Stunden wirklich reichlich Gelegenheit dazu gehabt.«

Jedes Wort, das er gesagt hatte, ergab Sinn, und die Vorstellung von Personenschutz rund um die Uhr beruhigte ihre Nerven. Sie nickte zustimmend. »Okay, ich nehme Ihr Angebot an und danke Ihnen dafür.«

Während sie den Diamantstecker aus ihrem Ohr entfernte und Kane reichte, musterte sie den großen, gut aussehenden Mann, der ihr da gegenüber am Küchentisch stand. Jemanden wie ihn in ihrer Nähe, der ihr den Rücken freihielt, wäre ein Traum, der Wirklichkeit geworden war. Aber er könnte auch ein Spitzel sein, hierher geschickt, um ihren tödlichen Unfall zu arrangieren. Ich würde Ihnen so gerne vertrauen, David Kane, aber dazu ist es noch zu früh.

5

Kane lehnte sich in seinem Stuhl an Jennas Küchentisch zurück und versuchte zu enträtseln, warum sie so abweisend war. Er sah die Anspannung in ihrem Gesicht, was auch immer sie da mit sich herumtrug, bereitete ihr erhebliche Sorgen. Wenn er sich die Einrichtung ihres Hauses ansah, fiel ihm zuerst auf, dass es fast überhaupt keine persönliche Gegenstände gab – na ja, mal abgesehen von den rosa Pantoffeln. Keine Familienfotos und keinerlei persönlicher Schnickschnack, den die meisten Leute in ihren Häusern aufstellten. Außerdem hatten Frauen, die in abgelegen Häusern auf dem Land lebten, normalerweise einen Hund. Daher nahm er an, dass sie so war wie er, bevor er den Fehler gemacht hatte, Annie zu heiraten. Damals hatte er es vorgezogen, frei von allem zu leben, was einen bindet, jederzeit bereit, alles stehen und liegen zu lassen und weg zu gehen. Er konnte Jennas Lage nachvollziehen, und hatte selbst die schlaflosen Nächte durchlebt, in denen er auf den lautlosen Killer wartete, aber seine Ehe hatte ihn weicher gemacht. Er hatte damals die Bombe unter seinem Auto nicht entdeckt und seine Frau war gestorben – und seine Unachtsamkeit war schuld daran. Sein Vorgesetzter hatte sich geweigert, den Anschlag zu ignorieren und ihm befohlen, von der Bildfläche zu verschwinden. Später dann im Regen zu stehen und zu sehen, wie sein leerer Sarg neben Annies Sarg begraben wurde, war surreal gewesen. Die Chance auf ein neues Leben hatte er aus einem einzigen Grund akzeptiert: Rache. Eines Tages würde der Tag der Gerechtigkeit für Annie kommen, und er würde brutal sein. Er verstand Jenna Altons Sorge. Die Welt hielt ihn für tot, aber seine Tasche blieb gepackt, jederzeit bereit für eine schnelle Flucht. Doch sie lebte seit mindestens zwei Jahren hier in Black Rock Falls, anscheinend ohne Probleme. Die Geschichte mit der misshandelten Frau kaufte er ihr nicht ab – sie könnte einen Mann noch mit einer auf den Rücken gebundenen Hand niederschlagen. Die Bedrohung ihres Lebens hatte sie vielleicht zermürbt, aber sie hatte die erste Überlebensregel gebrochen. Er wollte wissen, warum sie nicht sofort abgehauen war, wenn ihr Lebenspartner eine Gefahr für sie darstellte, aber all diese Fragen würden warten müssen, bis er ihr Vertrauen gewonnen hatte.

»Was beunruhigt Sie sonst noch? Wenn jemand in der Stadt eine Bedrohung für Sie darstellt, muss ich das wissen. Ich kann Sie nicht beschützen, wenn ich nicht eingeweiht bin.«

»Ich gebe Ihnen den Zugangscode, um die Akten der Abteilung einzusehen, aber abgesehen von Nachbarschaftsstreitigkeiten und dergleichen gibt es hier nur drei große Fälle.« Alton stellte ihre Tasse auf den Tisch und fuhr sich mit der Zunge über die Lippen. »Es werden Leute vermisst, und wenn ein Mörder frei herumläuft und ich hier draußen allein wohne, dann sind meine zusätzlichen Vorsichtsmaßnahmen absolut berechtigt.«

»Warum haben Sie dann mein Zimmer verwanzt?«

»Ich wollte mich absichern. Nur für den Fall, dass mein Ex jemanden bezahlt, um sich an mir zu rächen oder meine Schwachstellen herauszufinden.« Sie zuckte mit den Schultern und machte eine abweisende Handbewegung. »Wissen Sie, ich habe schon seit Jahren erfolglos um einen Deputy gebeten. Dann, ohne jede Vorankündigung, erhält der Bürgermeister plötzlich Mittel, um die Stelle zu schaffen, und die einzige Person, die sich beworben hat, waren Sie. Irgendwie verdächtig, finden Sie nicht auch?«

»Ganz und gar nicht.«

»Doch auf jeden Fall.« Alton stieß einen langen Seufzer aus und ließ den Blick ihrer dunkelblauen Augen auf seinem Gesicht ruhen. »Wie groß ist wohl die Wahrscheinlichkeit, dass Sie die Anzeige gelesen haben, die ich in den Black Rock Falls County News geschaltet habe?« Sie lehnte sich in ihrem Stuhl zurück und warf ihm einen langen, zweifelnden Blick zu. »Sie machen mir Sorgen.«

Dann haben Sie etwas zu verbergen. »Tue ich das? Tut mir leid, wenn Sie mir nicht glauben.«

»Vielleicht sollten Sie mir mal erklären, was Sie dazu veranlasst hat, sich für die Stelle hier zu bewerben?«

Sie begann ihn zu interessieren, und er beschloss, seinen Kontakt im Hauptquartier anrufen und Informationen über sie einholen. Er lachte leise, um die Spannung im Raum zu lösen.

»Die Sozialarbeiterin des Krankenhauses, in dem ich mich erholt habe, hat die Stellenausschreibung online gefunden und vorgeschlagen, dass ich mich bewerbe. Nachdem mir in den Kopf geschossen wurde, wollte ich ein ruhiges Leben führen – und gleich fürs Protokoll: Ich bin nicht auf Ihre Stelle aus. Wenn Sie dachten, ich könnte ein Problem sein, warum haben Sie dann meine Bewerbung überhaupt akzeptiert?«

»Ich habe drei Deputy Sheriffs: Rowley ist Fünfundzwanzig, auf ihn kann man sich absolut verlassen. Daniels kommt frisch vom College, und Walters ist alt genug, um mein Großvater zu sein.« Ihre Wangen röteten sich. »Ich brauchte einfach einen erfahrenen Officer als Stellvertreter. Glauben Sie mir, ich habe Sie überprüft, und Sie waren sauber ... vielleicht zu sauber.«

Kane streckte sich und versuchte unter ihrem strengen Blick so nonchalant wie möglich zu erscheinen – das hatte er im Laufe der Jahre perfektioniert. »Klingt ja so, als hätte ich weit mehr Erfahrung als die anderen auf Ihrem Revier. Ich bin gewieft und halte Ihnen den Rücken frei. Was die Vermisstenfälle betrifft, was haben Sie denn da alles?«

Sie warf den Kopf mit einer Bewegung zurück, von der er vermutete, dass sie so früher ihre langen Haare über die Schulter geworfen hatte, und schob dann, als ob sie sich plötzlich an ihren kurzen Pony erinnerte, ein paar Strähnen hinters Ohr.

»Wir haben viele Wanderarbeiter, die je nach Jahreszeit in die Gegend kommen und sie dann wieder verlassen, aber in den letzten paar Monaten sind offenbar zwei Leute in der Stadt angekommen und beide sind seither verschwunden.« Sie runzelte die Stirn. »Glauben Sie mir, Black Rock Falls ist kein Ort, den die Leute im Winter besuchen wollen.«

Ich frage mich, ob du auch wie ich eine plastische OP hinter dir hast. Kane schenkte sich Kaffee nach und ließ sich Zeit für den Zucker und die Milch. »Das sehe ich auch so. Wer oder was hat Sie also auf das Problem aufmerksam gemacht?«

»Eine junge Frau kam aufs Revier, um eine Vermisstenanzeige aufzugeben. Ihr Name ist Sarah Woodward.« Alton berührte den Verband auf ihrer Stirn und drückte mit einem Finger auf den dunkelblauen Bluterguss unter ihrem Auge. »Sie kam vor zwei Wochen an und suchte nach ihrer Großmutter, Samantha Woodward, 68 Jahre alt und anscheinend noch rüstig und gesund. Vor neun Monaten, nachdem ihr Mann gestorben war, hat sie alles verkauft und Sarah mitgeteilt, dass sie jetzt im Land herumreisen wolle. Das Letzte, was Sarah gehört hat, war, dass ihre Oma Black Rock Falls besuchen wollte.« Jenna benetzte ihre Lippen. »Wir wissen, dass sie hier ankam und ein Postfach eröffnet hat. Doch dann lösen sich ihre Spuren in Luft auf.«

»Vielleicht ist sie einfach weitergereist. Haben Sie die Information an den Sheriff des Nachbarcountys weitergegeben?«

»Nein. Sarah erwähnte, dass ihre Großmutter vorhatte, hier eine kleine Ranch zu kaufen. Vor vielen Jahren besaß ihr Vater Land in der Gegend, und ich vermute, sie wollte ihre Jugenderinnerungen wieder aufleben lassen. Sarahs Mutter erhielt regelmäßig Briefe von ihr, doch vor zwei Monaten kamen urplötzlich keine mehr und Sarah begann sich Sorgen zu machen. Sie fragte in den Krankenhäusern entlang der Strecke, die ihre Oma gefahren war, nach, und als sie keine Spur von ihr finden konnte, kam sie nach Black Rock Falls. Ihre Großmutter hatte die Stadt erwähnt, aber kein bestimmtes Gebiet.« Jenna seufzte und fuhr sich mit den schlanken Fingern durch die kurzen Haare. »Bei dem Versuch, von den Einwohnern hier Hilfe zu bekommen, ist sie gegen Mauern gelaufen und kam deshalb letzten Dienstag aufs Revier, um ihre Großmutter als vermisst zu melden.«

Kane rieb sich das Kinn. »Man schreibt noch Briefe?«

»Sieht so aus.« Alton zuckte mit den Schultern. »Sarahs Großmutter war von der alten Schule. Sie zog es vor, Briefe zu schreiben, und weigerte sich, ein Mobiltelefon zu nutzen. Ihre Enkelin hat mir erzählt, dass sie Handys als aufdringlich empfand und lieber persönlich mit den Leuten reden wollte.«

»Gut. Wie hat sie ihre Post abgeholt?« Er nahm seine Wollmütze ab und kratzte sich am Kopf. Er vermisste seinen Kurzhaarschnitt, aber die längere Frisur verdeckte die hässliche Narbe.

»Sie holte sie an den Postfächern entlang der Strecke ab. Bevor Sie fragen, sie hat die Adresse ihrer Tochter auf dem Formular für die Postfächer benutzt. Der Dienststellenleiter der örtlichen Post hier sagt, dass er die Leute, die ihre Post abholen, nicht kontrolliert, hat aber erwähnt, dass Woodwards Postfachvertrag Ende des Monats ausläuft.« Jenna hob ihre Hand wie ein Polizist, der den Verkehr regelt. »Und ja, ich habe Sarah gefragt, ob ihre Großmutter jemals erwähnt hat, dass sie in der Gegend arbeitet, hab jedoch nichts erfahren können. Sarah sagte nur, sie hätte kurze Briefe über die Geschichte der Orte geschrieben, an denen sie unterwegs Halt gemacht hat, und von persönlichen Dingen erzählt. Ich weiß nur, dass sie vor etwa einem Monat in die Stadt kam, Geld in die Bank einzahlte und ihre Post abholte. Wir haben bei allen Ranches in der Gegend nachgefragt, aber niemand kann sich erinnern, sie jemals gesehen zu haben.«

Kane rührte in seinem Kaffee und dachte nach. »Sie erwähnten, dass noch andere Personen vermisst werden?«

»Eine andere Person.« Jenna füllte ihre Tasse und fuhr dann mit der Spitze eines manikürten Fingernagels abwesend durch einen Kaffeetropfen auf dem Tisch. »Ich hatte eine Anfrage von Pater Maguire aus Atlanta wegen einer vermissten Person. Er macht sich Sorgen um eines seiner Gemeindemitglieder, John Helms. Das letzte Mal, als er von ihm gehört hat, war Helms auf dem Weg nach Black Rock Falls, um ein Eishockeyspiel zu besuchen. Das war vor zwei Wochen. Pater Maguire hat keinen Kontakt mehr zu ihm, seit Helms ihm mitgeteilt hat, er habe eine Autopanne und wolle nun den Bus nehmen. Anscheinend hat er ihn wohl sonst regelmäßig angerufen.« Sie seufzte und lehnte sich in ihrem Stuhl zurück, die Kaffeetasse in der Hand. »Das hier ist etwas verzwickt, weil Helms den Urlaub nach seiner Eheberatung genommen hat – offenbar brauchte er eine Pause von seiner Frau.«

»Haben Sie in Betracht gezogen, dass Helms eventuell mit einer Geliebten durchbrennen wollte?«

»Der Gedanke ist mir durch den Kopf gegangen, aber Pater Maguire ist wortkarg, was die Umstände der Probleme des Ehepaars angeht. Ich habe eine Handynummer von Mr. Helms, aber die Nummer ist nicht mehr vergeben. Und weil das gestern war, bin ich mit meinen Nachforschungen nicht sehr viel weiter und sehe keinen Grund, einen Zusammenhang zwischen den beiden Fällen zu vermuten.«

Kane trommelte mit den Fingern auf den Tisch. Die Vermisstenfälle waren wohl nicht ernst genug, um sie aus der Fassung zu bringen. Sie hatte drei laufende Fälle erwähnt, und während sie an ihrem Kaffee nippte, wartete er darauf, dass sie fortfuhr.

»Und dann ist da noch der Typ in der Zelle auf der Wache.« Jenna stellte ihre Tasse vorsichtig auf den Tisch und hob den Blick.

»Am Donnerstagabend gab's eine Schlägerei im Cattleman's Hotel. Ich war mit Deputy Rowley im Dienst, und wir haben drei Männer wegen Trunkenheit in der Öffentlichkeit verhaftet. Zwei von ihnen beschuldigten Billy Watts – den Festgenommenen – während eines Pokerspiels Chips gestohlen zu haben. Ich versuche gerade herauszufinden, ob Watts ein Verdächtiger oder ein Opfer ist. Zum Zeitpunkt der Verhaftung trug er zweihundert Dollar bei sich, die er offenbar ein paar Minuten vor Beginn der Schlägerei abgehoben hatte.« Sie räusperte sich und warf ihm einen entschuldigenden Blick zu. »Ich habe die anderen Männer am Morgen freigelassen. Es sind Jungs aus der Gegend, und einer ist der Sohn des Bürgermeisters. Sie sind Spieler des örtlichen Eishockeyteams, und da dieses Wochenende ein Heimspiel ansteht, wird ihr Trainer sie schon in Schach halten.«

Der Sohn des Bürgermeisters? »Wegen der Verbindung zum Bürgermeister haben Sie den beiden eine Sonderbehandlung zukommen lassen?«

Jenna richtete sich auf. »Ganz sicher nicht. Ich beuge das Recht für niemanden, schon gar nicht für Bürgermeister Rockford, das können Sie mir glauben.«

Kane schluckte sein Lachen hinunter, das ihm die Kehle hochkroch. Sie hatte wirklich Mut, ihn so anzugehen, und ihrem wütenden Blick nach zu urteilen, meinte sie es sogar ernst. »Schon gut, ich glaube Ihnen ja. Wie liefen die Verhaftungen ab? Wäre einer von ihnen wütend genug, einen Mordversuch zu begehen?«

»Was Sie wirklich meinen, ist: 'Haben die Jungs vor ihren Freunden das Gesicht verloren, nachdem sie von einer Frau verhaftet wurden?'« Jenna gluckste und ihr Gesicht entspannte sich. »Wahrscheinlich, aber reicht das für einen Mordversuch? Nein, glaube ich nicht.«

Kanes Magen knurrte. »Bitte sagen Sie mir, dass es in dieser Stadt einen Ort gibt, der ein gutes Frühstück serviert.«

»Aunt Betty's Café ist die beste Adresse, wenn Sie gute, bodenständige Küche wollen, aber Sie können sich auch in Ihrem Cottage was zu essen machen.«

»Ja, weiß ich. Aber ich dachte, es wäre gut, die Stadt mal kennenzulernen, bevor ich Montag mit der Arbeit beginne.« Kane stand auf und lächelte sie an. »Hätten Sie Lust mich zu begleiten und mir die Stadt zu zeigen?«

Sie blinzelte ein paar Mal, als würde sie versuchen zu verstehen, was er gerade gesagt hatte, und deutete dann mit einer Hand auf ihren Bademantel.

»Klar, warum nicht? Aber ich brauch ein paar Minuten zum Duschen und um mich umzuziehen.« Sie hob ihr Kinn und warf ihm einen langen, nachdenklichen Blick zu. »Und ich schätze, wenn wir in Zivil nach Black Rock Falls fahren, sollten Sie mich besser Jenna nennen.«

»Okay, wir sehen uns, wenn Sie so weit sind.« Kane lächelte über ihren verwirrten Gesichtsausdruck. »Bevor ich rübergehe, könnte ich bitte noch die Webadresse und das Passwort für die Dateien haben? Ich werde einen Blick darauf werfen, bevor wir in die Stadt fahren, und wenn Sie mir die Nummer eines der Deputys geben, die an diesem Wochenende Dienst haben, schicke ich ihn los, um die Unfallstelle zu fotografieren und einen Abschleppwagen zu organisieren.«

»Sie können sich die Akten gerne ansehen. Ich brauche bei den Fällen sowieso einen frischen Blick.« Jennas Lippen formten eine dünne Linie, als sie sich einem Notizblock auf der Bank neben dem Telefon zuwandte, sich einen an einer Schnur befestigten Stift griff und eine Zahlenkombination neben eine URL schrieb. Sie runzelte die Stirn, als wolle sie ihren nächsten Schritt entscheiden, dann reichte sie Kane den Zettel. »Ich werde Rowley anrufen. Er wird nicht wissen, wer Sie sind, und Sie sind bis Montagmorgen kein offizielles Mitglied des Black Rock Falls County Sheriff's Department. Rowley ist der Beste, den man an einen Unfallort schicken kann und wird sich vorerst um den Fall kümmern.« Sie tippte sich auf die Unterlippe. »Es sei denn, Sie wollen heute noch anfangen?«

»Kein Problem.« Er wandte sich zur Eingangstür. »Danke für den Kaffee.«

Als Kane wieder in seinem Cottage war, ging er ins Schlafzimmer und holte seinen Rucksack hervor. Darin befanden sich Wegwerf-Handys, sechs Kreditkarten mit verschiedenen Namen, Bargeld, seine Sig 1911 Backup-Pistole, Munition und Wäsche zum Wechseln. Er nahm eines der Handys und tippte die Nummer seiner Kontaktperson ein. »Achtundneunzig H erbittet Informationen über Sheriff Jenna Alton aus Black Rock Falls County.«

Er hörte das Tippen von Fingern auf einer Computertastatur, gefolgt von einem Einatmen.

»Wir haben keine Aufzeichnungen von Interesse unter diesem Namen. Ich muss Ihnen zudem raten, sich mit weiteren Anfragen zu dieser Person zurückzuhalten. Genießen Sie Ihre neue Stelle.«

Kane schaute erstaunt auf sein Handy. Informationen über einen Bezirkssheriff sollten immer abrufbar sein – egal wie belanglos sie waren, also hatte er in Bezug auf Sheriff Alton richtiggelegen. »Verstanden.« Er klappte das Handy zu, drehte es um und nahm die SIM-Karte heraus. Dann schlenderte er in die Küche und vernichtete die Karte in der Mikrowelle.

6

Das laute Tuckern von schwerem Gerät vorne am Haus erregte Kanes Aufmerksamkeit. Er schlenderte zur Haustür und trat hinaus in die Eiseskälte. Ein Schneepflug wendete gerade vor dem Haus des Sheriffs. Der Fahrer bewegte die Maschine an seiner Haustür vorbei und schob die frische Schneedecke weg. Der rotgesichtige Mann im Führerhaus winkte ihm aufmunternd zu und fuhr dann weiter die Auffahrt hinunter. Kane hob die Hand, als würde er zurückgrüßen und beobachtete, wie sich die Schneewehen auf beiden Seiten der Straße auftürmten. Die Kälte des Winters fraß sich durch seinen dicken Pullover. Er drehte sich um und stieß die Tür mit dem Fuß zu.

Die Durchsicht der Verhaftungsakten des Black Rock Falls County Sheriff's Department würde noch etwas warten müssen. Viel wichtiger war ihm der Tracker in Jennas Ohrring. Er schnappte sich einen Kapuzenpullover aus seinem Rucksack, zog ihn über und verließ das Cottage. Draußen schob er den Riegel vor und ging knirschenden Schrittes über die eisbedeckte Einfahrt zu seinem Geländewagen. Er stieg ein, startete den Motor und drehte die Heizung ein paar Stufen höher, bevor er seine Handschuhe anzog. Er hatte schon an kälteren Orten gelebt, aber nicht im hier Westen. Der Klimawandel sorgte in vielen Staaten für harte

Winter und er hatte durchaus mit eisigen Temperaturen gerechnet – aber der Wind in Black Rock Falls war mörderisch. Anstatt zu warten, fuhr Kane rückwärts aus der Garage und zur Vorderseite von Jennas Haus. Nur kurze Zeit später tauchte sie auf.

Sheriff Jenna Alton hatte eine wattierte Jacke mit pelzbesetzter Kapuze über Bluejeans und Stiefeletten angezogen. Sorgfältig aufgetragenes Make-up verbarg den blauen Fleck in ihrem Gesicht. Sie würdigte ihn keines Blickes, ging die Stufen hinunter, vorne um seinen Wagen herum und öffnete die Beifahrertür. Sie setzte sich hinein, schnallte sich an und blickte ihn dann erwartungsvoll an.

»Oh, ich nehme an, Sie brauchen eine Wegbeschreibung zu Aunt Betty's?« Sie winkte lässig mit der Hand in Richtung der Grundstückseinfahrt: »Ist nicht zu verfehlen, es liegt an der Hauptstraße. Auf dem Schild vor dem Café prangt ein Stück Apfelkuchen.«

Er warf einen Blick in ihre Richtung. »Verstanden, aber bevor es losgeht, hier, bitte sehr.« Kane fischte ihren Ohrring aus der Tasche. »Einfach draufdrücken, dann wird ein Signal an mein Handy gesendet und ich kann Sie über meine App verfolgen. Später werde ich einen stillen Alarm für Ihr Haus einrichten, aber das hier sollte im Notfall funktionieren.«

»Danke.« Jenna steckte den Ohrring an, dann zog sie ihre Stirn in Falten. »Ich fürchte, Sie werden mich ein paar Tage herumfahren müssen, bis mein Streifenwagen repariert ist.« Sie steckte eine Haarsträhne zurück in ihre Kapuze, und ein kleines Lächeln kräuselte ihre Lippen. »Ich könnte zwar Ihr Fahrzeug beschlagnahmen, aber ich würde Ihre Kooperation natürlich sehr zu schätzen wissen, vor allem da Sie ja jetzt ein Mitglied meines Reviers sind. Alle Unkosten werden natürlich erstattet.«

»Kein Problem.« Kane lenkte den Wagen auf die Hauptstraße und fuhr in Richtung Stadtzentrum, wobei er dem Schneepflug folgte. »Lassen Sie jeden Morgen den Schnee hier räumen?«

»Jim wohnt nebenan und ist so nett, meine Einfahrt zu machen, bevor er in die Stadt fährt.« Jenna lächelte und ihre weißen Zähne blitzten kurz. »Er sagt, wenn ich hier nicht wegkomme, kann ich niemandem helfen, der in Not geraten ist.«

Kane betrachtete sich die Umgebung genau. Black Rock Falls war nicht die kleine Stadt, die er sich vorgestellt hatte. Die Stadt breitete sich in alle Richtungen aus, durch ein Spinnennetz von Nebenstraßen mit dem Zentrum verbunden. Schilder und Wegweiser wiesen dem Verkehr den Weg zum Black Rock Falls Stadion, der Heimat der Larks, und zum Messegelände. Als sie sich dem Zentrum näherten, schmiegten sich die schneebedeckten Häuser in kleinen Gruppen aneinander. Die Hauptstraße zeugte von Wohlstand und einer prosperierenden Gemeinde. Trotz der Kälte waren viele Menschen unterwegs. Vor der Bäckerei hatte sich eine Schlange gebildet, die sich unter einer riesigen Atemwolke unterhielt, und am Straßenrand waren viele Autos geparkt. Kane blickte Alton an. »Ist um diese Zeit immer so viel los?«

»Heute Abend ist das Heimspiel der Larks.« Jenna blickte ihn kurz mit ihren blauen Augen an. »An den meisten anderen Wochenenden ist es in der Hockeysaison ruhig, weil die Fans von hier dem Team zu den Auswärtsspielen folgen. Wir sind auch Station der Rodeo-Show, und sobald der Schnee schmilzt, kommen die Cowboys in die Stadt. Glauben Sie mir, die Besucher und Einheimischen halten uns auf Trab.«

Sheriff Alton beeindruckte ihn. Black Rock Falls County mit einer Handvoll Polizisten zu beschützen, wäre ein Albtraum. Er rieb sich die Schläfe in böser Vorahnung der kommenden Strapazen. Seine Pläne, in einer Stadt voller Hinterwäldler eine ruhige Kugel zu schieben, hatten sich aufgelöst wie Schneeflocken auf einer beheizten Windschutzscheibe. Das vertraute qualvolle Pochen in seinem Kopf kehrte zurück und ihm wurde fast übel. Schmerz schoss durch seine Backenzähne und er entspannte seinen Kiefer in einer geübten Bewegung, um sich wieder unter Kontrolle zu bekommen. Er brauchte dringend ein warmes Essen und mehrere Liter starken Kaffee, wenn er den Tag überstehen wollte.

»Geht es Ihnen gut?« Alton musterte ihn und ihr Gesicht

zeige eine leichte Spur von Besorgnis. »Sie sind kreidebleich, wie ein Gespenst.«

»Es sind nur die Kopfschmerzen.« Kane quälte sich ein, wie er hoffte überzeugendes, Lächeln ab und beschloss, ehrlich zu sein. »Von der Platte in meinem Kopf habe ich schon gesprochen? Nun, die Kälte tut mir diesbezüglich keinen Gefallen.« Seine Augen waren weiterhin auf die Straße gerichtet. »Solange ich die Mütze aufbehalte, ist alles gut.«

»Sie haben die Wahl, das wissen Sie.« Alton lehnte sich in ihrem Sitz zurück, aber ihr Gesicht zeigte immer noch leichte Sorge. »Warum fangen Sie nicht erst am Montag an und erholen sich am Wochenende erst einmal von Ihrer Reise?«

Warum nahm sie das Attentat auf ihr Leben nicht ernst? »Hmm, jemand hat versucht, Sie umzubringen, und für mich steht ein Mordversuch an einem Sheriff ganz oben auf meiner Liste.«

»Seien Sie nicht so dramatisch.« Alton stieß einen langen Seufzer aus. »Ich würde mir gerne die Beweise ansehen, bevor ich mich entscheide. Sie waren ja nicht wirklich Zeuge des Vorfalls, oder?«

»Den Aufprall habe ich nicht gesehen, stimmt. Was ich aber bezeugen kann, ist eine rücksichtslose Fahrweise, die einen Unfall verursacht hat, und einen Verdächtigen, der einfach weiterfuhr und nicht mal langsamer geworden ist, um nachzusehen, ob er Sie vielleicht verletzt hat.«

»Ein Gesetzeshüter wie er im Buche steht.« Sie steckte eine Strähne ihres schwarzen Haares zurück in ihre Kapuze. »Machen Sie nie halblang?«

»Nö.« Sie fuhren an einem Lebensmittelladen und einer Tankstelle vorbei. Auf einer Straßenseite befand sich etwas zurückgesetzt ein Immobilienbüro mit eingefrorenen roten und weißen Fahnen, die von der Dachrinne hingen – praktischerweise gleich gegenüber einem roten Backsteingebäude mit einer Schindel, die auf eine Anwaltskanzlei hinwies. Mitten in der Stadt fand er Aunt Betty's Café, eingekeilt zwischen einem Ärztehaus und einem

Optiker. Er parkte den Wagen am Bordstein und sie stapften durch den Schnee zur Eingangstür.

Der köstliche Duft von Schinken, Eiern, Toast und Kaffee wehte ihm in einer Welle einladend wohliger Wärme entgegen. Als Jenna nicht reagierte, sondern einfach weiterging und sich auf einen blauen Plastikstuhl an einem Holztisch vor dem Fenster fallen ließ, folgte er ihr. Kane sah sich um: Das Lokal war makellos und, der Anzahl der Leute nach zu urteilen, auch gut besucht. Der Raum war erfüllt vom leisen Murmeln der Gespräche und viele Gesichter blickten in seine Richtung. Er schüttelte seinen Mantel ab und ließ ihn über die Stuhllehne fallen. Dann setzte er sich. Zwei etwa 20 Jahre alte Männer standen abrupt auf und verließen das Café, ohne einen weiteren Blick auf das Essen auf ihren Tellern zu werfen. Kane blickte ihnen die Straße hinunter nach und prägte sich die beiden ein. *Langsam, du bist nicht im Dienst.*

Während er den Duft der angebotenen Köstlichkeiten einatmete, richtete sich seine Aufmerksamkeit auf die bunten Hochglanzfotos der Gerichte, die an der Wand hinter dem Tresen hingen. »Was empfehlen Sie?«

»Alles.« Jennas Gesicht erstrahlte in einem echten Lächeln, als eine junge Frau mit einer Kaffeekanne in der Hand auf sie zukam. »Morgen, Susie.«

»Guten Morgen, Sheriff Alton.« Die Frau füllte zwei Tassen mit Kaffee, stellte dann die Kanne auf den Tisch und zog einen Schreibblock aus der Tasche. »Was darf ich Ihnen bringen?« Ihre neugierigen braunen Augen taxierten Kane. »Ihnen auch einen guten Morgen. Sind Sie neu in der Stadt?«

»Das ist Deputy Kane«, entgegnete Jenna mit einem amüsierten Blick zu ihrem neuen Mitarbeiter. »Begrüßen Sie Susie Hartwig. Ihre Großmutter hat dieses Etablissement im Jahr 1960 gegründet.«

Kane nickte. »Sehr erfreut, Sie kennenzulernen, MissHartwig.«

Nachdem er bestellt hatte, lehnte er sich in seinem Stuhl zurück und streckte seine Beine aus. Sein Blick schweifte über zwei Männer, die in einer abgelegenen Ecke saßen und ihnen verstohlene Blicke zuwarfen. Er hob den Kaffee an seine Lippen und betrachtete Jenna über den Rand der Tasse hinweg. Sie schien sich wohl zu fühlen, beobachtete aber aufmerksam den ganzen Raum, wobei ihr Blick kurz auf jeder Person ruhte und dann zur nächsten weiterging. Er stellte die Tasse zurück auf den Unterteller und sah sie an. »Schwer zu glauben, dass zwei Gäste in Black Rock Falls spurlos verschwunden sind, und doch halten mich die Einheimischen für einen Fremden, sobald ich zur Tür hereinkomme.« Er räusperte sich. »Das ergibt keinen Sinn.«

»Doch, tut es.« Jenna rieb ihre Hände aneinander. Sie löffelte Zucker in ihre Tasse und hob dann das Milchkännchen. »Es ist allgemein bekannt, dass Bürgermeister Rockford einen neuen Deputy eingestellt hat. In dem Moment, in dem Sie mit mir hier reingekommen sind, wurden Sie zu einer Person von öffentlichem Interesse. Die beiden vermissten Personen haben vielleicht auf den abgelegenen Ranches gearbeitet. Wenn Mrs. Woodward in die Stadt kam, um ihre Post abzuholen, war sie vielleicht nie in Aunt Betty's Café. Wir haben viel Zeit damit verbracht, ihr Foto auf den Ranches herumzuzeigen, ohne Erfolg, aber ein Kassierer in der örtlichen Bank erinnert sich an sie. Sie kam einmal in die Stadt, um ihre Bankgeschäfte zu erledigen, also könnte sie irgendwo in der Gegend als Haushälterin gearbeitet haben – vielleicht.« Sie nippte an ihrem Kaffee, und ihre Lippen kräuselten sich vor Genuss. »Es kommen viele Besucher nach Black Rock Falls, und wenn sie keinen Ärger machen oder keine besondere Aufmerksamkeit auf sich ziehen, bezweifle ich, dass sich viele Einheimische hier an sie erinnern.«

»Dann darf ich also annehmen, dass Mrs. Woodward nicht in der Stadt übernachtet hat?«

»Auf jeden Fall nicht im Cattleman's Hotel oder im Black Rock Falls Motel.« Jenna öffnete schwungvoll den Reißverschluss ihres Mantels. »Offenbar besitzt sie mehrere Fahrzeuge, aber ihre Enkelin glaubt, dass sie einen Pickup gefahren ist. Ach, sehen Sie mich doch nicht so an. Ihrer wäre einer von vielleicht hundert, die an einem beliebigen Wochenende durch die Stadt fahren. Ich habe die Frau noch nicht kennengelernt, geschweige denn soweit in Rage gebracht, dass sie mich von der Straße abdrängen würde.«

Jeder ist verdächtig, bis wir das Gegenteil bewiesen haben. »Okay.« Kane wies mit dem Kinn in Richtung der Männer auf der anderen Seite des Raumes. »Gibt es Probleme mit den beiden, die da drüben sitzen?«

»Nein. Das sind zufällig Freunde von mir.« Jenna bellte die Antwort nahezu. Dann wartete sie, bis Susie die mit Essen beladenen Teller auf den Tisch stellte. »Danke.«

»Guten Appetit! Ich bin gleich wieder da, mit frischem Kaffee.« Susie schnappte sich die Kaffeekanne, hüpfte summend in Richtung Küche und füllte wenige Augenblicke später ihre Tassen nach. Kane musterte erneut die Männer am Tisch da drüben. »Ihre Freunde scheinen in Anwesenheit von Gesetzeshütern ein bisschen nervös zu sein. Kennen Sie sie schon lange?«

»Seit zwei Jahren oder so. Die Daniels-Brüder waren die ersten, die mich in Black Rock Falls willkommen geheißen haben.« Jennas Augen strahlten vor Freude. »Einer meiner Deputys, Pete Daniels, ist ihr Bruder. Ich glaube, Sie bilden sich das nur ein, die dort haben überhaupt keinen Grund, in der Nähe von Polizisten nervös zu sein.«

»Was wissen Sie über sie?«

»Pete ist nicht hier aufgewachsen. Als ihre Mutter starb, schickte ihn sein Vater zu einer Tante. Pete hat eine eigene Wohnung in der Stadt.« Alton lächelte leicht. »Seine Brüder sind freundlich und entspannt, ganz wie mein Stellvertreter. Es ist schön zu wissen, dass sie sich normal entwickelt haben, wenn man ihren Vater bedenkt. Ich habe Geschichten über seine Grausamkeiten gehört, bei denen sich Ihnen die Haare aufrichten würden.«

Kane lenkte seine Aufmerksamkeit wieder zurück auf Jenna. »Was ist mit ihrem Vater passiert? Ist er im Gefängnis?«

Jenna schob sich eine Strähne aus dem Gesicht und schüttelte den Kopf. »Nein, er ist unter einen Traktor geraten, soweit ich weiß, einige Jahre bevor ich in die Stadt kam.«

Interessant. »Hat es eine Untersuchung gegeben?«

»Es war ein Unfall. Wow! Wie sind Sie denn drauf? Und so wie Sie die da drüben ansehen, wundert es mich überhaupt nicht, dass die nervös sind.« Altons Augen blitzten wütend. »Sie sind in der Stadt noch unbekannt und haben mir Angst gemacht, als wir uns das erste Mal trafen. Wenn man dann noch die Tatsache hinzufügt, dass Sie zur gleichen Zeit ankamen, als ich eine Befragung an der Haustür durchführte, würde das jeden nervös machen. Meiner Meinung nach glauben viele Leute hier, dass sie beobachtet werden, und ich bin sicher, einige haben auch was zu verbergen.«

»Vielleicht, aber mit einem Bruder bei der Polizei würden sie den Grund kennen, warum Sie Fragen gestellt haben.« Kane schüttelte den Kopf. »Unwahrscheinlich, dass sie etwas zu verbergen haben, es sei denn, Deputy Daniels deckt sie. Kann man ihm trauen?«

»Er ist Anfänger. Manchmal benimmt er sich ein bisschen eingebildet, und ich musste ihn in der Vergangenheit darauf hinweisen, mit seinen Hunderttausend Freundinnen keine Fälle zu besprechen, aber inzwischen macht er sich ganz gut. Würde er seine Brüder anzeigen, weil sie gegen das Gesetz verstoßen? Das kann ich wirklich nicht sagen, aber ehrlich gesagt sind die Daniels-Jungs meine kleinste Sorge. Sie bleiben unter sich und machen keinen Ärger. Ich denke, Sie können sie von Ihrer Liste streichen.«

Jenna nahm eine Gabel in die Hand, spießte ein Stück lockeres Rührei auf, und steckte es sich in den Mund. Dann sah sie Kane mit einem amüsierten Blick an. »Falls Sie sich wundern – die beiden Männer, die sich da vorhin aus dem Staub gemacht haben, sind Josh Rockford und Dan Beal, die Männer, die ich wegen Erregung öffentlichen Ärgernisses verhaftet habe. Sie übertreiben es gerne, und zudem glaubt Rockford, er sei Gottes Geschenk an die Frauen, was sich zu einem Problem entwickeln könnte, da die Hälfte seiner Fans noch Girlies sind – nicht dass sich eine je beschwert hätte. Mir ist aufgefallen, dass Rockford mit seinem Handy telefonierte, als wir reinkamen. Würde mal vermuten, dass sie wahrscheinlich zu spät zum Eishockeytraining gekommen sind. Ich habe sie gestern aufgehalten, und der Trainer der Larks hat ihnen vermutlich eine Strafe fürs Zuspätkommen aufgebrummt. Er ist unglaublich streng, wenn Spieler Trainingseinheiten verpassen.«

»Okay.« Kane genoss jeden Bissen seines Essens und grübelte über das nach, was sie besprochen hatten. Er wollte Jennas Unfall untersuchen, bevor die Spur kalt wurde. »Wissen Sie zufällig, was für Autos die beiden fahren?«

»Bei Beal weiß ich's nicht, aber Josh Rockford fährt so eine aufgemotzte Karre. Rot und mit viel Chrom. Er ist der stolze Pfau des Teams, wenn Sie wissen, was ich meine.«

»Dann war er's nicht – oder es war nicht sein Auto.«

»Rockford könnte sehr wohl in Frage kommen.« Jenna räusperte sich, und ihre Wangen röteten sich. »Er glaubt, er könne die Tatsache, dass sein Vater Bürgermeister ist, ausnutzen, um sich aus Schwierigkeiten herauszuwinden, und mir gegenüber verhält er sich respektlos – auf eine sehr anzügliche Art.«

»Es gefällt ihm nicht, eine Abfuhr zu bekommen?«

»Nein.« Jenna entgegnete seinen Blick mit einem Stirnrunzeln. »Er ist der ›Frauen sollten barfuß und schwanger sein‹-Typ und erwartet zweifellos, eine Jungfrau zu heiraten.«

»Ich werde ihn im Auge behalten.« Kane rührte in seinem Kaffee. »Haben Sie Rowley schon verständigt?«

»Ja, und er sollte bald hier sein. Ich habe ihm aufgetragen, auf dem Weg zum Revier hier vorbeizukommen und die Fotos vom Tatort mitzubringen. Mit dem, was Sie haben, können wir sehen, ob noch jemand da draußen unterwegs war, nachdem wir weg waren.« Sie goss Milch in ihren frischen Kaffee, gab Zucker hinzu und rührte um. »Sind Sie sicher, dass Sie heute schon anfangen wollen? Wenn es Ihnen lieber ist, können wir den Unfall am Montag auf dem Revier besprechen?«

»Ich würde lieber heute schon mit der Arbeit beginnen. Ich möchte die Person finden, die den Unfall verursacht hat, bevor sie Zeit hat, den Schaden an ihrem Fahrzeug zu reparieren.« Sein

Blick verengte sich. »Warum ist der Angriff auf Ihr Leben keine Top-Priorität für Sie?«

»Glauben Sie mir, das ist er.« Jenna berührte behutsam den Verband an ihrer Stirn. »Ich hatte Rowley so schnell wie möglich am Tatort. Sie haben eine Beschreibung des Fahrzeugs, das mich angefahren hat, und haben Fotos gemacht, bevor der Schnee die Spuren zudeckte. Ich glaube, wir sind auf einem guten Weg, einen Verdächtigen zu finden.«

Kane beugte sich vor und senkte seine Stimme. »Dann übertragen Sie mir den Fall, damit ich weiter nachforschen kann.«

»Da ich involviert bin, wäre das das Vernünftigste. Rowley hat nicht die nötige Erfahrung, aber er arbeitet gut unter Anleitung.«

Jenna drehte sich um, und ihr Gesicht erstrahlte zu einem Lächeln, als die Tür zum Laden aufschwang und ein junger Mann mit rötlichem Gesicht eintrat. Über seiner blauen Jeans trug er die Uniformjacke eines Deputy Sheriffs. Er nahm seinen Hut ab und kam auf sie zu. »Ah, da ist er ja, Deputy Rowley.«

»Ma'am.« Rowley näherte sich mit einer Kamera in der Hand.

»Rowley, das hier ist Deputy Sheriff David Kane. Er übernimmt die Leitung bei meiner Sache mit der Fahrerflucht.« Alton deutete abweisend in seine Richtung. »Setzen Sie sich und zeigen Sie mir, was Sie haben.«

Kane reichte ihm die Hand. »Haben Sie am beschädigten Fahrzeug von Sheriff Alton Lackspuren bemerkt?«

»Ja, Sir. Ich habe ein Video und Standbilder gemacht.« Rowleys Händedruck war fest. »Ich bin am Tatort geblieben, bis der Abschleppwagen eintraf und habe dem Fahrer gesagt, dass er das Fahrzeug zu Miller's Werkstatt bringen und bis auf weiteres nicht anfassen soll.« Er legte die Kamera auf den Tisch.

»Was dagegen?« Kane sah Alton an und deutete auf die Kamera.

»Nur zu.« Er sah sich die Fotos am und zoomte alles Verdächtige heran. Der Kratzer am hinteren Kotflügel schien Lackspuren zu haben. Er zeigte Alton das Bild. »Wir werden eine Probe brauchen.«

»Ich hole den Spurensicherungskoffer aus der Wache, dann gehen wir runter zur Werkstatt.« Jenna runzelte die Stirn. »Das kann warten, bis wir gegessen haben.«

Kane lächelte. »Ich habe eins in meinem Auto.« Er warf einen Blick auf Rowley. »Sie gehen derweil zur Werkstatt und bleiben dort. Sorgen Sie dafür, dass niemand in die Nähe des Wagens kommt. Wir werden in etwa zehn Minuten bei Ihnen sein.«

»Ja, Sir.« Rowley sprang auf und ging zur Tür.

»Er macht einen effizienten Eindruck.« Kane schnitt sich eine Scheibe saftigen Honigschinken ab und schob ihn sich in den Mund.

»Er ist auf dem besten Weg.« Alton nahm sich eine Scheibe Toast und seufzte. »Schon erstaunlich. Jeden Samstag passiert irgendwas, das mir den Tag versaut.«

Kane griff nach seinem Kaffee und warf ihr einen flüchtigen Blick zu. »Ich bin sicher, das dauert höchstens eine Stunde.« Er trank seinen Kaffee aus. »Ich würde gerne so schnell wie möglich den Pickup ausfindig machen.«

»Wenn Sie die Einträge der Zulassungsstelle durchgehen wollen, bitte gerne, aber bringen Sie mich zuerst nach Hause.« Alton stieß einen müden Seufzer aus, der ihren Pony hoch blies. Sie schob ihren Teller beiseite. »Ich habe an diesem Wochenende zwei Beamte im Dienst, und Sie muss ich erst einweisen. Wenn die Kopfschmerzen zu einem Problem werden, können Sie von zu Hause aus auf die Akten der Zulassungsstelle zugreifen, wenn es Ihnen wieder besser geht. Aber ich würde vorschlagen, damit einen der anderen Deputys zu beauftragen.«

Er stellte sich vor, wie sie wieder in ihre rosa Pantoffeln schlüpfte und den Sheriff in ihr an der Tür zurückließ. »Mir geht es ganz gut, und ich würde lieber in der Dienststelle arbeiten, damit ich einen Teil der Aufgaben dort delegieren kann. Ich möchte mich auch mit den Vermisstenfällen vertraut machen.« Kane stand auf und griff nach seiner Brieftasche. »Fertig?«

»Ja.« Alton zog ein paar Scheine aus der Tasche ihrer Jeans

und legte sie auf den Tisch. »Sie sind eingeladen, sozusagen als Willkommensgruß in Black Rock Falls.«

»Danke.«

»Aber gewöhnen Sie sich nicht daran.« Sie nahm die Kamera und marschierte dann mit gerecktem Kopf und nach vorn gerichtetem Blick zur Tür. »Und vergessen Sie nicht, den Spurensicherungskoffer aus Ihrem Wagen zu holen. Die Werkstatt ist gleich da drüben.«

Er grinste und schnappte sich seinen Mantel von der Stuhllehne.

»Jawohl, Ma'am.«

7

Jenna ging über die Straße zu Miller's Werkstatt. Bevor sie eintrat, stampfte sie den Schnee von ihren Stiefeln. Beim Anblick des zerbeulten Polizeiwagens zuckte sie zusammen und war froh, dass sie dem Wrack ohne ernsthafte Verletzungen entkommen war. Deputy Rowley kam auf sie zu und schenkte ihr ein jungenhaftes Lächeln.

»George wird einen Schadensbericht für die Versicherung ausfüllen, aber er meint, Sie brauchen einen Ersatzwagen.« Er runzelte die Stirn. »Sie haben doch bereits durchblicken lassen, dass Sie einen neuen Streifenwagen haben wollen.«

Jenna schüttelte den Kopf, verärgert über seine Andeutung. »Ich würde nicht mein Leben für ein neues Auto riskieren, und mitten in der Nacht kopfüber in einem Auto im Schnee zu hängen, ist nicht gerade meine Vorstellung von Spaß.«

»Jemand, der einen dunklen Ford Pickup fährt, hat den Unfall verursacht.« Kane trat an ihre Seite, und sein entschlossener Blick ließ die Wangen des jungen Mannes erröten. »Ich kann das Fahrzeug identifizieren. Wie heißt die Straße mit der Scheune an der Ecke, nicht weit vom Unfallort entfernt? Die mit dem zerschossenen Stoppschild?«

»Das müsste die Smith's Road sein.« Rowley schien in

Gedanken versunken. »In der Stadt gibt es jede Menge Ford Pickups, aber den Lackspuren nach ist das Fahrzeug dunkelblau. Das könnte unsere Suche ein wenig eingrenzen, und ich könnte ein paar Besitzer finden.«

»Machen Sie eine Liste von allen Personen, die Sie in der Gegend kennen, die das gleiche Fahrzeug haben, und überprüfen Sie sie auf Schäden. Falls Sie mit Verspätung zurück auf die Wache kommen, schicken Sie mir eine Liste mit denen, die wir ausschließen können.« Kane richtete sich auf, nahm eine Karte aus seiner Brieftasche und reichte sie ihm. »Ich überprüfe heute Nachmittag die Einträge der Zulassungsstelle, und wenn Sie wieder zurück sind, können wir allen Hinweisen nachgehen.«

»In Ordnung, Sir.« Rowley warf einen Blick auf die Karte. »Wenn Sie mich hier nicht mehr brauchen, fange ich sofort damit an.«

»Sehr gut.« Jenna lächelte ihn an. »Ich fahre bald nach Hause, und bevor Sie irgendwelche Gerüchte hören: Kane wohnt in dem Cottage auf meiner Ranch, bis er eine andere Bleibe gefunden hat.« Mit einem schnippischen Blick in Richtung Kane fügte sie hinzu: »Es sei denn, er entscheidet sich zu bleiben.«

»Das Cottage passt mir gut.« Als Kane um das Wrack herumging und jeden Zentimeter untersuchte, inszenierte er das als großen Auftritt. »Rowley, warten Sie, bis ich die Lackproben eingesammelt habe. Sie müssen die versiegelten Tütchen gegenzeichnen, der Sheriff darf die Beweise nämlich nicht anfassen.« Er setzte eine entschuldigende Miene auf. »Interessenkonflikt.«

»Verstehe.« Rowley runzelte die Stirn. »Ach ja, das hätte ich fast vergessen. Sarah Woodward hat gestern am späten Nachmittag angerufen. Sie sagte, sie hätte noch ein paar Informationen über ihre Großmutter und wollte heute Morgen auf dem Revier vorbeikommen.« Er sah Jenna an. »Wollen Sie, dass ich sie befrage?«

»Ja gerne.« Jenna fiel der Insasse in der Zelle ein. »Und wenn Sie die Pickups überprüft haben, gehen Sie bitte runter ins Cattleman's Hotel und besorgen sich eine Liste der anderen Männer, die am Pokerspiel am Donnerstagabend beteiligt waren. Sprechen Sie mit ihnen, und wenn Billy Watts' Geschichte stimmt, erteilen Sie ihm eine Verwarnung und lassen ihn laufen.«

»Ja, Ma'am.«

Ihre Aufmerksamkeit richtete sich jetzt wieder auf Kane, der hockend die Rückseite des Streifenwagens inspizierte. Er beeindruckte sie durch die akribische Art, wie er die Lackproben sammelte und eintütete. Als er sich aufrichtete und wegging, um jedes Beweisstück zu beschriften, schloss sie zu ihm auf. »Was denken Sie? Unfall oder Mordversuch?«

»Mordversuch.« Kane reichte die Tütchen zur Unterschrift an Rowley weiter. »Die Lackspuren und die Fotos vom Tatort widerlegen die Unfall-Theorie. Das Fahrzeug kann nicht versehentlich gegen Ihren Wagen geprallt sein.« Er holte einen Notizblock aus seiner Tasche und machte eine Skizze. »An der Aufprallstelle macht die Straße eine enggezogene Linkskurve, und bei der Geschwindigkeit, mit der der Fahrer die Kurve nahm, würde aufgrund der Fliehkraft das hintere Ende des Pickups nach rechts ausbrechen, also von Ihrem Fahrzeug weg. Da es keine Anzeichen dafür gibt, dass der Fahrer die Kontrolle verloren hat und von der Straße abkam oder den Streifenwagen mit seinem Heck erwischte, hatte er demnach sein Fahrzeug, als es mit dem Heck Ihres Wagens kollidierte, vollständig unter Kontrolle.«

»Klingt für mich nach einem Hinterhalt.« Deputy Rowley warf Jenna einen besorgten Blick zu.

»Ich bin mir echt nicht sicher. Ich habe nichts gesehen und nur den Lichtblitz der Scheinwerfer wahrgenommen, bevor er mich angefahren hat. Es sieht auf jeden Fall nach einem Angriff auf mich aus. Die Sache ist nur die, ich habe niemanden in der Stadt so gegen mich aufgebracht, dass er oder sie mich umbringen wollen würde.« Sie betrachtete Kanes Zeichnung. »Ja, ich habe bestimmt ein paar Leuten zugesetzt, aber in Black Rock Falls operieren doch keine Verbrechersyndikate.«

»Gut. Überlassen Sie mir die Ermittlungen, bis Sie wieder im

Dienst sind.« Kanes Mund verzog sich und er sah Rowley an. »Sie sollten sich besser auf den Weg machen.«

»Ich schicke Ihnen so schnell wie möglich alle Informationen, die Sie brauchen, Sir.« Rowley machte auf dem Absatz kehrt und ging zur Tür hinaus.

»Verschweigen Sie mir eigentlich irgendwas?« Kane musterte sie. »Gescheiterte Liebesaffären, eifersüchtige Ehefrauen?«

»Hier in Black Rock Falls? Der Bürgermeister würde keinen Skandal im Sheriff's Department dulden, und außerdem habe ich kaum mehr Zeit als für die eine oder andere Verabredung zum Abendessen. Und Ehebruch ist zudem nicht mein Stil.«

»Dann denke ich, wird sich der Grund zeigen, wenn wir das andere Fahrzeug finden. Ich werde die Lackproben zur Analyse einschicken. Eine Übereinstimmung und meine Aussage werden ausreichen, um den Fahrer für einige Zeit hinter Gitter zu bringen.« Kane lehnte sich gegen den beschädigten Streifenwagen und räusperte sich. »Ich würde gerne bei der Befragung von Miss Woodward dabei sein. Es würde mich interessieren, welche Informationen sie über das Verschwinden ihrer Großmutter hat. Hätten Sie etwas dagegen, wenn ich Sie nach Hause bringe, meine Uniform anziehe und dann zurück auf die Dienststelle fahre?«

Jenna unterdrückte das Lächeln, das über ihr Gesicht zu huschen drohte. Sie hatte noch nie jemanden getroffen, der so bereitwillig ein Wochenende opfern wollte – und das auch noch nach einer beschwerlichen Reise und einer kurzen Nacht. »Gerne. Ich schicke dem Büro des Bürgermeisters eine E-Mail, damit die wissen, dass Sie heute Ihren Dienst beginnen und auch bezahlt werden. Sie deutete mit einer Hand auf den zerbeulten Streifenwagen. »Brauchen Sie sonst noch was aus dem Wrack? Ich möchte den Schaden so schnell wie möglich der Versicherung melden.«

»Wir haben jeden Winkel gecheckt.« Kane deutete mit seinem kantigen Kinn in Richtung der Straße. »Wo geht's zum Bahnhof?«

»Der liegt am anderen Ende der Stadt.« Jenna ging zur Tür. »Da müssen wir den Wagen nehmen, aber bitte machen Sie es kurz, ich habe zu Hause noch was zu erledigen und außerdem bin ich heute Abend nach dem Spiel im Dienst.«

»Okay, aber ich brauche etwas Zeit, um die Lackproben zu protokollieren und wegzuschicken, bevor wir losfahren. Ich will nicht, dass jemand den Eindruck bekommt, wir hätten Zeit gehabt, Beweise zu manipulieren.« Er zuckte mit den Schultern. »Deshalb habe ich die Proben vorsichtshalber im Beisein von Rowley eingesammelt und ihn gebeten, auf den Siegeln der Tütchen zu unterschreiben.«

Professionell und aalglatt. Ich fange an, diesen Kerl zu mögen. »Ganz normaler Vorgang – zumindest für mich. Ich bin froh, dass wir uns da einig sind.«

»Das bin ich auch.« Kane grinste und seine blauen Augen funkelten amüsiert. »Das wird uns das Leben sicher erleichtern.«

8

Kane folgte Jenna aufs Polizeirevier und sah sich um. Im Wartebereich, kaum mehr als ein schmaler Flur, saßen eine junge Frau und zwei Männer getrennt voneinander. Sie gingen an dem Trio vorbei in einen großen Raum, der hauptsächlich aus abgetrennten Bereichen bestand, in denen die Deputys in kleinen Kabinen Befragungen durchführten. Die Arbeitsbereiche bestachen durch eine beeindruckende Anzahl von Flachbildschirmen. An einer Seite des Raums befand sich eine Tür mit einer großen Kupferplatte auf der in Silber eingeprägt »Sheriff Alton« stand. Am anderen Ende des Raumes stand eine weitere Tür offen und gab einen Durchgang frei. Der Duft von frisch gekochtem Kaffee und Bagels lenkte Kanes Aufmerksamkeit auf eine kleine Küchenzeile mit Kaffeemaschine und einem Edelstahl-Kühlschrank. Neben einem Schild, das den Weg zu den Toiletten wies, hing eine Weißwandtafel, auf die eine Art Diagramm gezeichnet war. Kane wartete darauf, dass Alton ihn den diensthabenden Beamten vorstellte, aber bevor sie den Mund öffnete, streckte ihm ein älterer Deputy, etwa Mitte Sechzig, bereits die Hand entgegen und begrüßte ihn mit einem warmen Lächeln.

»Willkommen in Black Rock Falls, ich bin Duke Walters und das ist Pete Daniels.« Walters deutete auf den großen Mann Mitte

Zwanzig neben ihm. »Es ist an der Zeit, dass wir einen weiteren Deputy bekommen. Ich stehe zu kurz vor der Pensionierung, um noch Notfälle übernehmen zu können.«

»Jake sagte bereits, dass Sie heute noch vorbeischauen wollten.« Daniels schüttelte ihm die Hand, bevor er die Daumen in seinen Gürtel steckte und sich gegen den Schreibtisch lehnte.

»Jake?« Kane begegnete dem herablassenden Blick von Daniels und tat die Welle der Unverschämtheit, die von dem jungen Mann ausging, mit einem Achselzucken ab. »Ich glaube nicht, dass ich schon jemanden mit diesem Namen kennengelernt habe.«

»Er meint Jake Rowley.« Sheriff Alton lächelte ihn an. »Daniels hier ist unser neuester Zugang, kommt direkt vom College. Ich bin mir sicher, er wird von Ihrem Wissen und Ihrer Erfahrung profitieren können.«

Das will ich hoffen. Er wandte sich an Walters. »Ich habe Lackproben von Sheriff Altons Unfall, die in die Asservatenkammer gehören.« Er zog die Tütchen aus seiner Tasche und wandte sich an Daniels. »Sie kommen auch mit. Ich will die Unterschriften von zwei Beamten im Protokollbuch.«

»Für den Raum braucht man zwei Schlüssel, um die Kammer aufzuschließen.« Alton zog einen Schlüsselbund aus der Tasche. »Ich habe einen, und Walters hat den anderen, da er vor Ihnen hier der ranghöchste Beamte war.« Sie warf dem älteren Mann einen langen, nachdenklichen Blick zu. »Ich schätze, diese Ehre gebührt jetzt Kane.«

Kane sah den älteren Mann an. »Um mich hier einzuleben wird mir Deputy Walters' Erfahrung eine große Hilfe sein.« Er nahm den Schlüsselbund entgegen.

»Und ich freue mich darauf, weniger Stunden arbeiten zu müssen – jetzt, wo wir Unterstützung haben.« Walters lächelte warmherzig.

Kane wollte gerade etwas erwidern, verkniff es sich aber, denn plötzlich kam eine große und sehr attraktive Frau mit schokoladenbrauner Haut in die Dienststelle. Sie schüttelte den Schnee von ihrer bunten Strickmütze, hängte sie an einen Haken neben der Tür, zog ihren Mantel aus, drehte sich dann zu ihm um und sah ihn mit einem strahlenden Lächeln an.

»Sie müssen der neue Deputy sein, über den man bereits redet. Wie ich sehe, sind alle früher gekommen, um Sie kennenzulernen.« Sie bewegte sich mit einem üppigen Hüftschwung auf ihn zu. »Ich bin Magnolia Brewster, aber Sie können mich Maggie nennen.«

»Maggie ist unsere Dame am Empfang«, erklärte Alton. »Wenn Sie den Notruf wählen, kommen Sie während der Bürozeiten bei Maggie raus. Ansonsten gehen die Notrufe direkt bei den diensthabenden Beamten ein.«

»Sie kümmern sich um alle Notfälle? Feuer, Rettung, alles?« Kane starrte sie ungläubig an.

»Ja, und wir haben einen 24-Stunden Bereitschaftsdienst angefordert, aber die geringe Zahl der Anrufe, die wir erhalten, rechtfertigt die damit verbundenen Kosten nicht.« Alton trommelte mit ihren gepflegten Fingernägeln auf den Schreibtisch. »Lassen Sie die Beweise protokollieren, und wenn Sie bei Sarah Woodwards Befragung dabei sind, bitten Sie Walters, die Daten der Zulassungsstelle zu überprüfen. Sobald er eine Liste hat, vergleichen Sie sie mit allen Leuten, die ich in den letzten sechs Monaten verhaftet habe, für den Fall, dass sie ein ähnliches Fahrzeug besitzen.«

»Verstanden. Sollte ich sonst noch etwas wissen?«

»Rowley wird Sie über die Details aufklären. Er ist am Ball.« Sie lächelte. »Maggie wird sich darum kümmern, dass die Lackproben in die Spurensicherung kommen. Walters kann diese Aufgabe auf jeden Fall bestens beaufsichtigen.«

Als Kane den Mund öffnete, um eine weitere Frage zu stellen, blickte Jenna ihn wütend an.

»Sie haben noch genug Zeit, mit meinen Deputys zu fachsimpeln, nachdem Sie mich nach Hause gebracht haben.«

Eine Stunde später war Kane wieder auf dem Revier, in seiner neuen, frisch gestärkten Uniform, und überwachte die Entlassung von Billy Watts. Rowley hatte nichts gefunden, was beweisen könnte, dass der Mann Geld gestohlen hatte. Zudem hatte der Deputy inzwischen auch blaue Pickups untersucht, die ihm bekannten Personen gehörten, dabei aber keinen gefunden, der kürzlich beschädigt worden wäre. Kane beauftragte ihn mit der Befragung von Sarah Woodward und widmete seine Aufmerksamkeit nun dem jüngeren Deputy, Pete Daniels. Als er feststellte, dass Daniels mit dem Papierkram gut alleine zurechtkam, wandte er sich ab, und sah sich die junge Frau an, die Rowley gerade in seiner Kabine befragte.

Sarah Woodward erinnerte ihn an seine Schwester, die genauso alt wie Sarah war, und sofort meldete sich sein Beschützerinstinkt. Mit ihren etwa achtzehn Jahren war sie viel zu jung, um alleine nach dem Verbleib ihrer Großmutter zu forschen. Ihre Haut wie Porzellan und ihre blonden Haare wirkten fast wie ein Aufruf an die vielen jungen Männer, die zum Hockeyspiel kamen – »Kommt und holt mich«. Sie würden sich um das unschuldige, naive Mädchen scharen wie Bienen um eine Honigwabe.

Kane zog sich einen Stuhl in Rowleys Kabine, um das Gespräch mit anzuhören. Er stellte sich vor und setzte sich. »Reisen Sie alleine?«

Sie blinzelte ihn mit ihren kornblumenblauen Augen an, als wäre er gerade vom Himmel gefallen.

»Äh ... ja, das tue ich.« Das Zittern ihrer Lippen ließ ein Lächeln erahnen. »Ich habe vor, meine Großmutter zu finden, also werde ich nicht lange allein sein.« Ihre schmalen Finger spielten mit ihrem blauen Strickschal. »Ich habe ein paar Hinweise.«

Kane lehnte sich in seinem Stuhl zurück und ließ ihn knarzen wie die Knochen eines alten Mannes. »Was haben Sie Neues herausgefunden?«

»Ich habe meine Mutter angerufen, aber sie konnte sich an keine bestimmten Orte erinnern, die Oma besucht hat, hatte aber noch ein paar ihrer Briefe. Sie müssen wissen, meine Mutter ist seit dem Tod meines Vaters nicht mehr dieselbe. Die Medikamente beeinträchtigen ihr Gedächtnis, also dachte ich, es wäre das

Beste, sie zu bitten, mir Omas Briefe zu schicken.« Sarah schenkte ihm ein sonniges Lächeln – ganz Grübchen und weiße Zähne. »Die Briefe kamen gestern Nachmittag per Eilzustellung an. Ich habe sie noch nicht alle gelesen, aber im dritten Brief, den ich aufgemacht habe, war die Rede von einem Gespräch mit dem örtlichen Immobilienmakler. Großmutter wollte eine kleine Ranch hier in der Gegend kaufen. Ein Ort, an dem wir alle weit weg von der Stadt leben könnten.« Sie hob ihr Kinn. »Also hab ich mir gedacht, ich spreche mal mit dem Immobilienmakler und frage, ob er von Oma Anfragen erhalten hat.«

»Sie sollten die Ermittlungen der Polizei überlassen.« Kane warf einen kurzen Blick auf Rowley. »Rufen Sie den Makler an und fragen Sie, was er über Mrs. Woodward weiß.« Er lächelte Sarah an. »Kann ich Ihnen etwas zu trinken holen, während wir warten? Ein Wasser oder einen Kaffee?«

»Ja, danke, ein Wasser wäre nett.« Ihre Wangen röteten sich und sie öffnete den Reißverschluss ihrer leuchtend gelben Windjacke. »Ziemlich warm hier drin.«

Als Rowley aufstand, um den Anruf zu tätigen, bemerkte Kane Deputy Daniels in der Nähe. Der Neuling winkte Billy Watts zur Tür und stand dann vor Rowleys Schreibtisch herum. Kane wandte sich ihm zu.

»Wenn Sie nichts zu tun haben, könnten Sie bitte ein Wasser für Miss Woodward holen und für mich einen Kaffee – stark, süß und mit Milch.«

»Okay, Boss.« Daniels verzog sich in Richtung Küchenzeile.

Kane räusperte sich, um Sarahs Aufmerksamkeit wieder auf sich zu lenken. »Sie müssen Ihrer Großmutter sehr nahe stehen, dass Sie so weit reisen, um sie zu finden.«

»Ja, das stimmt.« Sarah holte tief Luft. »Meiner Mutter geht es nicht gut, und ich muss Oma einfach finden.«

»Vielleicht habe ich eine Spur.« Rowley klappte sein Handy zu und setzte sich. »Ich habe gerade mit dem Besitzer des Immobilienbüros, John Davis, gesprochen, und er erinnert sich, dass ihn vor einiger Zeit eine Frau nach Immobilien gefragt hat. Er hatte ihr angeboten, ihr die zum Verkauf stehenden Grundstücke in der Gegend zu zeigen, aber, so erinnert er sich, sie hat ihn um eine Liste gebeten, damit sie überall selbst vorbeifahren und einen Blick auf die Objekte werfen könnte. Mrs. Woodward sagte, sie würde wiederkommen, wenn sie etwas gefunden hätte, was ihr zusagt, und einen Termin für eine Besichtigung vereinbaren, aber sie ist nie wieder bei ihm aufgetaucht.«

»Haben Sie ihn um eine Kopie der Liste mit den Immobilien gebeten, die er ihr gegeben hat? Es wäre vielleicht gut, ihren Weg nachzuverfolgen und bei den Eigentümern nachzuhaken.«

»Ja, ich habe ihn gefragt, aber er sagte, er bräuchte Zeit, um die Inserate der letzten drei Monate durchzugehen. Er wird so bald wie möglich eine Liste schicken, wahrscheinlich am Montag, da er da schon mittags schließt, um sich mit ein paar Klienten einige Immobilien im Zentrum anzusehen.«

Kane wartete, bis Daniels die Getränke gebracht hatte, dann lächelte er Sarah an. »Sobald ich die Liste habe, werde ich mit den Besitzern reden. Jemand muss mit Ihrer Großmutter gesprochen haben. Wenn Sie inzwischen die restlichen Briefe lesen und mir Bescheid geben könnten, sobald Sie irgendwelche Hinweise finden? Sie können mich unter dieser Nummer erreichen.« Er griff nach seiner Brieftasche, nahm eine Karte heraus und reichte sie ihr. »Wo wohnen Sie?«

»Im Black Rock Falls Motel.« Sie verzog ihr Gesicht. »Ziemlich laut dort, seit die Eishockeyspieler in der Stadt sind. Gestern Abend war dort die ganze Zeit Party.«

»Das ist eine raue Truppe, die sich amüsieren will. Aber sobald sie Sie belästigen, wählen Sie den Notruf oder rufen Sie direkt mich an. Das Black Rock Falls County Sheriff's Department hat rund um die Uhr einen Beamten auf Abruf.« Kane stand auf und begleitete sie zur Tür.

»Danke.« Sarah schenkte ihm ein kleines Lächeln, richtete sich auf, warf den Riemen ihrer hellrosa Handtasche über die Schulter und verließ das Gebäude in Richtung einer alten blauen Limousine, die am Straßenrand parkte.

»Wenn sie jemanden braucht, der ihr nach Hause folgt«, sagte Daniels, der plötzlich neben Kane stand und ihr mit einem verschmitzten Grinsen hinterher blickte, »dann melde ich mich gern freiwillig.«

Kane drehte sich um. »Sagt Ihnen das Motto ›Dienen und Schützen‹ etwas? Halten Sie sich von ihr fern. Das ist ein Befehl.«

»Ach, kommen Sie.« Daniels grinste blöde. »Haben Sie nicht bemerkt, wie sie mich angesehen hat? Mädchen wie sie lieben Männer in Uniform.« Na ganz toll, jetzt hab ich es auch noch mit einem Schürzenjäger in spe zu tun, dachte Kane.

9

Sie schaute konsterniert aus dem Küchenfenster auf ihr Auto, das gerade in der Ferne verschwand. »Wo bringen Sie meinen Pickup hin?«

»Der kommt jetzt in die Reparatur.« Der freche Mann in Cowboystiefeln schmunzelte leicht. »Du wirst ihn nicht mehr brauchen.«

Von dem seltsamen kalten Blick in seinen Augen bekam sie eine Gänsehaut, und wich zurück, bis sie mit dem Rücken an die Kante der Küchenspüle stieß. »Ich habe Ihnen nicht erlaubt, meinen Pickup anzufassen.«

»Ich brauche deine Erlaubnis nicht.«

Die verächtliche Art, wie er sie ansah, die leicht gekräuselten Lippen und die selbstsichere Haltung jagten ihr Schauer über den Rücken. Irgendetwas stimmte in seinem Kopf nicht – als ob er zwei Personen in sich vereinte. Diese Person hier war nicht der nette Mann, der sie ermutigt hatte, einzuziehen und ein Gespür für die Gegend zu bekommen, sondern die andere, brutale und wilde Person, mit der sie nicht vernünftig reden konnte. Alkohol machte alles noch schlimmer, und die Flasche und das Glas auf dem Küchentisch ließen ihre Alarmglocken schrillen. »In ein paar

Tagen ziehe ich aus. Wie soll ich da ohne ein Fahrzeug von hier wegkommen?«

»Vielleicht möchte ich ja, dass du bleibst?« Mr. Cowboystiefel kam ein paar Schritte näher, seine dunklen Augen musterten sie – tote Augen ohne einen Funken Mitgefühl. »Das Haus ist schön und sauber, und ich mag es, wenn jemand für mich kocht.«

Verängstigt, aber entschlossen, nicht klein beizugeben, verschränkte sie die Arme vor ihrer Brust mit dem wild pochenden Herzen, um das Zittern ihrer Hände zu verbergen. »Ich sagte, dass ich einen Monat bleiben werde, um ein Gespür für die Gegend zu bekommen. Ich kann nicht ewig hier bleiben.«

»Du wirst, wenn ich es sage.« Er stand ihr gegenüber, seine muskulösen Arme links und rechts von ihr und stützte seine großen Hände auf dem Tresen ab. »Das Problem ist nur, dass ich Geld brauche, um die Reparatur für dein Auto zu bezahlen. Wenn du es zurückhaben willst, kostet dich das fünfhundert Dollar in bar. Wenn du mir deine Karte gibst, fahr ich in die Stadt und heb das Geld für dich ab.«

Sein nach Bourbon stinkender Atem stach in ihre Nase. Angewidert wandte sie das Gesicht ab. »Warum fahren Sie mich nicht in die Stadt, wenn die Reparatur beendet ist, und ich bezahle die Werkstatt?«

Der grelle Schmerz machte sie für einen Moment blind. Sie hatte seine Faust nicht kommen sehen. Mit tränenden Augen starrte sie ihn schockiert an. Der nächste Schlag jagte einen metallischen Geschmack über ihre Zunge. Sie hob beide Hände, um ihr Gesicht zu schützen. »Hören Sie auf. Warum tun Sie mir das an?«

»Ich sagte, gib mir deine Karte, und ich hole das Geld aus der Stadt.« Seine schmierige Hand umfasste ihren Hals und drückte zu. »Oder bist du taub?«

Zitternd vor Angst, nickte sie. Was hätte sie denn sonst tun sollen? Meilenweit von der Stadt entfernt, ohne Auto, und ihm vollständig ausgeliefert. Wenn er weg war, konnte sie vielleicht das Telefon benutzen und Hilfe holen. »Ich hole sie gleich.«

Er folgte ihr ins Zimmer und wartete an der Tür, während sie zitternd auf dem Bett saß. Ihr Kopf pochte, und sie konnte nicht klar denken. Sie nahm ihr Portemonnaie vom Nachttisch, holte eine Karte heraus und gab sie ihm. Sie hatte sich die PINs ihrer Karten noch nie merken können, sie waren alle in ihrem Adressbuch notiert.

»Die PIN?« Er kam näher. »Sag mir die Nummer.« Er holte einen Notizblock aus seiner Tasche.

Als sie im Adressbuch herumsuchte, nahm er es ihr aus der Hand und lachte. »Du hast die Nummern hier drin?« Sein Cowboyhut rutschte leicht nach vorne, als er die Seiten durchblätterte. »Wie viele Karten hast du denn?« Er griff nach ihrer Geldbörse und leerte den Inhalt auf dem Bett aus. »Drei?«

Mit einem Klingeln in ihren Ohren blickte sie zu ihm hoch. Sie konnte nicht glauben, dass er sie geschlagen hatte. Noch nie hatte jemand sie geschlagen. Das Zimmer begann zu verschwimmen und sie klammerte sich an der Bettkante fest. Mit aller Macht kämpfte sie dagegen an, sich zu übergeben.

Beim nächsten Schlag hielt sie ihren pochenden Kopf fest mit beiden Händen umklammert. »Ja, ich habe drei. Nehmen Sie sie.«

»Das werde ich.« Er ging in die Küche.

Augenblicke später hörte sie seine Stiefel auf dem Boden vor ihrem Schlafzimmer. Sie blickte durch geschwollene Augenlider und sah, dass er das Telefon in der Hand hielt.

»Du kannst versuchen wegzurennen, aber bei dem Wetter kommst du nicht weit.« Er wedelte mit dem Telefon. »Und das da nehm' ich mit. Wenn ich zurückkomme, möchte ich, dass das Abendessen fertig ist oder ich schlage dich besinnungslos und sperr' dich in den Erdkeller. Da unten ist es ziemlich kalt und die Ratten werden dich bei lebendigem Leib auffressen. Du hast die Wahl.«

Sie hörte, wie er vor sich hin pfiff, als seine Schritte den Gang hinunter hallten. Kurz darauf heulte ein Motor auf. Hoffnungslosigkeit machte sich in ihr breit. Sie musste überleben und würde dafür alles tun, was er wollte, aber irgendwann musste er ja auch mal schlafen. Vielleicht konnte sie sein Auto stehlen und damit fliehen. Doch wem wollte sie etwas vormachen? Er war so schlau wie ein Fuchs. Ich sitze in der Falle, und er wird mich niemals gehen lassen. Sie legte sich aufs Bett und zog sich die Decke über den Kopf. Erinnerungen an ihre Familie kamen hoch und bald umfing sie wohltuende Dunkelheit.

10

Kane funkelte Daniels grimmig an und konzentrierte sich dann wieder auf die anstehende Aufgabe. »John Helms, die andere vermisste Person. Haben Sie schon seine Kredit- oder Bankkartentransaktionen und sein Mobiltelefon überprüft?«

»Noch nicht. Der Mann wurde erst am Freitag als vermisst gemeldet. Ich schätze, wir können bis Montag warten und sehen, ob er bis dahin auftaucht.«

»Brauchen wir nicht. Sheriff Alton hat mich informiert, dass Helms seit einiger Zeit vermisst wird und sein Handy nicht reagiert. Überprüfen Sie, warum und ob er irgendwelche Zahlungen nicht mehr gemacht hat. Und suchen Sie schon mal die nötigen Papiere zusammen, um einen Haftbefehl zu bekommen. Ich will eine Liste der Anrufe, die er in den letzten zwei Wochen getätigt hat, und dann machen Sie das Gleiche, um an seine Bankumsätze zu kommen.«

»Geht klar, Boss.«

Kane kehrte zu Rowleys Schreibtisch zurück und setzte sich neben ihn. Daniels übertrieben lässige Arroganz gegenüber Sarah Woodward hatte ihn gestört, aber er würde ihn schon noch einnorden. Er holte tief Luft, nahm seinen Kaffee und blies in die dampfende Flüssigkeit, froh darüber, dass sein Kopf nicht mehr pochte.

»Wann waren Sie zuletzt auf dem Schießplatz?« Er nahm einen Schluck von dem starken Getränk und seufzte.

»Sheriff Alton nimmt uns einmal im Monat mit runter – also vor zwei Wochen. Sie ist eine strenge Chefin und leitet diese Polizeiwache mit harter Hand – wie ein Boot Camp.« Rowley tippte auf seiner Computertastatur herum und blickte Kane dann direkt an. »Ich habe die Notizen von Miss Woodwards Befragung in ihre Akte übertragen. Wenn Sie mich also jetzt für eine Weile nicht mehr brauchen – normalerweise mache ich als erster Mittag.«

»Ich komme mit. Walters erstellt noch eine Liste mit allen Pickups in der Gegend, und eine Pause könnte ich jetzt auch gut brauchen. Wir können meinen Wagen nehmen, aber bevor wir etwas essen, möchte ich noch mit dem Immobilienmakler sprechen, ehe er den restlichen Tag unterwegs ist.« Kane trank seinen Kaffee aus und erhob sich.

»Bisher ist er der Letzte, der mit der Vermissten Kontakt hatte. Haben Sie ein Foto von Mrs. Woodward auf Ihrem Handy?«

»Ja. Wir haben nach ihr gesucht. Ich habe ein paar Flugblätter ausgedruckt und sie den örtlichen Ranchern gezeigt, aber ohne viel Erfolg.« Rowley meldete sich von seinem Computer ab und sprang begeistert auf die Beine. »Wie wollen Sie vorgehen?«

»Im Augenblick gehen wir davon aus, dass Mrs. Woodward mit dem Immobilienmakler über Grundstücke gesprochen hat. Wir werden jeden befragen müssen, mit dem sie vor ihrem Verschwinden Kontakt gehabt hat.« Kane schnappte sich seine Windjacke vom Haken neben der Tür und ging dann nach draußen zu seinem Wagen. »Ich beobachte genau, wie Menschen reagieren, und wenn wir dem Immobilienmakler ein Foto unserer Vermissten zeigen, könnte das eine verdrängte Erinnerung auslösen.«

»Und Sie werden merken, ob er was verheimlicht.« Rowley zog seinen Mantel über und folgte ihm. »Halten Sie ihn für verdächtig? Anscheinend hat war er ja der Letzte, der Mrs. Woodward gesehen hat.«

»Vielleicht. Aber im Augenblick haben wir nur eine vermisste

Person, kein Opfer und auch kein Verbrechen.« Kane fröstelte und drückte den Knopf an seinem Schlüsselsensor, um den Wagen zu öffnen. »Schneit es hier eigentlich immer?«

»Zu dieser Jahreszeit ja.« Rowley wich geschickt ein paar Kindern aus, ging um die Motorhaube herum und glitt dann auf den Beifahrersitz.

Er schnallte sich an und zog seine Handschuhe über. »Der Schnee bleibt hier manchmal sogar bis April liegen.«

Kane erinnerte sich, wie er auf dem Weg in die Stadt an dem Immobilienbüro vorbeigefahren war. Der Schneefall hatte etwas nachgelassen, aber die Scheibenwischer hatten Mühe mit dem Schnee auf der Windschutzscheibe. Er wartete auf eine Lücke im Verkehr und fuhr dann ins Zentrum. Seine Gedanken sprangen zwischen den Fällen, die Jenna skizziert hatte, hin und her: zwei spurlos verschwundene Personen waren für eine Kleinstadt ungewöhnlich – ein Angriff auf einen Sheriff sogar noch seltsamer. Er entdeckte das Immobilienbüro auf der linken Straßenseite, das mit seinem schneebedeckten Dach und den Eiszapfen, die von den Ästen des Baumes davor hingen, sogar irgendwie malerisch wirkte, und fuhr er auf den kleinen Parkplatz vor dem Haus. Er betrachtete auf die vom Frost verklebten Fotos der zum Verkauf und zur Vermietung stehenden Immobilien. Wer guckt sich schon bei so einem Wetter Immobilien an? »Überlassen Sie mir das Reden. Sie machen sich bei Bedarf Notizen und halten das Foto auf Ihrem Handy bereit.«

»Gern. Darf ich Ihnen eine Frage stellen?« Rowley sah Kane an. Der nickte. »Wie behalten Sie all diese Fälle im Kopf? Sie scheinen von einem zum anderen zu springen, ohne auch nur einen Blick auf Ihre Notizen zu werfen.«

Kane zog sich die Wollmütze über die Ohren. »Ich behandle die Fälle wie Fernsehsendungen. Ich bin sicher, Sie sehen an einem Abend viele verschiedene Serien und können sich stets erinnern, was in der letzten Folge passiert ist, richtig? Das ist dasselbe, nur dass es sich hier um echte Menschen handelt. Statt also bis zur spannenden Folge der nächsten Woche zu warten, muss ich hier sofort wissen, was passiert ist.«

»Ich glaube, ich werde meine Notizen brauchen – ein Fehler und der Sheriff lässt's mich büßen.« Rowley verzog das Gesicht und holte seinen Notizblock und seinen Stift heraus. »Bereit?«

»Aber immer.« Kane stieg aus und ein beißend kalter Windstoß traf sein Gesicht. Er ließ eine Frau vorbei, die ein Kind mit laufender, roter Nase trug, und ging geradewegs auf die Bürotür zu. Ich muss verrückt sein, diesen Job hier anzunehmen. Das Geld brauch ich nicht. Eigentlich sollte ich jetzt zu Hause sitzen, vor dem Kamin und ein Buch lesen.

Die Glocke an der Tür kündigte ihre Ankunft an und aus dem Hinterzimmer kam ihnen Mr. Davis mit einer dampfenden Tasse in der Hand entgegen.

»Was kann ich für Sie tun, Deputys?« Er hob neugierig die Augenbrauen, und die Hand, die die Tasse auf den Schreibtisch stellte, zitterte leicht.

Kane musterte den Mann und fing einen Hauch von Brandy auf, der aus dem Getränk herüberwehte. »Mr. Davis? Ich bin Deputy Sheriff Kane. Mir ist klar, dass Sie bald einen Termin haben, aber ich muss Ihnen dennoch ein paar Fragen stellen.«

»Kein Problem. Die Klienten haben sich für 12 Uhr angemeldet, also habe ich noch etwas Zeit.« Davis ließ sich vorsichtig in den Bürostuhl hinter seinem Schreibtisch fallen, so als hätte er Schmerzen. »Bitte nehmen Sie Platz. Wenn ich zu Ihnen hochschauen muss, tut mir der Nacken weh.«

»Sicher.« Kane setzte sich auf einen äußerst unbequemen Holzstuhl, der unangenehme Erinnerungen an das Nachsitzen im Büro des Schuldirektors wachrief. Er verdrängte das Bild aus seinem Kopf und ordnete seine Gedanken. »Ich untersuche das Verschwinden von Mrs. Samantha Woodward.«

»Ich habe Deputy Rowley schon alles erzählt, woran ich mich erinnern kann. Aber ich hatte noch keine Zeit, meine Akten nach einer Liste der Immobilien abzusuchen.« Davis blickte mit den Augen zur Decke, als würde er um göttliche Hilfe bitten. »Das braucht seine Zeit, aber ich werde sie Ihnen so schnell wie möglich zukommen lassen.«

»Das verstehe ich und weiß Ihre Hilfe sehr zu schätzen.« Kane lächelte, weil er den Mann beruhigen wollte, aber den Schweißperlen nach zu urteilen, die sich auf seiner Stirn bildeten, ohne Erfolg. »Ich dachte nur, ein Foto von Mrs. Woodward könnte Ihrem Gedächtnis auf die Sprünge helfen.«

»Hier, sehen Sie.« Rowley hielt ihm sein Handy hin. »Erinnern Sie sich daran, diese Person getroffen zu haben?«

Davis beugte sich über den Schreibtisch und sah blinzelnd auf das Foto, dann warf er einen besorgten Blick zu Kane.

»Bei mir kommen viele Leute einfach so vorbei und fragen nach Immobilien.« Er lehnte sich auf seinem Stuhl zurück und seufzte. »Ich erinnere mich an eine Frau, die erwähnte, dass sie ihr Haus verkaufen und sich hier zur Ruhe setzen wollte. Sie hat nicht nach einem großen Haus gesucht, sondern eher nach einem Objekt, das sie und ihre Familie alleine bewältigen könnten.«

Kane richtete sich auf. »Das ist schon mal gut. Erinnern Sie sich daran, ob Sie mit ihr über eine bestimmte Immobilie gesprochen haben?«

»Vage. Wahrscheinlich hätten wir über geeignete Immobilien gesprochen und vermutlich sogar einen Besichtigungstermin vereinbart, aber ich kann mich nicht daran erinnern, mit einer älteren Frau irgendwelche Ranches besichtigt zu haben.« Davis trommelte mit den Fingern auf den Schreibtisch. »Überhaupt nicht.«

»Hat sie irgendetwas darüber gesagt, wo sie wohnt?«

»Das weiß ich wirklich nicht mehr.« Davis breitete die Hände aus. »Tut mir leid, Deputy, ich kann Ihnen nicht sagen, was ich nicht weiß.« Er fuhr sich mit der Hand durch die Haare. »Ich habe eher das Gefühl, dass ich belästigt werde. Das ist das zweite Mal, dass Sie in weniger als einer Stunde mit mir gesprochen haben, und kürzlich kam eine junge Frau vorbei und hat die gleichen Fragen gestellt. Sie hat mir ihren Ausweis gezeigt und darauf bestanden, dass ich ihr sage, wohin ich ihre Großmutter geschickt habe. Und Ihnen gebe ich die gleiche Antwort. Sobald ich Zeit habe, die alten Listen durchzusehen, schicke ich sie Ihnen, aber jetzt muss ich mich für meinen Termin fertigmachen.«

Sieht ganz so aus, als stelle Miss Woodward immer noch ihre eigenen Nachforschungen an. Kane erhob sich. »Wir wollen Sie ganz bestimmt nicht belästigen. Sie müssen nur verstehen, dass wir jedem Hinweis nachgehen müssen, und wenn Sie mir so schnell wie möglich eine Aufstellung mit den Grundstücken zukommen lassen, können wir unsere Arbeit machen.« Er nahm eine Visitenkarte aus seiner Brieftasche und legte sie auf den Tisch. »Vielen Dank für Ihre Zeit.«

»Können wir jetzt was essen?«, fragte Rowley, nachdem sie das Immobilienbüro verlassen hatten und rieb sich die Spitze seiner roten Nase.

»Aber natürlich!«

Erfüllt vom schieren Genuss des Chilis in Aunt Betty's Café, gerieten alle Gedanken an den Woodward-Fall in Vergessenheit. Erst als Rowley sich räusperte, schaltete sich Kanes Gehirn wieder ein. Er schob den leeren Teller beiseite und griff nach seinem Kaffee. »Das war das beste Chili aller Zeiten.« Er grinste Rowley an.

»Find ich auch.« Rowley schien sich unwohl zu fühlen und schob den Salzstreuer wie eine Schachfigur auf dem rotweiß karierten Tischtuch herum. »Ach ja, der Papierkram für eine Transaktionsprüfung der Kreditkarten von Mrs. Woodward ist noch nicht erledigt. Und ihre Handynummer habe ich auch nicht.« Seine Wangen wurden leicht rot. »Ich dachte, Sie sollten das wissen.«

Kanes Respekt vor Rowley verzehnfachte sich, denn er schätzte Professionalität und Ehrlichkeit über alles. Er lehnte sich zurück und begegnete Rowleys besorgten Blick. »Ich habe heute Morgen mit Sheriff Alton über Mrs. Woodward gesprochen. Ihre Enkelin hat versichert, dass sie altmodisch war und kein Handy hatte – sie schrieb lieber Briefe. Wir wissen jedoch, dass sie in der Stadt Geld auf die Bank brachte und hier auch ihre Post abholte.« Er nippte an seinem Kaffee und beobachtete die Erleichterung, die sich in Rowleys Gesicht ausbreitete. »Sie scheint eher einer Frau zu sein, die lieber Bargeld benutzt als eine Geldkarte, aber da wir wissen, dass sie ein Konto bei der hiesigen Bank hat, wäre es klug, den Papierkram für die Einsicht in ihre Unterlagen zu erledigen.« Er nickte ihm aufmunternd zu. »Ich weiß Ihre Offenheit zu schätzen. Dass Sie mir das gesagt haben, bedeutet, dass wir Mrs. Woodwards Fall von jedem Blickwinkel aus beleuchten.«

»Danke, Sir.« Rowley stieß einen langen Seufzer aus. »Gleich Montagmorgen kümmere ich mich darum.«

»Nein, ich brauche diese Informationen jetzt. Daniels sollte die Unterlagen für den Helms-Fall fertig haben, wenn wir wieder auf der Wache sind. Das Gleiche für Mrs. Woodward zu tun, wird nicht allzu lange dauern. Wir haben bereits einen hinreichenden Verdacht und Haftbefehle für beide Fälle. Jetzt brauche ich nur noch einen Richter. Auf der Wache unterschreibe ich die Papiere und Sie müssen das Wochenende des County-Richters ein bisschen stören. Ich brauche die Erlaubnis, so schnell wie möglich eine Vermisstensuche durchführen zu können.« Er trank seinen Kaffee aus und stellte die Tasse auf den Tisch.

»Ich kümmere mich sofort darum.« Rowley runzelte die Stirn. »Ich kann mir nicht vorstellen, dass jemand versuchen würde, Sheriff Alton zu töten. Sie ist in der Stadt sehr beliebt.«

»Sheriff Altons Sicherheit macht mir große Sorgen, und wenn wir den Verrückten finden wollen, der sie von der Straße abgedrängt hat, brauche ich alles, woran Sie sich bei ihren Fällen des letzten Monats oder länger erinnern können.« Er bemerkte, wie Rowleys Wangen erneut rot wurden und lächelte ihn beruhigend an. »Oft sind's die kleinen Dinge, was man auf der Straße so redet und wie man sich einer Person gegenüber verhält. Die Leute hegen manchmal aus den dümmsten Gründen einen Groll, und der Unfall könnte eine willkommene Rache gewesen sein.«

»Außer der Verhaftung von Josh Rockford und Dan Beal gab

es nichts. Sie haben sich der Verhaftung widersetzt und Rockford hat dem Sheriff gegenüber so einiges angedeutet. Er ist ein echter Trottel, und als sie seine Avancen zurückwies, begann er seine Show als Sohn des Bürgermeisters abzuziehen.« Rowley lächelte. »Doch bevor er wusste, wie ihm geschah, hatte ihn der Sheriff gegen den Streifenwagen gedrückt und ihm Handschellen angelegt.« Er gluckste vor Freude und seine Augen funkelten. »Als sie ihn abtastete, machte er die üblichen schlauen Bemerkungen darüber, dass sie nur einen Vorwand bräuchte, ihn absichtlich anfassen zu dürfen.«

Klugscheißer, dachte Kane. »Wie hat sie reagiert?«

»Sie hat damit gedroht, einen Arzt zu holen, der ihn dann komplett untersucht, und gesagt, er müsse wohl auf Drogen sein und total bekloppt, wenn er glaube, sie sei an ihm interessiert.« Rowley grinste breit und füllte seine Kaffeetasse aus der Kanne auf dem Tisch nach. »Würde so eine ärztliche Ganzkörperuntersuchung tatsächlich passieren, wäre sein Ruf bei seinen Mannschaftskameraden ein für alle Mal dahin. Rockford ist der Kapitän der Larks und das ist dann eine Frage des Respekts. Sie hätten den Blick sehen sollen, den er ihr zuwarf – stocksauer beschreibt es nicht mal annähernd.«

Motiv genug, um sie von der Straße zu drängen, wenn er ihr zeigen wollte, wer hier der Herr ist.

»Verstehe. Ich werde alle Informationen abrufen, die Sie über Josh Rockford und Dan Beal haben. Als Sheriff Alton sie am Freitag entlassen hat, ist da irgendetwas Ungewöhnliches passiert? Aggressive Wortwechsel, irgendwelche Drohungen?«

»O ja, die waren stinksauer auf sie, absolut. Sie hat sich nämlich geweigert, sie vor zehn Uhr freizulassen.« Rowley grub seinen Löffel in einen Teller mit Apfelkuchen à la mode mit goldbrauner Kruste. »Sie haben sich beschwert und gesagt, sie müssten um acht Uhr im Stadion sein, sonst würde ihr Trainer ihnen die Haut bei lebendigem Leib abziehen.«

Kane schüttelte den Kopf. »Na, da nehm' ich mal an, sie mussten 'ne Menge erklären. Zu meiner Zeit hätte verspätetes

Erscheinen eine ganze Spielzeit auf der Bank bedeutet. Anscheinend hat es doch Vorteile, der Sohn des Bürgermeisters zu sein.« Er begegnete Rowleys amüsiertem Blick. »Der Sheriff hat erwähnt, das Heimspiel sei dieses Wochenende.«

»Heute Abend.« Rowley grinste. »Ich freu mich schon darauf.«

»Ist sonst in letzter Zeit etwas Ungewöhnliches passiert? Wie sind denn die Befragungen an den Haustüren gelaufen, die Sie zu Mrs. Woodward gemacht haben?«

»Während meiner Ermittlungen war nichts Auffälliges. Sie werden mit Daniels über die Befragungen sprechen müssen, die er letzte Woche zusammen mit Sheriff Alton auf den Ranches durchgeführt hat.« Rowley zuckte mit den Schultern und blickte zu Boden, wobei seine dunklen Wimpern seine Mimik verdeckten. »Er hat nichts Ungewöhnliches erwähnt – und er tratscht wirklich gerne.«

Susie, die Kellnerin, kam mit einer Papiertüte an den Tisch und überreichte sie Kane.

»Ein Stück Apfelkuchen zum Mitnehmen.« Sie warf ihm einen langen Blick zu und schürzte ihre roten Lippen, so als wollte sie sein Interesse wecken. »Kann ich sonst noch etwas für Sie tun, Deputy Kane?«

Er stellte die Tüte auf den Tisch und lächelte. »Nein, danke. Ich würde liebend gern bleiben und alle Gerichte auf der Speisekarte probieren, aber wir müssen zurück auf die Wache.«

»Na dann, genießen Sie den Kuchen.« Sie drehte sich um und schlenderte davon.

Rowleys Mundwinkel zuckten.

»Ich schätze, sie sucht nach einem Date für den Tanz heute Abend.« Er grinste. »Sie hat offensichtlich einen Narren an Ihnen gefressen, Sir.«

Notiz an mich selbst: Nie alleine hierherkommen. Kane stand auf, ließ ein paar Geldscheine auf den Tisch fallen und griff nach der Tüte mit dem Kuchen. »Das kann sie absolut vergessen.« Aus dem Augenwinkel konnte er sehen, wie Susie sich eine Haarlocke um einen Finger wickelte und einladend ihre Lippen befeuchtete. Du bist viel zu jung für mich.

Rowley blickte ihn an. »Mögen Sie keine Mädchen?«

Kane schüttelte den Kopf. »Nope. Im hohen Alter von Fünfunddreißig bevorzuge ich Frauen über einundzwanzig.« Er schritt zur Tür, den Blick überallhin gerichtet, nur nicht in Susies Richtung.

11

Jenna warf noch ein paar Holzscheite ins Feuer und beobachtete die Funken, die im Rauchfang aufstiegen und im Schornstein verschwanden. Seit dem Anruf von Deputy Walters schwirrte ihr der Kopf. Ihr neuer Stellvertreter hatte sich sofort, nachdem sie gegangen war, mächtig ins Zeug gelegt und ihre Hilfssheriffs den ganzen Tag auf Trab gehalten. Sie war hin- und hergerissen von dem Gedanken, dass eine zuverlässige Vertretung in ihrer Abwesenheit das Sagen haben sollte, und wog die Vor- und Nachteile ab. Ein Deputy mit beträchtlicher Erfahrung würde bedeuten, dass ihre Arbeitslast geringer wäre, aber sie würde auch klarstellen müssen, wer der Chef auf dem Revier war. Ihre Anordnungen in ihrer Abwesenheit ohne Rücksprache zu widerrufen, darüber würde sie mit ihm sprechen müssen – und zwar bald. Kane hatte die Streifen, die während der Heimspielwochenenden der Larks zweimal täglich sicherstellen sollten, dass die Besucher, die in die Stadt strömten, eine starke Polizeipräsenz wahrnahmen, einfach aufgehoben. Zum Eishockeyspiel kamen eine Menge Rowdys von außerhalb und ihre Abteilung war unterbesetzt. Ihre Deputys würden heute Abend Doppelschichten schieben müssen, obwohl es keiner großen Überredungskunst bedurfte, Rowley und Daniels zu bitten, sich das Spiel in Uniform anzusehen.

Der vom Bürgermeister organisierte Tanz nach dem Spiel in der Stadthalle verlief meist reibungslos, und Deputy Walters würde wie immer an der Tür stehen. Ihr Problem waren die Männer, die nach dem Spiel ins Cattleman's Hotel strömten, um zu trinken. Wenn das dortige Gelage endete, musste sie sich auf Rowley verlassen können, ihr dabei zu helfen, die Ordnung aufrechtzuerhalten, weil die betrunkenen Männer sich oft weigerten, die Anordnungen vom jugendlich wirkenden Daniels, zu befolgen.

Sie dachte an Kane. Er würde mir den Rücken freihalten, ganz sicher. Seine robuste Präsenz an ihrer Seite würde Eindruck auf die Leute machen, aber wie konnte sie von ihm verlangen, ihr zu helfen? Nach der langen Schicht mit wenig oder gar keinem Schlaf würde er völlig erschöpft sein. Jenna kaute auf dem, was von ihren Fingernägeln übriggeblieben war, und zwang ihren Verstand aus dem Panikmodus in ein Mindestmaß an Logik. Der Anschlag auf ihr Leben hatte ihren Nerven stark zugesetzt, und jetzt gleich wieder Dienst zu haben, machte es nicht besser.

Wenn einer von Viktor Carlos' Männern sie auf der Straße entdecken würde, könnte sie sich genauso gut gleich eine Zielscheibe auf den Rücken malen. Sie bezweifelte, dass die Einheimischen auch nur einen Finger rühren würden, um ihr zu helfen – nicht nach dem letzten Heimspiel-Debakel. Nachdem sie es sich zur Aufgabe gemacht hatte, bei Streitigkeiten im Grunde diplomatisch vorzugehen, hatte sie während eines Streits zwischen zwei rivalisierenden Fan-Gruppen auf dem Parkplatz des Cattleman's Hotels ihre Waffe gezogen, um die Meute in Schach zu halten. Und dann hatten auch noch Rowley und Daniels ihre Schlagstöcke hervorgeholt, um die Kontrolle zurück zu erlangen. Das hatte einen Aufschrei ausgelöst – brutale Polizeigewalt! Dabei habe ich meine Waffe ja gar nicht abgefeuert.

Das Summen des Alarms an der Vordertür unterbrach ihre Gedanken. Sie ging den Flur entlang und schaute auf die Reihe von Bildschirmen in ihrem Büro. Der Anblick eines schwarzen SUVs mit getönten Scheiben ließ sie in der Schreibtischschublade sofort nach ihrer Ersatzwaffe greifen. Das Fahrzeug bewegte sich auf das Haus zu, wendete dann und verschwand in Kanes Garage. Ich Idiotin. Sein Auto hätte ich schon kennen sollen. Sie presste eine Hand auf ihr pochendes Herz und sah in einem der schwarzen Flachbildschirme ihr Spiegelbild. Special Agent Avril Parker existierte nicht mehr – an ihrer Stelle stand eine jüngere, dynamischere Person.

Sie hatte hart gearbeitet, um ihren neuen Körper makellos zu gestalten. Sechs Monate lang härtestes Training, um ihre Körperform zu verändern. Nach einer plastischen Operation hatte ihr neues Gesicht eine gerade Nase und vollere Lippen, und die kleinen Fältchen, die sie gehasst hatte, waren ebenfalls verschwunden. Der plastische Chirurg hatte darauf bestanden, noch falsche Brüste hinzuzufügen und ihre Augen irgendwie größer erscheinen lassen. Zudem trug sie jetzt eine neue Frisur – selbst ihre eigene Mutter würde sie nicht mehr erkennen. An ihrem letzten Geburtstag war sie zweiunddreißig geworden, aber das Gesicht, das ihr vom Bildschirm entgegenblickte, wirkte zehn Jahre jünger. Die Stimme ihres Vorgesetzten hallte in ihrer Erinnerung nach.

Sie werden in Sicherheit sein. Eine neue Identität, ein neues Gesicht. Und dort versteckt, wo jeder Sie sehen kann – das wird funktionieren. Machen Sie sich keine Sorgen. Genießen Sie Ihr Leben.

Machen Sie sich keine Sorgen. Was für ein ausgemachter Blödsinn, als ob sie jeder Person in ihrer Abteilung vertrauen könnte. Egal wie hoch oben, jeder hatte seinen Preis. Ihre Aufmerksamkeit wanderte zurück zu den Bildschirmen: David Kane stapfte gerade durch den Schnee direkt auf ihr Haus zu. Sie ließ die Waffe zurück in die Schreibtischschublade gleiten und ging den Flur entlang, um ihn an der Haustür zu begrüßen.

»Hi.«

Er trat den Schnee von seinen Stiefeln – Größe 48 – und blickte sie mit seinen blauen Augen an. »Was dagegen, wenn ich reinkomme? Ich habe ein paar Dinge mit Ihnen zu besprechen, was die aktuellen Fälle angeht.«

Jenna versuchte vergeblich, ihr Stirnrunzeln zu vermeiden. »Ich führe jeden Morgen eine Besprechung durch, um meine Mitarbeiter auf den aktuellen Stand zu bringen und Aufgaben zu delegieren.«

»Das glaube ich gerne, aber da ich heute die Leitung der Dienststelle übernommen habe, sind Sie im Moment nicht auf dem Laufenden.« Kane hielt ihrem Blick stand. »Ich habe heute bedeutende Fortschritte gemacht.«

Und warum überrascht mich das nicht? Sie trat einen Schritt zur Seite. »Natürlich. Kommen Sie rein. Wie war Ihr erster Tag?«

Er sah sie verwundert an und zuckte mit den Schultern. »Gut.«

Jenna unterdrückte ein Grinsen und ging den Flur entlang in die Küche. »Sie kommen genau zur rechten Zeit. Es gibt frisch gebackene Kekse und Kaffee.« An der Tür drehte sie sich um und bemerkte seinen irritierten Gesichtsausdruck.

Du bist durch und durch ein Profi. Und ich wette, wahrscheinlich schon so lange im Geschäft, dass bei jeder Art von Nettigkeit bei dir gleich die Alarmglocken läuten. Seit Jahren hatte sie keinen richtigen Partner mehr gehabt und sehnte sich nach intelligenter Konversation. Gespräche, bei der sie ihre Meinung sagen und fachsimpeln konnte, ohne sich immer wie eine Oberschwester zu fühlen. Kichernd machte sie einen Rückzieher: »Verraten Sie es den anderen nicht, die wissen nicht, dass ich eine heimelige Seite habe.«

»Das würden die mir sowieso nicht glauben.« Kane lächelte. »Sie sollten Ihren Mitmenschen diese Seite viel öfter zeigen.« Er streifte sich die Füße an der Türmatte ab und griff nach dem Reißverschluss seiner Jacke. »Was ich Ihnen mitzuteilen habe wird eine Weile dauern, und Kaffee und Kekse hören sich himmlisch an – danke.« Er drehte sich um und hängte seine Jacke auf einen Haken neben der Hintertür.

12

Kane gab Jenna einen Kurzabriss über die Entwicklungen des Tages, lehnte sich dann zurück, nippte an seinem Kaffee und wartete auf ihre Antwort. Der Bluterguss auf ihrer Stirn hatte sich dunkelblau verfärbt und die Schatten unter ihren Augen bereiteten ihm Sorgen. Obwohl er sie seit noch nicht einmal vierundzwanzig Stunden kannte, respektierte er ihren Mumm.

Er schaute sich in der Küche um und atmete den Duft von frisch gebackenen Keksen ein, der den ganzen Raum erfüllte. Sie verhält sich, als wäre sie beim Militär gewesen: alles an seinem Platz und makellos sauber. Als er den ersten Keks probierte, explodierte der Geschmack in seinem Mund. Mit einem wohligen Grunzen schloss er die Augen. Sie kicherte.

»Sie sind also doch ein Mensch.« Jenna fuhr sich mit den Fingern durch ihre zerzauste Frisur. »Sie arbeiten wie eine Maschine. Werden Sie niemals müde?«

Kane öffnete die Augen und runzelte die Stirn. »Ich mache, was nötig ist, um die Arbeit zu erledigen.«

»Okay, wenn Sie über die Ermittlungen reden wollen, dann los.« Jennas musterte ihn über den Rand ihrer Tasse hinweg. »Was lässt Sie glauben, dass der Immobilienmakler etwas mit Mrs. Woodwards Verschwinden zu tun haben könnte?«

»Noch gar nichts, aber ich habe das ungute Gefühl, dass er uns nicht alles sagt, was er weiß.«

Auf seinem Handy ertönte der Nachrichtenalarm und er hielt einen Finger hoch. »Das werden die Dateien von Deputy Walters sein, auf die ich gewartet habe.«

Ein paar Augenblicke später scrollten sie gemeinsam durch Mrs. Woodwards Bankkartenabrechnungen der letzten drei Monate. Sie hatte in letzter Zeit viel Geld abgehoben. Er warf einen Blick auf Jenna und zuckte mit den Schultern. »Den Abhebungen nach zu urteilen, fährt sie herum. Das letzte Mal hat sie ihre Karte vor ein paar Tagen in Blackwater benutzt. Scheint ganz so, als hätte sie Black Rock Falls bereits verlassen.«

»Ja, aber sie muss in den letzten zwei Wochen einen Kauf getätigt haben, und laut Kontoauszug hat sie keinen Cent ausgegeben. Sie hat ausschließlich Geld an Automaten abgehoben, und wenn man die letzten Monate betrachtet, ist das etwas, was sie sonst eher selten getan hat.« Jenna runzelte die Stirn. »Das sieht verdächtig aus. Nach allem, was Sarah mir erzählt hat, hat ihr Oma, bevor sie in Black Rock Falls ankam, alle Städte erwähnt, die sie auf dem Weg besucht hat. Warum sollte sie jetzt aufhören? Das ergibt keinen Sinn.«

»Vielleicht ein Problem mit ihrer Gesundheit?« Kane zuckte die Achseln. »Das kommt vor. Menschen leiden an Demenz oder werden verwirrt und verschwinden einfach spurlos.«

»Ich könnte mir denken, dass Menschen, die an einer dieser Krankheiten leiden, ihre PIN vergessen. So etwas entwickelt sich langsam und stetig, das ist kein plötzlicher Ausbruch. Und wenn etwas mit ihr nicht gestimmt hätte, wäre das ihrer Familie aufgefallen.« Jenna legte einen fragenden Blick auf. »Sarah erwähnte auch, dass ihre Oma im Umgang mit Geld sehr vorsichtig war – warum also diese plötzliche Veränderung?«

»Das ist ein stichhaltiges Argument. Heute Morgen hat Sarah mir erzählt, dass sie von ihrer Mutter einen Stapel Briefe ihrer Oma erhalten hat, also wird sich vielleicht in einem davon einen Grund für die Veränderung finden. Wenn nicht, dann hat Mrs.

Woodward den Indizien nach zu urteilen unseren Bezirk verlassen, und wir müssen die Ermittlungen der Polizeidienststelle von Blackwater übergeben.«

»Ich werde am Montag dort anrufen.« Jenna deutete auf den Bildschirm. »Sonst noch was, das Sie sich ansehen müssen? Die andere Datei sieht aus wie Kontoauszüge von einem anderen Konto.«

»Könnte sein.« Kane scrollte die nach unten und blinzelte überrascht. »Hallo! Was haben wir denn hier? Woodward hat einen Barscheck über zwanzigtausend Dollar abgehoben, und dem Datum nach zu urteilen, gar nicht lange nach ihrem Besuch im Büro des Maklers. John Davis hat sie losgeschickt, um sich die Immobilien in der Gegend vom Auto aus anzusehen. Er hat nicht erwähnt, dass er irgendwelche Angebote von Woodward erhalten hat. Allerdings hat Sarah erzählt, dass ihre Großmutter vorhatte, eine Immobilie zu kaufen. Vielleicht hat sie ein Haus gefunden, das ihr gefallen hat, und der Scheck war für die Anzahlung?«

»Dann müssen wir die Bank kontaktieren und sehen, ob der Scheck eingelöst wurde.« Jenna trommelte mit ihren Fingernägeln auf den Tisch. »Oder ob ihn jemand von hier auf sein Konto eingezahlt hat.«

Kane rieb sich die Augen mit den Handballen und unterdrückte ein Gähnen. »Ich werde Walters bitten, dem am Montag nachzugehen.«

»Ich möchte, dass Sie Mr. Davis nochmal anrufen und ihn daran erinnern, dass wir die Liste der Immobilien brauchen, die er Mrs. Woodward gegeben hat.« Jenna schob die Unterlippe vor und begegnete seinem Blick. »Einige der verlassenen Ranches, die zum Verkauf stehen, liegen ziemlich abgelegen. Der alten Dame könnte alles Mögliche zugestoßen sein.«

Kane nahm noch einen Keks vom Teller und zuckte mit den Schultern. »Sie kann doch nicht an zwei Orten gleichzeitig sein, oder? Wir wissen von ihrer Bankkartenabrechnung, dass sie nach ihrem Besuch in Davis' Immobilienbüro meilenweit weg war.«

»Ja, aber vielleicht war sie in Immobilienbüros in anderen

Städten und ist dann nach Black Rock Falls zurückgekommen. Das ist der Punkt: Wir kennen ihre Bewegungen nicht, und ohne Handy können wird sie unmöglich finden.« Jenna rieb sich die Schläfen, als kämpfte sie gegen Kopfschmerzen an. »Ich glaube, wir müssen uns auf Davis stützen.«

»Denke ich auch. Wir werden nochmal mit ihm reden, aber wenn der Scheck nicht von ihm eingelöst wurde, gibt es keinen Grund, ihn weiter als Verdächtigen zu behandeln.« Er knabberte an dem krümeligen Leckerbissen und seufzte. »Ich werde das Polizeirevier in Blackwater anrufen und darum bitten, eine Fahndung nach Mrs. Woodward herauszugeben. Und ich werde die Immobilienbüros abtelefonieren, nur für den Fall, dass sie dort vorbeigekommen ist. Ich schätze, Sarah wird auch in Blackwater eine Vermisstenanzeige aufgeben müssen.« Gähnend schüttelte er die bleierne Müdigkeit ab und blickte sie an. »Ich sollte jetzt gehen. Wir können das später beenden.«

»Ganz kurz noch.« Jenna legte ihre Hand auf seinen Arm. »Hat Walters eine Liste der anderen Ford Pickups in der Stadt bekommen? Ich habe die, die Rowley gecheckt hat.«

»Noch nicht, aber ich habe ihm gesagt, dass er mir alles schicken soll, was er hat, bevor er nach Hause geht.« Kane drehte sich in seinem Stuhl um. »Ich brauche so schnell wie möglich eine Liste der Verdächtigen. Ich bin hier im kompletten Blindflug. Können Sie mir die Namen aller Personen geben, mit denen Sie Probleme hatten – egal wie lächerlich, und ich werde sehen, ob sie mit einem der Fahrzeughalter auf der Liste übereinstimmen? Und ich würde gern Ihr Bewegungsprofil der letzten sechs Wochen durchgehen. Als Sie von Haus zu Haus – oder besser von Ranch zu Ranch – gegangen sind, um Informationen über Woodward zu bekommen – könnten Sie da über etwas Illegales gestolpert sein?«

»Ich kann mich an nichts Ungewöhnliches erinnern, es sei denn, es gibt ein Statut für Pferdezucht. Ich scheine die Angewohnheit zu haben, stets während der Paarungszeit oder beim Abfohlen aufzutauchen – sehr zur Belustigung der Leute.« Ihre Wangen röteten sich. »Ist beides nicht mein Ding. Ich lebe vielleicht hier, aber ich bin kein Mädchen vom Land. Ich könnte nicht mal ein Huhn töten, selbst wenn mein Leben davon abhinge.«

»Ich habe mich schon gewundert, warum Sie hier keine Nutztiere haben.« Kane runzelte die Stirn. »Und auch keinen Hund. Haben Sie ein Problem mit Tieren?«

»Wahrscheinlich würde ich vergessen, den Hund zu füttern.« Jenna reckte das Kinn, und ihre Miene wurde ernst. Er hatte einen wunden Punkt getroffen. »Zurück zur Arbeit: Ich hoffe, Sie haben heute Nachmittag jemanden auf Streife geschickt. Ich möchte den Besuchern während der Heimspiele den Eindruck von Polizeipräsenz vermitteln.«

Kane nickte. »Klar. Bevor ich hierhergefahren bin, habe ich Rowley losgeschickt, damit er in seinem Streifenwagen die Gegend abfährt. Vor meiner nächsten Schicht muss ich aber kurz noch was essen und mich ein wenig ausruhen.«

»Ich erwarte nicht, dass Sie noch eine Schicht machen. Sie haben offiziell Feierabend.«

»Danke, aber mir geht's gut.« Kane leerte seine Tasse, stellte sie auf den Tisch und stand auf. »Um wie viel Uhr?«

»Das Spiel beginnt um sieben, und Rowley und Daniels sind ab halb sieben im Stadion.« Sie lächelte und ihr Blick wanderte fast schon zärtlich über sein Gesicht. »Unser Dienst beginnt gegen zehn.«

»Okay, dann hole ich Sie um halb zehn ab.« Er schlenderte zur Tür und schnappte sich auf dem Weg seinen Mantel.

Eisige Kälte schlug ihm ins Gesicht und durchdrang seine Kleidung. Der letzte Schnee war inzwischen gefroren wie der Zuckerguss auf einer Hochzeitstorte. Bei jedem Schritt zurück zum Cottage knirschte es laut und Kane stieß große Atemwolken aus. Er mochte keine losen Enden – und bis jetzt hatten die Fälle in Black Rock Falls mehr ausgefranste Nähte als seine Lieblingsjeans.

13

Kane stellte den Wecker auf drei Stunden. Das Training, das er während seiner abwechslungsreichen Karriere erhalten hatte, hatte ihm beigebracht, überall und zu jeder Zeit schlafen zu können. Dennoch: Seit der Chirurg die Platte in seinen Kopf eingesetzt hatte, musste er manchmal unerträgliche Schmerzen erdulden, und Albträume – lang andauernde Horrorszenarien – waren ebenfalls an der Tagesordnung. Und aus irgendeinem Grund bekam er das Bild von Jenna, die ihm die Waffe ins Gesicht hielt, nicht aus seinem Kopf.

Ihre Miene hatte eine deutliche Sprache gesprochen »töten oder getötet werden«. Sie war ruhig gewesen – zu ruhig für einen normalen Menschen, der gerade beinahe gestorben war. Und das Übermaß an Überwachungs- und Sicherheitsausrüstung auf ihrem Grundstück konnte auch nur eines bedeuten – jemand hatte sie bedroht oder sie hatte etwas zu verbergen. Vielleicht ein Zeugenschutzprogramm? Aber der US Marshals Service würde nicht zulassen, dass sie eine Person von öffentlichem Interesse werden würde. Und all das was man bei ihm unternommen hatte – ein neues Gesicht und eine neue Existenz mit einer blitzsauberen Vita – das machte man nicht einfach so für jeden Polizisten. Wer bist du, Jenna?

• • •

Pünktlich um halb zehn stoppte Kane seinen Geländewagen vor Jennas Tür und drückte auf die Hupe. Das Flutlicht über der Treppe ergoss sich über die Auffahrt und beleuchtete den Dampf, der aus dem Motor des Wagens hochstieg. Obwohl Jenna versucht hatte, seine Bedenken abzutun, weigerte er sich, den Anschlag auf ihr Leben auf die leichte Schulter zu nehmen. Wenn er ihr Vertrauen gewinnen konnte, würde sie sich ihm vielleicht öffnen, aber eigentlich bezweifelte er es. Ihr Gesichtsausdruck verriet ihm, dass sie einen Schild aus reinem Titan um sich trug. Er trommelte mit den Fingern auf das Lenkrad und beobachtete die Eingangstür. *Noch vertraut sie mir nicht, aber das ist nur eine Frage der Zeit.*

Die Tür öffnete sich, und Kane konnte sehen, wie Alton sich umdrehte, um die Alarmanlage zu aktivieren. Nachdem sie die Kapuze über ihr dunkles Haar gezogen hatte, schloss sie die Tür hinter sich, hielt sich am Geländer fest und schritt vorsichtig die schneebedeckten Stufen hinunter. Sie ging ums Auto herum und kletterte geschickt auf den Beifahrersitz – und brachte dabei einen eisigen Luftzug mit sich.

Kane sah sie an: »Wohin?«

»Zum Cattleman's Hotel.« Altons Kapuze verdeckte ihr Gesicht, als sie sich anschnallte und zurücklehnte. »Die Eishockey-Fans kommen gegen zehn aus dem Stadion. Rowley und Daniels haben die Streifenwagen vor dem Hotel geparkt und werden bald danach eintreffen.« Sie lächelte. »Sieht dann zumindest so aus, als wären wir schon den ganzen Abend da.«

Er dachte immer noch an ihren Unfall, und als er den SUV auf den Parkplatz lenkte, musterte er sie erneut. »Hängen Sie den Dienstplan für die Woche an einem Schwarzen Brett aus, oder geht das mündlich oder über E-Mail?«

»Er hängt an der Pinnwand neben der Teeküche. Warum?«

»Den kann also niemand außer uns sehen?«

Sie warf ihm einen ihrer langen Blicke zu, als versuchte sie, seine Gedanken zu lesen.

»Worauf wollen Sie hinaus?«

Er zuckte mit den Schultern und versuchte, so nonchalant wie möglich zu wirken. »Ich glaube, der Fahrer des Ford Pickups hat Ihren Unfall geplant und wusste, dass Sie am Freitagabend allein unterwegs sein würden. Wer, außer den Deputys, hätte den Dienstplan sonst noch einsehen können?«

Ein Hauch von Besorgnis huschte über ihr Gesicht, aber sie unterdrückte ihn mit einem offensichtlich einstudierten Lächeln.

»Niemand versucht mich zu ermorden.« Sie lachte und winkte ab. »Am Donnerstag habe ich den Wochenend-Dienstplan für das Heimspiel geschrieben. Jeder hier weiß, dass ich nur während eines Heimspiels am Wochenende arbeite.«

Er musterte ihr Gesicht und versuchte, etwas daraus ablesen zu können, aber sie konnte ihre Gefühle absolut perfekt verbergen. »Sie hängen also unter der Woche keinen Dienstplan für Einsätze nach Feierabend aus?«

»Das ist nicht nötig, wir wechseln uns immer ab. Diese Woche waren es Rowley und ich. Nächste Woche sind es Daniels und Walters.« Sie stieß einen langen Seufzer aus. »Diese Woche habe ich Rowley von Freitagabend abgezogen und es am Brett ausgehängt. Ich denke, jeder, der in die Zellen oder auf die Toilette geht, konnte den Plan sehen – wenn sie meine Schrift in ein paar Sekunden entziffern können. Ich denke, einer von uns würde es bemerken, wenn jemand extra stehenbleibt, um den Plan am Schwarzen Brett zu lesen.«

»Die Toilette ist öffentlich, und jeder, der vorbeikommt, könnte einen Dienstplan lesen – das dauert nur Sekunden. Warum haben Sie Rowley am Freitagabend abgezogen?«

»Ich habe ihm aus persönlichen Gründen frei gegeben.« Jenna blinzelte. »Sein Cousin ist wegen des Spiels in der Stadt, und er wollte sich mit ihm treffen.«

Kane schnaubte. »Wie praktisch.« Der kommt mit auf meine Liste der Verdächtigen.

Urplötzlich ging Alton zum Angriff über und ihre Augen blitzten vor Wut.

»Wagen Sie es nicht, noch ein Wort über ihn zu verlieren.« Sie funkelte Kane an. »Jake Rowley ist der professionellste Deputy, mit dem ich das Vergnügen hatte, zusammenzuarbeiten, seit ich in Black Rock Falls bin.«

»Verstehe, er ist also unantastbar.« Kane fixierte sie. »Wo haben Sie denn sonst noch gearbeitet? Die letzte Stelle muss ein Albtraum gewesen sein.«

»Das geht Sie nichts an, aber aus beruflicher Höflichkeit werde ich es Ihnen sagen. Ich bin nach meiner Tätigkeit als Kriminalbeamtin in Los Angeles nach Black Rock Falls gekommen.« Jenna warf ihm einen emotionslosen Blick zu. »Ich wollte weg aus der Großstadt. Im Herzen bin ich ein Mädchen vom Land und eine Großstadt ist wie ein Dampfkochtopf – irgendetwas ist immer kurz davor zu explodieren.«

»Verbrechen ist wie Wasser – es gleicht sich aus, egal wo man lebt.« Er behielt seinen Blick auf der Straße. »Erzählen Sie mir nicht, dass das in Black Rock Falls anders ist. Nach den Gerichtsakten zu urteilen, die ich vorhin überflogen habe, waren Sie sehr fleißig.«

»Ja, aber die Kleinkriminalität hier kommt nicht annähernd an die Anzahl der Morde, Drogenrazzien und Drive-By-Schießereien heran, mit denen ich in der Vergangenheit zu tun hatte.« Sie seufzte. »Hier nehmen Alkohol am Steuer und gelegentliche häusliche Unruhen den größten Teil unserer Zeit in Anspruch. Wir haben eine erhöhte Kriminalitätsrate während des Zustroms von Besuchern nach Black Rock Falls, und die Probleme folgen der Rodeo-Show wie die Fliegen dem Pferdemist. Die Cowboys fallen wie eine Büffelherde in die Stadt ein und die jungen Frauen strömen ihnen entgegen.«

Kane gluckste. »O ja, die Mädchen lieben Cowboys. Ich nehme an, dass die Typen vom Rodeo mit den einheimischen Jungs aneinandergeraten?«

»Jedes Mal. Obwohl auch ein paar von hier mit der Show umherziehen – die meisten von den Ranches in der Umgebung. Da gibt's jede Menge Gejohle und Freudenschreie, wenn sie nach Hause kommen.« Alton deutete in Richtung eines Parkplatzes neben dem Cattleman's Hotel. »Hier ist schon alles voll. Fahren Sie da vorne hin.«

Kane fuhr neben zwei Streifenwagen auf einen Parkplatz mit dem Schild »Reserviert für Black Rock Falls County Sheriff's Department«, ließ den Motor laufen und drehte sich zu Jenna um. »Wo sind die anderen?«

»Walters wird sicher beim Tanz sein.« Sie holte ein Paar Handschuhe aus ihrer Tasche und zog sie sich über ihre schlanken Finger. »Und Rowley und Daniels sind im Stadion. Nachdem sie die Wagen hier geparkt haben, fährt Rowleys Vater mit ihnen zum Spiel.« Sie zog ihr Handy heraus und blickte auf das Display. »In ein paar Minuten werden sie dann wieder hier abgesetzt.«

Da er nicht das Kommando übernehmen wollte, trommelte Kane mit den Fingern aufs Lenkrad und wartete auf Anweisungen. Wenn er sich hier einfügen wollte, würde er sich mehr als nur einmal auf die Zunge beißen müssen, und nachdem er den größten Teil seiner Karriere Spezialagenten Befehle erteilt hatte, empfand er es als echte Herausforderung, mit Jenna Alton zurechtzukommen.

14

Ins Cattleman's Hotel zu gehen und Präsenz zu zeigen, würde Ärger vermeiden. Kane schluckte seinen Frust hinunter und ächzte kurz. »Hat die Dienststelle einen Polizeibus für Betrunkene?«

»Nein.« Alton räusperte sich irritiert. »Und was passiert, wenn sich so ca. zwanzig Betrunkene hinters Steuer setzen wollen? Wir haben nur drei Streifenwagen zur Verfügung, und mein Fahrzeug ist nicht für den Transport von Festgenommenen ausgerüstet.« Kane fing ihren verärgerten Blick auf und fuhr mit weicherer Stimme fort: »Wenn wir reingehen, bevor der Laden dichtmacht, überlegen sie es sich vielleicht zweimal, ob sie noch heimfahren wollen. Gibt es in Black Rock Falls ein ›Ein Fahrer bleibt nüchtern‹-Programm?«

»Nein zu Ihrer letzten Frage und Ja zur ersten. Aber ich gehe normalerweise erst hinein, wenn die Deputys hier sind. Ich stimme zu, unsere Präsenz ist ein guter Grund, nicht betrunken zu fahren.« Sie sah grimmig drein. Er hatte sie offensichtlich verärgert. »Die Anwesenheit der örtlichen Polizei wirkt. Viele übernachten gleich hier oder im Motel, oder sie gehen zu Fuß nach Hause.« Sie deutete mit einer Hand auf ein paar Taxis. »Oft teilt man sich auch ein Taxi, nicht dass vier Taxis ausreichen würden, aber manche Leute haben nichts dagegen zu warten.«

»Okay. Wenn Sie rein wollen, brauchen Sie nicht auf die anderen zu warten.« Er lächelte sie an. »Prima, also los!« Er stellte den Motor ab und löste den Sicherheitsgurt. »Soll ich Rowley anrufen und fragen, wann sie hier sein werden?«

»Nein. Das schaff ich schon.« Sie warf ihm einen kalten Blick zu, griff nach dem Funkgerät, das an ihrem Gürtel hing, und funkte den Deputy an.

Die Antwort kam laut und deutlich. Rowley teilte ihr mit, dass die Deputys das Stadion verlassen hatten. Kane konnte sich nicht erklären, warum sie nach einem Anschlag auf ihr Leben immer noch das Funkgerät benutzte. Ein Polizeifunkscanner könnte das Signal auffangen und ihre Position bestimmen. Sie hatte gerade einen möglicherweise tödlichen Fehler begangen. Er glitt vom Sitz und schloss die Tür hinter sich. Er fragte sich, wie er das Thema ihrer Sicherheit ansprechen sollte, lehnte sich gegen den Kühlergrill des Wagens und wartete bis sie auf ihn zukam.

Die kalte Luft jagte einen blitzartigen Schmerz in seine Schläfe – als ständige Erinnerung an den Verrückten, der seine Frau ermordet hatte. Er zog sich die Wollmütze über die Ohren und bemerkte, wie Jenna ihn mit einem mitfühlenden Blick betrachtete. Er richtete sich auf und tippte auf das vorne aufgenähte Logo des Black Rock Falls Sheriff's Department. »Ich weiß, meine Mütze ist nicht die offizielle Uniform, und das Abzeichen ist von einem meiner Hemden geborgt, aber ich muss meinen Kopf warmhalten, und ein Cowboyhut geht einfach nicht.«

»Kein Problem. Wir machen das noch offiziell. Viele andere Countys stellen ihren Beamten solche Mützen zur Verfügung.« Sie nickte ihm knapp zu. »Ich glaube, bei diesem Wetter könnten wir alle so was gebrauchen. Ich habe eine Schublade voller offizieller Stoffabzeichen im Büro, und die Hüte sind nicht teuer.«

»Danke.« Kane räusperte sich.

»Was ist los? Spucken Sie's aus, ich weiß, dass Sie was auf dem

Herzen haben.« Altons Augen funkelten. »Sagen Sie's mir endlich.«

»Der Funk. Jeder auf dieser Frequenz kann mithören.« Kane deutete in Richtung des Geräts an ihrem Gürtel. »Jedes Mal, wenn Sie das Ding benutzen, verraten Sie Ihre Position. Es wäre besser, Ihr Mobiltelefon zu verwenden. Das ist sicherer. Haben Sie darüber nachgedacht, mit dem Bürgermeister über Ohrstöpsel und Powerpacks zu sprechen? Ich habe einen Freund in DC, der mir da sehr behilflich sein kann.« Als Jenna nur trotzig das Kinn vorschob, zuckte er mit den Schultern. »Benutzen Sie Ihr Handy wenigstens so lange, bis wir die Person gefasst haben, die versucht hat, Sie umzubringen.«

»Ich glaube, die Person, die den Unfall verursacht hat, war ein Feigling, der sich einen Kick holt, indem er nachts alleine Frauen angreift.« Alton drehte den Kopf in Richtung einer lärmenden Gruppe von Leuten, die das Hotel verließen. Als sie die Hauptstraße in Richtung Motel hinuntergingen, richtete sie ihre Aufmerksamkeit wieder auf Kane. »Die Person wäre nicht mutig genug, in Ihrer Anwesenheit irgendwas zu versuchen.«

Auch ich kann die Kugel eines Scharfschützen nicht stoppen. »Gut.« Kane gab sich geschlagen und rieb frierend seine Hände aneinander. »Also, wie gehen wir jetzt vor? Ich kann mir nicht vorstellen, dass die Geschäftsleitung es gerne sieht, wenn sich Vertreter der örtlichen Polizei direkt unter die Gäste mischen.«

»Wir halten uns normalerweise im Foyer auf.« Alton ging flink die Stufen zum Eingang des Cattleman's Hotel hinauf. »Sie beschäftigen zwei Sicherheitsleute, aber die patrouillieren nur im Barbereich.« Sie öffnete die Tür und schlenderte hinein. »Wenigstens ist es hier drinnen wärmer.« Sie öffnete den Reißverschluss ihrer Jacke, zog ihre Handschuhe aus und rieb sich ebenfalls die Hände.

Kane folgte ihr und suchte den Bereich nach potenziellen Gefahren ab. Dabei bemerkte er, wie Alton exakt Dasselbe tat. Sie stellte sich mit dem Rücken zur Wand. Die Position gab ihr einen uneingeschränkten Blick auf den Parkplatz und das Foyer. Er nahm einen Platz an der gegenüberliegenden Wand ein und richtete seine Aufmerksamkeit auf den Empfangsbereich. Hinter einer Reihe von Glastüren befand sich eine lange Rezeption vor einem beeindruckenden Wandgemälde, das eine Rinderstampede im Wilden Westen zeigte. Bullen mit geblähten Nüstern stürmten in einer Staubwolke über die Prärie, gefolgt von Cowboys mit gezogenen Colts. Kane schätzte Kunst. In der Tat hatte er nach dem Tod seiner Frau eine beeindruckende Sammlung von Bildern und Bronzestatuen eingelagert. Er unterdrückte den Drang, die Türen zu öffnen und näher heranzutreten, um die exquisiten Kunstwerke zu begutachten. Stattdessen richtete er seinen Blick auf die Personen, die sich im Innenraum bewegten.

An der Rezeption kümmerten sich zwei Angestellte um eine Reihe von Gästen – eine attraktive junge Frau und ein älterer Mann mit grau werdendem Haar. Beide standen in ihren maßgeschneiderten schwarzen Sakkos hinter dem polierten Eichentresen und strahlten mit geübtem Lächeln Geduld aus. Hm. Hochklassiges Ambiente für so ein Nest. Hier ging's also ums Geld. Polierte Holzböden glänzten überall, und das Cattleman's Hotel überraschte ihn mit seiner Opulenz – außergewöhnlich für eine so kleine Stadt. Schilder wiesen den Gästen den Weg zur Bar und zum Restaurant an den jeweils gegenüberliegenden Enden des Foyers. Kane ließ seinen Blick schweifen.

»Das Hotel hier überrascht mich: hochklassig und überhaupt nicht das, was ich in einer Kleinstadt erwarten würde.«

»Ja, das Cattleman's Hotel gehört einer sehr wohlhabenden Familie.« Alton lehnte sich an die Wand und gähnte. »Weiter hinten gibt's noch einen privaten Spielclub, und das ganze Hotel ist sehr beliebt.« Sie zuckte mit den Schultern. »Außerdem befolgen sie die Regeln und machen selten Probleme.«

»Es gibt also in der Gegend ein paar reiche Rancher?«

»Ja, ein paar große Viehzüchter. Und dann noch die Geschäftsleute, Lehrer und natürlich die Ärzte. Sie alle meiden die Stadt und leben gegenüber von Stanton Forest.« Altons Miene ließ Belustigung erahnen. »Auf der anderen Seite der Stadt liegen das Krankenhaus und der College-Campus.«

»Ich hatte keine Ahnung, dass Black Rock Falls sich über ein so großes Gebiet erstreckt.«

»Na ja, das hier ist eigentlich ein ganzer Landkreis. Und mit vier Deputys und mir, die den ganzen Ort bewachen, werden Sie feststellen, dass der Job schwieriger ist, als Sie denken.« Kane richtete sich auf und stützte die Hand auf seinen Holster. Nach zehn Jahren Geheimdienst würde er sich daran gewöhnen müssen, eine Dienstpistole an der Hüfte zu tragen und nicht in einem Schulterholster. Langsam sickerte die Bedeutung von Altons Worten in sein Gehirn. Wenn es in Black Rock Falls eine große Anzahl reicher Leute gab, reif dafür, geschröpft zu werden, noch dazu als Spieler, was grundsätzlich ein Nest für Korruption war, würde es für kriminelle Unterweltsyndikate durchaus Sinn ergeben, einen Deal mit einer örtlichen Autoritätsperson auszuhandeln. Und entsprechende Ablehnungen könnten dann durchaus zu »Unfällen« führen.

Er räusperte sich. »Hatten Sie in letzter Zeit irgendwie mit den Eigentümern zu tun?« Kane blickte sie direkt an, um ihre Reaktion zu sehen. Mann, so wie Jennas Gesicht von einem Moment auf den anderen komplett ausdruckslos wurde, würde sie auch ein Waterboarding überleben, ohne Informationen preiszugeben.

15

Von dem Moment an, als Kane das Hotel betrat, beobachtete Jenna jede seiner Bewegungen. Er sucht systematisch nach Verdächtigen – wie ein Hund nach einem Knochen. Sie hörte einen Automotor und blickte nach draußen. »Jawoll, da kommt die Kavallerie: Rowley und Daniels nehmen einen der Streifenwagen und parken am Hintereingang. Von dort aus führt ein Fußweg zum Parkplatz, so dass sie jeden im Auge behalten können, der versucht, sich von hier wegzuschleichen.«

»Gute Idee.« Kane drehte den Kopf in Richtung der beiden Männer, die sich neben den Fahrstühlen unterhielten und ihn ab und zu ansahen. »Die beiden Männer, die Sie am Donnerstagabend in Gewahrsam hatten, verhalten sich verdächtig. Was glauben Sie, was Josh Rockford und Dan Beal vorhaben?«

»Ich würde sagen, Rockford versucht, zu seinem Auto zu kommen, ohne erwischt zu werden.« Jenna runzelte die Stirn. »Sein Team hat heute Abend gewonnen, also wird er die nächsten paar Tage wie ein Pfau herumstolzieren.«

»Vielleicht finde ich ja einen Grund, sein Auto zu beschlagnahmen.« Kane verengte seinen Blick und schien größer zu werden. »Ich habe schon zu viele junge Kerle wie ihn bei Unfällen sterben sehen. Die glauben immer, sie seien unbesiegbar.«

»Kein Grund, gleich sein Auto zu beschlagnahmen.« Sie ging durch die Glastüren ins Hotel. »Normalerweise setze ich ihn in ein Taxi. Er liebt es, im Mittelpunkt zu stehen, also ist es am besten, ihn einfach zu ignorieren.«

Kane folgte ihr zu den beiden Männern und nahm neben Jenna Position ein. Als Josh Rockford ihr ein strahlendes Lächeln schenkte, das seine teuren, weißen Zähne zeigte, richtete sich Kane zu seiner vollen Körpergröße von einem Meter fünfundneunzig auf und blickte auf ihn hinunter.

Entweder war Rockford zu betrunken oder zu dumm, um die Warnung zu erkennen, denn er tat ihn mit einer wegwerfenden Handbewegung ab.

»Haben Sie heute Abend ein Zimmer hier, oder fährt Sie der Bürgermeister nach Hause?« Alton sprach Rockford mit autoritärem Ton an und wandte sich an Dan Beal. »Und was ist mit Ihnen, Mr. Beal?«

»Wir bleiben nicht, müssen aber irgendwie nach Hause kommen.« Dan Beal zwinkerte Alton anzüglich zu. »Josh dachte, Sie würden uns vielleicht gerne in Ihrem Wagen mitnehmen?«

»Genau.« Josh Rockford beugte sich vor und flüsterte Alton etwas ins Ohr, aber sein Blick blieb auf Kane gerichtet. »Aber ohne Ihren Gorilla da.«

Als Alton nichts erwiderte, machte Kane einen Schritt nach vorn und stellte seinen Körper zwischen Rockford und sie. »Sie haben zu viel getrunken. Geben Sie mir Ihre Autoschlüssel. Sie werden heute Abend mit dem Taxi nach Hause fahren.« Er streckte seine Hand aus. »Jetzt! Es sei denn, Sie wollen noch eine Nacht in der Zelle verbringen? Ich warne Sie. Wenn ich Sie das nächste Mal betrunken in der Öffentlichkeit erwische, sind Sie mein Gast auf der Wache.«

»Sie sollten Ihre eifersüchtige Ader besser zügeln, Mann. Nur weil Sie in Jennas Hütte wohnen, sind Sie noch lange nicht ihr Aufpasser.« Rockford grinste ihn an. »Der Sheriff mag mich nämlich sehr, nicht wahr, Schatz?«

Kane unterdrückte den Wunsch, den Idioten sofort zu

erwürgen und zuckte mit den Schultern. »In Ihre Arme ist sie aber gerade nicht geflogen. Vielleicht bevorzugt sie jemanden, der ein bisschen reifer ist.«

Rockford kicherte. »Sie gehören meinem Vater. Er wird Ihnen Ihre Marke abnehmen, wenn Sie mich beschuldigen.«

»Sehe ich aus, als würde mich das interessieren?« Kane senkte seine Stimme bis sie nur noch ein Flüstern war. »Glauben Sie mir, Sie wollen nicht die Nacht in der Zelle verbringen, wenn ich im Dienst bin. Und jetzt her mit den Autoschlüsseln, oder ich packe Sie an den Beinen und schüttle sie Ihnen aus den Hosentaschen.« Bei dem Blick puren Hasses, den Rockford ihm zuwarf, stellten sich Kane die Nackenhaare auf. Der verwöhnte Rotzlöffel war gerade an die Spitze seiner Liste von Verdächtigen gerückt. Er nahm die Schlüssel an sich und begleitete die Männer zu einem der wartenden Taxis. Wie sie es allerdings geschafft hatten, in relativ kurzer Zeit derart betrunken zu werden, verblüffte ihn. Hardcore-Trinker waren normalerweise keine Kapitäne von Siegermannschaften – aber wenn man den Einfluss von Joshs Vater in die Gleichung mit einbezog, war alles möglich. Er sah zu, wie die Rücklichter des Taxis in der Dunkelheit verschwanden, kehrte zum Hotel zurück und schlängelte sich zwischen den Gästen hindurch, die nach Hause gingen. Einige sangen die Hymne des Teams, Pärchen hielten Händchen und insgesamt benahmen sich die Leute in Black Rock Falls besser als erwartet.

Er fand Alton an ihrem Platz im Foyer. »Sie sollten sich nicht mit Idioten wie den beiden herumschlagen müssen.«

»Mit Rockford werde ich schon fertig.« Alton lächelte ihn an. »Obwohl ich zugeben muss, dass es schön war, zur Abwechslung mal jemanden auf meiner Seite zu haben.«

»Ich bin nur um Ihr Wohlergehen besorgt.« Kane seufzte. Er musste seinen Standpunkt klarmachen. »Jemand hat versucht, Sie umzubringen, und wenn Sie nicht bedroht werden, dann ist etwas anderes im Gange.« Er zuckte mit den Schultern. »Außerdem sind zwei Menschen spurlos verschwunden, und mein Instinkt sagt mir, dass es da einen Zusammenhang gibt. Machen Sie's mir ein bisschen leichter, und überlegen bitte nochmal genau, wo Sie in den letzten Wochen überall waren.«

Jenna versuchte, sich an einschlägige Details der letzten zwei Wochen zu erinnern. Was hatte ihr Unfall mit einer vermissten Großmutter zu tun? Die Nachforschungen über den anderen Mann, John Helms, waren bestenfalls oberflächlich gewesen, und ihre Deputys würden in der folgenden Woche an seinem Fall arbeiten. Beunruhigt darüber, dass es eine Verbindung zu den Verschwundenen geben könnte, kaute sie auf ihrer Unterlippe und versuchte, sich einen Reim auf Kanes Argumentation zu machen. Eine weitere Welle von Gästen strömte gerade aus dem Restaurant und Jenna entdeckte Bürgermeister Rockford mit seiner Frau, die auf das Foyer zusteuerten. Sie nickte dem Paar zu und der Bürgermeister blieb stehen, um sie anzusprechen.

»Ich nehme an, Duke Walters hält heute Abend wieder die Stellung auf der Tanzveranstaltung?«, fragte er und lächelte nachsichtig.

Jenna erwiderte sein Lächeln. »Genau. Ich versuche immer, ihn so wenig wie möglich der Eiseskälte auszusetzen.«

»Ja, ja, er wird immer ein Loblied auf Sie singen, weil Sie so nachsichtig sind.« Rockford zog die Hand seiner Frau in seine Armbeuge und tätschelte ihre Finger. »Nun, ich bringe meine Dame jetzt besser auch ins Warme. Gute Nacht, Sheriff.«

»Gute Nacht.«

Jenna wartete, bis beide gegangen waren, drückte sich dann von der Wand weg und kam näher zu Kane, damit niemand sie belauschen konnte. »Ich habe Ihnen schon alles erzählt, was passiert ist, aber ich werde Sie noch mit einem weiteren Detail verwöhnen: Sarah Woodward kam vorbei und gab eine Vermisstenanzeige über ihre Großmutter auf. Ich habe die Deputys zu den örtlichen Unterkünften, Banken und zur Post geschickt, um allgemeine Nachforschungen anzustellen. Als wir sie nicht ausfindig machen konnten, fuhren wir mit ihrem Foto auch zu einigen Ranches in der näheren Umgebung, nur für den Fall, dass sie sich für einen Decknamen entschieden hatte.«

»Ich nehme an, Sie sind nicht alle gemeinsam herumgelaufen?« Kane warf einen Blick über die Schulter auf den Parkplatz, dann richtete er seine Aufmerksamkeit wieder auf sie. »Welche Ranches haben Sie selbst besucht?«

»Die auf meiner Seite der Stadt. Wir haben sie alle abgeklappert, sind von Tür zu Tür gegangen und haben die Bewohner befragt. Viele der Rancher kenne ich persönlich, darunter Parker Lom, die Daniels und den alten Zack Smith. Sein Haus liegt weit draußen in den Hügeln und dort ist seit Jahren niemand mehr vorbeigekommen.« Sie hatte das seltsame Gefühl, dass er sie verhörte, und ihre Vorsicht wurde größer. »Ich habe mit Parker einen Kaffee getrunken, und Zack hat mich mitgenommen, um mir den neuen Bullen zu zeigen, den er gekauft hat. Jeder, den ich traf, war freundlich und ich wurde nicht bedroht.«

»Die Daniels wie in Pete Daniels' Familie? Die beiden Typen, die Sie bei Aunt Betty's erwähnt haben?«

»Richtig, Petes Brüder. Ihnen gehört die Ranch.« Sie zuckte mit den Schultern. »Pete interessiert sich nicht für Rinder- oder Pferdezucht und hat eine Wohnung in der Stadt, aber er verbringt die Wochenenden damit, auf der Ranch mitzuhelfen.«

»Warum sollten wir also zur Ranch rausfahren? Deputy Daniels hätte Mrs. Woodward erkannt, wenn sie auf der Ranch gearbeitet hätte.«

»Pete war bei mir und wir haben seine Brüder gefragt, ob Mrs. Woodward auf der Suche nach Arbeit vorbeigekommen ist. Wie ich schon sagte, Pete wohnt in der Stadt, er hätte sie leicht übersehen können.« Sie versuchte, ihre Stimme ruhig zu halten, und nahm eine lässige Haltung ein. »Als ich die Daniels aufsuchte, ist mir nichts Ungewöhnliches aufgefallen, und sie verhielten sich so entspannt wie immer.«

»Gut. Rowley hat erwähnt, dass Rockford auf dem Revier ein Problem verursacht hat, bevor Sie ihn entlassen haben. Erzählen Sie mir, was gleich nach der Verhaftung alles passiert ist.«

»Gegen einundzwanzig Uhr bekam Rowley einen Anruf vom Manager des Hotels hier, wegen einer Schlägerei im Pokerzimmer.

Ich traf Rowley dort und wir kümmerten uns um das Problem – drei Männer, die unter Alkoholeinfluss standen und Ärger machten. Diese drei haben jeder für sich mehr Zeit im Knast verbracht als die meisten Unruhestifter in der Stadt zusammen. Ich trennte sie und behielt sie über Nacht in Gewahrsam, nachdem Josh Rockford Billy Watts des Diebstahls beschuldigte. Rockford drohte damit, seinen Vater anzurufen und mich feuern zu lassen. Jedes Mal, wenn ich ihn festnehme, zieht er dieselbe Nummer ab. Er ist vielleicht ein Großmaul, aber ich glaube nicht, dass er eine Bedrohung darstellt. Ich bezweifle, dass er den Mumm hat, wirklich ernst zu machen – der rennt eher zu Papa und beschwert sich.« Sie holte tief Luft und stieß sie mit einem Zischen wieder aus. »Ich habe mir jedes Szenario durch den Kopf gehen lassen und bin zu keinem Ergebnis gekommen. Ich glaube wirklich, dass ich mit allen fair umgegangen bin – diese Theorie von einem Mordversuch, die Sie da verfolgen, ergibt überhaupt keinen Sinn.«

»Da bin ich anderer Meinung. Nach dem, was ich gesehen habe, und angesichts der Fakten vom Unfallort, war es ein vorsätzlicher Anschlag auf Ihr Leben. Ich beabsichtige, den Schuldigen zu finden und das Motiv zu ermitteln.« Kane deutete mit seinem kantigen Kinn in Richtung einer Gruppe von Männern, die aus der Bar kamen. »Achtung.«

Die Gäste aus der Cattleman's Bar machten ihnen wenig Schwierigkeiten. Die etwa fünf betrunkenen Männer schlenderten vorbei, kletterten in die Taxis und verschwanden in der Nacht.

Sie warteten, bis alle das Gebäude verlassen oder die Aufzüge zu ihren Zimmern genommen hatten und traten dann in die klare, dunkle Nacht hinaus.

Alton wandte sich an Kane. »Ich gehe kurz rein und benutze die Toilette, dann gehe ich durch die Hintertür raus, um nach Nachzüglern zu sehen und von vorne wieder rein.«

»Diese Zone sollten Rowley und Daniels bereits abdecken.«

Jenna tätschelte seinen Arm. »Hören Sie auf, so überfürsorglich zu sein. Ich bin ein großes Mädchen und kann auch schon alleine pinkeln.«

16

Nachdem Jenna die Toilette benutzt hatte, durchquerte sie das leere Foyer und ging zur Hintertür hinaus. Die eisige Kälte ließ sie frösteln und sie folgte dem Kiesweg, der sich durch das unter einer schweren Schneedecke verborgene Ziergebüsch schlängelte. Als sie um eine Ecke bog und in den Schatten kam, blickte sie nach oben, aber hier war alles so dunkel, dass sie Mühe hatte, die Masten der Laternen zu erkennen, die den Bereich normalerweise ausleuchteten. Sie machte sich eine geistige Notiz, den Manager darauf hinzuweisen und griff nach der Taschenlampe an ihrem Gürtel. Als sie dort keine Taschenlampe fand, fluchte sie leise vor sich hin. Sie musste das verdammte Ding beim Unfall verloren haben und hatte nicht bemerkt, dass es fehlte. Macht nichts. Der schneebedeckte Weg wies ihr die Richtung und der gut beleuchtete Parkplatz würde nur noch ein paar Minuten entfernt sein. Als sie um eine weitere Ecke bog, hörte sie plötzlich das Knirschen von Schritten hinter sich. Sofort trat sie an eine Seite des Weges und wartete, dass die Person aus dem Schatten auftauchte. »Rowley, bist du das?« Die Schritte verstummten und aus der Dunkelheit kam keine Antwort. Ihr Herz trommelte ihr in der Brust. Sie stützte eine Hand auf den Griff ihrer Glock. Der leichte Schneefall trieb ihr die Flocken wie Schmetterlingsflügel ins Gesicht, aber abgesehen von Stimmen in der Ferne war auf dem Weg kein Laut zu hören. Jenna atmete tief durch und nahm langsam ein paar Schritte in Richtung Parkplatz. Das einzige Geräusch, das sie hörte, war ihr Puls, der in ihren Ohren pochte. Ihre Schritte klangen laut in der stillen Nacht – vielleicht hatte sie sich einfach nur getäuscht. Der Unfall hat mich stärker durcheinandergebracht, als ich gedacht habe. Die Hand fest auf ihrer Waffe, drehte sie sich um und ging weiter. In der Nacht wirkte der Garten unheimlich und die schneebedeckten Büsche hoben sich dunkel und bedrohlich ab, wie kleine Monster, die nur darauf warten, zuzuschlagen. Hinter jeder Biegung umfing sie noch tiefere Dunkelheit und der gewundene Weg schien gar nicht mehr enden zu wollen. Jenna hatte mittlerweile wirklich Angst, und sie schalt sich selbst für diese Dummheit. Überzeugt davon, dass ihre Fantasie ihr nur Streiche spielte, bog sie um die nächste Ecke und marschierte auf den Parkplatz zu. Das Ende des Weges konnte nicht mehr weit entfernt sein, und dort würden dann sowohl Daniels als auch Rowley auf sie warten.

Knirsch, Knirsch, Knirsch. Erschrocken drehte sie sich um, um sich der Gefahr zu stellen, hörte aber nichts. Sie drehte sie sich nochmals um und ging dann vorsichtig weiter.

Knirsch, Knirsch, Knirsch.

Langsam zog sie die Glock aus dem Holster und spähte in die Dunkelheit, aber sie sah nur Schattenspiele.

»Ist da jemand? Hier ist Sheriff Alton. Zeigen Sie sich. Ich bin bewaffnet.« Keuchend stieß sie große weiße Wolken aus und spitzte die Ohren – da hörte sie plötzlich ein Geräusch direkt hinter sich.

Knirsch, Knirsch, Knirsch. O Gott, er ist hinter mir. Aus der dunklen Leere irgendwo links von ihr konnte sie ein Kichern hören. Sie hob ihre Waffe, aber ein scharfer Hieb gegen ihr Handgelenk schlug ihr die Pistole aus der Hand und ins nächste Gebüsch. Ein dunkler, stinkender Sack wurde ihr über den Kopf gezogen. Blind und ohne Waffe taumelte sie vorwärts. Bevor sie Zeit hatte, auf den Angriff zu reagieren, legte sich eine große Hand auf ihren Mund und presste den stinkenden Stoff mit solcher Kraft gegen ihre Lippen, dass ihr die Zähne schmerzten.

Jemand schlang einen muskulösen Arm um ihre Brust und drückte ihre Arme fest an ihre Seiten. Ein kräftiges Bein schob sich zwischen ihre Oberschenkel und hob sie auf die Zehenspitzen. Sie konnte sich weder bewegen noch schreien und ihr Verteidigungstraining half ihr nicht, sich aus seinem Griff befreien. Das tiefe Flüstern erklang ganz nah an ihrem Ohr und jagte ihr eiskalte Schauer den Rücken hinunter.

»Ich habe ein Messer. Ein sehr scharfes Messer und ich würde dich gerne bluten sehen. Wenn du schreist oder um Hilfe rufst, schneide ich dir die Kehle durch, du Miststück.« Der Griff um ihre Brust wurde fester, so dass ihr das Atmen schwerfiel. »Nicke einmal, wenn du ein guter kleiner Sheriff sein willst.«

Galle schoss ihr den Hals hoch, und sie nickte. Etwas regte sich an dem Sack und sie spürte den Druck der kalten Spitze einer scharfen Klinge gegen ihren Hals.

»Merkst du, wie leicht ich dich jetzt töten könnte? Aber das würde doch keinen Spaß machen, oder?« Die Stimme des Mannes, rau und offensichtlich verstellt, vibrierte in ihrer Wange. Er lachte wieder. »Ruf deinen großen Wachhund zurück, und ich erlaube dir vielleicht, noch ein bisschen länger am Leben zu bleiben.«

Sie stemmte sich fest gegen seine Brust, versuchte, seine Größe abzuschätzen, und atmete tief durch, aber der übelriechende Sack verdeckte den Geruch des Mannes. »Ich weiß nicht, was Sie meinen.«

»Alles lief so schön und reibungslos, aber nein, du musstest ja einen Großstadtpolizisten einschalten.« Das Messer stach in ihre Kehle, und anstatt sich anzuspannen, um ihm den Schnitt zu erleichtern, entspannte sie sich. »Halt einfach deinen Mund und leg deinen Wachhund an die Leine, oder ich zeige dir genau, wozu ich fähig bin.«

Panik brodelte in ihr auf, aber bevor sie etwas erwidern konnte, schlug er ihr gegen den Hinterkopf und stieß sie ins Gebüsch. Jenna fiel auf die Knie und verhedderte sich im dichten Gestrüpp.

Desorientiert zerrte sie sich den Sack vom Kopf und starrte suchend in die Dunkelheit. Laut verklangen Schritte in der Nacht in Richtung Cattleman's Hotel. Mit pochenden Schläfen drückte sie auf das Gerät in ihrem Ohrring, um Kane zu alarmieren, dann kroch sie auf Händen und Knien aus dem Gebüsch und suchte nach ihrer Pistole. »O Gott, was passiert hier mit mir?«

17

Schritte knirschten auf dem Weg und kamen rasch näher. Schiere Panik erfasste sie, und Jahre der Ausbildung schmolzen in Terror dahin. Reiß dich verdammt noch mal zusammen. Sie kam taumelnd auf die Füße und nahm ihr Kampfposition ein. Mit dem Rücken an einen Busch gepresst, erblickte sie das hüpfende Licht einer Taschenlampe. »Wer ist da? Zeigen Sie sich!«

»Ich bin's, Kane.« Seine Gestalt kam in ihr Blickfeld. »Geht es Ihnen gut? Haben Sie den Ohrring gedrückt?«

Sie blinzelte, als das Licht von Kanes Taschenlampe sie erfasste. Sie versuchte, ihre Stimme so beiläufig wie möglich und nicht wie eine panische Vollidiotin klingen zu lassen, holte tief Luft und trat in den Lichtstrahl. »Ja, und ich bin froh, Sie zu sehen. Irgendein Typ hat mich angesprungen und ich habe meine Waffe verloren.« Da sie spürte, dass er sofort die Verfolgung aufnehmen wollte, berührte sie seinen Arm und sagte: »Verschwenden Sie nicht Ihre Zeit, der ist längst weg.«

»Was?« Kane schritt an ihr vorbei den Weg hinauf, dann drehte er sich um. »Hat er Sie verletzt?«

»Nur meinen Stolz. Ich fühle mich wie ein Trottel, weil es ihm gelungen ist, mich zu überrumpeln.« Sie stellte sich neben ihn. »Ich bin mir nicht sicher, was passiert ist. Ich bin überzeugt, dass die Schritte von hinten kamen, aber als ich mich umgedreht habe, um in die Richtung zu schauen, hat er mich schon gepackt.« Sie rieb sich den Hals. »Er stülpte mir einen Sack über den Kopf, entwaffnete mich und hielt mir dann ein Messer an die Kehle.«

»Geht es Ihnen gut?«

»Ja, bin nur ein bisschen zittrig.« Sie schaute den Weg entlang in Richtung Hotel. »Haben Sie jemanden weglaufen hören?«

»Nein.« Schatten verdeckten Kanes Gesicht, als er die Lampe hin und her schwenkte und sich dann bückte, um ihre Glock aus dem Schnee aufzuheben. »Hat er etwas gesagt?« Er reichte ihr die Waffe.

Jenna erzählte ihm was geschehen war, wischte dann den Schnee von ihrer Pistole und schob sie zurück ins Holster. »Eines ist sicher, er hält Sie für eine Gefahr. Ich bin verwirrt. Ich habe keine Ahnung, warum ich Sie zurückrufen soll.«

»Hat er Sie angefasst?«

Jenna schluckte den Kloß in ihrem Hals hinunter. Sie konnte immer noch den Druck des Oberschenkels des Mannes in ihrem Schritt spüren, und der Gestank des schmutzigen Sacks klebte in ihrer Nase. Sie sehnte sich nach einer heißen Dusche, wo sie sich die Berührung des Angreifers von ihrer Haut schrubben konnte. »Er hat seinen Oberschenkel zwischen meine Beine geschoben. Er war ziemlich kräftig, vielleicht fünfundachtzig Kilo schwer und ungefähr einen Meter achtzig groß, vielleicht auch größer. Die Beschreibung passt auf viele der Männer in der Stadt, auch auf Sie.« Sie griff seinen Arm und zog Kane in ihre Richtung, so dass er sie ansehen konnte. »Ich möchte, dass dieser Vorfall vorerst unter uns bleibt. Ein weiblicher Sheriff zu sein, ist schon schwer genug, aber wenn herauskommt, dass ich meine Waffe verloren habe, wird mich das für immer und ewig verfolgen. Einverstanden?«

»In Ordnung. Aber wenn das dieselbe Person war, die versucht hat, Sie zu töten, sollten wir jeden Polizisten dazu bringen, die Gegend nach Hinweisen zu durchkämmen. Das alles gefällt mir überhaupt nicht. Sie lassen ihn mit dem Angriff auf Sie davonkommen, was bedeutet, dass er gewonnen hat.«

Sie drückte Kanes Arm. »Aber Sie werde ich nicht zurückrufen, oder? Ich bin nicht verletzt, und eine Überreaktion könnte alles noch schlimmer machen. Bitte lassen Sie es einfach gut sein.«

»Sie sind meine Vorgesetzte. Wenn Sie mir befehlen, mich zurückzuhalten, habe ich keine andere Wahl als zu gehorchen. Wo haben Sie den Sack hingeworfen?«

»In die Büsche.« Jenna sah zu, wie Kane das Stück aufhob. »Es kann nicht derselbe Mann sein, der den Unfall verursacht hat. Der Kerl hätte mich umbringen können, aber ich glaube, er wollte mich nur erschrecken. Ich bin mir nicht sicher, was los ist, aber ich habe gesehen, wie Josh Rockford Sie vorhin angesehen hat. Es hätte leicht er oder Dan Beal sein können – das sind beides kräftige Männer.«

»Ja, wenn ein Taxi sie in der Nähe abgesetzt hat, könnten sie zu Fuß zurückgekommen sein. Das lässt sich leicht überprüfen. Ich werde mit dem Taxiunternehmen sprechen.«

Der von Schatten gesäumte Weg rückte auf sie zu, dunkel und bedrohlich und wurde immer enger. Ich muss hier weg. Jenna ging den Pfad weiter. »Okay. Verschwinden wir von hier.«

»Gut.« Kane legte seine große Hand auf ihren Arm und leuchtete mit der Taschenlampe den Weg aus. »Sie zittern ja. Gibt es etwas, was Sie mir verschweigen?«

Jenna löste ihren Arm aus seinem Griff. »Mir ist eiskalt. Und stinkwütend bin ich auch. Ich hätte mich wehren sollen. Ich fühle mich wie eine komplette Versagerin.«

»Das sind Sie nicht. Er hat Sie bewegungsunfähig gemacht und Ihnen ein Messer an die Kehle gehalten.« Kane schnaubte laut. »An Ihrer Stelle hätte ich mich auch ruhig verhalten und versucht, mit ihm zu reden.«

Sie blickte zu ihm hoch und ging einen Schritt näher neben ihm, froh über seine Gegenwart. »Es war eine Warnung, Sie an die Leine zu nehmen, und ich denke, der Unfall war ebenfalls eine

Warnung.« Sie stieß eine weiße Atemwolke aus. »Irgendwie müssen Sie in das Ganze verwickelt sein.«

»Ich? Die Frage ist doch, warum die glauben, ich wäre eine Bedrohung für sie, es sei denn, sie haben es auf Sie abgesehen. Und jetzt wohne ich auch noch auf Ihrem Grundstück.« Kane seufzte. »Rockford hat zwar erwähnt, wo ich wohne, aber jemanden zu erschrecken, das macht normalerweise kein Mann aus purer Eifersucht oder um eine Frau dazu zu bringen, mit ihm auszugehen. Hier geht's um was anderes.«

»Dann habe ich nichts.« Jenna seufzte erleichtert, als sie den beleuchteten Parkplatz betraten und sich auf den Weg zum Vordereingang des Hotels machten.

»Doch, wir haben den Sack.« Kane zog eine Beweismitteltüte aus seiner Tasche und hielt sie wie eine Trophäe hoch. »Ich bringe sie so schnell wie möglich ins Labor und sehe, was dabei herauskommt. Er könnte sie aus dem Mülleimer geholt haben – sie riecht auf jeden Fall so.«

»Ja, ich weiß. Er hatte mir das verdammte Ding in den Mund gepresst.«

Sie entdeckte Rowley und Daniels, die an ihren Streifenwagen lehnten. Sie bemühte sich lässig zu wirken und lächelte die beiden an. »Ich bin hintenrum gekommen, um den Parkplatz zu checken. Haben Sie der Hotelleitung gemeldet, dass die Lichter da aus sind?«

»Die Lichter im hinteren Bereich werden nach Feierabend immer ausgeschaltet. Nur die Flutlichter auf dem Parkplatz und hier in der Einfahrt bleiben die ganze Nacht über an.« Rowley runzelte die Stirn. »Kane hat sich gefragt, was mit Ihnen passiert ist. Der Weg da hinten ist nachts stockdunkel. Haben Sie sich verlaufen?«

»Ganz und gar nicht. Mir geht's gut. Ich habe mich nur vergewissert, dass sich da hinten niemand versteckt.« Sie wich Rowleys Blicken aus.

Ein paar Augenblicke später meldete sich Walters und teilte ihr mit, dass er bereits auf dem Weg nach Hause sei. Ausnahmsweise waren das Heimspiel und der Tanz ohne Probleme verlaufen. Sie schluckte die Sorge, die in ihr nagte, hinunter und lächelte ihren Deputys zu. »Gute Arbeit. Wir sehen uns dann Montagmorgen.«

»Einen Moment.« Kane warf ihr einen kurzen Blick zu, ging um seinen Wagen herum und joggte zurück zum Parkplatz.

Jenna schaute ihm hinterher und bemerkte dann Billy Watts, der sich ins Fenster einer gelben Limousine beugte. Sie wandte sich an ihre Deputys. »Ist das das Fahrzeug von Sarah Woodward? Ich habe nicht gesehen, dass sie das Gebäude verlassen hat.«

»Aber ich. Sie kam vorhin durch die Hintertür raus.« Daniels grinste. »Ich habe sie völlig falsch eingeschätzt. Ich hätte nicht gedacht, dass sie der Typ ist, der sich in einer Bar herumtreibt.«

»Ist sie auch nicht, und außerdem darf sie in der Öffentlichkeit noch gar keinen Alkohol trinken. Warten Sie hier.« Jenna schloss den Reißverschluss ihrer Jacke und ging in Richtung Parkplatz.

Dort kam sie gerade rechtzeitig an, um zu sehen, wie Kane die Motorhaube von Sarahs Auto öffnete und einen Blick auf den Motor warf. Ein paar Minuten später sprang das Auto stotternd an. Als sie näherkam, bemerkte sie die junge Frau. «Was machen Sie denn im Cattleman's Hotel?«

»Ich war zum Abendessen hier und wollte sehen, ob vielleicht ein Zimmer storniert wurde. Ich mag nicht so gerne im Motel übernachten.« Sarah umklammerte das Lenkrad. »Leider sind alle Zimmer belegt, also fahre ich zurück. Ich schätze, der Lärm wird sich legen, jetzt, wo das Spiel vorbei ist.«

»Sie werden nicht mehr lange dortbleiben müssen. Wir haben Grund zu der Annahme, dass Ihre Großmutter die Stadt verlassen hat.« Jenna lächelte. »Sie ist vielleicht schon im nächsten County.«

»Nein, ist sie nicht.« Sarah schürzte die Unterlippe und warf ihnen einen bösen Blick zu. »Ich habe einen Brief, in dem ihr Interesse am Kauf einer Ranch irgendwo in Black Rock Falls erwähnt wird.«

»Fertig.« Kane schlug die Motorhaube zu und ging mit einem zuversichtlichen Lächeln auf sie zu. »Kommen Sie am Montag bei uns vorbei, und wir sehen uns den Brief gemeinsam an. Ich werde jemanden losschicken, der sich das Grundstück anschaut.« Er kam näher. »Und tun Sie mir bitte einen Gefallen und überlassen Sie die Ermittlungen der Polizei. In diesem alten Auto bei schlechtem Wetter herumzufahren ist schon gefährlich genug.«

»In Ordnung.« Sarah begegnete seinem Blick und runzelte die Stirn. »Ich hab nur das Gefühl, dass Sie überhaupt nichts unternehmen. Und ich mache mir wirklich Sorgen um meine Oma.«

»Sie haben mein Wort, dass wir Spuren nachgehen, um Ihre Großmutter zu finden.« Kane lächelte sie freundlich an. »Wir wollen Sie in Sicherheit wissen, und ich bin sicher, dass Ihre Großmutter das Gleiche wollen würde. Ich werde Deputy Daniels bitten, Ihnen zum Motel zu folgen – nur für den Fall, dass der Wagen wieder eine Panne hat.« Sein Blick wanderte zu Billy Watts, und sein Mund wurde zu einem dünnen Strich. »Ab hier übernehmen wir.« Kane winkte Daniels weg.

Jenna beugte sich vor, um mit Sarah zu sprechen. »Sie sollten Ihr Auto zur Inspektion bringen. Kane hat Recht. Eine Panne bei diesem Wetter könnte wirklich lebensgefährlich sein. Miller's Werkstatt ist sehr günstig und dort kann man auch Autos leihen.«

»Ich wollte den Wagen schon lange reparieren lassen. Ich bleibe dieses Wochenende zu Hause, aber ich werde gleich am Montagmorgen in der Werkstatt vorbeischauen.« Sarah strahlte Kane an. »Danke für Ihre Hilfe.«

»War mir ein Vergnügen.« Kane drehte sich um und marschierte in Richtung Daniels davon.

»Ein wirklich netter Mann.« Sarah errötete.

Jenna sah zu, wie Billy Watts' Truck auf dem Weg vom Parkplatz über die Eisflächen tanzte, dann zog sie ihre Handschuhe über. »Er ist sehr effizient.« Sie deutete zu Daniels' Wagen, dessen Motor lief und weiße Dampfwolken in die stille Nacht aufsteigen ließ. »Also los. Mein Deputy wird Sie sicher zum Motel bringen.«

Als beide Autos im Schneckentempo davonfuhren, stapfte Jenna durch den grauen, gefrorenen Schlamm zurück zu Kanes SUV. Ihr Stellvertreter plauderte und scherzte mit Rowley, als würde er ihn schon seit Jahren kennen. Als sie die beiden erreichte, beendeten sie ihr Gespräch und sahen sie an, als warteten sie auf Anweisungen. Sie warf ihnen ihren besten »Ich bin die Chefin«-Blick zu und entließ den jüngeren Mann mit einer knappen Geste. »Gehen Sie nach Hause und ruhen sie sich aus.« Kane gegenüber verzog sie das Gesicht. »Und Sie beeilen sich. Ich friere mich hier noch zu Tode.«

»Jawohl, Ma'am.«

Jenna stieg in den Wagen und war froh, dass es drinnen wohlig warm war. Der Vorfall hatte sie stärker aufgewühlt, als sie zugeben wollte, und vor allem deutlich ihre Verletzlichkeit gezeigt. Kein Mann hatte sie jemals zuvor unvorbereitet erwischt; sie hatte geglaubt, auch den größten Mann mit Leichtigkeit besiegen zu können. *Mann o mann, da hab ich aber falsch gelegen.* Obwohl sie bewaffnet war, beunruhigte sie die Vorstellung, allein in ihr leeres Haus zu gehen. Vielleicht konnte sie Kane auf ein heißes Getränk hineinlocken. Als er neben ihr ins Auto stieg, schenkte sie ihm ein Lächeln. »Ist das ein Trick, um heiße Schokolade und Kekse zu bekommen?«

»Ja, nachdem Sie mich so hart bearbeitet haben und mich schwören ließen, ein mögliches Verbrechen zu vertuschen, glaube ich schon, dass Sie mir was schulden.« Kane wendete den Wagen in Richtung O'Reilly Ranch.

»Okay, aber ich weigere mich, heute Abend nochmal über den Vorfall zu sprechen. Da gibt es nichts zu diskutieren, bis ich herausgefunden habe, wer die Person ist und warum sie mich bedroht. Vielleicht wird uns die Kapuze einen Hinweis geben, aber das kann erst mal warten. Ich bin erschöpft.« Jenna lehnte sich im Sitz zurück. »Seit Sie in der Stadt sind, habe ich genügend Aufregung gehabt – jetzt brauche ich eine Auszeit.« Sie sah ihn an. »Was sagen Sie dazu?«

»Zu Ihren Schokokeksen? Lassen Sie mich nachdenken ...« Er lächelte. »Abgemacht.«

18

Bis in die frühen Morgenstunden wanderte Jenna im Haus umher und kontrollierte ständig die Schlösser und Riegel an Fenstern und Türen wie jemand mit einer Zwangsstörung. Jedes Mal, wenn ein Schneeklumpen vom Dach rutschte und mit einem Plopp draußen aufschlug, griff sie nach ihrer Waffe, schlich an der Wand entlang, und spähte um jede Ecke. Überzeugt davon, dass jemand sie töten wollte, klappte sie ihren Laptop auf und ging jede Fallakte durch, überprüfte jedes kleinste Detail, ob sie vielleicht etwas übersehen hatte, aber sie fand nichts. Alle ihre Fälle waren unkompliziert gewesen.

Eigentlich hätte ein Leben in ständiger Angst der Vergangenheit angehören sollen, und wenn einer von Viktor Carlos' Männern sie fände, würde niemand sie warnen – der Tod käme sofort. Wer in Black Rock Falls hielt sie für eine Bedrohung, jetzt, da David Kane hier war? Irgendwer hatte etwas zu verbergen und glaubte, sie hätte ein Auge zugedrückt – oder es ignoriert, bis Verstärkung in Form des neuen Deputys gekommen war. Aber welches Verbrechen? Was habe ich übersehen?

Sie kroch ins Bett, froh über die Wärme, und versuchte alles aus jedem erdenklichen Blickwinkel zu beleuchten. Ihre Glock stets griffbereit, zog sie einen Block hervor und machte sich

Notizen über jede Person, die eine Gefahr für sie darstellen könnte. Okay, Josh Rockford hatte also Annäherungsversuche gemacht, aber wenn er es ernst meinte, warum fragte er sie nicht einfach, ob sie mit ihm ausgehen wollte? Sie hatte ihn in letzter Zeit etwas herablassend behandelt. Ein Mann, der unter Alkoholeinfluss seinen Ruf bei seinen Fans und Mannschaftskameraden aufrechterhalten musste, könnte eine Bedrohung darstellen. Vielleicht fürchtete er Zurückweisung oder hatte irgendetwas Seltsames mit ihr am Laufen, wollte irgendwie Besitz von ihr ergreifen.

Mit wem sonst aus der Stadt hatte sie in den letzten Monaten Kontakt gehabt? Ihre Gedanken wanderten zu einem Fall von übler Tierquälerei vor über einem Jahr. Ein örtlicher Rancher, Stan Clough, ein Mann Anfang vierzig, hatte Außerirdische für die bei lebendigem Leib ausgeweideten und auf den Feldern seiner Ranch zurückgelassenen Tiere verantwortlich gemacht. Sie hatte ihn für ein psychiatrisches Gutachten einweisen lassen, aber der Bericht war negativ gewesen, so dass der Fall weiterverfolgt wurde. Clough hatte sie während der Gerichtsverhandlung unablässig mit seinen toten, tiefliegenden Augen angesehen, aber Drohungen hatte er keine ausgesprochen. Zumal seine einjährige Haftstrafe ein Witz gewesen war – nicht zuletzt, weil das Gefängnis ihn bereits nach sechs Monaten entlassen hatte.

Neben Josh Rockford hatte sie noch ein anderer Mann seit ihrer Ankunft in der Stadt belästigt – James Stone. Ein großer, athletischer Mann Ende 30, der ebenfalls die Größe ihres Angreifers hatte. Der Anwalt der gut betuchten Bewohner von Black Rock Falls war eine beliebte Wahl, wenn irgendein Gesetzesverstoß auszubügeln war. In Wahrheit verfolgte Stone sie praktisch auf Schritt und Tritt. Wäre er nicht so eng mit Bürgermeister Rockford befreundet, wäre sie versucht gewesen, Anzeige wegen Belästigung zu erstatten. Doch das wäre nur reine Zeitverschwendung gewesen, da Bürgermeister Rockford seine Freunde schützte. Bei einer Anhörung vor dem Amtsgericht hätte sie den Fall und ihren Job verloren, weil sie für ihr gewähltes Amt die Zustimmung des Bürgermeisters benötigte.

Sie ließ ihre Gedanken zurückwandern zum letzten Mal, als sie Kontakt mit dem gut aussehenden und charmanten James Stone gehabt hatte. Das war Thanksgiving gewesen, und da sie allein war, hatte sie sich ihm als Gast beim Thanksgiving-Dinner im Cattleman's Hotel angeschlossen. Sein Kuss später auf ihrer Türschwelle war fordernd gewesen, und tatsächlich hatte ihm ihre Zurückweisung schwer zugesetzt – das wütende Blitzen in seinen Augen hatte sie in der Tat beunruhigt.

Obwohl sie sich oft über den Weg liefen, hielt sie ihn auf Abstand und lehnte eine Einladung zum Abendessen am Tag vor Kanes Ankunft ab. Sie gab vor, viel zu sehr damit beschäftigt zu sein, es dem neuen Kollegen so angenehm wie möglich zu machen, um sich jetzt amüsieren zu können. Sein Schwur, niemals aufzugeben, bekam plötzlich eine ganz neue Bedeutung. Heiliger Strohsack, verfolgte er sie etwa immer noch auf Schritt und Tritt, nur jetzt mit ganz anderen Mitteln? Sie machte sich Notizen in ihrem Block und ließ sich zurück in die Kissen fallen.

Kane darüber zu informieren, würde schwierig werden. Er erschien ihr ein wenig zu fürsorglich, aber viele der Beamten, mit denen sie gearbeitet hatte, hatten eine ähnliche Arbeitsmoral gegenüber ihren weiblichen Partnern. Tatsächlich hätten alle eine Kugel für sie in Kauf genommen, und sie vermutete, dass das bei Kane genauso war. Obwohl einige Frauen seine Handlungen ein wenig herablassend finden mochten, fand sie seine Art, wie er um sie besorgt war, recht charmant, und außerdem konnte sie ihn wenn nötig in seine Schranken verweisen. Sie lächelte und drückte das Büchlein an ihre Brust. »Im Moment darfst du so beschützend sein, wie du willst. Ich glaube, ich brauche gerade jede Hilfe, die ich kriegen kann.« Sanft berührte sie die Ohrringe, die Kane ausgestattet hatte – ihn in der Nähe zu haben, war sicherlich von Vorteil.

19

Am frühen Montagmorgen unterbrach der anhaltende Klingelton des Handys Jennas Traum, in dem sie gerade auf einem schwarzen Hengst durch die Berge ritt, und sie tastete auf dem Nachttisch nach ihrem Telefon. Ein Blick auf die Uhr ließ sie seufzen. Nachts auf Abruf für die Notrufe zuständig zu sein, bedeutete normalerweise eine schlaflose Nacht, aber heute hatte sie bis acht Uhr schlafen können, ohne gestört zu werden. »Sheriff Alton. Was für einen Notfall haben Sie?«

Eine Männerstimme rauschte in einem kaum zu verstehenden Redefluss durch den Hörer. Jenna richtet sich auf und schob sich die Haare aus den Augen. »Wer spricht da?«

»George Brinks.«

Sie zog die Decke bis zum Kinn hoch und fröstelte. Brinks betrieb eine Mülldeponie am Rande der Stadt. »Okay, atmen Sie tief durch und erzählen mir, was los ist.«

»Ich habe eine Leiche gefunden.«

Scheiße! »Okay. Schön langsam. Wo und wann?«

»Im hinteren Teil der Deponie, am Ende, da bei Saddler's Crossing. Sie ist aus einem 200 Liter Fass gefallen.«

»Von wo gefallen?« Jenna schnappte sich einen Stift und ihren Notizblock vom Nachttisch. »Haben Sie sie fallen sehen?«

»Nein, nein, war meine Schuld.« Er holte tief Luft, aber die Panik in seiner Stimme war deutlich zu hören. »Ich habe verboten diese Art von Müll – Fässer, meine ich –in diesem Bereich abzuladen, also habe ich es mit dem Gabelstapler bewegt. Und als ich das Fass anhob, kippte es um und sein Deckel ging auf. Der Gestank war übel und ich hab gesehen wie der Teil eines Körpers heraus-ragte.« Auf einen Schlag war Jenna hellwach, all ihre Sinne arbei-teten auf Hochtouren und die Angst des vergangenen Abends war wie weggeblasen. Eine professionelle Ruhe ergriff sie. Ein Mord in meinem Bezirk? Jenna schlüpfte aus dem Bett und stellte das Handy auf Lautsprecher, dann zog sie sich ihre Uniform an. »Fassen Sie nichts an, und halten Sie alle Leute vom Tatort fern. Schließen Sie die Tore zur Deponie und lassen Sie niemanden hinein. Niemanden. Ich werde den Gerichtsmediziner anrufen und so schnell wie möglich vor Ort sein.« Sie wartete, bis Brinks aufgelegt hatte und rief dann Kane an.

»Okay, ich bin in fünf Minuten da. Ich schätze, es ist gut, dass ich noch nicht gefrühstückt habe.«

Jenna zog ihre Stiefel an. »Ja. Ich habe auch noch nichts gegessen. Der Anruf hat mich geweckt, und ich habe keine Zeit, Kaffee zu kochen, also rechnen Sie damit, dass ich mürrisch bin.«

»Ich kann mich mit Mr. Brinks treffen, wenn Sie nach dem, was gestern Abend passiert ist, noch etwas Zeit brauchen. Ich rufe Rowley an, er soll ebenfalls zur Mülldeponie rausfahren.«

»Danke, aber bei uns tauchen nicht jeden Tag Leichen auf. Ich will sehen, ob es da einen Bezug zu unseren Vermissten gibt.« Jenna gähnte und blinzelte sich den Schlaf aus den Augen. »Mr. Brinks hat erwähnt, dass die Leiche stinkt, also muss sie jemand vor Kurzem entsorgt haben, sonst wäre sie schon steifgefroren. Ziehen Sie keine frische Uniform an, so ein Gestank bleibt gerne hängen.« Sie richtete sich auf und griff nach ihrem Gürtel und dem Holster.

»Der Beginn eines weiteren wunderbaren Tages.«

»Gibt es in der Stadt einen Gerichtsmediziner?«

»Das Bestattungsinstitut von Black Rock Falls hat einen sehr erfahrenen Leichenbeschauer – Max Weems. Er und sein Sohn arbeiten seit zehn Jahren als Gerichtsmediziner für den Landkreis.« Jenna steckte ihre Waffe in das Holster. »Ich rufe sie gleich an.«

»Bei mir läuft gerade frischer Kaffee durch, und im Cottage sind jede Menge Einwegbecher. Möchten Sie, dass ich Ihnen einen rüberbringe?«

Sie lächelte.

»Ich würde alles für einen Kaffee geben – danke.«

20

Nachdem Kane nach dem Weg zur Mülldeponie gefragt hatte, lenkte er seinen SUV die Zufahrt hinunter. In der trüben Morgensonne hatte die Landschaft immer noch die Anmut eines Postkartenidylls, doch die Schneehaufen am Straßenrand waren geschmolzen und hier und da zeigten sich ein paar grüne Flecken. »Ich hoffe, das war der letzte Schnee.«

»Wahrscheinlich nicht.« Alton umklammerte ihren Kaffeebecher mit beiden Händen. »Aber die Sonne tut wirklich gut.« Sie blickte ihn an. »Ich muss Ihnen etwas sagen, was bezüglich des Mannes, der mich gestern Abend überfallen hat, wichtig sein könnte.«

Er erwiderte den Blick und nickte. »Okay.«

»Ich hatte mit James Stone ein paar Pseudodates. Er ist der Anwalt für die eher wohlhabenderen Bürger von Black Rock Falls.« Altons Blick wirkte besorgt. »Er hat mich zu Veranstaltungen eingeladen – als Begleitung, weil er nicht alleine hingehen wollte. Nichts Ernstes, aber irgendwie hat er mich danach quasi gestalkt, mich nicht mehr in Ruhe gelassen. Und außerdem ist er genau so groß und ähnlich gebaut wie der Typ, der mich angesprungen hat. Ein Date mit ihm letzten Freitag habe ich abgelehnt, aber zu diesem Zeitpunkt konnte er noch gar nicht wissen, wie Sie aussehen, oder dass Sie in meinem Haus wohnen würden. Die einzige Person, die ich über Sie informiert habe, war Bürgermeister Rockford.«

»Steht dieser Stone mit Bürgermeister Rockford in Kontakt?«

»Ich denke schon. Stone ist sein Anwalt und außerdem ein enger Freund.« Sie blickte ihn unter ihren Wimpern hinweg an, und errötete leicht. »Der Bürgermeister hat mich zusammen mit ihm auf dem Halloween-Ball gesehen. Wir haben sogar mit ihm geredet.«

Kane starrte auf die Straße. »Sie haben sicherlich erwähnt, dass ich hier anfangen werde und dem Bürgermeister wahrscheinlich auch gesagt, wo ich wohne?«

»Ja, er hat mich danach gefragt.«

»Wenn der Bürgermeister es Stone erzählt hat, wäre es ein Leichtes für ihn, Informationen zu meiner Person herauszufinden, denn Sie mussten meinen Antrag ja beim Stadtrat zur Genehmigung einreichen.« Kane räusperte sich. »Ich schätze, für manche Kerle könnte ich als Nebenbuhler gelten, aber wie ich vorhin schon sagte, mit Drohungen und Einschüchterungen gewinnt man selten das Herz einer Frau.«

Er warf ihr einen Blick zu. »Ich weiß, dass es Ihnen schwerfällt, mir mehr über sich zu erzählen, aber wenn der Typ wirklich ein Widerling ist und eine mögliche Gefahr für Sie darstellt, dann muss ich das wissen. Ich setze Mr. Stone auf die Liste der Verdächtigen.« Er seufzte. »Jeder, der in der Lage ist, einer Frau ein Messer an die Kehle zu halten, ist meiner Meinung nach auch eines Mordes fähig. Gibt's noch weitere Verdächtige?«

»Ich hatte da einen gruseligen Fall von Tierquälerei, in den Stan Clough verwickelt war. Das hat ihn sechs Monate Gefängnis gekostet.«

Kane runzelte die Stirn. »Gruselig? Jetzt wird's interessant. Ich werde mir mal seine Akte vorknöpfen.«

»Er erzählte dem Gericht, dass Außerirdische seine Rinder und Schweine zerstückelt hätten, aber als ich mit Rowley dort eintraf, war er voller Blut. Er redete sich irgendwie heraus, er habe versucht, sein Vieh zu retten.« Sie runzelte die Stirn. »Er hat sie bei lebendigem Leib ausgeweidet, und ich kann seinen Blick einfach nicht vergessen – tote, seelenlose Augen, unheimlich wie ein Dämon.«

»Tierquälerei steht ganz oben auf der Liste für psychopathisches Verhalten. Er wäre sicherlich verdächtigt, wenn wir in einem Mordfall ermitteln würden.« Kane blickte in ihr blasses Gesicht und lächelte. »Wissen Sie, die meisten Mörder, die ich verhaftet habe, waren intelligente, interessante und recht gutaussehende Menschen. Ich glaube nicht, dass das Aussehen eine Rolle spielt, wenn es um Mord geht.«

»Haben Sie schon viele Mordfälle untersucht?«

»Einige.« Kane zuckte mit den Schultern. »Ich glaube, Sie sind etwas voreilig, was die vermeintliche Leiche auf der Mülldeponie angeht. Meiner Erfahrung nach geraten die Leute in Panik, sobald sie es mit dem Tod zu tun haben. In dem Fass könnte auch gut ein Hund gelegen haben, und wenn er in Flüssigkeit gelagert wurde, fällt nach einiger Zeit das Fell ab. Dann könnte es durchaus so aussehen, als hätte ein Mensch in dem Fass gelegen.« Er wies mit einer Hand auf die gefrorene Landschaft. »Das Wetter hier ist schon seit Monaten so, und der Boden ist zu stark gefroren, um irgendeine Grube auszuheben. Und die Tatsache, dass der Inhalt des Fasses nicht gefroren ist, sagt auch nicht viel über den Zeitpunkt aus – es gibt viele Flüssigkeiten, die nicht gefrieren.«

»Na, hoffentlich haben Sie recht.« Alton nippte an ihrem Kaffee, seufzte zufrieden und stieß eine Atemwolke aus.

Als sie die Mülldeponie erreichten, blockierten bereits zahlreiche Fahrzeuge die Zufahrt. Während Alton aus dem Wagenfenster heraus den Stau aufzulösen versuchte, lenkte Kane seinen Wagen langsam um eine Reihe von Autos herum. Er fuhr auf der falschen Straßenseite und steuerte auf zwei Männer zu, die das Tor blockierten. Lautes Hupen ertönte und die Menschen, die ihren Müll abladen wollten, starrten ihn grimmig an. Er brachte seinen

Wagen zum Stehen und wandte sich an Jenna. »Was haben Sie als Nächstes vor, Ma'am?«

»Sagen Sie Brinks, dass ich ihn sprechen will. Außerdem sollten wir jemanden holen, der sich um den Verkehr hier kümmert. Ich werde Daniels verständigen.«

Kane stieg aus, ging an die Spitze der Warteschlange und sprach mit den beiden Männern, die vor dem Tor standen. »Machen Sie auf, um den Sheriff durchzulassen, und dann schließen Sie das Tor wieder. Wenn Sie Probleme mit den Leuten da haben, stellen Sie einen der Gabelstapler vor den Eingang. Wer von Ihnen ist Brinks?«

»Ich.« Einer der Männer trat vor. »Keine Sorge, ich habe keine einzige Seele in die Nähe der Leiche gelassen.«

»Sind Sie sicher, dass es sich um einen menschlichen Körper handelt und nicht um ein Tier?«

Brinks zog erstaunt eine buschige graue Augenbraue hoch und kratzte sich an seinem ungepflegten Bart. »Soweit ich weiß, habe ich noch nie ein Tier mit einem Ehering gesehen.« Er verzog das Gesicht. »Was ich da gesehen habe, kostet mich sicher zehn Jahre meines Lebens. Ich dachte, ich hätte schon alles gerochen, was einem bei dieser Arbeit in die Nase steigen kann, aber dieses Fass – dagegen riechen giftige Gase geradezu wie ein Strauß Rosen.«

Ein Schauer des Unbehagens ließ die Härchen in Kanes Nacken zittern. Seit zwei Jahren hatte es in Black Rock Falls keine Morde mehr gegeben, und genau in dem Moment, in dem er hier eintraf, tauchte eine Leiche auf.

»Wie viele Ihrer Mitarbeiter haben am Samstag gearbeitet?«

»Nur ich und Joey.« Brinks deutete mit dem Daumen auf einen jüngeren Mann, der Kane anstarrte. Er trug dicke Winterkleidung, hatte dunklen Augen und einer purpurroten Nase, die über einen Schal hinausragte. »Normalerweise arbeiten wir hier am Samstag zu sechst.«

Kane warf einen Blick auf die Autos, die am Tor warteten. »Hier ist viel los. Warum waren Sie letzten Samstag nur zu zweit?«

»Ich hatte nicht damit gerechnet, dass bei dem schlechten

Wetter so viele Leute kommen würden.« Brinks zuckte mit den Schultern. »Als die Autos dann alle kamen, war es schon zu spät, die anderen zu rufen.«

»Hat einer von Ihnen gesehen, wie jemand das Fass abgestellt hat?« Kane blinzelte die Schneeflocken weg, die sich auf seinen Wimpern ansammelten. »Irgendwelche regelmäßigen Kunden, an die Sie sich erinnern können? Jede Information, die Ihnen einfällt, egal wie belanglos, kann uns nützen.«

Doch beide Männer schüttelten den Kopf.

Kane zog einen Handschuh aus, holte aus der Jackentasche seine Visitenkarten und gab beiden ein paar davon.

»Können Sie mir einen Gefallen tun? Wenn Leute vorbeikommen, fragen Sie sie, ob sie letzten Samstag die Mülldeponie benutzt haben und ob ihnen etwas oder jemand Verdächtiges aufgefallen ist. Wenn sie irgendwelche Informationen haben, geben Sie ihnen meine Karte.«

»Wird gemacht, aber die Leute in Black Rock Falls mischen sich nicht gerne ein.« Brinks steckte die Karte in seine Tasche.

»Wirklich? Na ja, vielleicht ändern sie ihre Meinung, wenn sie erfahren, dass hier ein Mörder unterwegs ist.« Kane warf ihm einen langen prüfenden Blick zu, und der Mann zuckte leicht zusammen.

»Zeigen Sie mir, wo Sie das Fass gefunden haben und wo es sich jetzt befindet.« Dann wandte er sich an Joey. »Der Gerichtsmediziner wird gleich hier sein. Schicken Sie ihn zu uns und halten Sie alle anderen bis auf weiteres von der Deponie fern. Ein Deputy ist auf dem Weg, um sich um den Verkehr zu kümmern.«

Er führte Mr. Brinks zu seinem Geländewagen, öffnete die Tür und half ihm auf den Rücksitz. Der Körpergeruch des Mannes brannte ihm in der Nase, und er hoffte, dass er sich nicht in seinem neuen Wagen festsetzen würde. Er ließ sich auf den Fahrersitz sinken und drehte sich dann zu Jenna. »Das ist Mr. Brinks. Ich habe ihn und Joey befragt, aber sie haben nicht gesehen, wer das Fass abgestellt hat.«

»Wann haben Sie denn heute Morgen angefangen?« Sie

drehte sich in ihrem Sitz um und sah den erschöpften Mann mit einem durchdringenden Blick an – wie eine professionelle Ermittlerin.

»Fünf Uhr dreißig, wie immer ...«

»Sie sollen doch kontrollieren, was alles auf der Deponie ankommt, wie konnten Sie beide dann so ein großes Fass übersehen?« Während Jenna ihre Handschuhe anzog, fixierten ihre blauen Augen weiterhin das Gesicht des Mannes. »Sind die Tore nachts verschlossen?«

»Ja, aber eine Menge Leute haben am späten Samstagnachmittag noch Müll abgeladen. Es war zu viel los, um alles im Auge zu behalten. Das Fass könnte abgeladen worden sein, als ich gerade woanders beschäftigt war. Und Joey hat auf der anderen Seite der Deponie gearbeitet. Außerdem gab's einen Schneesturm und binnen Minuten war hier alles bedeckt. Ich habe das Fass erst heute Morgen bemerkt, als ich den Schnee wegräumte, um einen Weg zu schaffen.« Brinks' Mund verzog sich, und er erschauerte. »Wenn ich gewusst hätte, was drin ist, hätt ich's bestimmt nicht bewegt ...«

Kane fuhr durch das Tor in die Deponie. Die wütende Menge hatte sich beruhigt und ein paar Leute unterhielten sich mit leiser Stimme neben ihren Autos. Er blickte sich um. Ein Bereich der Mülldeponie grenzte an ein Waldstück, und er konnte in der Ferne ein Tor ausmachen. »Kommt man von dort auch hier rein?«

»Da ist ein schmaler Waldweg, aber zu dieser Jahreszeit würde niemand riskieren, ihn zu benutzen, und außerdem hat das Tor ein Vorhängeschloss.«

Bei dem vielen Schnee, der über Nacht gefallen war, hätte eine Elefantenherde durch den Zaun donnern können ohne nennenswerte Spuren zu hinterlassen. Kane wandte sich wieder an Mr. Brinks. »Haben Sie das Tor in letzter Zeit überprüft?«

»Nein.«

»Okay.« Er ließ seinen Blick über die Anlage schweifen. Die ganze Deponie lag unter Schneeverwehungen, nur der frisch geräumte Weg zum Grubenbereich war sichtbar. »Wo ist das Fass?«

»Da drüben beim Baumstumpf. Ich habe es neben dem Zaun gefunden, gleich neben dem Erdhaufen, mit dem wir den Müll zudecken, wenn die Grube voll ist. Folgen Sie einfach dem Geruch und Sie finden's ganz sicher.«

Mr. Brinks umklammerte die Rückenlehne des Sitzes, und seine Miene wurde besorgt. »Darf ich jetzt aussteigen? Ich will mir das wirklich nicht nochmal ansehen müssen. Ich werde schon jetzt für den Rest meines Lebens davon träumen.«

»Sicher. Wenn Sie wieder vorne am Tor sind, bringen Sie ein Schild an, dass die Deponie heute geschlossen ist.« Kane brachte sein Fahrzeug zum Stehen und ließ Brinks aussteigen.

Das schwarze zweihundert-Liter Fass lag auf der Seite und hob sich dunkel vom unberührten weißen Hintergrund ab. Davor funkelte eine rosafarbene Eisfläche im Sonnenlicht. Kane wandte sich an Jenna. »Es handelt sich um eine Leiche. Brinks sagt, er habe einen Ehering erkannt.« Er begegnete ihrem Blick. »Nach dem, was er mir erzählt hat, hat selbst bei diesem Wetter die Verwesung schon eingesetzt. Ich kann's mir kurz ansehen, wenn Sie lieber hierbleiben wollen.«

»Machen Sie sich nicht lächerlich. Ich bin hier der Sheriff und ich habe schon in allen anderen Bundesstaaten genügend Überreste von Menschen gesehen.« Alton sah ihn an und ihre Lippen wurden schmaler. »Sie tun's schon wieder.« Sie zog ein Paar Latexhandschuhe hervor und warf sie ihm in den Schoß.

Verwirrt erwiderte er ihren Blick. »Was tue ich schon wieder?« Er zog seine dicken Lederhandschuhe aus und die Latexhandschuhe über.

»Mich wie eine zerbrechliche Frau behandeln. Ich bin stärker als Sie denken.« Sie zog einen blauen Schal aus der Tasche und band ihn sich um ihr gerötetes Gesicht, so dass er ihre Nase bedeckte. »Gehen wir.« Sie stieß die Tür auf und ging zum Fass hinüber.

»Sie verstehen mich total falsch. Was Ihnen da Samstagnacht widerfahren ist, hätte jedem passieren können, aber ich kann mir nur schwer vorstellen, dass es Ihnen keine Angst eingejagt hat, denn wenn mir das passiert wäre, wäre ich ständig auf der Hut – das können Sie mir glauben.« Kane schloss mit ein paar Schritten zu ihr auf. »Das was Ihnen passiert ist, hat nichts mit dem zu tun, was wir hier haben. Wenn jemand eine Leiche in ein Fass stopft, ist das kein schöner Anblick, und ich halte mich für fähig genug, Fotos zu machen und Ihnen später einen vollständigen Bericht abzuliefern.« Kane zog eine chirurgische Maske aus seiner Tasche und drückte sie an sein Gesicht. Er legte großen Wert darauf, immer gut vorbereitet zu sein. »Ich habe Ihnen nur eine Option angeboten, das ist alles. Die meisten Leute würden lieber darauf verzichten, sich einen unangenehmen Tatort aus der Nähe anzusehen.«

Jenna blieb so abrupt stehen, dass er fast mit ihr zusammenstieß. Er griff nach ihrem Arm, um sie zu stützen, aber sie hatte sich keinen Zentimeter bewegt. Nicht schlecht für eine Frau von weniger als fünfundfünfzig Kilo. Er versuchte, nicht über ihren wütenden Gesichtsausdruck zu lachen, ließ ihren Arm los und trat einen Schritt zurück.

»Tut mir leid Ma'am, ich wollte Sie nicht beleidigen.«

»Ich bin nicht die meisten Leute. Wie soll ich Ihrer Meinung nach einen Mord aufklären, wenn ich nicht die Leiche und den Tatort untersuche? Ich muss einen Mörder fangen, und ich glaube nicht, dass ich das alleine mit meinen übersinnlichen Kräften schaffe.« Altons Hände ballten sich an ihrer schmalen Taille zusammen und ihr Gesichtsausdruck wurde zu Stein. »Reißen Sie sich zusammen. Ich bin nicht Ihre kleine Schwester, und ich brauche Sie nicht, um mich zu beschützen.« Sie kam so dicht an ihn heran, dass er ihren Atem an seiner Wange spüren konnte. »Ich habe mehr Männer zur Strecke gebracht, als ich an meinen Fingern abzählen kann, und der Anblick einer Leiche macht mir absolut nichts aus, also halten Sie sich verdammt noch mal zurück. Das ist ein Befehl.«

»Jawohl, Ma'am.« Kane nahm Haltung an. Er bewunderte Stärke im Dienst und auch insgesamt – und diese Frau hier hatte das Zeug zu einem Partner, dem er blind vertrauen konnte.

21

Bei jedem Schritt die kleine Steigung zur Müllgrube hinauf, wurde der deutliche Geruch des Todes stärker. Auch die Kälte des Winters und der Neuschnee schafften es nicht, das *Eau de Müll* zu verwischen, und Kane würde sicherlich einen Monat lang das Duftbouquet des beißenden Deponiegestanks aus seiner Kleidung und seinen Haaren waschen müssen. Er zog das Handy aus der Innentasche seiner Jacke und machte aus einiger Entfernung vom Fass Fotos von der Anlage. Dann folgte er der Spur, die der Gabelstapler hinterlassen hatte und suchte die Umgebung nach Hinweisen ab – aber ohne Erfolg. Der nächtliche Sturm hatte alles mit dreißig Zentimeter Neuschnee bedeckt.

»Kane, kommen Sie hier runter. Ich will von überall Fotos. Und sehen Sie mal da.« Jenna war ihm einen prüfenden Blick zu und deutete dann auf eine Vertiefung im Boden. »Dort ist der Deckel runtergefallen, und sehen Sie mal da drüben – da steckt doch was Goldenes im Schnee?«

»Ja, ich seh's.« Kane hob sein Mobiltelefon und machte die nötigen Aufnahmen. Dann ging näher heran und stellte die Kamera auf Zoom, um eine Nahaufnahme zu machen. »Sieht aus wie ein halbes Goldarmband. Könnte schon länger hier liegen.«

»Das ist ein Torque-Armreif.« Alton runzelte die Stirn, zog

einen Asservatenbeutel aus ihrer Tasche, hob den Armreif mit einer raschen Handbewegung auf und ließ ihn hineingleiten. Sie hielt den Beutel hoch und blickte seinen Inhalt mit zusammengekniffenen Augen an. »Der ist alt. Der Machart nach zu urteilen wahrscheinlich keltisch, schottisch oder irisch.«

Kane betrachtete den Gegenstand an. »Und der Größe nach zu urteilen, gehörte er einem Mann.«

»Vielleicht ist er von der Leiche gerutscht.« Alton strich sich die Schneeflocken weg, die ihre langen schwarzen Wimpern bedeckten und schob den Beutel dann zurück in ihre Jackentasche. »Wenn ich mir die Flecken hier ansehe, dann ist das Fass ein ganzes Stück gerollt, bevor es zum Stillstand kam.« Sie folgte der Spur, die das Fass im Schnee hinterlassen hatte.

Kane bemerkte, wie sie säuberlich in die Gabelstaplerspuren trat, immer wieder ihren Kopf von links nach rechts wandte und den Schnee nach weiteren Hinweisen absuchte. Er folgte ihr, aber sie erreichte das Fass vor ihm, verdeckte rasch ihr Gesicht mit einer Hand und drehte sich dann mit großen Augen zu ihm um. Er holte auf und warf einen Blick auf die Leiche. Beim Anblick der erstarrten Überreste, die aus dem Fass heraushingen, kam ihm plötzlich die Galle hoch. Das Fleisch hatte sich vom ausgestreckten Arm gelöst und Hand und Finger wurden nur noch von Hautfetzen zusammengehalten. Ein goldener Ring hing lose um einen Finger der geballten Faust des Skeletts. Der Körper war nackt und in einer Fötalhaltung zusammengerollt. Kane richtete seine Aufmerksamkeit auf den Kopf des Opfers. Das Gesicht war zu einer Masse aus rosafarbenem Gelee verschmolzen, aber ein Rest von dunklem Haar war noch deutlich zu erkennen. Er ging näher heran, um etwas zu untersuchen, was eine silberne Halskette zu sein schien, fand aber nur Draht, der fest um den Hals des Opfers gezogen war. Auf einer Schulter konnte er eine verblasste Tätowierung in einem ungewöhnlichen Flechtmuster erkennen und der Rücken des Opfers war von tiefen offenen Wunden gezeichnet – man konnte sogar die Knochen sehen. Irgendein Verrückter hatte den Mann zu Tode gefoltert. Nach dem Ausmaß der Verletzungen zu urteilen, war es ein langsamer und vorsätzlicher Tod gewesen. Er fragte sich, ob der Mörder Informationen aus dem Opfer herausgepresst hatte.

»Wir müssen Brinks sagen, dass er mit niemandem darüber sprechen darf, vor allem nicht mit der Presse. Wir müssen uns zu den Einzelheiten unbedingt bedeckt halten.«

»Ach was.« Alton räusperte sich und warf ihm einen genervten Blick zu. »Ich kümmere mich um Brinks. Ich glaube, er fürchtet sich ein bisschen vor mir.«

Kane hielt den Atem an und ging näher heran, um den Anblick zu fotografieren. Dann richtete er sich auf und drehte sich zu Jenna um. »Er hat eine Garotte um den Hals. Aus Zaundraht, wie es aussieht, und wenn wir den Armreif mit der Leiche in Verbindung bringen können, war Raub hier nicht das Mordmotiv. Die Verletzungen, die ich hier sehe, schließen einen Mord aus reinem Nervenkitzel ganz klar aus. Die meisten Mörder sind Opportunisten – sie töten schnell und verschwinden dann. Sie lassen die Leiche am Tatort oder in der Nähe zurück. Die Verletzungen des Opfers hier lassen auf eine gewisse Methode schließen: entweder wollte der Mörder etwas vom Opfer erfahren, oder er hasste es abgrundtief.«

»Sehe ich auch so.« Als Alton mit dem Kinn in Richtung Tor deutete, folgte er ihrem Blick. »Da kommt der Gerichtsmediziner. Der soll hier weitermachen. Sie gehen davon aus, dass das Opfer männlich ist, aber wir brauchen eine eindeutige Bestätigung – denn das hier könnten auch die Überreste einer unserer vermissten Personen sein. Der Armreif ist markant und deshalb wichtig und die Verfärbung an der Schulter könnte eine Tätowierung sein, oder ein Rest Melasse aus dem Fass.« Sie sah ihn an. »Der Verfall der Leiche ist ungewöhnlich für diese Jahreszeit. Es ist kalt, und wenn der Mord erst kürzlich geschehen ist, hätte die Temperatur die Leiche zweifellos konserviert.«

Beide entfernten sich von dem grausigen Ort und Kane schüttelte den Kopf. »Nein, wer immer das getan hat, hat eine Chemikalie benutzt, um den Körper zu zersetzen.« Er deutete in

Richtung ihrer Tasche. »Auch der Armreif könnte damit in Berührung gekommen sein. Sehen Sie sich Ihre Handschuhe an, sie sind ganz fleckig. Vielleicht sollten Sie den Beutel aus Ihrer Jackentasche holen.«

»Danke.« Alton zog den Asservatenbeutel heraus, hielt ihn auf Armeslänge und runzelte die Stirn. »Ich werde das dem Gerichtsmediziner geben. Wir beide sind hier fertig. Sie können ihm sagen, dass er die Leiche mitnehmen kann.«

»Jawohl, Ma'am.« Kane winkte dem Van zu, der auf sie zukam. Als er neben ihnen anhielt, wartete er, bis die beiden Männer ausstiegen und deutete dann auf den Armreif. »Den haben wir in der Nähe des Fasses gefunden. Außerdem glauben wir, dass die Leiche in einer Art Chemikalie liegt. Dieser Armreif muss in einer Gefahrengutkiste transportiert werden.«

»Sicher.« Mr. Weems verließ ruhig seinen Wagen, humpelte dann nach hinten und öffnete die Hecktüren. Er zog ein Glasgefäß heraus, öffnete es und hielt es Alton mit einem Aufblitzen seiner gelblichen Zähne hin. »Legen Sie ihn hier hinein. Ich werde ihn waschen und auf Gravuren untersuchen. Wenn wir was finden, was das Opfer identifiziert, lasse ich es Sie wissen.«

»Danke.« Kane deutete mit einer Hand in Richtung der Leiche. »Wir haben Fotos vom Tatort gemacht, also können Sie loslegen und den Toten dann mitnehmen.«

»Bestens.« Weems glotzte die Leiche an und winkte dann seinen Sohn zu sich. »Ich bin Max Weems, und Sie müssen der neue Deputy sein? Willkommen in Black Rock Falls.«

»Danke.« Kane räusperte sich. Er wollte lieber unter die heiße Dusche, anstatt zu plaudern. »Wir lassen Sie jetzt Ihre Arbeit machen und warten dann auf die Ergebnisse der Autopsie.«

»Wenn Sie das Geschlecht des Opfers bestätigen können, werde ich alle vermissten Personen überprüfen.« Alton hob ihr Kinn und warf Kane einen abschätzigen Blick zu. »Ich glaube, auf einer Schulter befindet sich eine Tätowierung. Sie könnte für die Identifizierung des Opfers entscheidend sein. Tun Sie, was Sie können, um das Tattoo zu erhalten, und machen Sie mir ein Foto davon.«

»Ich kümmere mich darum und werde mich so schnell wie möglich bei Ihnen melden.«

Alton nickte Weems knapp zu und ging wortlos zum SUV. Kane stapfte ihr hinterher. Er konnte seine neue Chefin nicht recht einschätzen. Sie war weder unerfahren noch naiv, aber er wurde das Gefühl nicht los, dass sie jemanden brauchte, dem sie vertrauen konnte, und er würde versuchen, diese Vertrauensperson zu sein, ohne ihre Autorität zu untergraben – was nicht einfach werden würde.

Kane warf seine Handschuhe in die Müllgrube und hob den Blick. Jenna lehnte an der Beifahrertür und musterte ihn mit einem verwunderten Ausdruck. »Wie viele Leute in Black Rock Falls benutzen Melassefässer?«, fragte er.

»Hunderte. Warum?«

Kane nahm seine Handschuhe aus der Jackentasche und zog sie über seine frierenden Hände. »Eins war auf der Ladefläche des Pickups, der Sie am Freitagabend angefahren hat.« Er zuckte mit den Schultern. »Wie groß könnte die Chance sein, dass das hier das gleiche Fass ist?«

»Glauben Sie wirklich, jemand wäre so dumm, das Risiko einzugehen, mich mit einer Leiche in einem Fass auf der Ladefläche seines Pickups von der Straße zu drängen?« Alton schnaubte entrüstet und warf ihm einen amüsierten Blick zu. »Und das vor den Augen eines Zeugen? Was, wenn das Fass zum Beispiel auf die Straße gefallen wäre?«

»Die meisten Menschen, die einen Mord begehen, handeln nicht gerade vernünftig.« Kane nahm die chirurgische Maske ab und erschauderte angesichts der Welle von Gestank, die ihm direkt ins Gesicht schlug. »Der Zeitraum stimmt. Brinks weiß nicht, wann das Fass auf der Mülldeponie abgeladen wurde.« Er zerrte die Kapuze seiner Jacke über seine Wollmütze. »Mir ist jedoch aufgefallen, dass das Gelände der Deponie nicht abgesichert ist – eine Seite kann man über das hintere Tor erreichen. Wir sollten nachsehen, ob sich dort jemand am Vorhängeschloss zu schaffen gemacht hat.«

»In Ordnung, aber es wird eine Weile dauern bis wir dort sind, und ich fahre nicht durch den Wald, solange ich nach verrottender Leiche rieche.« Altons Blick wanderte über die Umgebung und blieb dann auf Kane hängen. »Ich muss erst duschen und was frühstücken.«

Kanes Magen knurrte, und er fragte sich, ob ihm jemals wieder nach Essen zumute sein würde. »Glauben Sie, das Opfer ist einer unserer Vermissten?«

»Welches Motiv sollte jemand haben, einen der Vermissten zu ermorden? Soweit ich weiß, war Mrs. Woodward eine nette alte Dame, und John Helms hätte sich in den wenigen Tagen vor seinem Verschwinden wohl kaum Feinde machen können.« Sie zog ihre Handschuhe mit geübtem Griff aus und ließ sie in einen Asservatenbeutel fallen. »Ich glaube, wir müssen noch weiter suchen ...«

»Einverstanden.«

»Gut. Ich denke, wir sind hier fertig.« Alton deutete mit einer Hand auf den sich auflösenden Stau. »Und Daniels kann den Verkehr alleine regeln.« Sie griff nach dem Türgriff, bevor sie sich noch einmal zu ihm umdrehte. »Und jetzt brauche ich Kaffee – und zwar mindestens drei Liter.«

22

Obwohl Jenna Kanes Vermutungen auf die leichte Schulter genommen hatte, machte ihr die Vorstellung, dass sich das Fass auf der Ladefläche des in ihren Unfall verwickelten Pickups befunden haben könnte, Angst. Sie unterdrückte die aufkommende Panik und lehnte sich im Autositz zurück. Die große Frage war, warum jemand in Black Rock Falls sie tot sehen oder zum Schweigen bringen wollte. Vielleicht hatte sie während ihrer Zeit als Sheriff ein Verbrechen übersehen – und diese Vorstellung beunruhigte sie. Sie erinnerte sich daran, wo sie überall vor dem Unfall gewesen war, ließ einen Tag nach dem anderen nochmal vor ihrem inneren Auge ablaufen und fand nichts. Abgesehen von den Verhaftungen von Josh Rockford und seinen Freunden war nichts Bedeutendes passiert.

Das Bild der Leiche im Melassefass blitzte kurz in ihrem Kopf auf, und sie rief sich noch einmal die Informationen der Vermisstenanzeigen in Erinnerung – in keinem der Berichte war ein Hinweis auf einen Armreif oder einen Ehering erwähnt worden. Der Armreif war von Bedeutung, und sicherlich hätten die Familienmitglieder der Vermissten einen solch wertvollen Gegenstand erwähnt. Sie zog den Schal von ihrem Gesicht und warf einen Blick auf Kane. Sie bedauerte, ihn in die Schranken gewiesen zu haben – sie hatte seine Kompetenz am Tatort geschätzt. Seine Beobachtungsgabe war genauso gut und präzise wie ihre und sie konnte an seinem konzentrierten Blick, mit der er jetzt auf die Straße schaute, erkennen, wie der Fall in seinem Kopf arbeitete.

»Immer noch Lust auf Pfannkuchen in Aunt Betty's Café, nach dem ganzen Horror gerade?«

»Ich dachte, Sie bräuchten drei Liter Kaffee?« Kane grinste sie mit funkelnden Augen an.

»Klar, zuerst Kaffee.« Jenna griff nach den Bechern zwischen den Sitzen.

»Klingt nach einem Plan.« Er brachte den Wagen vor ihrer Haustür zum Stehen. »Ich werde Rowley anrufen und ihn auf den neuesten Stand bringen. Wie lange brauchen Sie?«

»Höchstens dreißig Minuten.« Sie schob die Autotür auf. »Und laden Sie auch die Fotos vom Handy herunter und schicken Sie sie ihm per E-Mail. Während wir unterwegs sind, kann er schon mal eine Datei anlegen.«

»In Ordnung.«

Als sie die erste Stufe zu ihrer Veranda erreichte, erfasste sie urplötzlich eine Welle der Besorgnis. Sie verdrängte sie, lief die restlichen Stufen hinauf und schloss die Tür auf. Als sie die Knöpfe drückte, um den Alarm zu deaktivieren, bemerkte sie Kane, der darauf wartete, dass sie ihr Haus betrat. *Er achtet genau darauf, dass ich in Sicherheit bin.* Sie winkte ihm kurz zu und schloss dann die Tür hinter sich. Es war sehr lange her, dass jemand auf sie aufgepasst hatte. Das Bild der Leiche im Fass blitzte erneut in ihrem Kopf auf und die Worte ihres Angreifers ertönten in ihrem Unterbewusstsein. Bei dem Gedanken, gefoltert und dann in ein Fass gestopft zu werden, wurde ihr fast schlecht. *Ich muss dieses Arschloch finden, bevor ich als nächste drankomme.*

Kane hatte einige Zeit damit verbracht, die Dateien über Sarahs Großmutter und die grundlegenden Informationen über John

Helms zu lesen. Mrs. Woodward hatte dichtes weißes Haar, also schloss er sie als Leiche im Fass aus. John Helms war nach den Angaben auf seinem Führerschein einen Meter fünfundsiebzig groß, etwa fünfundsechzig Kilo schwer und hatte dunkle Haare und Augen. Kane würde Helms' Frau kontaktieren müssen oder, noch besser, mit dem Mann sprechen, der ihn als vermisst gemeldet hatte – Pater Maguire.

Warum hatte er und nicht Helms' Frau die Vermisstenanzeige aufgegeben? Wenn Helms das Opfer war, würde das Ganze ziemlich unschön werden – seine Frau wäre nicht die erste, die einen Anschlag auf ihren Mann verübte.

Seine Gedanken kreisten um Jenna und ihr Bedürfnis, ihn überwachen zu lassen. Die Fahrerflucht und der Angriff auf sie beim Cattleman's Hotel hätten eine Warnung sein können, den Mund zu halten. Wenn sie zu tief in irgendwas drinsteckte und jetzt in Gefahr war, würde er ihr die Wahrheit entlocken müssen. Was, wie er wusste, extrem schwierig werden würde.

Kane warf einen Blick auf die Fotos der beiden Vermissten und las die dazugehörigen Berichte, doch sein geschultes Ermittlerauge entdeckte überhaupt keine Gemeinsamkeiten. Er sah mit wachsender Verzweiflung auf den Bildschirm. Er konnte einfach kein Motiv für den Mord finden – absolut nichts. So wie das Opfer ausgesehen hatte, war es über längere Zeit erbarmungslos gefoltert worden. Wie lange es gelitten hatte, und was genau mit ihm geschehen war, würde wichtige Informationen liefern. Er hoffte, dass der örtliche Gerichtsmediziner erfahren genug war, mit Verbrechen dieser Art umzugehen.

Er las eine E-Mail von Walters, warf dann einen Blick auf die Uhrzeit am unteren Rand des Bildschirms und loggte sich aus. Sheriff Alton würde jeden Moment an seine Tür klopfen. Und kaum hatte er das gedacht, erklang auch schon ihre Stimme.

»Hey, Kane.«

Er erhob sich und ging zur Haustür. »Bin schon auf dem Weg. Ich hole nur schnell meine Jacke.«

Er machte die Tür auf und als er sich abwandte, um seine

Jacke zu holen, trat Alton ein und stampfte ihre Füße auf der Fußmatte ab. »Ich habe Sie schon vor fünf Minuten erwartet.« Alton warf ihm einen Blick zu und zeigte ein hübsches Lächeln. »Hier ist Kaffee.« Sie hielt zwei Einwegbecher hoch. »Reicht Ihnen das für eine weitere halbe Stunde oder so? Ich möchte lieber doch noch das Tor auf der Rückseite der Mülldeponie inspizieren, bevor es wieder zu schneien anfängt.«

»Ja, danke. Walters hat sich gemeldet. Der Bankscheck von Mrs. Woodward wurde nicht eingelöst.« Kane zog die Haustür zu und folgte ihr zu seinem Wagen. »Ich habe alles auf mein Handy hochgeladen, damit wir uns einen Gesamteindruck machen können.« Er öffnete die Tür und glitt hinter das Lenkrad, dann bemerkte er, wie Jenna ihn misstrauisch anblickte. »Sehen Sie mich nicht so an. Im Augenblick habe ich zwei Opfer – den Mann im Fass und Sie. Und unsere beiden Vermissten schließe ich ebenfalls nicht aus.«

»Es gibt keine Beweise, dass der Vorfall etwas mit ihnen zu tun hat, Kane.« Alton schnaubte verächtlich, stellte ihren Kaffeebecher in den Halter und schnallte sich an.

Er ließ den Motor an. »Da bin ich mir nicht so sicher. Wenn Sie davon überzeugt sind, dass es in Black Rock Falls kein größeres Verbrechen gibt und niemand Sie aus welchem Grund auch immer bedroht, dann bleiben nur noch zwei Möglichkeiten – entweder läuft hier ein Psychopath herum oder, nach dem Aussehen unseres Opfers zu urteilen, jemand hat es für nötig befunden, durch brutale Folter an Informationen zu gelangen. Warum, muss ich noch herausfinden, aber das wird die leichtere Übung.«

»Sie sind da ein bisschen voreilig, ohne auch nur den geringsten Beweis. Wir haben ein Opfer und noch keinen Autopsiebericht.« Alton drehte sich mit gerötetem Gesicht zu ihm um. »Warum ziehen Sie mich da immer wieder mit rein? Ich bin kein Opfer. Zugegeben, der Unfall und der Penner, der mich bedroht hat, haben mir einen Schrecken eingejagt, aber ehrlich gesagt, mir fällt kein einziger Grund ein, warum mich jemand in Black Rock

Falls umbringen sollte. Für die Kandidaten auf dem Stimmzettel für die anstehenden Kommunalwahlen bin ich wirklich keine Bedrohung und alle anderen aus meiner Vergangenheit, die einen Grund dazu haben könnten, habe ich vor Jahren hinter mir gelassen.«

Jetzt hast du dich verraten. Also ist doch jemand hinter dir her.

23

Kane fuhr in die Stadt und wartete vergeblich darauf, dass Alton ein Gespräch beginnen würde. Nachdem sie ihm den Weg über eine Nebenstraße durch den Wald zur Rückseite der Mülldeponie gewiesen hatte, griff sie nach ihrem Kaffee, und es herrschte wieder peinliches Schweigen.

Er räusperte sich. »Ich werde den Pater befragen müssen. Die Akte, die wir über John Helms haben, enthält keinerlei Kontaktinformationen zu irgendwelchen Angehörigen. Welcher Deputy hat den Bericht verfasst? Sein Name fehlt in der Akte und man sollte ihm nochmal erklären, was gründliche Recherche ist, denn nach dem, was wir bisher wissen, könnte unsere vermisste Person genauso gut gemütlich mit seiner Frau zu Hause vor dem Fernseher sitzen.«

»Ich habe Daniels auf den Helms-Fall angesetzt.« Alton warf ihm über den Rand ihres Bechers hinweg einen kühlen Blick zu. »Ich bin mir sicher, dass er die richtigen Informationen eingetragen hat. Vielleicht ist die Datei beschädigt. Ich werde einen Blick darauf werfen, wenn wir wieder im Büro sind. Ich mache von allem ein Sicherheits-Backup.«

»Wissen Sie, ob Daniels Helms' Frau wegen weiterer Informationen kontaktiert hat? Wenn der Pater sie über das Verschwinden ihres Mannes in Kenntnis gesetzt hat, dann hätte sie inzwischen im Büro angerufen – zumindest wäre ich davon ausgegangen.« Kane lenkte seinen Wagen auf eine schmale Straße, die von Bäumen gesäumt war, von denen einige kaum mehr als kahle, vom Winter geschwärzte Stangen waren. Er folgte einer Reihe von Tannen, deren Äste sich unter dem Gewicht des Schnees bogen. »In den Notizen habe ich nichts über sie entdeckt.«

»Ich bin mir nicht sicher.« Alton runzelte die Stirn. »Wenn wir wieder auf der Wache sind, rufe ich eine Besprechung ein, um alle auf den neuesten Stand zu bringen. Es ist sinnlos, alles zweimal durchzugehen, und die anderen müssen zudem auf dem neuesten Stand sein.«

Der Zaun, der die Mülldeponie umgab, kam in Sicht und Kane steuerte seinen Wagen langsam auf das Tor zu, wobei er nach Reifenspuren Ausschau hielt. »Der Schnee hat bestimmt jede Spur verwischt. Ich glaube nicht, dass wir hier viele Hinweise finden werden.« Er hielt den Wagen an und ließ den Motor laufen.

Beide stiegen aus, stapften durch den Schnee und blieben dann kurz stehen, um die Umgebung zu prüfen. An jedem Pfahl türmte sich der Schnee mindestens zehn Zentimeter hoch, aber das Tor war nur leicht mit Schnee bedeckt. Kane untersuchte die Verwehungen auf beiden Seiten des Zugangs. Auf der einen Seite deutete ein Schneehaufen darauf hin, dass das Tor erst kürzlich geöffnet worden war. O ja, jemand war in den letzten Tagen hier gewesen. Er ging näher heran und fand eine Kette im Schnee, den er mit einem Stiefel beiseiteschob. So entblößte er ein aufgebrochenes Schloss. Er drehte sich um und winkte Alton. »Jemand hat diesen Eingang benutzt.«

»Sieht auch so aus, als wäre da ein Fahrzeug rückwärts gegen einen Baum gefahren.« Alton deutete auf eine Stelle am Stamm einer hohen Eiche, an der die Rinde abgeplatzt war. »Machen Sie Fotos von allem und tüten Sie das Vorhängeschloss ein.« Sie stieß eine weiße Atemwolke aus. »Jetzt wissen wir schon mal, wie die Person unbemerkt auf die Mülldeponie gelangt ist.«

Kane machte Bilder und ließ dann das Vorhängeschloss in

einen Asservatenbeutel fallen. »Ich bezweifle, dass wir irgendwelche Fingerabdrücke finden werden. Bei diesen Temperaturen würde nur ein Narr seine Handschuhe ausziehen.«

Plötzlich bemerkte Kane ein kurzes Aufblitzen von Sonnenlicht, das von Metall gespiegelt wurde und ließ sich instinktiv zu Boden fallen, wobei er Alton mit sich riss. Als er hart auf ihrem Rücken landete, hörte er wie die Luft zischend aus ihren Lungen entwich und das gemurmelte Keuchen eines Fluches. Er rollte sich über sie und bedeckte sie mit seiner Brust und seinen Armen. »Unten bleiben.«

Und schon ertönte ein Knall und eine Kugel pfiff über seinen Kopf hinweg und schlug in den Baum hinter ihnen ein. Gleich danach eine zweite. Holz explodierte und ein Splitterregen prasselte auf den Rücken seiner Jacke. Er wartete einige Sekunden, aber alles blieb ruhig. Seine Aufmerksamkeit verlagerte sich auf den Hang und er scannte die Gegend nach irgendwelchen Anzeichen von Bewegung ab. Wo bist du, Arschloch? Er hob den Kopf und blickte in Jennas blasses Gesicht unter ihm. »Alles in Ordnung?«

»Zweifellos, sobald ich wieder normal atmen kann.« Sie begann sich zu winden und stemmte ihre kleinen Hände gegen seine Brust. »Runter mit Ihnen.«

»Sie nehmen das alles ja ziemlich gelassen, ganz so, als würden die Leute Sie täglich als Zielscheibe und als Trainingsobjekt für Fahrerflucht verwenden.« Kane rollte von ihr runter und duckte sich tief. »Wer wusste, dass Sie heute Morgen hierherkommen wollten?«

»Ich habe Maggie angerufen und ihr gesagt, sie solle Rowley informieren, dass wir den Hintereingang der Mülldeponie überprüfen.« Alton rollte sich auf den Bauch und zupfte sich Blätter aus den Haaren. »Sie neigt dazu, Mitteilungen nicht mit normaler Stimme wiederzugeben, sondern sie herauszubrüllen – jeder in Hörweite hätte das mitbekommen.«

Kane fuhr sich mit einer Hand übers Gesicht. »Langsam glaub ich wirklich, ich bin hier bei den Keystone Cops gelandet.«

Altons Augen blitzten vor Wut. »Ich bin wirklich gut zurechtgekommen, bevor Sie hier aufgetaucht sind. Sie sind es wohl eher, der den Ärger anzieht.«

Er verengte seinen Blick. »Ich? Sie machen wohl Witze. Das ist das dritte Mal, dass ich Ihnen in weniger als einer Woche aus der Patsche helfe.«

»Zur richtigen Zeit am richtigen Ort – so einfach ist das.« Sie zeigte mit ihrem aufgeschürften Kinn in die Richtung, aus der die Schüsse gekommen waren. »Sieht aus, als ob er weg ist. Darf ich nun bitte aufstehen, oder wollen Sie wieder den Macho raushängen lassen? Was kommt diesmal? Werfen Sie mich über die Schulter und rennen dann flugs zum Auto zurück?«

»Nein.« Kane verzog das Gesicht. »Diesmal können Sie ganz gut alleine gehen, aber ich würde Ihnen trotzdem raten, zuerst auf dem Bauch in Deckung zu kriechen, bevor Sie sich aufrichten.«

»Haben Sie den Schützen gesehen?« Alton wischte sich eine Mischung aus Schnee und schimmeligen Blättern von der Wange und ging langsam in die Hocke.

»Ja. Dort oben auf dem Hügel, knapp rechterhand. Ich habe eine Lichtreflektion gesehen – vielleicht von einem Gewehr oder auch nur einer Sonnenbrille.« Also kein Profikiller. »Bleiben Sie erst mal hier. Ich glaube zwar nicht, dass er noch dort ist, aber falls doch, locke ich ihn weg.«

Kane robbte zu einer Schneewehe am Rand des Waldes und formte eine kleine Ladung Schneebälle, die er in die Büsche in der entgegengesetzten Richtung warf, um den Eindruck zu erwecken, dass jemand in diese Richtung lief. Auf dem eisigen Boden liegend, wartete er erst zwei Minuten – dann fünf. Es kamen keine weiteren Schüsse. Die Vögel kehrten in die Bäume zurück und beschwerten sich laut krächzend über die Störung.

»Ich glaube, er ist wirklich weg.« Alton robbte an seine Seite. »Es könnte ein Querschläger gewesen sein. In dieser Gegend wird nämlich gejagt.«

Kane war perplex und blickte sie streng an. Wie konnte sie ihre persönliche Sicherheit nur so auf die leichte Schulter nehmen? Sie versuchte anscheinend wirklich, eine tiefliegende Angst zu verbergen, denn ihre vorgeschobene Lässigkeit spiegelte ganz sicher nicht die Riesenmenge an Überwachungs- und Alarmanlagen wider, die auf ihrer Ranch installiert waren. Er kroch, dicht gefolgt von ihr, in ein Gebüsch und setzte sich hin.

»Der Schütze war auf keinen Fall ein Jäger. Wir sind schon eine ganze Weile hier und alles war ruhig. Seit wir angekommen sind, habe ich keinen einzigen Schuss gehört, und wenn hier jemand jagen würde, dann würde er das jetzt weiter tun.«

Sie erblasste und dem Aufblitzen von Panik in ihren Augen nach zu urteilen, war sie zum selben Schluss gekommen.

»Und das da«, er wies in Richtung des von der Kugel zerfetzten Baumstamms, »war genauso schlampig wie die Fahrerflucht. Profikiller schießen nicht daneben oder fahren weg, ohne ihren Job zu beenden. Und Jungs, die die Drecksarbeit machen, haben keine Gewehre, die das Licht reflektieren, und außerdem hätten wir deren Schüsse überhaupt nicht mitbekommen. Ein Scharfschütze hätte uns in der Sekunde ausgeschaltet, in der wir aus dem Auto gestiegen sind.«

»Ich weiß sehr wohl, was Profikiller und Scharfschützen alles draufhaben, und genau deshalb ergibt keiner der sogenannten Anschläge auf mein Leben irgendeinen Sinn.« Jenna schlug sich an die Stirn. »Wenn das irgendein Idiot aus der Gegend ist, der auf Rache sinnt, was schlagen Sie vor, was wir jetzt tun sollen? Wir können nicht ewig hier bleiben.«

O mein Gott, sie steht auf Jemandes Abschussliste. Kane befeuchtete seine Lippen und verkniff es sich, Jenna nach weiteren Einzelheiten aus ihrem Leben zu fragen. Er würde sie durchaus beschützen können, aber sie dazu zu bringen, ihr stures Schweigen zu brechen – das wäre vollkommen unmöglich. »Wir müssen tiefer in den Wald hinein.« Er packte ihren Arm und robbte zu den Bäumen hinüber. »Hier entlang, und behalten Sie den Kopf unten.«

24

Sobald sie in Deckung waren, suchte Kane mit den Augen weiter die Hügelkuppe ab, stand dann auf, bot Alton eine Hand an und zog sie hinter einen Baum. »Warum sagen Sie mir nicht, was wirklich los ist?«

»Wovon sprechen Sie?« Sie versuchte sich aus seinem Griff zu lösen, aber er hielt sie nur noch fester.

»Es ist doch sonnenklar, dass Sie aus einem bestimmten Grund in Black Rock Falls sind, und das sicher nicht, weil sie unbedingt hier Sheriff werden wollten. Ich vermute, Sie verstecken sich vor jemandem, und das ist vermutlich kein Ex-Lover. Vielleicht haben Sie, seit Sie hier sind, die ein oder andere Bestechung angenommen oder mal ein Auge zugedrückt?« Er bemerkte, wie ihr Gesichtsausdruck misstrauisch wurde. Mit einem kräftigen Ruck befreite sie ihren Arm aus seinem Griff. Kane zuckte mit den Schultern. »Ihre Vergangenheit interessiert mich nicht, aber wenn aus heiterem Himmel komische Dinge geschehen, muss ich die Person oder Organisation kennen, mit der ich es zu tun habe. Wenn Sie in etwas Gefährliches verwickelt sind und da wieder raus wollen – ich habe Freunde, die helfen können.«

»Wie oft muss ich es Ihnen eigentlich noch sagen?« Alton ballte ihre Hände zu Fäusten. Der Blick, den sie ihm zuwarf, hätte

Rost lösen können. »In Black Rock Falls gibt es keine Drogenbarone oder illegalen Syndikate. Ich nehme auch keine Bestechungsgelder an und drücke auch kein Auge zu. Wenn ich über etwas Gefährliches gestolpert wäre, hätte ich es Ihnen gesagt. Sie liegen also komplett daneben.«

Ihm war ihr besorgter Blick nicht entgangen. Er wusste, dass sie ein Geheimnis mit sich herumtrug und es bewahren wollte. Also gut, ganz wie du willst. Er hob beide Hände in einer Geste der Kapitulation. »Dann entschuldige ich mich dafür, dass ich zu weit gegangen bin, Ma'am.« Er schenkte ihr ein kleines Lächeln. »Ich will eigentlich nur ein ruhiges Leben, aber ich bin da, wenn Sie mich brauchen – bedingungslos und ohne Fragen. In Ordnung?«

»In Ordnung.« Altons Wangen wurden leicht rot, als sie sich bückte, um den Schmutz von ihrer Kleidung zu klopfen. »Danke. Ich rufe jetzt Rowley auf der Mülldeponie an. Er wird zu spät kommen, um den Schützen zu erwischen, aber er könnte eine Spur im Schnee entdecken.«

»Nein, nicht nötig. Wir fahren kurz vorbei, wenn Sie wollen, aber nach dem, was ich vorhin beobachtet habe, ist der Weg entlang dieser Zaungrenze schneefrei und wird häufig benutzt. Wir könnten versuchen, entlang der Baumgrenze nach einer Patronenhülse zu suchen, aber ich kann auch eine Patrone aus dem Baum dahinten holen. Es schneit, und ich bezweifle, dass wir, bis wir dort ankommen, noch eine Spur vom Schützen finden werden.« Kane berührte ihre Schulter. »Warten Sie hier, ich hole den Wagen. Ich parke im Wald und warte zehn Minuten, dann gehe ich zurück und hole die Kugel raus.« Er lächelte sie an. »Seien Sie wachsam.«

»Verstanden.«

Kane blieb plötzlich stehen, drehte sich um und musterte Alton. In den letzten Tagen hatte er in ihre Gespräche absichtlich militärische Ausdrücke einfließen lassen, um seine Vermutung zu bestätigen. Und ihre Antwort jetzt gab ihm Recht, dass sie zumindest eine militärische Grundausbildung gehabt haben musste. Die

Art und Weise, wie sie sich in gefährlichen Situationen verhielt, beeindruckte ihn und überzeugte ihn gleichzeitig davon, dass sie schon oft unter Beschuss gestanden hatte. Er schüttelte den Kopf und versuchte, seine Gedanken wieder auf das eigentliche Problem zu lenken. Sheriff Altons Vergangenheit war für die aktuellen Verbrechen irrelevant, und er würde sich wahrscheinlich eine ganze Menge Probleme einhandeln, wenn er darauf bestünde, mehr über sie zu erfahren. Der Sheriff war im Moment sein geringstes Problem – hier lief ein Mörder frei herum.

Mit der aus vielen Berufsjahren verinnerlichten Suche nach Deckung schlich er zurück zu seinem Wagen und fuhr rückwärts den schmalen Waldweg entlang. Als er ihn sicher im dichten Unterholz geparkt hatte, winkte er Alton, zu ihm zu kommen. »Nehmen Sie den Baum als Deckung und achten sie auf die Hügelkuppe, falls unser Schütze noch dort ist. Er ist unvorsichtig. Ich habe die Reflektion seines Gewehrs gesehen, also halten Sie Ausschau nach allem, was funkelt. Es wird nicht lange dauern, bis ich die Kugel gefunden habe.«

»Hören Sie endlich auf, mich wie eine Anfängerin zu behandeln. Das ist nicht mein erster Tag in diesem Job.«

»Verzeihung.« Er öffnete die Heckklappe des SUVs und dann den Koffer, in dem sich ein leistungsstarkes Scharfschützengewehr befand. In wenigen Sekunden hatte er die Waffe zusammengebaut und geladen. Er reichte sie Alton. »Los.«

Kane bewegte sich vorsichtig auf die Zaunlinie zu, hielt sich dabei dicht am Rand der Bäume und richtete seine Aufmerksamkeit auf die Kuppe des Hügels, der die Mülldeponie überragte. Seine Stiefel sanken lautlos in den Schnee und er lauschte angespannt nach verdächtigen Geräuschen. Er würde nur eine Millisekunde Zeit haben, um zu reagieren, aber er war schon in schlimmeren Situationen gewesen. Er nutzte den Baumstamm als Deckung, fuhr dann mit einer behandschuhten Hand über die abgeplatzte Rinde und tastete nach der Kugel. Als sich seine Finger um ein Stück Metall schlossen, konnte er sein Glück kaum fassen und er zerrte an dem Projektil, bis es in seine Handfläche fiel. Er zog einen Asservatenbeutel aus der Tasche und ließ seine Beute hineinfallen. »Hab dich.«

Dann kehrte er zu Alton zurück, winkte mit der Tüte und beobachtete, wie sie das Gewehr mit raschen geübten Bewegungen zerlegte. Sie hatte die Waffe verstaut und war im Fahrzeug, noch bevor er in den wohlig warmen Wagen gestiegen war. Sein Magen knurrte und Alton lachte auf. Er rieb sich den Bauch und kicherte, froh, die Anspannung loszuwerden. »Ich glaube, ich bin bereit für einen Besuch in Aunt Betty's Café.«

»Ich auch.« Alton rieb ihre Hände aneinander und lächelte ihn an. »Kaltes Wetter und Mordversuche machen mich immer sehr hungrig.«

25

Jenna schob ihren Teller weg. »Wenn ich weiterhin mit Ihnen essen gehe, werde ich noch fett. Ich muss mehr trainieren, sonst bin ich bis zum Frühling völlig schlapp.«

»Gibt es in der Stadt ein Fitnessstudio?«

»Nicht nötig.« Alton stieß einen langen Seufzer aus. »Sie können sich mir gerne anschließen, es sei denn …«

Kane warf ihr einen besorgten Blick zu. »Es sei denn, was?«

»Oh, tut mir leid. Sie trainieren bestimmt gar nicht – wegen Ihrer Verletzung. Ich hätte Sie nicht fragen sollen, das war sehr taktlos von mir.«

»Aber klar trainiere ich.« Er lehnte sich in seinem Stuhl zurück. »Abgesehen davon, dass das kalte Wetter mir Kopfschmerzen bereitet, ist sonst alles in Ordnung. Ich bin sicher fit genug, um mit Ihnen mitzuhalten.«

»Ah, ich liebe Herausforderungen.« Sie grinste ihn an. »Sagen Sie Bescheid, wenn Sie soweit sind.«

»Ich bin ein Frühaufsteher.« Kane lächelte sie strahlend an. »Ist Ihnen Null-Sechshundert recht?«

»Sechs Uhr, in Ordnung.« Sie räusperte sich. »Sie waren beim Militär, oder? Ich kenne nicht viele Polizisten, die diese Terminologie verwenden oder in Notsituationen so schnell reagieren wie Sie. Special Forces vielleicht?«

»Machen wir einen Deal, ok? Ich frag Sie nicht mehr nach Ihrer Vergangenheit und Sie fragen mich nicht nach meiner.«

»Abgemacht.« Sie drehte sich in ihrem Stuhl um. »Aber gewöhnen Sie sich die Militärausdrücke ab, das verrät sie wirklich.«

»Jawohl, Ma'am.«

Kanes Gesellschaft beim Frühstück hatte Jennas Nerven beruhigt, und als sie aufs Revier kam, zitterten ihre Knie nicht mehr. Es war über drei Jahre her, dass sie im Einsatz gewesen war, und obwohl sie alles was sie in Ihrer Ausbildung gelernt hatte, sofort abrufen konnte, war es schwierig gewesen, die Nachwirkungen der Schießerei vor Kane zu verbergen. Sie zog ihren schneefeuchten Mantel aus, hängte ihn an den Haken neben der Tür und wandte sich den Informationen über die aktuellen Fälle zu, die auf dem Whiteboard in ihrem Büro standen. In den letzten Monaten war nichts Nennenswertes passiert – tatsächlich war ihr Leben in Black Rock Falls, abgesehen von James Stone, der sie wegen eines Dates genervt hatte, in angenehm ruhigen Bahnen verlaufen. Doch der Angriff im Gebüsch vor dem Hotel, und die Schießerei heute Morgen, hatten sie mit voller Wucht in die Realität zurückgeholt. Auf dem Waldweg zur Mülldeponie, mit Kane an ihrer Seite, war sie verletzlich und unvorsichtig gewesen. *Wäre Kane nicht gewesen, wäre ich jetzt tot.*

Sie warf einen Blick in den Vorraum, doch abgesehen von Mrs. Gillys hoher Stimme, die sich zum vierten Mal in diesem Monat über den Hund ihres Nachbarn beschwerte, war alles ruhig. Wenn sie jetzt, wo so wenig los war, eine Besprechung einberief, konnte Maggie sicherlich den Empfang alleine managen. Sie ordnete ihre Gedanken und überlegte, ob sie den anderen Deputys berichten sollte, was vorhin im Wald geschehen war. Wenn Kane mit seiner Einschätzung der Vorfälle, in die sie verwickelt war, richtiglag, musste der Verdächtige in der Dienststelle gewesen sein, um Informationen über ihren Aufenthaltsort zu bekommen. All die dilettantischen Anschläge auf ihr Leben beunruhigten sie, doch zugleich war sie auch irgendwie gelassen, denn mit einem Idioten aus der Gegend hier konnte sie umgehen. Wenn Viktor Carlos ihren Aufenthaltsort und ihre Identität herausgefunden hätte, wäre sie schon längst unter der Erde. *Ich bin eine blinde Närrin gewesen.* Ihre Angst, dass Carlos einen Killer schicken würde, hatte ihr Urteilsvermögen so getrübt, dass sie glaubte, jede Bedrohung ginge nur von ihm aus.

Vielleicht hatte Kane ja Recht und sie war, ohne es zu wissen, wirklich Zeugin eines Verbrechens geworden. Obwohl die Angriffe ihrer Meinung nach wirklich kaum mehr als der Versuch einer Warnung gewesen waren – aber wovor? Sie zermarterte sich das Gehirn, um einen Grund zu finden, warum sich jemand solche Mühe geben sollte, ihr Angst einzujagen. Als sie zu ihrem Schreibtisch zurückkehrte, fuhr sie den Computer hoch und sah sich erneut die Akten an – beginnend mit ihrer ersten Woche als Sheriff von Black Rock Falls. Es war nichts Ungewöhnliches passiert, aber sie fügte der Liste auf ihrem Notizblock Details über besondere Verwicklungen oder Probleme mit Personen hinzu. Sie schaute auf die Aufzeichnungen und erinnerte sich ganz deutlich an jeden Vorfall. Man hatte ihr kein Bestechungsgeld angeboten, nichts Bizarres war geschehen, es waren keine Morddrohungen eingegangen, und abgesehen davon, dass James Stone sie schon wieder zum Essen eingeladen hatte, waren das einzige Problem, mit dem sie sich in letzter Zeit hatte rumschlagen müssen, der Sohn des Bürgermeisters, Josh Rockford und seine Truppe der Unangreifbaren, gewesen.

Die Stars der örtlichen Eishockeymannschaft glaubten halt, ihnen gehöre die Stadt. Josh konnte sich immer hinter dem Namen Rockford und dem Reichtum seiner Familie verstecken. Sie musste zugeben, dass der Sohn des Bürgermeisters zwar ein arroganter Drecksack war, aber solche Typen hatten selten den Mumm, einen Mord zu begehen. Moment – er hätte ja auch durchaus jemanden bezahlen können, um die Drecksarbeit für ihn zu erledigen. Aus diesem Grund stand sein Name ganz oben auf ihrer Liste, zusammen mit den beiden anderen Männern – Billy Watts und Dan Beal. Diese drei hatten sie tatsächlich quasi bedroht, als sie sie verhaftet hatte. Das einzige Problem war ihr instinktives Bedürfnis, James Stone ebenfalls mit auf die Liste zu setzen. Er war zwar wirklich eine Nervensäge, doch wann hatte sie ihm irgendeinen Grund gegeben, sie zu bedrohen?

Mit einem Schaudern erinnerte sie sich an die Kraft des Mannes, der sich da gegen sie gepresst hatte, und an den Druck seines Schenkels in ihrem Intimbereich. Stone hätte leicht der Angreifer sein können. War er etwa eifersüchtig auf Kane? Wenn ja, bezweifelte sie, dass er versuchen würde, sie durch einen Autounfall mit Fahrerflucht zu töten. Verdammt, zum Zeitpunkt des Unfalls hätte er Kane noch nicht einmal gesehen, geschweige denn herausgefunden haben können, dass er in ihrem Cottage wohnte. Sollte es tatsächlich Stone sein, konnten die beiden Vorfälle und die Schießerei von gerade eben nichts miteinander zu tun haben. Ich muss Rowley einweihen, falls noch mehr passiert. Jemand klopfte an die Tür und sie blickte auf. Deputy Rowley stand im Türrahmen und lächelte sie an.

»Ja?«

»Im Augenblick ist es sehr ruhig. Soll ich die anderen zur Besprechung holen?« Rowley richtete sich auf und seine Hand ruhte auf dem Türknauf.

Jenna nickte. »Ja, aber vorerst nur Sie und Kane. Und bringen Sie was zum Schreiben mit. Wir haben eine Reihe von Fällen zu untersuchen. Hat Kane Ihnen heute Morgen die Fotos von der Leiche im Fass geschickt?«

»Ja. Eine echt unangenehme Sache. Ich habe ein paar Fotos ausgedruckt, die er haben wollte. Möchten Sie, dass ich sie ihm gebe? Er erwähnte, sie seien nur für mich bestimmt.«

»Ja, holen Sie sie bitte, aber geben Sie sie direkt mir.« Irritiert darüber, dass Kane erneut das Kommando übernommen hatte, beugte sie sich vor und funkelte ihn an. »Falls Sie Zweifel haben, wer hier das Sagen hat ... ich bin der Sheriff, nicht Kane.«

»Gibt es ein Problem?« Kane füllte den Türrahmen und

blockierte das Licht. Ein finsterer Blick aus seinen blauen Augen traf zuerst Jenna und dann Rowley. »Wenn Sie die Beweise meinen, die wir heute Morgen auf der Mülldeponie gefunden haben, dachte ich, es wäre besser, sie unter Verschluss zu halten, denn dieses Büro ist so undicht wie ein Sieb.« Er trat in Jennas Büro und schloss die Tür hinter sich. »Haben Sie Rowley schon vom Angriff auf Ihr Leben heute Morgen erzählt?«

Jenna starrte ihn an. »Noch nicht. Muss ich Sie auch noch daran erinnern, wer hier das Kommando hat?«

»Ich weiß, wer hier das Kommando hat, aber als Stellvertreter des Sheriffs bin ich verpflichtet, nicht nur auf Sie aufzupassen, sondern während Ihrer Abwesenheit auch in Ihrem Namen zu handeln. Ich versuche nur, meinen Job zu machen.« Kanes Gesichtsausdruck wurde hart wie Stein.

Jenna hielt seinem Blick stand – er war wirklich aufgewühlt, das konnte man schon fast mit Händen greifen. Seinen beeindruckenden Referenzen nach zu urteilen, hatte er in seinem letzten Job bei der Mordkommission ein Goldabzeichen bekommen. Kane war der geborene Anführer, und sie vermutete, dass seine Tarnungsgeschichte einen klitzekleinen Einblick in seine Fähigkeiten bot. Und ja, sie brauchte wirklich einen Profi an ihrer Seite. Die Tatsache, dass er sein Leben aufs Spiel gesetzt hatte, um sie während der Schießerei zu beschützen, zeigte, dass sie ihm tatsächlich vertrauen konnte. Im Moment brauchte sie ihn wirklich hier und hatte keine andere Wahl, als ihm etwas Spielraum zu lassen. »Ich bin mir Ihrer Position in meinem Team durchaus bewusst, aber als Sheriff bestimme ich, wo die rote Linie verläuft. Und ich habe Ihnen bereits gesagt, dass Sie die Hauptermittlungen bei den angeblichen Anschlägen auf mein Leben übernehmen sollen, aber diesen Mordfall übernehme ich. Wenn sich die beiden überschneiden und meine Beteiligung in irgendeiner Weise einen Interessenkonflikt verursacht, dann übernehmen Sie auf jeden Fall die Leitung. Bis dahin habe jedoch ich das Sagen und Sie befolgen meine Befehle. Ist das klar?«

»Glasklar, Ma'am.« Kanes Haltung war steif. Er warf einen

Blick auf Rowley. »Ich möchte, dass Sie bei den Befragungen dabei sind. Ich will wissen, wo sich mögliche Verdächtige zur Zeit der beiden Vorfälle aufhielten, und ich brauche Ihre Ortskenntnis.«

»Ja, Sir.« Rowley warf einen Blick auf Alton und seine Wangen röteten sich leicht. »Wenn das für Sie in Ordnung ist, Ma'am?«

Genervt blickte Jenna ihren Stellvertreter an. »Natürlich, aber darüber können Sie sich später Gedanken machen. Der Anschlag auf mein Leben ist im Vergleich zur Leiche im Fass von minderer Bedeutung. Unsere erste Priorität ist das Opfer.« Sie warf erst Rowley, dann Kane einen Blick zu. »Verstanden?«

»Ja.« Kane räusperte sich und richtete sich dann zu seiner vollen Größe auf, so dass Rowley neben ihm fast wie ein Zwerg wirkte. »Wenn es Ihnen recht ist, würde ich gern Rockford, Watts und Beal befragen, solange wir auf den Bericht des Gerichtsmediziners warten.«

»Sehr gut.« Jenna überlegte, ob sie Rowley von dem Vorfall im Gebüsch beim Cattleman's Hotel berichten sollte. Der junge Deputy hatte sich als solider Polizist erwiesen, und ihn nicht einzuweihen, könnte den Fall behindern.

Sie begegnete Rowleys Blick. »Bevor wir fortfahren, muss ich Rowley erklären, warum ich meine Meinung über den Unfall geändert habe. Zuerst habe ich wirklich geglaubt, dass es nur ein Unfall war, aber am Samstagabend hat mich ein Mann auf dem Weg hinter dem Cattleman's Hotel bedroht, und heute Morgen hat jemand auf mich geschossen, und Kane befürchtet, dass die Vorfälle miteinander zusammenhängen könnten, obwohl wir weder Beweise noch ein Motiv für diese Vermutung haben.«

»Samstagabend?« Rowley sah sie mit großen Augen an. »Darf ich fragen, warum Sie das nicht erzählt haben, Ma'am? Wir hätten die Umgebung zumindest nach Fußabdrücken absuchen können.«

Da Jenna Rowley nicht erzählen wollte, wie demütigend der Angriff für sie gewesen war, schüttelte sie nur den Kopf. »Reine Zeitverschwendung – im Laufe des Abends haben mindestens fünfzig Leute diesen Weg benutzt. Alles, was ich habe, ist ein

Körperbau, der auf viele Männer passt, sowie seine Größe. Was er sagte, ergab überhaupt keinen Sinn und stand in keinem Zusammenhang mit irgendeinem Fall in den Akten. Seine Größe kann auf ziemlich viele Männer passen, die ich kenne – einschließlich James Stone und Josh Rockford.«

»Alles, was Sie soeben gehört haben, bleibt hier in diesem Büro – verstanden?«, mahnte Kane und warf Rowley einen ernsten Blick zu.

»Ich weiß, wann ich meinen Mund halten muss. Also ist es im Moment unsere Aufgabe, verdächtige Personen auszuschließen und die Kugel zur Kriminaltechnik zu schaffen?« Rowley machte einen kurzen Eintrag in seinen Notizblock.

Jenna seufzte vor Erleichterung. »Genau. Und dann können wir uns auf den Mordfall konzentrieren.«

»Wenn es Ihnen recht ist, Ma'am, würde ich die Angriffe auf Sie im Moment gerne bevorzugt behandeln, weil wir mit dem Fall der Leiche im Fass gerade nicht weiterkommen.« Kanes verzog das Gesicht. »Wir haben kaum Informationen über das Opfer und können noch nicht einmal sein Geschlecht eindeutig bestimmen, geschweige denn ein Motiv oder Verdächtige in Betracht ziehen.«

»Richtig, also wäre es sinnlos, die nächsten Angehörigen der vermissten Personen zu befragen, die wir in den Akten haben, bevor wir nicht wissen, ob das Opfer männlich ist?« Rowley kaute auf dem Ende seines Stifts herum.

»Ja, aber die Tatsache, dass ein Mord passiert ist und all die grausigen Details werden inzwischen in der ganzen Stadt bekannt sein. Ich bezweifle, dass der Besitzer der Mülldeponie seinen Mund halten kann.« Kane bewegte seine breiten Schultern. »In dem Moment, in dem wir das Büro hier verlassen, werden die Anwohner und zweifellos auch die Medien Fragen stellen. Die Garrotte ist ein entscheidendes Beweisstück, ebenso wie der Armreif. Wenn es für Sie in Ordnung ist, würde ich vorschlagen, dass Informationen, die nur der Mörder kennen kann, diesen Raum ebenfalls nicht verlassen.« Seine Fingerknöchel wurden weiß. »Und um auf die Angriffe und Ihre Sicherheit zurückzukommen: Ich nehme die Schießerei nicht auf die leichte Schulter und ich werde den anderen Deputys keine entscheidenden Informationen über die Kugel, die ich gefunden habe, oder darüber was ich bei der Fahrerflucht am Freitagabend gesehen habe, mitteilen.«

Mit einem Satz war Jenna auf den Beinen. »Halten Sie sich zurück, Kane. Ich weiß genau, wie man Mordermittlungen leitet, und ich werde entscheiden, wem ich die Informationen über die Anschläge auf mein Leben anvertrauen kann, nicht Sie.«

»Jawohl, Ma'am.« Kane stieß ein langes, resigniertes Seufzen aus. »Es ist nur so, dass Daniels noch recht grün hinter den Ohren ist und ihm vielleicht wirklich das ein oder andere herausrutscht. Und Walters steht viel zu gut mit Bürgermeister Rockford, wenn man von dem Gespräch ausgeht, das wir am Samstagabend mit ihm hatten. Und da Josh einer der Verdächtigen auf meiner Liste der Fälle ist, die Sie betreffen, darf ich dann trotzdem vorschlagen, dass alle Beweise vertraulich behandelt werden?«

»Alles ausgezeichnete Argumente, aber das nächste Mal sollten Sie sie zuerst mit mir besprechen, bevor Sie sie im Beisein meiner Deputys ausbreiten.« Sie begegnete seinem Blick. »Bleiben Sie weiterhin an den Fällen dran, die mit mir zu tun haben, aber ich erwarte, dass Sie mich auf dem Laufenden halten und keine Ermittlungen hinter meinem Rücken durchführen. Haben wir uns verstanden?«

»Sicher, Ma'am.« Kane richtete sich auf. »Wären Sie bereit, die Informationen, die wir bisher über die Leiche im Fass haben, mit Rowley zu besprechen?«

Jenna klopfte mit dem Ende ihres Stifts auf den Schreibtisch. Der ist ja wirklich schlau. »Nun gut, nehmen Sie Platz, meine Herren, und lassen Sie uns beginnen.« Sie stand auf, nahm einen kleinen Stapel Fotos von ihrem Schreibtisch und ging zum Whiteboard. »Wie Kane schon sagte, müssen wir auf den Autopsiebericht des Opfers warten, das heute Morgen im Fass auf der Mülldeponie gefunden wurde. Aufgrund des Verwesungszustands der Leiche wird die Identifizierung vermutlich schwierig werden. Sobald uns der Gerichtsmediziner das Geschlecht des Opfers mitteilt, können wir alles Offensichtliche ausschließen, indem wir die persönlichen Gegenstände, die wir gesammelt haben, den nächsten Angehörigen unserer bekannten Vermissten zeigen. Wenn wir niemanden in den Akten haben, auf den die Beschreibung passt, werden wir die Informationen an andere Countys weitergeben. Die Identität des Opfers herauszufinden, ist für uns von oberster Priorität.«

»Wenn es sich bei der Leiche im Fass nicht um eine unserer vermissten Personen handelt, müssen wir die diesbezüglichen Ermittlungen ebenfalls weiter vorantreiben.« Kane schenkte ihr ein dünnes Lächeln, drehte seinen Stuhl so, dass er zum Whiteboard zeigte, und setzte sich. »Ich könnte das Arbeitspensum zwischen Walters und Daniels aufteilen – vorausgesetzt, der Papierkram für die Erlaubnis, Helms' Telefon- und Bankauszüge zu bekommen, ist erledigt. Dann hätten wir Zeit, die nächsten Angehörigen zu kontaktieren.«

»Einverstanden. Wir müssen die Ermittlungen unbedingt weiterbringen.« Jenna platzierte die Fotos der vermissten Personen, Mrs. Woodward und John Helms, am Whiteboard und befestigte sie mit Magneten, nahm dann den Filzstift aus der Halterung und schrieb ihre Namen darunter. »Wir wissen, dass die Leiche im Fass anscheinend dunkle Haare hatte, aber wir wissen nicht, welchen Einfluss die Chemikalien oder die Melasserückstände auf die Haarfarbe des Opfers hatten. Meiner Meinung nach sollten wir nicht ausschließen, dass es sich bei der Leiche im Fass um eine dieser Personen handeln könnte. Wenn dem so ist, und bis die Gerichtsmedizin das Geschlecht des Opfers bestimmt hat, wird alles darauf ankommen, jeden ihrer Schritte in den Tagen vor dem Todesfall rekonstruieren zu können.«

26

Und gerade als Jenna dachte, ihr Tag könnte nicht mehr schlimmer werden, klingelte das Telefon. Angst schnürte ihr den Hals zu. Am anderen Ende erklang die Stimme von Mr. Weems, der den Autopsiebericht fertig hatte. Sich die grausigen Details über die letzten Momente von Mordopfern anhören zu müssen, war wirklich das Härteste an ihrer Arbeit. »Fahren Sie fort, Mr. Weems.«

»Dies ist nur ein vorläufiger Bericht. Das Opfer ist männlich, Alter zu diesem Zeitpunkt noch unklar. Die Leiche befindet sich in einem fortgeschrittenen Stadium der chemischen Zersetzung, ich habe jedoch festgestellt, dass die Todesursache Strangulation ist, da die Garotte um den Hals bis zur Wirbelsäule durchgeschnitten hat. Vor seinem Tod wurde das Opfer über einen längeren Zeitraum gefoltert. Die Blutergüsse sind in verschiedenen Stadien und eine Reihe der Wunden weisen ein Alter von mindestens fünf Tagen auf. Das Opfer hat einen Schädelbruch, eine Rückenfraktur und einen schwer beschädigten Kiefer durch stumpfe Gewalteinwirkung, möglicherweise durch einen Hammer. Bei der Tätowierung bin ich mir nicht ganz sicher. Sie müssen die staatliche Gerichtsmedizin hinzuziehen, um die Leiche zu untersuchen. Ich hätte gerne eine zweite Meinung zu diesem Fall.« Er stieß einen langen Seufzer aus. »Ich habe Ihnen Fotos des Armreifs geschickt. Es gibt interessante Gravuren auf seiner Außenseite. Ich kann sie jedoch nicht lesen, und eventuell brauchen Sie dafür auch noch einen Historiker.«

Jenna schluckte den Kloß in ihrem Hals hinunter. In anderen Momenten ihres beruflichen Lebens hätte sie jetzt auf die Unterstützung von Kriminaltechnikspezialisten zählen können. »Nun gut. Ich werde mich sofort mit den entsprechenden Leuten in Verbindung setzen. Ich danke Ihnen fürs Erste.« Sie ließ den Hörer auf die Gabel fallen und drehte sich zu ihren Deputys um. »Vergessen Sie die Befragung von Rockford und den anderen vorerst. Wir konzentrieren uns darauf, herauszufinden, ob es sich bei der Leiche um Helms handelt.« Sie kehrte zu ihrem Schreibtisch zurück und öffnete ihr E-Mail-Konto. Nur wenige Augenblicke später ertönte auf den Handys ihrer beiden Kollegen das Signal für eingegangene Nachrichten. »Ich habe Ihnen die Fotos vom Armreif geschickt, die der Gerichtsmediziner gemacht hat.«

»Zumindest ist es nicht Mrs. Woodward.« Rowley beugte das Gesicht über sein Handydisplay.

»Ich denke, es wäre besser, wenn ich zuerst mit Pater Maguire spreche, bevor ich Helms' Frau anrufe.« Kane lehnte sich in seinem Stuhl vor und warf ihr einen fragenden Blick zu. »Was meinen Sie?« Er zog einen Block aus der Innenseite seines Jacketts. »Haben Sie seine Nummer? Ich nehme an, er hat keine detaillierten Angaben zu Helms' Situation gemacht, abgesehen von einigen familiären Problemen?«

»Er hat uns nur einen Kurzabriss gegeben und genug Informationen, um eine Vermisstenanzeige aufzunehmen.« Jenna stand auf und ging zum Whiteboard. »Bitte stellen Sie nur vage Fragen, denn zum jetzigen Zeitpunkt könnte es sich bei der Leiche um jeden handeln.« Sie schrieb drei kurze Listen mit verschiedenen Namen und hörte, wie Rowley scharf die Luft einzog.

»Glauben Sie, dass Josh Rockford in den Mord verwickelt ist?« Rowley schlug die Hände zusammen und stützte die Unterarme auf die Knie. »Wir sind auf dieselbe Schule gegangen.«

»Kann ich derzeit noch nicht sagen. Ich brauche alle drei Fälle auf dem Whiteboard, damit wir vergleichen können, welche Beweise wir haben und wer unserer Meinung nach involviert ist.« Jenna schrieb »Versuchter Mord (Schießerei und Unfall)« oben auf die eine Liste, dann »Vermisste Personen« auf die zweite und »Leiche im Fass« auf die dritte.

»Rockford steht auf der Liste der Verdächtigen für die Schießerei und meinen Autounfall. Watts, Rockford, Beal und James Stone sind die einzigen Personen, mit denen ich in letzter Zeit persönliche Probleme hatte. Die einzige andere Person, die mir einfällt, ist Stan Clough. Es gab einen hässlichen Gerichtsprozess, nachdem ich ihn vor einem Jahr wegen Tierquälerei verhaftet hatte, aber soweit ich weiß, ist er vor einem Monat oder so aus dem Gefängnis gekommen und lebt irgendwo im Hinterland. Kane hat mir gegenüber erwähnt, dass er ein Psychopath im Frühstadium sein könnte, und nach dem, was ich auf seiner Ranch gesehen habe, scheint ihm diese Art von Folter Spaß zu machen.« Sie räusperte sich. »Er hat seine Ranch inzwischen verkauft, und ich habe keine aktuelle Adresse.«

»Ich erinnere mich an den Fall.« Rowley verzog angewidert das Gesicht. »Er sagte damals, die Verstümmelungen stammten von Außerirdischen – der Typ ist komplett verrückt.«

»Wir brauchen seinen Aufenthaltsort, und ihr solltet zusammen mit seinen Entlassungspapieren auch einen diesbezüglichen Vermerk erhalten haben.« Kanes blaue Augen verengten sich. »Ich werde Walters fragen – er scheint über den örtlichen Klatsch und Tratsch auf dem Laufenden zu sein.«

Jenna klopfte auf den einzelnen Namen unter Mrs. Woodwards. »John Davis ist die einzig wichtige Person, die wir mit Woodwards Verschwinden in Verbindung bringen können, doch ob er überhaupt etwas mit dem Verbrechen zu tun hat, ist bestenfalls Vermutung.« Unter den Namen jeder vermissten Person fügte sie die Namen von Kontaktpersonen hinzu. Die Spalte unter »Leiche im Fass« ließ sie leer. »Die von Kane erwähnten Beweise lasse ich aus offensichtlichen Gründen erst mal weg, aber ich werde dies hier mit einer Liste von Verdächtigen aktualisieren, sobald wir mehr Informationen haben.«

»Was könnte das Mordmotiv sein? Nach den Fotos zu urteilen, ist die Leiche nackt. Der Mörder hat dem Opfer den wertvollen Armreif nicht abgenommen, also kein Raubüberfall. Perverser Sex, der aus dem Ruder gelaufen ist?« Rowleys Gesicht hatte sich merkwürdig grün verfärbt. »Der Armreif ist sehr auffällig und würde den Mörder verraten, wenn er versuchen würde, ihn zu verkaufen, nehme ich an.«

»Warum vermuten Sie, dass Geld das Motiv ist?« Kane sah ihn fragend an. »Es gibt keine Beweise, die darauf hindeuten, dass das Opfer aus Geldgier getötet wurde. Auch deutet nichts auf perversen Sex hin – solche Todesfälle sind in der Regel unbeabsichtigt, und eine Person mit einem Würgedraht zu quälen, der bis zur Wirbelsäule schneidet, wäre kein Unfall. Das hier ist pure Folter. Dieser Typ Mörder fängt normalerweise mit Tieren an und geht dann immer weiter – also passt Stan Clough ins Profil – und er lebt hier irgendwo in der Gegend. Ich frage mich, ob er etwas mit den anderen Vermisstenfällen zu tun hat, die gemeldet wurden, bevor Sie hier angefangen haben.«

Jenna nickte. »Ja, stimmt. Er passt ins Profil, falls alle anderen Vermissten auch tot sind, aber das wissen wir nicht, oder?«

»Sie haben in der Gerichtsverhandlung gegen Clough ausgesagt.« Rowley sah Jenna direkt an. »Ist er verrückt genug, sich zu rächen?«

»Gute Frage. Wenn er wirklich komplett ausgeklinkt ist, will er sich vielleicht an Ihnen rächen.« Kane musterte Jenna. »Hat er die Größe des Mannes, der Sie attackiert hat?«

Bei der Erinnerung an Stan Cloughs tote, tiefliegende Augen lief ihr ein Schauer über den Rücken. Obwohl sie ihn seit über einem Jahr nicht mehr gesehen hatte, hatte er die gleiche Statur wie der Mann in den Büschen. Sie nickte. »Ja, hat er leider. Aber ich bin überzeugt, dass alles was mir passiert ist, nur eine Warnung sein sollte. Wenn nicht, warum bringt er mich dann nicht gleich um? Das ergibt doch alles keinen Sinn.«

»Doch, tut es.« Kane stieß einen gequälten Seufzer aus. »Psychopathen können ein ganz normales Leben führen, und sie töten nicht wahllos. Sie können Ehefrauen und Kinder haben und als völlig normale Bürger erscheinen. Ich kann Ihnen drei Gründe nennen, warum er Sie nicht umgebracht hat: der Mörder könnte Sie tatsächlich mögen, oder Sie passen nicht in das Schema der Menschen, die er gerne tötet, und der dritte und wahrscheinlichste Grund – in seinem verwirrten Geist glaubt er, dass Sie ihn an dem Tag beschützt haben, als Sie versehentlich ein Verbrechen übersehen haben. Sagen wir zum Beispiel, Stan Clough hat an dem Tag, an dem Sie ihn verhaftet haben, eine Leiche an seine Schweine verfüttert. Das wäre dann euer beides kleines Geheimnis, aber jetzt, wo er aus dem Gefängnis draußen ist, muss er Sie daran erinnern, den Mund zu halten, weil er plant, weiter zu töten.«

O mein Gott. »Dann müssen wir also davon ausgehen, dass der Mörder und mein Angreifer ein und dieselbe Person sind.«

»Wir müssen das zumindest in Betracht ziehen und das ganze Bild im Blick behalten – nicht nur den Mord.« Kane warf ihr einen besorgten Blick zu. »Ich fürchte, Sie könnten der Schlüssel zu allem sein.«

»Wer auch immer das tut, kennt sich in der Stadt aus. Ein Fremder wüsste nicht, wie er durch den Waldweg hinten auf die Deponie kommt, oder wann die Arbeiter dort sind und wann nicht.« Rowley schluckte. »Ich habe mein ganzes Leben in Black Rock Falls verbracht. Ich kenne die Leute hier, und keinem von ihnen hätte ich zugetraut, einen Mann zu Tode zu quälen.« Er befeuchtete seine Lippen. »Leute verprügeln, vielleicht … obwohl …«

»Wenn Sie eine Ahnung haben, wer fähig dazu wäre, jemanden zu Tode zu foltern«, Kane funkelte ihn an, »dann spucken Sie's aus.«

»Nachdem ich gesehen habe, wie Stan Clough seine Tiere zugerichtet hat … ja, ich glaube, er wäre dazu in der Lage.« Rowley rutschte voller Unbehagen auf seinem Stuhl herum. »Auch Josh

Rockford würd ich nicht ausschließen. Er ist ein Idiot und einer der schlimmsten Raufbolde, denen ich je begegnet bin, und was er den jüngeren Schülern an der High-School angetan hat, würde ich durchaus als bösartig bezeichnen. Er hat wirklich eine ganz gemeine Ader. Schauen Sie ihm nur beim Eishockeyspielen zu und Sie werden sehen, wie sehr er es genießt, anderen weh zu tun. Im Spiel wird er zu einem echten Irren. Wenn einer der Fans ihm das Leben schwermacht, geht er direkt auf ihn los.« Rowley rieb sich den Nacken, als ob er versuchte, sich einen Reim auf die Situation zu machen. »Ich hab mit seiner Truppe nichts zu tun, aber ich weiß, dass er die Leute einschüchtert und ich habe selbst gesehen, wie er den Sheriff bedroht hat.« Hörbar sog er den Atem ein. »Ja, er wäre durchaus fähig, den Sheriff von der Straße zu drängen und zu bedrohen, um seine Überlegenheit deutlich zu machen, und ich würde ihn auch nicht von der Liste der verdächtigen Personen für die Schießerei streichen. Zwei Schüsse aus dieser Entfernung, die Sie fast treffen, das ist nicht schlecht – und Rockford ist stolz auf seine Treffsicherheit. Doch ob er einen Mann zu Tode foltern könnte? Das kann ich wirklich nicht mit Sicherheit sagen.«

»Ich würde ihn derzeit nicht ausschließen.« Kane stand auf, hielt Jenna seine Hand für den Stift hin und ergänzte die Liste »Leiche im Fass« durch den Namen Josh Rockford. Er wandte sich den anderen zu. »Rockford umgibt sich mit einer kleinen Gruppe von Freunden, allesamt reiche Eishockeyspieler, und er ist schnell mit Vergeltung bei der Hand. Wir wissen, dass Helms ein Fan des gegnerischen Teams war. Vielleicht hat er ihn während eines Spiels beschimpft und Rockford ist ausgerastet und hat ihn getötet.«

»Okay, aber warum steht der Immobilientyp auf zwei Listen?« Rowley zeigte mit einem langen Finger auf den Namen »John Davis«.

»Der steht auf der Liste ›Vermisste Personen‹, weil er, soweit wir feststellen können, Mrs. Woodward als Letzter gesehen hat. Davis sprach mit ihr in seinem Büro und gab ihr eine Liste von

Immobilien zum Besichtigen.« Kanes legte die Stirn in Falten. »Mrs. Woodward hat einen beträchtlichen Betrag in bar abgehoben. Wenn sie einem Verbrechen zum Opfer gefallen ist, können wir also Geld als Motiv nicht ausschließen.«

Jenna kehrte zu ihrem Stuhl zurück. »Rockford ist kräftig genug, das Verbrechen zu begehen, aber er braucht kein Geld. Wenn das Opfer John Helms ist – und von der Haarfarbe her können wir annehmen, dass es sich um einen jüngeren Mann handelt –, könnte er Helms bei einem Eishockeyspiel getroffen und sich mit ihm gestritten haben. Wenn dem so ist, dann könnte Rache das Motiv sein. Und wir wissen ja, dass Rockford Menschen gerne quält. Meiner Meinung nach sind Rockford und Stan Clough unsere beiden Hauptverdächtigen für einen Mord.«

27

Voller Freude, weil sie endlich eine Spur zum möglichen Verbleib ihrer Großmutter gefunden hatte, bog Sarah Woodward mit dem gemieteten SUV in die Zufahrt zur Ranch ein. Weiter vorne sah sie einen Pickup, der vor dem Haus geparkt war und einen Mann, vollkommen gegen die eisige Kälte eingepackt, der einen Stetson und abgetragene Cowboystiefel trug. Sie parkte neben dem Pickup und kurbelte ihr Fenster herunter. »Hallo, ich bin Sarah.«

Mr. Cowboystiefel tippte an seine Hutkrempe. »Ma'am.« Sie beschloss, ihre Handtasche im Auto zu lassen, rutschte vom Sitz und lächelte ihn an. »Ist das das Haus, das meine Großmutter kaufen wollte?« Sie warf einen Blick auf das alte, baufällige Gebäude. »Sieht aus wie eine Bruchbude.«

»Ja, das wollte sie, hat sie mir gesagt.« Er lächelte. »Sie sagte mir auch, sie wolle ein Gefühl für den Ort bekommen, und ich habe es so eingerichtet, dass sie im Erdkeller wohnen kann. Da unten gibt's Strom, Betten und einen Ofen. Es ist gemütlich dort und warm. Am Haus muss man erst noch viel machen, bevor es bewohnbar wird.«

»Ist sie denn geblieben?«

»Glaub schon, sie hat ein paar von ihren Sachen da unten

gelassen.« Er begann, in Richtung Scheune zu gehen. »Sie könnte jederzeit zurückkommen.«

Sarah wollte vor lauter Freude in die Luft springen – kein Wunder, dass niemand ihre Großmutter gesehen hatte, wenn sie hier draußen in der Pampa wohnte. »Darf ich mal sehen? Die Sachen meiner Oma würde ich sicher wiedererkennen.«

»Kein Problem. Ich zeige Ihnen den Weg.«

Als sie die Scheune betraten, konnte sie das Brummen von Maschinen hören. Doch als der Mann auf eine in den Scheunenboden eingelassene Falltür wies, zögerte sie. Die schwach beleuchtete Treppe, die nach unten führte, machte den Ort unheimlich, und sie konnte staubige Spinnweben erkennen, die in Lufthauch wehten.

Niemals alleine in einen dunklen Keller gehen. Die Warnung lief in einer Schleife durch ihren Kopf.

»Wenn Sie Angst haben, komm ich gerne mit.« Cowboystiefel zog eine Pistole von hinten aus seinem Gürtel und lächelte sie an. »Und die hab ich auch noch, falls wir Ratten begegnen.«

Sarah wurde unruhig – mit einem Mann, der eine Pistole in der Hand hielt, in einen dunklen Keller zu steigen, mochte wirklich total dumm sein. Aber egal – wenn es für Oma in Ordnung war, war es das auch für sie. »Gehen wir.«

Vorsichtig stieg sie die Stufen hinab, folgte einem kurzen Gang und bog dann in den Hauptraum ein. Eine einzelne Glühbirne leuchtete über einem Holztisch, und sie konnte Etagenbetten und einen Ofen sehen, genau wie der Mann es gesagt hatte. »Wirklich schön warm hier unten und der Ofen funktioniert echt gut.«

Urplötzlich schoss ihr brüllender Schmerz durch den Schädel. Sie hob die Hand und starrte verdutzt auf das Blut, das durch ihre Finger rann. »Oh, ich habe mir den Kopf angestoßen.«

Sie drehte sich um, um ihn anzusehen, und das Licht, das sein Gesicht erhellte, ließ seine Augen fast glühen. Beim Anblick der auf ihr Gesicht gerichteten Pistole packte sie pures Entsetzen. Sie taumelte zurück, ohne zu begreifen. »Haben Sie mich geschlagen?«

»Ja«, entgegnete Mr. Cowboystiefel mit einem bösen Lächeln, kam näher und drückte ihr die Mündung der Waffe an die Stirn. »Schön langsam zurückgehen, bis du den Tisch erreichst. Und dann zieh dich aus.«

28

Jenna lehnte sich in ihrem Bürostuhl zurück und sah Kane an. »Was halten Sie von den Verdächtigen?«

»Bis jetzt ist Rockford der einzige mit einem möglichen Motiv, und das ist schon ziemlich dünn. Die Beweislage reicht bei Weitem nicht aus, um ihn zum Verhör vorzuladen. Das Gleiche gilt für Stan Clough. Wir müssen herausfinden, was er gemacht hat, seit er aus dem Gefängnis gekommen ist, und ihm einen Besuch abstatten. Er scheint ein Hauptverdächtiger zu sein, aber wir müssen noch die Beweise besprechen, die Rockford mit dem Verbrechen in Verbindung bringen.«

Jenna tippte mit ihrem Stift auf den Tisch. »Okay.«

»Ich habe auf der Ladefläche des Fahrzeugs, das Sie von der Straße abgedrängt hat, ein Fass gesehen, das identisch ist mit dem, das auf der Mülldeponie gefunden wurde.« Kane warf ihr einen vielsagenden Blick zu, ging dann zum Whiteboard und schrieb in die Spalte »Leiche im Fass« eine nummerierte Aufzählung. »Erstens: Ein Pickup mit einem schwarzen Fass ist von der Straße abgekommen. Zweitens: Wir finden eine Leiche in einem ähnlichen Fass, und wenn es sich um Helms handelt, haben wir die Eishockey-Verbindung zu Rockford.« Er drehte sich zu ihr um. »Drittens: Wir haben festgestellt, dass die Person, die das Fass auf der

Mülldeponie abgeladen hat, das hintere Tor benutzt hat, was auf einen Einheimischen hindeutet. Viertens: Bei unseren Ermittlungen hat jemand auf uns geschossen. Und Rowley erwähnte, dass Rockford ein hervorragender Schütze sei.« Er fuhr sich mit der Hand durch die Haare, so dass sie in alle Richtungen abstanden. »Was können Sie mir sonst noch zu Rockford sagen? Warum würde er Ihnen etwas antun wollen?«

Jenna runzelte die Stirn. »Für Rockford sind Vergeltung und Rache extrem wichtig. Ich habe sein Ego vor den Augen seiner Freunde verletzt. Glauben Sie, das reicht?«

»Nur, wenn ich richtigliege und alle drei Vorfälle lediglich Warnschüsse waren. Können Sie sich noch erinnern, was der Angreifer genau gesagt hat?«

Das werde ich niemals vergessen. Jenna unterdrückte das Bedürfnis sich zu übergeben und nickte langsam. »Er sagte: ›Alles lief so schön und reibungslos, aber du musstest ja einen Großstadtpolizisten einschalten. Halte deinen Mund und nimm deinen Hund an die Leine, oder ich zeige dir genau, wozu ich fähig bin.‹ Dann schlug er mir gegen den Kopf, drückte mich flach auf mein Gesicht und rannte weg. Ein paar Augenblicke später sind Sie dann gekommen.« Sie ließ ihren Blick von einem Deputy zum anderen wandern. »Ich habe keine Ahnung, was er gemeint haben könnte – es sei denn, ich habe, wie Sie sagten, bei der Verhaftung von Stan Clough etwas übersehen.« Sie rieb sich die Schläfen. »Wenn es Rockford war, habe ich ihn vor seinen Freunden blamiert, und als er versucht hat, mich anzumachen, haben Sie ihn ebenfalls bloßgestellt.« Sie seufzte. »Wir wissen, dass Rockford im Cattleman's Hotel war, aber der Größe des Mannes nach zu urteilen, könnte es auch Stone gewesen sein. Ich habe allerdings keine Ahnung, ob er dort war. Ich kann mich nicht erinnern, ihn gesehen zu haben.«

»Ich bezweifle, dass, wer auch immer dafür verantwortlich ist, einfach nur aus Zufall dort war. Ich glaube, jemand verfolgt unsere Bewegungen. Die Frage ist nur, wie?«

»Oh, Mist.« Rowleys Gesicht wurde rot. »Als sich Daniels auf der Mülldeponie um den Verkehr gekümmert hat, hat er sich über Polizeifunk gemeldet und nach Ihnen gefragt.« Er verzog das Gesicht. »Ich sagte ihm, Sie seien unterwegs, um das Tor ganz hinten an der Deponie zu inspizieren, und dass Sie später im Büro sein würden.«

»Was hat er gewollt?«

»Er sagte, er habe den Verkehr im Griff und wolle aufs Revier zurück.« Rowley zuckte mit den Schultern. »Ich sagte ihm, er solle kommen. Ich dachte nicht, dass es dazu Ihre Erlaubnis braucht.«

»Schon okay. Nicht Ihre Schuld, Sie hatten keine Ahnung, was passiert ist, und Daniels auch nicht.« Sie begegnete seinem Blick. »Aber von jetzt an müssen wir meine Bewegungen aus dem Funkverkehr heraushalten.«

»Das löst eine Unklarheit, denn nach dem Spiel der Larks sind Sie ja normalerweise immer im Cattleman's Hotel. Jeder der beiden bräuchte nur einen Polizeifunk-Scanner. Meiner Ansicht nach macht das schon drei Anschläge auf Ihr Leben. Bis jetzt war Stone nur lästig, und wir wissen nicht genug über ihn, um ihn eines Mordes für fähig zu halten – also kommt sein Name erst einmal auf die Liste mit den Mordversuchen.« Er machte einen Strich unter Josh Rockfords Namen. »Rockford hat Sie zweimal bedroht, nicht wahr? Und das sogar vor Zeugen? Gibt es noch einen anderen Grund, warum er versuchen würde, Sie zu bedrohen?«

Jenna strich sich durch die Haare und zuckte mit den Schultern. »Keine Ahnung. Ich habe mir die Akten angesehen, und abgesehen von ein paar Verwarnungen und der Nacht in der Zelle bin ich gnädig mit Rockford umgegangen. Er ist wirklich eine Nervensäge, aber ich habe es seinem jugendlichen Übermut zugeschrieben. Ich glaube nicht, dass ich ihm einen Anlass gegeben habe, mich zu verletzen oder zu bedrohen.«

»Es muss aber ein Motiv geben. Gut, der erste Vorfall könnte wirklich ein Unfall gewesen sein, aber drei Vorfälle in einer Woche, das ist zu viel, um es einfach zu ignorieren. Und Sie sind ganz sicher, dass Sie nicht etwas übersehen haben oder zur falschen Zeit am falschen Ort waren, als Rockford irgendwas im Schilde führte? Vielleicht hat er ein Verbrechen begangen, und dieses Mal kann ihn sein Daddy nicht mehr mit Geld heraushauen.«

In Jennas Kopf machten sich Zweifel breit und eine Welle der Panik erfasste sie. Hatte sie etwa doch einen entscheidenden Hinweis auf ein Verbrechen übersehen? »Sie meinen einen Mord?« Sie bekam keine Luft mehr und musste sich an der Tischkante festhalten, um ihre zitternden Hände zu beruhigen. »Sieht jedenfalls so aus, nicht wahr? Heute Morgen habe ich mir Notizen gemacht, wie oft ich mit Rockford und den anderen zu tun hatte. Ich kann mich an jeden Vorfall erinnern, aber was ich damals nicht bemerkt habe, daran kann ich mich natürlich auch nicht erinnern. Wir stehen also wieder ganz am Anfang, fürchte ich.« Sie schluckte den Kloß in ihrem Hals hinunter. Ich brauche Zeit zum Nachdenken, falls ich doch etwas übersehen habe. »Wenn Sie glauben, dass er in beiden Fällen verdächtig ist, überprüfen Sie ihn auf jeden Fall, und auch jeden anderen auf der Liste – egal wie belanglos die Person auch wirken mag.«

»Genau das habe ich vor. Vergessen Sie nicht, dass ich den Pickup identifizieren kann, was übrigens auch ein Motiv wäre mich zu töten, falls Rockford etwas mit dem Tod der Leiche im Fass zu tun hat. Und nur fürs Protokoll: Ich habe keine Angst vor Rockfords Daddy.«

»Wenn Sie Recht haben und die Fälle miteinander zusammenhängen, wird Josh Rockford nicht so leicht zu fassen sein.« Rowley betrachtete das Whiteboard. »Meine Güte, wenn der Wind davon bekommt, dass wir vorhaben, ihn zum Verhör zu holen, wird er mit Sicherheit abhauen.«

»Das bezweifle ich. Wenn er vorgehabt hätte, die Stadt zu verlassen, hätte er das längst getan. Er saß heute Morgen in Aunt Betty's direkt an meinem Nachbartisch und grinste wie ein blöder Affe.« Jenna erhob sich mit einem Ruck. »Wir bitten ihn zum Verhör und sehen, was passiert. Wenn er sich einen Anwalt nimmt, dann wissen wir, dass er etwas zu verbergen hat, und wir buddeln tiefer.« Sie blickte zu Kane. »Und da James Stone sein Anwalt ist, wäre ich Ihnen dankbar, wenn Sie uns die Ehre erweisen würden beim Gespräch anwesend zu sein.«

»Mit Vergnügen.« Kane grinste. »Ich freue mich schon darauf, ihn zu verhören.«

»Kann ich mir denken, aber unsere Priorität ist zunächst die Identifizierung des Opfers. Ich möchte, dass Sie sich mit Pater Maguire in Verbindung setzen, um weitere Informationen über den Armreif und die Tätowierung von Helms zu bekommen. Und besorgen Sie sich die Kontaktdaten von seiner Frau, falls Sie sie zur Bestätigung von Pater Maguires Angaben kontaktieren müssen. Aber bevor Sie loslegen, schicken Sie mir Walters und Daniels rein.« Als Kane sie bloß ansah, begann sie vor Ärger zu glühen. »Was stehen Sie hier noch rum? Los.«

»Jawohl, Ma'am.« Grinsend schlenderte Kane aus dem Raum.

Jenna wandte sich an Rowley. »Finden Sie heraus, wo Sarah Woodward heute ist, und statten Sie ihr sofort einen Besuch ab. Ihre Telefonnummer steht in den Akten. Ich will wissen, ob es ihr gut geht, und dann kommen Sie zurück – und zwar pronto, wir haben viel zu tun.«

»Bin schon unterwegs.« Rowley stand auf und verließ den Raum.

Jenna ging zum Whiteboard hinüber und schob es in die Deckenhalterung, dann wartete sie darauf, dass Daniels und Walters ins Büro kamen. »Ich warte auf Informationen. Wer von Ihnen überprüft den Ford Pickup?«

»Ich mach das.« Daniels lächelte sie an. »Duke sagte, ihm würde vom langen Starren auf den Bildschirm schon der Kopf schwirren, also habe ich das übernommen. Ich habe bereits eine Liste, aber sie ist noch nicht vollständig.«

»Machen Sie gleich damit weiter.« Sie scheuchte ihn mit einer Handbewegung weg und bemerkte dann die Spur aus getrocknetem Schlamm, die seine Schuhe hinterlassen hatten. »Hey!«

»Ja, Sheriff?« Daniels schenkte ihr sein süßestes Lächeln.

»Maggie wird total ausrasten, wenn sie den Dreck sieht, den

Sie da auf dem Boden hinterlassen. Los, putzen Sie mal Ihre Stiefel.«

»Klar doch.« Daniels blickte auf seine Füße und zuckte dann mit den Schultern. »Ich war heute Morgen früh unterwegs, um den Weg freizumachen und hatte noch keine Zeit, mich umzuziehen. Tut mir leid, Ma'am.«

Dann wandte sie sich an Walters: »Haben Sie den Papierkram für John Helms' Bank- und Telefonunterlagen bekommen?«

»Ja, Ma'am, ich habe die Papiere, hatte aber noch keine Zeit, mir alles anzusehen. Ich war bis jetzt mit Beschwerden über die Schließung der Mülldeponie beschäftigt. Brinks sitzt mir schon den ganzen Morgen im Nacken. Wann können sie wieder öffnen?«

»Heute nicht. Ich sage Maggie, sie soll sich vorne am Empfang um die Beschwerden kümmern. Sie beschäftigen sich erst mal mit den Unterlagen.«

»Wird gemacht.« Walters war im Begriff zu gehen, fügte jedoch hinzu, »glauben Sie, dass Helms das Mordopfer sein könnte?«

Jenna holte tief Luft. »Ich habe keine Ahnung, aber ich hoffe nicht. Mit etwas Glück hat sich jemand unsere Stadt als perfekten Ort ausgesucht, um eine Leiche zu entsorgen.«

»Glaub ich auch.« Walters runzelte die Stirn. »Nach dem, was Brinks gesagt hat, war's kein schöner Anblick.«

Ganz toll, Brinks plapperte also schon in der ganzen Stadt herum. »Ich habe keine Einzelheiten, und ich bin mir sicher, dass Mr. Brinks gern übertreibt. Soweit ich weiß, kam er nicht dicht genug an die Leiche heran, um wirklich irgendwas gesehen haben zu können.«

»Er hat am Telefon geredet.« Walters zuckte mit den Schultern. »Wenn er nochmal anruft, dann sag ich ihm, er soll die Klappe halten. Es kann gut sein, dass jemand von außerhalb hier eine Leiche entsorgt hat.« Und wenn nicht, dachte Jenna, dann läuft in Black Rock Falls ein sadistischer Killer herum und ich stehe auf seiner Liste.

29

Nachdem Kane Pater Maguires Nummer gewählt, aber keine Antwort erhalten hatte, ging er nochmal die alten Akten durch. Seine Aufmerksamkeit konzentrierte sich dabei auf Fälle, an denen Einwohner von Black Rock Falls beteiligt gewesen waren, bevor Jenna das Amt des Sheriffs übernommen hatte, und er markierte alle Berichte, die mit den aktuellen Verdächtigen zu tun hatten. Dabei entdeckte er, dass Woodward und Helms nicht die einzigen vermissten Personen waren. In dem Jahr vor Jenna Altons Amtsantritt waren drei Personen ganz unterschiedlichen Alters spurlos verschwunden. In den Akten waren Vermisstenanzeigen, die von Familienmitgliedern aufgegeben worden waren und sonst keinerlei weitere Informationen enthielten – ganz so, als hätten überhaupt keine Nachforschungen stattgefunden. Er las jeden Fall mit ungläubigem Staunen, denn die Umstände glichen denen der aktuellen Vermisstenfälle. Als er im Bericht auf Walters' Namen stieß, stutzte er. Walters hatte ihm gegenüber nicht erwähnt, dass es in der Vergangenheit bereits ähnliche Fälle gegeben hatte. Kane stand auf und ging hinüber zu Deputy Walters' Schreibtisch. »Können Sie sich noch daran erinnern, dass Sie vor etwa drei Jahren an ein paar Vermisstenfällen gearbeitet haben?« Walters drehte sich auf seinem Stuhl herum und sah ihn über den Rand seiner Halbmondbrille überrascht an.

»Ja, ich erinnere mich, dass ich die Berichte abgelegt habe.« Seine Augen verengten sich. »Die Ermittlungen habe ich allerdings nicht geführt. Wenn ich mich nicht täusche, war ich um diese Zeit im Urlaub. Ich nehme an, die Leute sind in der Zwischenzeit wiederaufgetaucht, denn nach meinem Urlaub wurde mir gegenüber nichts Diesbezügliches mehr erwähnt.«

»Möglich, aber in den Akten steht nichts darüber, dass die Fälle abgeschlossen wurden. Wenn sie wohlbehalten wiederaufgetaucht sind, hätte man die Fälle korrekt abschließen müssen.« Kane lehnte sich mit der Hüfte an den Schreibtisch. »Wer hat zu der Zeit noch hier gearbeitet – vielleicht kann ich von denen mehr erfahren?«

»Von den Beamten damals lebt leider keiner mehr.« Walters stieß einen langen Seufzer aus. »Sheriff Mitcham starb drei Monate bevor Sheriff Alton hier anfing und Deputy Andy Bristow kam vorletzten Sommer bei einem Bootsunfall im Urlaub ums Leben.«

Wie praktisch. Die Verbindung zu den aktuellen Fällen war zu deutlich, um sie zu ignorieren. Kane schüttelte den Kopf. »Okay, danke. Eine andere Sache noch – können Sie sich an einen Mann namens Stan Clough erinnern? Er war in einen Fall von Tierquälerei verwickelt.«

»Sicher.« Der alte Mann schüttelte missbilligend den Kopf. »Ein kranker Mistkerl. Jetzt wo Sie's sagen, den habe ich neulich in der Stadt gesehen. Lassen Sie mich überlegen. Am Tag, bevor Sie ankamen, war er in Aunt Betty's Café. Ich vermute, er kam in die Stadt, um Futter für sein Vieh zu kaufen.«

»Er darf weiterhin Tiere halten, nachdem er wegen Tierquälerei eingesessen hat?«

»Scheint so. Ich habe gehört, dass er eine Schweinezuchtanlage kaufen will.« Walters sah Kane über seine Brille hinweg an. »Er hat seine Ranch zum Verkauf angeboten, um seine Anwaltskosten bezahlen zu können, war aber nur sechs Monate im Gefängnis.

Wurde wegen guter Führung vorzeitig entlassen. Der Sheriff sollte wissen, wo er wohnt, sie schicken immer eine entsprechende Mitteilung, wenn Gefangene entlassen werden.«

»Sie hat keine aktuelle Adresse. Könnten Sie herausfinden, wo er wohnt? Ich muss ihm einen Besuch abstatten.«

»Kein Problem.« Walters notierte sich den Auftrag und hob dann seinen Kopf. »Ich stelle gerade die Bank- und Telefoninformationen zum Fall Helms zusammen. Heute Nachmittag haben Sie alles.«

Kane richtete sich auf. »Großartig.« Er ging zurück zu seinem Schreibtisch und setzte sich.

Er würde Nachforschungen zu den früheren Vermissten anstellen müssen. Wenn die Leute wiederaufgetaucht waren, gut, aber wenn nicht, hatte er vielleicht ein größeres Problem. Er griff nach dem Telefon. Ein paar rasche Anrufe würden ihn beruhigen, doch bevor er die erste Nummer wählte, warf er einen Blick zu Altons Bürotür und legte den Hörer wieder auf. Er stand auf und ging in ihr Büro hinüber. »Ist es okay, wenn ich mir die alten Vermisstenakten nochmal ansehe?«

»Das soll jemand anderes machen.« Jenna schob sich eine schwarze Haarlocke hinters Ohr und sah ihn stirnrunzelnd an. »Ich möchte, dass Sie sich auf die Identifizierung der Leiche im Fass konzentrieren und dann alles herausfinden, was Stan Clough seit seiner Entlassung aus dem Gefängnis getrieben hat.«

»Jawohl, Ma'am.« Kane ging zurück in sein Büroabteil.

Gut, dann delegiere ich's halt. Er winkte Daniels zu sich. »Es gibt da noch offene Vermisstenakten von vor drei Jahren. Machen Sie ein paar Anrufe und finden Sie heraus, ob die Fälle noch aktuell sind. Könnten eventuell übersehen worden sein, aber ich muss sichergehen. Wenn die Fälle abgeschlossen sind, machen Sie einen entsprechenden Vermerk und unterschreiben, ja?« Er notierte dem Deputy die entsprechenden Aktenzeichen. »Sollten die Personen immer noch als vermisst gelten, sagen Sie Sheriff Alton und mir Bescheid.«

»Mach ich gerne. Ich kümmere mich darum, sobald Maggie

zurück ist. Ich mache im Augenblick den Empfang.« Daniels schnappte sich den Zettel und ging zur Rezeption.

Kane blickte auf und sah Rowley, der vor seinem Büro lehnte. »Was ist?«

»Wir waren vor über einer Stunde zum Mittagessen verabredet. Ich warte nur noch auf den Rückruf von Sarah Woodward und dann bin ich weg. Kommen Sie mit?«

Kane schaltete seinen Computer aus und stand auf. »Gerne. Aus dem Pastor bekomme ich auch nicht viel heraus.« Er deutete mit in Richtung einer älteren Frau an der Rezeption, die einen Hund in einem Karomantel in den Armen hielt. »Ich glaube, wir sollten noch etwas warten und uns um die Dame da kümmern. Macht den Eindruck, als würde sie Daniels das Leben schwermachen.«

»Normalerweise kümmert sich Walters um ihre Probleme – Mrs. Gilly spricht nicht gern mit jungen Hüpfern.« Rowley gluckste. »Aber ich bin sicher, dass Pete diese Erfahrung nicht schaden wird.«

Nach dem Mittagessen griff Kane zum Telefon und versuchte erneut erfolglos, Pater Maguire zu erreichen. Er hinterließ seinen Namen und seine Nummer mit der kurzen Bitte, ihn dringend zurückzurufen. Dann verbrachte er eine Stunde damit, Hintergrundüberprüfungen durchzuführen und Dateien zu Jennas Liste der Verdächtigen anzulegen. Diese schickte er an den Sheriff und eine Kopie an sich selbst. Da er abends eh nichts anderes zu tun hatte, konnte er sie zu Hause weiter bearbeiten. Die Hitze im Büro machte ihn schläfrig. Er streckte seine Beine aus, gähnte und wartete darauf, dass die Dateien hochgeladen wurden. Dabei bemerkte er Rowley, der sich in seinem Stuhl zurücklehnte und sein Telefon anstarrte. »Hat Miss Woodward schon zurückgerufen?«

»Nein, der Anruf ging direkt auf ihre Mailbox.« Rowley stand auf und kam auf Kanes Bürobereich zu. »Ich habe das Motel angerufen, in dem sie wohnt, und darum gebeten, mich zu ihrem Zimmer durchzustellen. Sie weigerten sich und sagten, sie habe ein ›Bitte nicht stören‹-Schild an ihrer Tür. Allerdings sei ihr Wagen heute Morgen weggefahren und das Schild hing irgendwann danach an ihrer Tür, also nehmen sie an, dass sie das Auto irgendwo stehen gelassen hat und zu Fuß zurückgekommen ist. Finden Sie, ich sollte da mal vorbeifahren und nachsehen, ob alles in Ordnung ist?« Ein Kribbeln erfasste Kanes Wirbelsäule. »Ihr Auto ist am Samstagabend kaputtgegangen, und sie hat erwähnt, dass es heute in die Werkstatt muss. Vielleicht hat es jemand von der Werkstatt abgeholt.« Er erhob sich. »Da in letzter Zeit die Leute anscheinend dazu neigen, spurlos zu verschwinden, sollten wir besser hinfahren und nachsehen. Ich mache mir Sorgen um sie.«

30

Kane ging zur Tür und nahm auf dem Weg seinen Mantel vom Haken. »Wir fahren mit Ihrem Wagen.« Er ging voran, die Straße hinunter zu Rowleys Streifenwagen. Die wohlige Wärme, die ihn noch vom Büro umgab, verschwand bereits mit dem allerersten eiskalten Windstoß. Er zog seine Wollmütze auf und versuchte, sein Zähneklappern zu unterdrücken, dann warf er Rowley einen kurzen Blick zu. »Kennen Sie den Besitzer des Motels?«

»Ja. Seit ich denken kann gehört es der Familie Ricker.« Rowley glitt auf den Fahrersitz und warf ihm einen besorgten Blick zu. »Oh, Entschuldigung, Sir. Macht es Ihnen etwas aus, wenn ich fahre?«

»Nein, wird mir sicher nicht schaden, zur Abwechslung auch mal Beifahrer zu sein.« Kane stieg ein. »Apropos Waffen ... mir ist aufgefallen, dass Sheriff Alton zum Zeitpunkt des Angriffs kein Gewehr in ihrem Fahrzeug hatte. Sie haben doch alle Ersatzwaffen, nehme ich an, und Schutzwesten?«

»In den Streifenwagen sind keine Waffen.« Rowley blickte ihn kurz an. »Die sind alle im Büro des Sheriffs eingeschlossen – im Metallschrank hinten.«

Das muss ich heute Abend mit Jenna besprechen.

Wenige Augenblicke später bog Rowley auf den Motel-Parkplatz ein und hielt vor der Rezeption. »Ich geh hinein und frage nach der Nummer von Miss Woodwards Zimmer.«

»Wir sollten beide mit dem Besitzer sprechen.« Kane stieg aus und suchte die unmittelbare Umgebung mit einem prüfenden Blick ab.

Zuerst fiel ihm auf, dass es keine Überwachungskameras gab. Dann bemerkte er die beiden Autos, die vor den knapp ein Dutzend Motelzimmern geparkt waren. Hier war in den letzten Tagen viel los gewesen, denn der Parkplatz war von grauem Schneematsch bedeckt. In einem der Zimmer bewegte sich ein Vorhang und hinter einem beschlagenen Fenster konnte er ein Gesicht erkennen, das zu ihm herübersah und dann schnell wieder verschwand. Er notierte sich kurz die Zimmernummer, schlenderte um die Motorhaube des Streifenwagens herum und folgte Rowley zur Rezeption. Die Tür schloss sich mit einem lauten Summen hinter ihnen und der schwere Geruch von Zigarrenrauch stach ihm in die Nase. Augenblicke später tauchte ein Mann aus dem Hinterzimmer auf – eingehüllt in eine Rauchwolke. Hinter ihm dröhnte eine Bierwerbung im Fernseher, und eine grob geschminkte Frau schlenderte an der Tür vorbei und sang einen Rocksong aus den sechziger Jahren.

Kane ging zum Tresen, seine Hände fest gegen die Hüfte gestützt – dieses verschmierte Möbel wollte er auf keinen Fall berühren. Er fragte sich, warum dieser verschlampte und schmutzige Ort so viele Besucher anzog. Er musterte den übergewichtigen, etwa sechzig Jahre alten Mann mit schütterem weißen Haar und einem Vollbart, der um den Mund herum gelb gefärbt war. »Mr. Ricker?«

»Wer will das wissen?« Der Mann warf ihm einen harten Blick zu. »Ich kenne Sie nicht.«

»Sheriff Deputy Kane.« Er deutete mit dem Daumen in Richtung Rowley. »Ich glaube, Deputy Rowley hat vorhin mit Ihnen über Miss Woodward gesprochen?«

»Ja, und ich habe ihm gesagt, dass sie nicht gestört werden will.« Ricker zog genüsslich an seiner Zigarre und blies eine Reihe von Rauchringen aus. »Wir respektieren die Privatsphäre unserer Besucher, besonders wenn sie länger bleiben.«

»Sieht ganz danach aus.« Kane richtete sich auf und stützte eine Hand auf den Griff der Glock, die er im Holster an seiner Hüfte trug. »Wann haben Sie sie zuletzt gesehen?«

»Gestern Abend. Sie kam vorbei, um sich einen Kaffee zu holen.« Mr. Ricker zuckte lässig mit den Schultern. »Ich glaube nicht, dass sie das Zimmer verlassen hat, und ihr Frühstückstablett stand wie immer vor der Tür. Wie ich schon sagte, sie will allein sein. Dafür gibt's nämlich das Schild ›Bitte nicht stören‹, wissen Sie.«

»Ich verstehe, aber wir müssen mit ihr sprechen, und sie geht weder ans Telefon noch antwortet sie auf Nachrichten. Welches Zimmer hat sie?«

»Das muss ich Ihnen nicht sagen, Officer.« Ricker schnippte die Asche von der glühenden Spitze seiner Zigarre in einen überquellenden Aschenbecher, und seine dunklen Augen bekamen einen bedrohlichen Glanz.

Kane trat näher an den Mann heran – mit seiner Körpergröße überragte er ihn um ein Vielfaches. »Wir haben einen hinreichenden Grund, um jede einzelne Zimmertür hier aufzubrechen. Sie entscheiden.«

»Warten Sie einen Moment.« Ricker stieß einen langen, ungeduldigen Seufzer aus und tippte dann auf die Computertastatur. »Zimmer Fünfundzwanzig – ganz hinten am Ende des Wegs.«

»Nehmen Sie den Generalschlüssel mit und zeigen Sie es mir. Wenn sie nicht an die Tür geht, müssen wir rein.«

»Was ist denn los?« Die Frau, die er hatte singen hören, erschien hinter der Rezeption.

»Nichts, Milly, die Polizisten überprüfen das Mädchen aus Zimmer Fünfundzwanzig.« Ricker lächelte sie an und nahm eine Jacke von der Lehne eines Stuhls. »Bleib kurz hier, bin gleich wieder zurück.« Dann schlüpfte er in seine Jacke, hob eine Trennplatte im Tresen hoch, ging hindurch und öffnete die Tür.

Ein eisiger Windstoß fegte herein, und Kane hielt die Tür kurz offen, um die frische Luft einzusaugen. Er wandte sich an die Frau. »Mrs. Ricker?«

»Ja. Was soll der ganze Unsinn mit Sarah?«

»Reine Routine.« Kane warf Rowley einen Blick zu, sich jetzt am besten nicht einzumischen. »Haben Sie sie heute schon gesehen?«

»Nein.« Mrs. Ricker kaute auf ihrer Unterlippe, als würde sie nachdenken. »Rosa hat ihr das Frühstück gebracht und das Tablett von gestern abgeholt. Sie hätte sicher was gesagt, wenn etwas nicht in Ordnung gewesen wäre.«

»Ich bin sicher, es geht ihr gut.« Kane winkte Rowley zur Tür hinaus.

Sie folgten der schwabbeligen Gestalt von Ricker den Weg vor den Zimmern entlang. Auf halber Strecke kamen zwei Männer aus einem Zimmer, gingen mit gesenkten Köpfen und abgewandtem Blick zu einem Fahrzeug und stiegen rasch ein. Kane prägte sich kurz die Marke des Wagens und das Nummernschild ein. Neben ihm schaute Rowley dem Fahrzeug hinterher und notierte sich dann Details in seinem Notizbuch. Kane fing seinen Blick auf und nickte. Gut gemacht.

»Das ist ihr Zimmer.« Ricker klopfte mit seinen schmutzigen Fingerknöcheln an die Tür. »Sarah? Ich bin's, Bob Ricker. Die Polizei ist hier, um mit Ihnen zu sprechen.« Keine Antwort.

Kane hämmerte mit der Faust an die Tür. »Miss Woodward, hier ist Deputy Kane. Öffnen Sie bitte die Tür oder wir kommen rein.« Nichts.

»Sperren Sie die Tür auf, Mr. Ricker.« Kane trat zur Seite, und als die Tür nach innen aufschwang, hinderte er Ricker mit einem Arm am Betreten des Raumes.

Durch die offene Tür strömte Tageslicht, so dass die Zerstörung im Zimmer klar und deutlich zu sehen war. Jemand hatte den Raum total verwüstet und in der muffigen Luft hing noch der

Geruch von verbranntem Papier. Kane bedeckte eine Hand mit seinem Jackenärmel und langte zum Lichtschalter. Im Zimmer war keine Spur von Sarah zu sehen. Er warf einen Blick auf die anderen Männer und zog seine Glock aus dem Holster. »Sie bleiben beide hier.«

Vorsichtig bahnte er sich einen Weg durch das ganze Chaos nach hinten zum Bad – es war leer und Erleichterung erfasste ihn. Er blickte sich prüfend um. Verbrannte Papierfetzen, auf denen noch eine Handschrift zu erkennen war, kringelten sich schwarz im Waschbecken. Den Spuren auf der Toilettenschüssel nach zu urteilen, hatte jemand den Rest hinuntergespült. Jemand hat die Briefe verbrannt. Er beugte sich vor, um das Waschbecken zu untersuchen, in der Hoffnung, in den ascheschwarzen Schmutzflecken vielleicht noch Fingerabdrücke zu finden. Was hatte wohl in den Briefen gestanden, dass sich jemand solche Mühe machte, sie zu vernichten? Als er rückwärts wieder ins Zimmer ging, fand er Rowley, der mit großen Augen draußen wartete. Da er keine Beweise vor dem Motelbesitzer besprechen wollte, schickte er den Deputy fort. »Holen Sie den Streifenwagen und bringen Sie ein paar Latexhandschuhe mit.«

»Ja, Sir.« Rowley rannte los und seine Stiefel knirschten auf dem Schotter.

Kane griff nach seinem Handy und tippte Sarah Woodwards Nummer ein. Sofort ertönte ihre fröhliche Stimme auf dem Anrufbeantworter und teilte ihm mit, sie sei gerade beschäftigt und er solle doch bitte eine Nachricht hinterlassen. Kane nannte seinen Namen und bat darum, ihn dringend anzurufen. Sein Bauch krampfte sich voller Unbehagen zusammen. Es war bereits Stunden her, seit jemand etwas von Sarah gehört hatte. Er untersuchte das Türschloss und verzog sein Gesicht. Wer auch immer das Zimmer durchsucht hatte, hatte einen Schlüssel gehabt – nichts deutete auf ein gewaltsames Eindringen hin. Nachdem er das Handy zurück in seine Jacke gesteckt hatte, drehte er sich zum Besitzer um. »Rosa hat heute Morgen das Frühstück für Miss Woodward gebracht, also irgendwann in den letzten paar Stunden. Haben Sie zuvor hier jemanden herumstehen sehen?«

»Nö. Ich kümmere mich um die Rezeption und verlass das Büro nur, wenn es klingelt.« Ricker sah ihn ängstlich an und trat von einem Fuß auf den anderen. »Wie ich schon sagte, ich lasse unsere Gäste hier in Frieden. Die Leute mögen es nicht, kontrolliert zu werden.«

»Klar, versteh ich.« Kane zog sein Notizbuch hervor und schrieb sich ein paar Einzelheiten auf. »Ich muss mit Rosa sprechen, und dann will ich eine Liste von allen Personen, die letzte Nacht hier übernachtet haben – mit allen Angaben.«

»Sicher.« In einem deutlichen Versuch, einen Blick ins Zimmer zu erhaschen späte Ricker an Kane vorbei. »Sie liegt doch nicht etwa tot da drin?«

»Nein. Jemand hat nur ihr Zimmer verwüstet.« Kane verschränkte die Arme vor der Brust. »Ich werde einen Bericht für Ihre Versicherung schreiben. Wenn Sie jetzt bitte tun könnten, worum ich Sie gerade gebeten habe. Oh, und könnten Sie mir bitte auch eine Rolle Klebeband bringen?«

»Geht klar.« Ricker watschelte in Richtung Büro und kam kurz darauf mit dem gewünschten Klebeband zurück. »Ich seh mal nach, wo Rosa ist.«

»Danke.« Kane holte sein Handy raus und rief Jenna an, um sie auf den neuesten Stand zu bringen. »Kein gewaltsames Eindringen. Doch da Sarah niemanden in der Stadt kannte, könnte das Schild 'Bitte nicht stören' nur ein Versuch gewesen sein, Zeit zu gewinnen. Ich mache mir echt Sorgen um sie.«

»Wir müssen sie so schnell wie möglich finden. Ich versuche, ob ich ihr Mobiltelefon orten kann.«

»Gut. Ich mach ein paar Fotos und versuche irgendwelche verwertbaren Fingerabdrücke zu finden. Sobald ich Infos von Rosa habe, rufe ich Sie zurück.« Er trennte die Verbindung und ließ das Handy wieder in seine Tasche gleiten.

Mit Klebeband und Handschuhen bewaffnet durchsuchte er zusammen mit Rowley den Tatort und sammelte Beweise, aber in den Ascheflecken waren keinerlei Fingerabdrücke zu finden. Wer auch immer die Briefe verbrannt hatte, hatte Handschuhe getragen. Als sie fertig waren, hörte er, wie Mr. Ricker in raschem Spanisch mit einer Frau sprach – wahrscheinlich Rosa. Er schob Rowley nach draußen und zog die Tür hinter sich zu. »Versiegeln Sie bitte das Zimmer.«

31

Neben dem Besitzer des Motels stand eine junge Frau, etwa Mitte Zwanzig, und sprach mit sehr leiser Stimme. Wahrscheinlich dachte sie, Kane wolle ihr Arbeitsvisum überprüfen. Er lächelte sie strahlend an, um sie zu beruhigen, und sprach sie dann auf Spanisch an. »Sie sind Rosa? Können Sie mir sagen, um wie viel Uhr Sie Miss Woodward heute das Frühstück gebracht haben?«

»Um halb sieben.« Rosa zitterte wie Espenlaub.

Kane lehnte sich entspannt gegen die Wand. »Hat sie denn überhaupt mit Ihnen gesprochen?«

»Ja, hat sie, und ich war überrascht, dass sie fließend Spanisch spricht. Sie sagte, sie sei aufgeregt, weil sie ihre Großmutter suchen würde.« Rosa runzelte die Stirn. »Sie erzählte mir, der Immobilienmakler habe eine Liste mit den Objekten, an denen ihre Großmutter interessiert war.«

»War das das letzte Mal, dass Sie sie gesehen haben?«

»Nein.« Sie deutete mit einer Hand zur Tür des Motelzimmers. »Ich war gerade mit der Reinigung von Nummer Vierundzwanzig fertig und wollte gerade in Nummer Dreiundzwanzig weitermachen, als ich sah, wie sie ihr Tablett vor dem Zimmer abstellte und dann in ihr Auto stieg. Ich habe sie nicht zurückkommen sehen.«

»Um wie viel Uhr war das?«

»Ich bin mir nicht sicher.« Rosa zog ihre Nase hoch. »Vielleicht halb acht. Normalerweise fange ich nicht so früh an, die Zimmer zu putzen, aber die Gäste in Zimmer Vierundzwanzig und Dreiundzwanzig haben schon um sechs Uhr ausgecheckt.«

Kane machte sich ein paar Notizen und ließ seinen Blick über Rosa schweifen. So wie sie ihre Hände in der Schürze verschränkte, hatte sie Angst vor der Polizei. Und tatsächlich zitterte ihre Stimme während sie mit Kane sprach. Um sie zu beruhigen, fuhr er mit sanfter Stimme fort: »Wann haben Sie das Schild ›Bitte nicht stören‹ an der Tür bemerkt?«

»Erst viel später, nach elf.« Sie warf einen Blick auf Ricker, als ob sie seine Erlaubnis einholen wollte. »Mr. Ricker hat mich geschickt, um Nummer achtzehn zu reinigen und da wollte ich auch gleich saubere Handtücher in Miss Woodwards Zimmer bringen, aber da hing das Schild an der Tür.«

»Haben Sie geklopft?«

»Oh, nein. Wenn das Schild an der Tür hängt, dann störe ich die Gäste nie.« Rosa hob ihr Kinn, als würde sie seine nächste Frage vorausahnen. »Ich habe niemanden gesehen. Vielleicht sollten Sie mit Mrs. Bolton sprechen, sie spioniert hier jeden aus.«

Kane erinnerte sich an die Person, die ihn kurz durchs Fenster beobachtet hatte. »Und sie wohnt in Nummer sechzehn?«

»Genau. Sie ist einer unserer Dauergäste.« Mit besorgter Miene trat Ricker vor. »Sie ist eine ältere Dame, und ich möchte nicht, dass Sie sie aufregen. Es ist nicht gut fürs Geschäft, wenn die Polizei herumschnüffelt.«

»Ich werde diskret sein.« Kane räusperte sich. »Ich unterhalte mich kurz mit ihr und dann sind wir hier wieder weg.« Er lächelte Rosa an. »Vielen Dank für Ihre Hilfe.«

Als Rosa davonhuschte, sah er ihr nach und wandte sich dann an Ricker. »Sie betreten das Zimmer bis auf Weiteres nicht. Der Sheriff wird sich den Tatort ansehen müssen. Das Absperrband ist wie eine Ziegelmauer – wenn Sie da reingehen, werde ich Sie verhaften. Wenn Miss Woodward zurückkommt, möchte ich, dass

Sie sie in Ihrem Büro festhalten und unverzüglich mich oder den Sheriff benachrichtigen.« Er griff in seiner Jacke nach einer Visitenkarte und reichte sie ihm.

»Wird gemacht.« Ricker schüttelte seinen fettigen Kopf. »Kann ich jetzt gehen?«

»Ja.« Kane winkte Rowley zu sich und ging dann voran zu Zimmer sechzehn. »Sprechen Sie Spanisch?«

»Ja.« Rowley holte zu ihm auf. »Das hier gefällt mir gar nicht.«

»Ich werde mit Mrs. Bolton reden und sehen, ob ich was erfahren kann. Rufen Sie Sheriff Alton an und sagen ihr, was Rosa uns gesagt hat. Dann kontaktieren Sie den Immobilienmakler und besorgen uns eine Kopie der Liste, die er Sarah gegeben hat. Fragen Sie ihn, wann sie sein Büro verlassen hat und ob sie verraten hat, wohin sie wollte.« Er schnaubte. »Ich frage mich, warum er mir die Liste niemals geschickt hat, so wie ich es von ihm verlangt habe.«

»Keine Ahnung.« Rowley zog sein Handy aus der Tasche. »Eins ist jedoch klar: Irgendjemand hat bei Sarah nach etwas Bestimmten gesucht.«

»Ja, und ich vermute, dass es um die Informationen aus den Briefen ihrer Mutter geht.« Kane klopfte an die Tür von Nummer sechzehn. Kurz darauf hörte er ein Schlurfen und eine weißhaarige alte Dame lugte durch einen Spalt in der Tür. Er lächelte sie an. »Mrs. Bolton? Ich bin Deputy Kane. Ich habe mich gefragt, ob Ihnen heute Morgen zwischen acht und elf Uhr zufällig jemand in der Nähe des Motels aufgefallen ist?«

»Niemand Ungewöhnliches. Die beiden Männer, die ausgecheckt haben, und Sie – sonst niemand.« Mrs. Bolton schüttelte den Kopf, wobei ihre Wangen wackelten. »Es wird kalt hier drin. Sonst noch was?«

Kane schüttelte den Kopf. »Nein. Ich danke Ihnen für Ihre Hilfe.«

Die Tür schloss sich wieder. Er dirigierte Rowley mit einem Wink zum Streifenwagen und hörte zu, wie er mit Davis sprach.

Als der Deputy aufgelegt hatte, trat er neben ihn. »Hatten Sie Erfolg?«

»Ja, er schickt mir die Liste auf mein Handy und hat sogar die Kontaktdaten der Immobilienbesitzer hinzugefügt. Er sagte, er sei vorhin auf dem Revier vorbeigekommen und habe Maggie die Liste mit den Immobilien gegeben. Das muss gewesen sein, als wir gerade zu Mittag waren.« Rowley schob sein Handy in die Tasche und zog sich dann ein Paar Handschuhe über seine leicht bläulichen Finger. »Und noch was Interessantes: Angeblich hat Sarah ihm gegenüber erwähnt, sie wolle ihr Auto zu Miller's Werkstatt bringen. Sie hat ihn gefragt, wo sie einen SUV mieten könne, um auch die Nebenstraßen befahren zu können, und er hat ihr gesagt, dass Miller's Werkstatt auch Autos verleiht.« Rowleys Blick wanderte an Kane vorbei auf den Parkplatz voller Schneematsch. »Mr. Davis sagte außerdem, er habe versucht, sie davon zu überzeugen, bei diesem Wetter nicht alleine herumzufahren, aber sie hat darauf bestanden, es genauso zu machen wie ihre Oma. Sie wollte überall ihr Foto herumzeigen, vielleicht würde jemand sie ja wiedererkennen.«

»Was Davis sagt, ergibt keinen Sinn. Ich habe Sarah ja bereits mitgeteilt, dass unsere Deputys die meisten Bewohner der abgelegenen Ranches befragt haben und keine Spur von ihrer Großmutter gefunden haben.« Kane stapfte den Matsch von seinen Stiefeln, bevor er die Autotür öffnete. Dann glitt er auf den Sitz und wartete darauf, dass Rowley sich hinters Steuer setzte. »Und dumm wirkte sie auf mich nicht. Was würden Sie in ihrer Situation tun, wenn Davis ihr eine Liste mit Immobilien, die Namen der Besitzer und ihren Telefonnummern gegeben hat?«

»Ich würde die Liste durchgehen und zuerst anrufen. Dann würde ich fragen, ob sie ihrer Oma die Immobilie gezeigt oder ob sie von ihr irgendwelche Anfragen bekommen haben.« Rowley zog seine Mütze fest über seine kalten, geröteten Ohren und startete den Wagen. »Das habe ich auch Davis gegenüber erwähnt, und er sagte, die Liste, die er Samantha Woodward gegeben hat, sei eine Liste mit Immobilien gewesen, die man sich erst mal aus dem Auto anschauen kann. Bis auf zwei sind wohl alle Gebäude bewohnt, so dass man sowieso zuerst einen Besichtigungstermin vereinbaren müsse. Er bestand darauf, dass sie sich mit ihm in Verbindung setzen sollte, um für Objekte, die sie interessierten, entsprechende Termine zu vereinbaren. Davis beteuerte, dasselbe hätte er auch Sarah gesagt.«

Kane trommelte mit den Fingern auf sein Knie und durchdachte die Lage. »Fahren Sie zu Miller's Werkstatt. Wenn der Mietwagen ein GPS hat, können wir vielleicht seinen Standort orten. Wie gut ist das Handynetz hier in der Gegend?«

»Es gibt ein paar Bereiche ohne Empfang, dichter an den Bergen.« Rowley fuhr vom Parkplatz und bog auf die Hauptstraße, wobei er abbremste und einen großen, zotteligen, braunen Hund die Straße überqueren ließ. »Ich werde ... Mann, der Hund von George Pringle ist schon wieder abgehauen. Na da wird Mrs. Gilly ja gleich wieder auf dem Revier aufkreuzen. Aus irgendeinem Grund steht der Hund die ganze Nacht vor ihrem Haus und bellt. Dabei sollte man meinen, dass ihn sein Besitzer sicher im Garten einsperrt.«

»Gibt's hier keinen Hundefänger?«

»Nee.« Rowley warf ihm einen vielsagenden Blick zu. »Noch etwas, was der Bürgermeister abgelehnt hat.« Er bog bei Miller's Werkstatt ein und hielt vor dem Büro.

»Dann werden wir mal anfangen, Strafzettel zu verteilen.« Kane schnaubte. »Der Hund wird noch einen Unfall verursachen.« Er stieg aus dem Auto, zog seine Jacke an, um sich vor dem eisigen Wind zu schützen, und schritt auf die Bürotür zu.

Als er sie öffnete kam ihm ein Hitzeschwall entgegen – vermischt mit dem Duft von frisch gebrühtem Kaffee. Er atmete ein und seufzte. Bis zu seiner nächsten Pause konnten noch Stunden vergehen. Eine junge, attraktive Blondine saß hinter dem Schreibtisch und blickte gebannt auf einen Computerbildschirm, ganz so, als würde sie seine Anwesenheit gar nicht bemerken. Kane räusperte sich. »Guten Tag. Meine Güte, der Kaffee duftet ja herrlich.«

»Na, ich denke, ein paar Tassen kann ich wohl entbehren.«
Die Frau schenkte ihm ein langsames, glutvolles Lächeln. »Sie
müssen der neue Deputy sein, David Kane, glaube ich? Ich habe
schon viel von Ihnen gehört. Ich bin Mary-Jo Miller. Meinem
Vater gehört der Laden.« Sie streckte ihm eine Hand mit leuchten-
drot lackierten Fingernägeln entgegen.

»Schön, Sie kennenzulernen.« Kane zog einen Handschuh aus
und schüttelte ihre Hand. Als sie mit dem Daumen über seinen
Handrücken strich, hob er eine Augenbraue. »Ihr Angebot was
den Kaffee betrifft, nehme ich gerne an. Vielen Dank.« Er zog
seine Hand zurück und fing Rowleys amüsiertes Lachen auf.

»Was kann ich sonst noch für Sie tun? Sind Sie wegen des
Versicherungsschadens hier? Ich bin sicher, die Versicherung wird
sich direkt mit dem Sheriff in Verbindung setzen.« Mary-Jo
bewegte sich mit einem subtilen Hüftschwung auf die Kaffeema-
schine zu und füllte zwei Becher zum Mitnehmen. »Ich weiß, wie
Jake seinen Kaffee mag. Auch für Sie mit Milch und Zucker,
David?« Während sie den Kaffee verteilte, warf sie ihm einen
Blick zu. Ihre Wimpern waren mit reichlich Mascara geschminkt.

Sind denn alle Frauen in Black Rock Falls sexbesessen? »Ja,
danke.« Kane richtete sich auf und zog auch seinen anderen Handschuh aus. »Ich stelle Nachforschungen über Sarah Woodward an
und glaube, dass sie heute früh einen Wagen bei Ihnen gemietet
hat. Um wie viel Uhr war das?«

»Moment, ich schau mal nach. Das war früh, als wir gerade
aufgemacht haben.« Mary-Jo Miller tippte auf der Computertastatur herum und lächelte. »Genau. Kurz nachdem wir geöffnet
haben.«

»Danke. Wir versuchen, sie zu erreichen, aber ihr Mobiltelefon
hat keinen Empfang. Hat das Fahrzeug, das sie gemietet hat, ein
GPS- Tracking?«

»Keine Ahnung.« Mary-Jo sah ihn an, als hätte er Chinesisch
gesprochen. »Ich frag mal meinen Vater.« Sie ging zur Tür im
hinteren Teil des Büros und rief nach ihrem Vater.

Kurz darauf erschien Mr. Miller in einem fleckigen Overall im

Büro und wischte sich die Hände an einem ölverschmierten Lappen ab. »Ja, ich habe zwei Leihwagen mit GPS und ich kann sie über mein Handy orten. Geben Sie mir einen Moment, dann haben Sie die Koordinaten.« Er zog sein Handy aus einer Tasche am Overall und senkte seinen kahlen Kopf über das Display. »Das Fahrzeug bewegt sich nicht und befindet sich auf der Bluff Road, in der Nähe der Old Mitcham Ranch. Das ist gut fünfundvierzig Minuten von hier entfernt. Wenn sie jetzt losfährt, werden Sie ihr auf der Straße begegnen.«

Kane reichte Rowley seinen Kaffee, zog sein Notizbuch aus der Tasche und überflog die Seiten, bevor er sich die Adresse notierte. Der Name sagte ihm irgendetwas. »Wie der verstorbene Sheriff Mitcham?«

»Nein, nicht er – sein Großvater. Die Ranch ist seit fünfzig Jahren unbewohnt. Die Einheimischen glauben, dass es dort spukt und niemand will sich dem Ort nähern. Soweit ich weiß, hat der Sheriff vor seinem Tod das Land aufgeteilt. Ein Teil ging in den Besitz seines Enkels über und den Rest hat er an die angrenzenden Ranches verkauft. Ich bin mir nicht sicher, was er mit dem Haus und den restlichen ein oder zwei Hektar vorhatte.«

»Okay.« Kane schob das Notizbuch zurück in seine Tasche und nahm Rowley den Kaffee wieder ab. »Danke für den Kaffee, Miss Miller.«

»Immer gerne. Und nennen Sie mich Mary-Jo. Black Rock Falls ist eine freundliche Stadt«, sagte sie mit einem glückseligen Lächeln.

Kane verließ das Büro hinter Rowley, leicht verärgert über dessen Kichern. »Kennen Sie die Bluff Road?«

»Ja, liegt etwa eine halbe Stunde hinter der Ranch von Sheriff Alton.« Rowley kletterte in den Wagen und grinste ihn breit an. »O Mann, die Frauen fliegen ja geradezu auf Sie.«

»Fahren Sie einfach los.« Kane warf ihm einen zornigen Blick zu. »Und halten Sie an der Dienststelle, wir nehmen meinen Wagen und ich fahre. Sie halten die Augen nach Millers Leihwagen offen, falls wir Sarah verpassen sollten.«

»Klar. Vergessen Sie nicht das Funkgerät mitzunehmen.« Rowley grinste immer noch. »Ich bin mir nicht sicher, wie der Empfang da draußen ist.« Dann gluckste er leicht. »Und wenn Sie sich das nächste Mal amüsieren wollen, dann nehmen Sie mich mit. Ich hatte seit Monaten kein Glück mehr.«

Kane warf ihm einen genervten Blick zu. »Kein Interesse. Konzentrieren Sie sich auf die Arbeit und machen Sie sich keine Gedanken über das Funkgerät. Ich habe ein Satellitentelefon in meinem Wagen.«

32

Nachdem Kane seinen Wagen geholt hatte, passierte er das große Tor von Jennas Ranch und fuhr weiter in die Schneelandschaft dahinter. Während der halbstündigen Fahrt kamen sie an zwei Ranches mit diversen Nebengebäuden vorbei und in der Ferne war eine Reihe geschwärzter Bäume zu sehen, die sich am Flussufer von der Winterlandschaft wie einsame Wachtposten abhoben. Zu beiden Seiten der verlassenen schmalen Straße, die zu Sarahs aktuellem Standort führte, türmte sich schmutziggrauer Schneematsch und der deutlich sichtbare Asphalt ließ darauf schließen, dass die Straße hier seit dem letzten Schneefall häufig benutzt worden war. Er warf einen Blick zu Rowley. »Sind Sie sicher, dass hier draußen niemand wohnt? Sieht ganz so aus, als wären hier in den letzten Tagen reichlich Autos unterwegs gewesen.«

»Diese Straße führt zu den hinteren Ackerflächen anderer Ranches, aber sie endet am Fluss, etwa eine halbe Meile hinter der Old Mitcham Ranch. Ich könnte mir vorstellen, dass sie die Rancher im Winter lieber benutzen, als im Schnee über die Feldwege zu fahren.« Rowley zuckte mit den Schultern. »Und wenn das Haus offiziell zu verkaufen ist, wer weiß, wie viele Leute hier hochgefahren sind, um sich am Wochenende das Grundstück anzusehen.« Er runzelte die Stirn. »Ich hätte Davis fragen sollen, ob er in letzter Zeit irgendwelche Kunden zu dem Haus gefahren hat.« Er deutete auf ein offenes Tor in einiger Entfernung. »Dort vorne links ist die Zufahrt.«

Eine Welle des Unbehagens überkam Kane und instinktiv begann sein Überlebensinstinkt auf Hochtouren zu laufen. Den Spuren im Schnee nach zu urteilen, war in den letzten Stunden mehr als ein Fahrzeug hier gewesen. Er brachte seinen Wagen zum Stehen. »Wie weit ist das Ranchhaus von der Straße entfernt?«

»Ein ganzes Stück – es liegt mitten auf dem Gelände.« Rowley beugte sich vor und blinzelte in die Ferne. »Man kann die Gebäude erst sehen, wenn man um die Bäume herumfährt.«

»Wie praktisch. Und noch dazu so abgelegen – perfekt für ein Drogenlabor.« Kane wies mit dem Kinn auf den zerfurchten Weg. »Und für ein verfallenes Grundstück zudem mit einer Menge Besucher. Ich denke, wir sollten vorsichtig sein. Geben uns die Bäume genügend Schutz, um das Haus beobachten zu können?«

»Denke schon, aber ich bin seit der Highschool nicht mehr hier gewesen.« Rowleys Wangen färbten sich leicht rosa. »Ein paar von uns haben damals den Unterricht geschwänzt und sind hierherge- fahren, um Joints zu rauchen. Dieser Ort ist seit Jahren ein beliebter Treffpunkt für Jugendliche.« Er warf Kane einen Blick von der Seite zu. »Keine Sorge, inzwischen bin ich erwachsen und wie ich schon sagte, auch nicht mehr mit Rockfords Gang unterwegs.«

Alton hatte recht, was dich betrifft. Vielleicht bist du ehrlicher als dir guttut. »Vielleicht sind's ja nur Teenager gewesen, aber es schadet trotzdem nicht, vorsichtig zu sein.«

Der SUV holperte über die festgefrorenen Schneeklumpen auf dem Feldweg und bog dann zu einer Baumgruppe ein. Kane stoppte, glitt vom Fahrersitz und lief zum Rand der Lichtung. Das alte Wohnhaus war von einer Reihe von Gebäuden umgeben und neben einer Scheune mit Blechdach sah man die Überreste einer Koppel. Das Grundstück schien komplett verlassen zu sein. Er lauschte aufmerksam nach ungewöhnlichen Geräuschen. Für eine Drogenküche bräuchte man einen Stromgenerator und Belüftungskanäle. Während er seinen Blick konzentriert über das Gelände schweifen ließ, machte er sich Notizen. Es juckte ihn in den Fingern, einen Blick in den Keller zu werfen, aber er verdrängte diese Gedanken aus seiner Zeit beim Drogendezernat und konzentrierte sich wieder auf seinen aktuellen Fall. Irgendwo auf dem Grundstück musste Sarahs Wagen stehen. Weggefahren konnte sie nicht sein, denn dann wären sie ihr auf der Straße begegnet, und einen roten SUV mit dem Logo »Miller's Werkstatt« würde man hier draußen kaum übersehen können. Er stieg zurück ins Auto und fuhr auf die Zufahrt.

Als er nahe der Vorderseite des Hauses anhielt, hinderte er Rowley mit einer Hand am Aussteigen. Der Schnee vor der Scheune war zu schlammig-grauem Matsch geworden und auf einer Seite waren an einem abgebrochenen Ast noch Schlammreste zu erkennen, so als hätte jemand versucht, Fußspuren zu verbergen. *O Scheiße.* Sein Herz pochte laut und er griff ganz automatisch nach seiner Glock. Als er nach dem Türgriff langte, war seine Stimme kaum mehr als ein Flüstern. »Sie bleiben hinter mir.« Vorsichtig bewegte sich Kane um die Ecke des Gebäudes, hob dann eine Hand, um Rowley zu stoppen, und spähte durch einen Spalt in die Scheune. Der rote SUV stand in der Mitte, die Fenster hochgekurbelt. Er ließ seinen Blick kurz durch die Scheune wandern. »Alles sauber.« Dann schlüpfte er hinein, überprüfte das Fahrzeug und anschließend auch kurz das Innere der Scheune. »Hier ist sie nicht.«

Anschließend rannte er über den kleinen Hof und schmiegte sich eng an die Hauswand. Er wagte einen Blick durch ein verstaubtes Fenster voller Spinnweben. Alles war ruhig. Er winkte Rowley zu sich und versuchte dann die Haustür zu öffnen. Die Türscharniere quietschten laut genug, um jeden im Haus zu alarmieren. Dann sagte er mit lauter Stimme »Black Rock Falls County Sheriff's Department.«

Die Stille im Haus war erdrückend. Kane zählte bis zehn, ging dann hinein, schlich den Flur entlang und prüfte kurz jeden Raum. Die Küchentür stand offen und gab den Blick auf einen alten Holzofen frei. Der Geruch von Kerzenwachs hing in der Luft. Er deutete Rowley an, sich auf der gegenüberliegenden Seite des Flurs in Stellung zu bringen und trat gebückt ein, bereit zu schießen. In der Mitte eines alten Holztisches standen ein paar rußgeschwärzte Kerzen und aus einem übervollen rostigen Eimer quoll ein Haufen Müll, hauptsächlich Getränkedosen und Zigarettenschachteln, die sich auf dem Boden verteilten. Er bewegte sich an der Wand entlang und öffnete die Tür der Speisekammer mit dem Fuß.

Nichts. Hier war alles leer.

»Sauber.« Kane steckte seine Waffe zurück ins Holster. »Hier war schon seit Ewigkeiten niemand mehr. Sehen Sie sich nur unsere Fußspuren im Staub an – Sarah hat dieses Haus sicher nicht betreten. Wir sollten lieber draußen weiter nachsehen.« Er schaute aus dem Küchenfenster. »Wissen Sie, ob's hier einen Erdkeller gibt?«

»Ja. In der Scheune ist einer.«

Kane lief los und stürmte wieder in die Scheune. Dort suchte er den Boden ab, trat die Schutthaufen weg, um den Weg freizumachen, schließlich bückte er sich und spähte unter den geparkten SUV. »Verdammt, die Falltür ist direkt unter dem Wagen.« Mit einer von einem Handschuh bedeckten Hand zog er die Autotür auf, stellte den Schalthebel auf Leerlauf und löste die Handbremse. »Wir schieben ihn weg.« Er bewegte sich zum Heck des Wagens und warf Rowley einen Blick zu. »Worauf warten Sie noch? Sagen Sie bloß, Sie glauben den Quatsch, dass es hier spukt?«

»Ja, tu ich.« Rowley ging langsam ins Innere der Scheune und blickte nervös von rechts nach links. »An dem Fluch ist was dran.« Gemeinsam schoben sie den Wagen einige Meter nach vorne, um die Falltür freizulegen. »Ich gehe auf keinen Fall in diesen Erdkeller – nicht ohne Verstärkung.«

»Ach so. Ich bin also keine ausreichende Verstärkung? Wäre ja zu schade, wenn da unten gerade jemand stirbt, nicht wahr?« Kane warf ihm einen langen, eisigen Blick zu, bei dem sich nicht wenige Verdächtige in die Hose gemacht hätten. »Ich könnte es Ihnen befehlen, aber wenn Sie nicht den Mumm haben, mir Rückendeckung zu geben, dann helfen Sie mir wenigstens, die verdammte Falltür zu öffnen.« Er griff nach einem der Messinggriffe, Rowley nach dem anderen. »Ich zähle bis drei – eins, zwei, drei.«

Ächzend hob sich die schwere Holztür und ein starker Metallgeruch stach in seine Nase, was ihn direkt an einen ehemaligen Massenmord erinnerte, den er lieber vergessen würde. *Verdammt!* »Hier spricht das Black Rock Falls Sheriff's Department. Ist da unten jemand?«

Aus dem Gestank von heißem Blut, Pisse und Scheiße kam kein Ton herauf.

Kane entfernte sich und schob einen aschfahlen Rowley zur Scheunentür. »Holen Sie die Taschenlampe aus dem Handschuhfach. Ich werde sehen, ob ich den Sheriff erreichen kann.« Er zückte sein Handy, hatte jedoch keinen Empfang und folgte daher Rowley zu seinem Wagen.

Er schnappte sich die Taschenlampe aus Rowleys Händen. »Ich schaue kurz in den Erdkeller hinunter. Das Satellitentelefon ist in einer Halterung unter dem Armaturenbrett. Verständigen Sie Alton und halten Sie sie in der Leitung, bis ich weiß, was da unten los ist.«

»Sie wollen wirklich nicht auf Verstärkung warten?«

»Sie sind meine Verstärkung. Sie müssen einfach nur wachsam bleiben. Dem Geruch nach ist das, was sich da unten befindet, verletzt, und wer auch immer hier war, hat seine Spuren verwischt und ist abgehauen.« Kane warf Rowley einen langen Blick zu und fasste ihn dann fest an der Schulter. »Machen Sie sich aufs Schlimmste gefasst. Wahrscheinlich ist es Sarah.« Er näherte sich der Scheune in möglichst aufrechter Haltung. Einem jungen Deputy gegenüber Angst zu zeigen, kam für ihn nicht in Frage.

In solchen Momenten schätzte er das jahrelange Intensivtraining, das ihn gelehrt hatte, mit Folter, Entbehrung und grausamem Blutvergießen umzugehen. Doch keine noch so große Gefühlsverdrängung konnte seine Erinnerungen komplett löschen. In dem Augenblick, als er den ersten Schritt in den Keller tat, roch er nur noch Blut und sofort erhoben sich die schrecklichen Bilder aus seiner Erinnerung – die Augen von Toten bargen Geheimnisse. Die Unschuldigen, die Monster – bei Gott, er hatte Morde in all ihren Facetten gesehen und jedes Mal hatte der Anblick etwas mit ihm gemacht.

Er verdrängte die hässlichen Gedanken, straffte die Schultern und stieg weiter die Stufen hinunter, den weißen Lichtkegel der Taschenlampe direkt vor sich. Aus der Dunkelheit vernahm er ein kratzendes Geräusch und er griff nach seiner Waffe. Er nahm die Glock 22 in die Hand. Sie war noch körperwarm. Er hielt die Taschenlampe an die Mündung und richtete den Strahl nach vorne. Mit jedem Schritt weiter ins Dunkel hämmerte sein Puls stärker in seinen Ohren. Er bewegte sich weiter vorwärts und folgte dem Gestank. Angesichts der drohenden Gefahr sträubte sich jedes einzelne Härchen an seinem Körper.

Kane biss fest auf die Innenseite seiner Wange, um nicht die Kontrolle zu verlieren. Echte Polizisten waren keine emotionslosen, gefühllosen Roboter, wie man sie aus dem Fernsehen kennt, die einfach an einen Tatort kommen – ganz cool und ohne jede Schweißperle. O Mann, er hatte in die Gesichter von Menschen geblickt, die Zeugen eines grausamen Mordes geworden waren und das pure Grauen in ihren Augen gesehen. Vor seiner Verletzung hatte er sich jeder Gefahr stellen können – er war ruhig geblieben und hatte seinem Gehirn befohlen, eine Situation nüchtern und sachlich einzuschätzen, selbst wenn sie ihm geradezu entgegengeschrien hatte: »Lauf weg, du Idiot!« Doch jetzt erinnerte ihn das ständige Pochen in seinem Schädel daran, dass auch er verletzlich war. Er umklammerte den Griff seiner Glock fester und das Gewicht der Waffe in seiner Hand beruhigte ihn etwas.

Eines war sicher – auf seine Treffsicherheit konnte er sich verlassen.

Die Taschenlampe erhellte jetzt einen langen, rot gemauerten Durchgang und weiter hinten eine dunkle Öffnung voller zerrissener und staubiger Spinnweben. Hier war eine Schicht Staub aufgewirbelt worden, vielleicht absichtlich gefegt, um zu verbergen, wer den Raum in den letzten Tagen betreten hatte. Er ging weiter und plötzlich, als hätte sich vor ihm ein weiterer Eingang aufgetan, blies ihm ein leichter, übelriechender Windzug etwas Staub in die Augen – diesmal lag ein Geruch nach Moschus in der Luft, wie man ihn aus der Umkleidekabine von Sportlern kennt. Er presste sich fest gegen die Wand, schaltete die Taschenlampe aus und lauschte auf ein Geräusch. Dann ging er langsam weiter. »Black Rock Falls Sheriff's Department«, rief er. »Sarah, sind Sie hier unten?«

Doch er vernahm nichts außer dem Luftzug, der an ihm vorbeistrich.

Unten angekommen, erfasste ihn der Geruch von frischem Blut unvermittelt und heftig. Kane verzog das Gesicht und schaltete die Taschenlampe wieder ein. Dann schlich er mit vorgehaltener Waffe um eine Ecke in den Raum und ließ den Strahl durch den Erdkeller wandern. Hier war es sauberer als erwartet. An der Wand standen Regale voll verstaubter Konservengläser. In der Mitte befand sich vor einem rostigen Metalltisch ein alter Holzstuhl. Er sah einen Stapel gefalteter Kleidung und ein Paar Stiefel an einem Ende des Raums und musste dann schwer schlucken, als er Sarahs unverwechselbare gelbe Windjacke erkannte, die sie bei ihrem Besuch auf dem Polizeirevier getragen hatte. Er ließ das Licht der Taschenlampe über eine Viererreihe von Etagenbetten gleiten, die den Raum halbierten und ihm die Sicht versperrten. Abermals sagte er mit lauter Stimme: »Hier spricht das Black Rock Falls County Sheriff's Department. Ist hier jemand?«

Plötzlich streifte eine eiskalte Brise seine Wange und er richtete die Taschenlampe nach rechts und beleuchtete einen Lüftungsschacht. An seinen Stiefeln klebte so etwas wie Teer, was jedem seiner Schritte ein saugendes Geräusch verlieh. Abrupt blieb er stehen und richtete den Lichtstrahl direkt auf seine Füße. Die schwarzen Flecken unter seinen Stiefeln schienen Blutspritzer zu sein. Das sieht nicht gut aus. Mit dem Rücken zur Wand schob er sich langsam auf die Etagenbetten zu. Der beißende Geruch wurde stärker und Kane musste das übermächtige Verlangen unterdrücken, zurück zur Scheune zu rennen. Sein Magen krampfte sich in böser Vorahnung über das zusammen, was ihn gleich erwarten würde. Nur mühsam konnte er ein Stöhnen unterdrücken. Dann richtete er die Taschenlampe auf den Kellerboden.

Es war ein Blutbad.

Vor ihm lag ein Schopf blonder Haare auf dem blutgetränkten Boden und zwei blaue Augen, die denen seiner Schwester so sehr ähnelten, blickten ihn in seelenloser Verzweiflung an. Er erkannte Sarah Woodward, auch wenn das einst so hübsche Gesicht jetzt blutverschmiert und vollkommen zerstört war. Kane ergriff eine Mischung aus Wut und Verzweiflung und er musste den Wunsch unterdrücken, hinzulaufen. Er versuchte sich zu beruhigen, inspizierte den Tatort und teilte ihn in Viertel auf, um ja keinen Beweis zu übersehen. Da nahm er plötzlich eine Bewegung wahr und instinktiv versteifte er sich, den Finger direkt am Abzug. Doch im Strahl der Taschenlampe sah er nur die Reflektionen kleiner roter Augen und wie auf Kommando ließen einige Ratten von ihrem Festmahl ab und verschwanden im Dunkel. Ihm wurde übel und er kniff die Augen fest zusammen, um seinen Ekel zu unterdrücken.

Voller Trauer näherte er sich Sarah so weit wie möglich und vermied es dabei, in die Blutlachen zu treten, um den Tatort möglichst unversehrt zu lassen. Anschließend leuchtete er über ihren nackten Körper. Ein breites rotes Lächeln war tief in Sarahs schlanken Hals geschnitten, so dass er die Wirbelsäule und auch die tiefen Wunden an ihren Händen und Armen sehen konnte – anscheinend hatte sie bis zuletzt verbissen um ihr Leben gekämpft. Er presste eine Hand gegen die Wand, drehte sich dann um, schob seine Waffe zurück in das Holster und verließ die grausige Szenerie. Als er kurze Zeit später aus dem Erdkeller hochkam, wollte er einfach nur tief durchatmen. Er ignorierte Rowleys Wortschwall, ging hinaus an die frische Luft, weg vom Pfad, direkt in den schneebedeckten Garten. Dort atmete er ein paar Mal tief durch und übergab sich dann in den frischen Schnee.

33

Kane lehnte sich mit dem Rücken an einen Baum und blinzelte die Tränen zurück, die in seinen Augen brannten. Verzweifelt versuchte er das Bild von Sarah aus seinem Kopf zu verdrängen.

»Heilige Scheiße, Sie ziehen ja eine komplette Blutspur hinter sich her. Haben Sie Sarah gefunden?« Mit blassem Gesicht erschien Rowley an seiner Seite. »Ist sie tot?«

»Ja.«

»Sheriff Alton möchte mit Ihnen sprechen.« Rowley drückte ihm das Satellitentelefon in die Hand.

Kane putzte sich die Stiefel im Schnee ab und schluckte die Galle hinunter, die ihm den Hals hochkam. Er hob das Telefon ans Ohr. »Jenna?«

»Ja. Was ist da draußen bei Ihnen los?«

»Sarah Woodward ist tot.«

»Sarah? O nein. Hatte sie einen Unfall?«

»Nein, sie wurde ermordet. Wirklich schlimm. Wir brauchen die Hilfe der Tatortspezialisten des FSD aus der Hauptstadt, denn das hier übersteigt bei Weitem die Fähigkeiten eines Gerichtsmediziners einer Kleinstadt.«

»Ich habe das Montana State Crime Lab wegen der Leiche im

Fass schon kontaktiert. Sie schicken Leute vom FSD runter. Gleich morgen früh sollten sie hier sein.«

»Okay, gut. Rufen Sie sie zurück und fragen Sie, ob sie eventuell sofort kommen könnten.« Kane schüttelte den Kopf, um das Bild von Sarah loszuwerden. »Ich habe sie im Erdkeller gefunden. Wenn die Spurensicherung hier eintrifft, brauchen wir einen Generator und Flutlicht.« Seine Schläfe pochte wie wild und er versuchte sich wieder zu beruhigen. »Das ist kein Mord aus reinem Nervenkitzel, das sieht alles gut geplant aus. Wer auch immer das getan hat, hat den Tatort gesäubert und abgesehen von den Blutflecken, alles makellos hinterlassen. Sogar die Einfahrt ist geräumt worden. Ich konnte nirgendwo Fußabdrücke oder verwertbare Reifenspuren erkennen.«

»Nirgends ein Beweis? Absolut nichts?«

»Nichts, was ich mit einer Taschenlampe im Erdkeller hätte sehen können, aber ich habe mich in der Umgebung der Scheune auch nur kurz umgesehen. Sarahs SUV stand direkt über der Falltür zum Keller und ich war natürlich zunächst um Sarahs Sicherheit besorgt. Da unten ist es stockdunkel und ich bin in eine Blutlache getreten, also habe ich den Tatort mit meinen eigenen Fußabdrücken verunreinigt, obwohl ich mich von der Leiche ferngehalten und mich nur entlang der Wand fortbewegt habe.«

»Haben Sie ihren Puls gefühlt? Und versucht, sie wiederzubeleben?«

»Nein. Die Schnittwunde an ihrem Hals geht bis zur Wirbelsäule durch und es war offensichtlich, dass sie tot ist. Es gab keinen Grund mehr ihren Puls zu fühlen. Die Blutspritzer erstrecken sich über einen großen Bereich und wäre ich zu ihr hingegangen, hätte ich eventuelle Spuren weiter zerstört.« Kane hielt inne, um seine Gedanken zu ordnen. Immer und immer wieder erschien das Bild von Sarah vor seinem inneren Auge. »Wir müssen den Erdkeller sichern und wir haben nicht genug Leute, um ihn rund um die Uhr zu bewachen. Ich will nicht, dass irgendein Kollege Einzelschichten fährt, bis wir den Mörder gefasst haben und bevor die

Spurensicherung diesen Ort nicht wirklich bis auf Kleinste untersucht hat, bewege ich mich hier nicht von der Stelle.«

»Mehr Männer und Ausrüstung sind kein Problem.« Jenna stieß einen langen, frustrierten Seufzer aus. »Ich hol mir etwas Proviant und komme dann zu Ihnen raus.«

Kane packte das Telefon fester und entfernte sich ein paar Schritte von Rowley. »Fahren Sie mit Walters zusammen. Ich halte es für keine gute Idee, wenn Sie jetzt alleine auf den Nebenstraßen unterwegs sind.«

»Glauben Sie, es ist derselbe Täter wie bei der Leiche im Fass?«

»Denke schon – es gibt gewisse Ähnlichkeiten. Wenn Stan Clough unser Mann ist, würde er nach seiner Entlassung aus dem Gefängnis darauf brennen, erneut zu töten.«

Er starrte ziellos in die Ferne, aber das Bild von Sarahs leeren Augen war in seinem Gehirn fest eingebrannt. »Erst die Leiche auf der Mülldeponie und jetzt Sarah. Wer auch immer so etwas tut, ein Profil von ihm zu erstellen wird keine leichte Sache werden. Die meisten Serienmörder fühlen sich zu einem bestimmten Typus Mensch hingezogen und beide Opfer hier sind total unterschiedlich. Wenn ich mich irre und wir es nicht mit einem Psychopathen zu tun haben, war es vielleicht ein Killer, der aus reiner Lust zugeschlagen hat. Ich schlage vor, Sie sorgen dafür, dass unsere Deputys ab sofort eine Ersatzwaffe und ein Gewehr in ihren Streifenwagen dabeihaben.«

»Wollen Sie damit etwa sagen, wenn Sie nicht mitgekommen wären, so wie damals nachts, wäre ich vielleicht irgendwo verschleppt und sadistisch ermordet worden?«

»Ja, das kann man nicht ausschließen, aber höchstwahrscheinlich war es eine Warnung. Psychopathen sind nicht zurechnungsfähig – vielleicht glaubt der Mörder, Sie wüssten bereits, dass er den Mann im Fass ermordet hat und dass Sie beschlossen haben, sein Geheimnis für sich zu behalten. Als ich ankam, geriet er in Panik und versuchte Ihnen zu drohen, mir ja nichts zu erzählen. Erinnern Sie sich noch, was der Typ zu Ihnen gesagt hat? ›Halte deinen Mund und deinen Hund an der Leine, oder ich zeige dir genau, wozu ich fähig bin.‹ Vielleicht ist Sarah hier eine weitere Warnung.«

Kane holte tief Luft. »Da gibt's aber noch ein Problem. Ich habe drei weitere Vermisstenanzeigen gefunden – aus der Zeit vor Ihrem Amtsantritt. Der letzte Sheriff hat sie ungelöst einfach abgeheftet und da läuten meine Alarmglocken ganz kräftig. Auf den Originalberichten steht der Name von Walters, aber dann war er im Urlaub und die Fälle wurden von jemand anderem weiterverfolgt – oder eben nicht. Bevor ich das Revier verlassen habe, habe ich Daniels gebeten, dem nachzugehen, vielleicht hat er inzwischen was rausgefunden. Können Sie sich vielleicht erinnern, ob irgendjemand ähnliche Fälle erwähnt hat?«

»Nein. Nach dem Tod von Sheriff Mitcham war das Polizeirevier unterbesetzt und das reinste Chaos. Und nachdem ich hier angefangen habe, haben sich die Familien der Vermissten nicht mehr gemeldet. Und keiner der Beamten erwähnte eine vermisste Person, geschweige denn drei. Ich habe mir später die aktuellen Fälle angesehen und normalerweise hätten sie als aktuell oder ungelöst aufgeführt sein müssen.« Er konnte hören, wie Jenna mit ihren Fingernägeln auf den Schreibtisch trommelte. »Vielleicht wurde es einfach übersehen – wenn Menschen sterben, bricht die Kommunikationskette oft zusammen.«

»Ja, kann schon sein, aber damals war Deputy Andy Bristow im Dienst und er starb nach Ihrem Amtsantritt, oder?«

»Ja, bei einem Bootsunfall auf dem Fluss, gleich neben meiner Ranch.« Es entstand eine lange Pause und Kane dachte schon, sie hätte aufgelegt, aber dann hörte er, wie sie auf einer Tastatur tippte. »In meinen aktuellen Fällen oder in den offenen Fällen, die fünf Jahre zurückreichen, finde ich nichts, was diese Akten erwähnt. Wo haben Sie die Informationen denn gefunden?«

Kane trat gegen einen Eisklumpen und warf einen Blick auf Rowley, der wie in Trance mit aschfahlem Gesicht an der Falltür zum Erdkeller stand. Er musste unbedingt von hier weg. »In den Archiven aus dem Jahr vor Ihrem Amtsantritt.«

»Ah, jetzt hab ich sie. Ich schau gleich nach einer Aktualisierung.«

»Gut, und noch was: Können Sie so schnell wie möglich herkommen? Rowley muss abgelöst werden.« Kane sprach nun etwas leiser. »Er ist kreidebleich und ich halte es für keine gute Idee, dass er sich in seinem Zustand hinters Steuer setzt, ansonsten hätte ich ihm angeboten mit meinem Wagen zurück aufs Revier zu fahren.«

»Klar. Bin so schnell wie möglich da.«

»Passen Sie auf. Man weiß gerade nicht mehr, wem man noch trauen kann.«

»Aufpassen ist mein zweiter Vorname.«

Kane schluckte schwer. Jenna war in Gefahr und beide wussten es.

34

Jenna lehnte sich in ihrem Bürostuhl zurück, dessen vertrautes Knarzen sie etwas beruhigte. Sie drückte das Telefon an ihr Ohr und lauschte Kanes ruhiger Stimme.

»Gehen Sie kein Risiko bei dieser Bestie ein. Wenn er zum vierten Mal versucht, Sie zu töten, könnte es ihm vielleicht gelingen.«

Und Kane hatte recht: Nach drei Anschlägen auf ihr Leben und zwei Morden in weniger als einer Woche konnte sie keiner Seele mehr vertrauen – außer David Kane. »Ich werde dafür sorgen, dass immer ein Deputy in meiner Nähe ist. Dieser Wahnsinnige bekommt keine weitere Chance.« Sie seufzte. »Wenn die Vermisstenfälle noch aktuell sind, mache ich mir Sorgen, dass hier jemand intern etwas vertuscht. Sie haben ja bereits vermutet, dass das Revier so undicht sei wie ein Sieb und wir nicht wissen, wer alles darin verwickelt ist, obwohl Walters der einzige noch verbleibende Beamte aus dieser Zeit ist – und er verhält sich überhaupt nicht verdächtig. Wenn Josh was damit zu tun haben sollte und Walters mit dem Bürgermeister spricht und ihm über alles, was wir tun, Bericht erstattet, dann würde es Sinn ergeben, dass er die Akten hat verschwinden lassen.«

»Ganz genau. Und Sie sitzen mit ihm alleine im Streifenwagen auf dem Weg hier raus. Seien Sie also bitte vorsichtig.«

»Werde ich. Aber bevor ich das Büro verlasse, werde ich das Sheriff's Department von Blackwater um Unterstützung bitten. Ich rufe dort an, nehme mein Satellitentelefon mit und melde mich bei Ihnen, sobald ich das Revier verlasse.« Sie warf einen Blick auf die Tür und erschauerte kurz. »Ich lasse Walters fahren und nehme meine Hand nicht von meiner Waffe.«

»In Ordnung. Passen Sie auf sich auf.«

»David?«

»Ja?«

»Innerhalb der nächsten Stunde bin ich bei Ihnen.«

Dann seufzte sie kurz. »Ich werde die Spurensicherung bitten, auch den Sack, den mein Angreifer benutzt hat, entsprechend zu untersuchen.«

»Verstanden.«

Jenna ging ins Großraumbüro. Daniels vertrat Maggie am Empfang und Jenna winkte ihn zu sich »Sind Sie mit den alten Vermisstenakten schon weitergekommen?«

»Noch nicht. Ich bin für Maggie eingesprungen. Ich kümmere mich sofort darum, wenn sie aus der Pause zurück ist.«

»Nicht nötig, ich mach das, bevor ich gehe.« Sie lächelte ihn an. »Sie halten hier die Stellung, bis Rowley wieder da ist.«

»Jawohl, Ma'am.«

Jenna kehrte in ihr Büro zurück und rief die Spurensicherung an.

»Wir haben auf dem Sack Blut gefunden, können aber noch nicht sagen, woher es stammt. Möchten Sie, dass ich Sie anrufe, sobald die Ergebnisse vorliegen?«

»Ja, bitte.« Sie legte auf, ging dann die Liste durch und wählte die Nummern der nächsten Angehörigen der Vermissten. Es brach ihr das Herz, zuerst die aufgeregte Stimme einer Person zu hören, die sich darauf freute zu hören, dass man ihr Familienmitglied gefunden hatte und kurz darauf die Verzweiflung, als Jenna ihr mitteilen musste, dass sie diese guten Nachrichten leider nicht überbringen konnte. Sie sprach mit einer älteren Frau über ihre Tochter, die seit mehr als drei Jahren vermisst wurde. »Haben Sie irgendwelche Anrufe vom Black Rock Falls County Sheriff's Department erhalten, nachdem Sie die Vermisstenanzeige aufgegeben haben?«

»Ja. Man sagte mir, dass man aufgrund der Bankunterlagen Grund zur Annahme hätte, Jessica hätte die Gegend verlassen und riet mir, im nächsten County eine Vermisstenanzeige aufzugeben. Seitdem habe ich kein Wort mehr gehört.« Jenna schnaubte verärgert. »Auch das Sheriff's Department von Blackwater hat keine Spur von ihr gefunden und mir nur gesagt, ich müsse sieben Jahre warten, bevor man sie offiziell für tot erklären könne.«

Jenna senkte den Kopf. »Es tut mir so leid. Ich bin jetzt der neue Sheriff hier und ich werde mir Ihren Fall noch einmal ansehen. Ich halte Sie über unsere Erkenntnisse auf dem Laufenden.«

»Da mach ich mir aber keine allzu großen Hoffnungen mehr«, sagte die Frau am anderen Ende der Leitung und legte einfach auf.

Offenbar waren alle Vermissten vor ihrem Verschwinden in Blackwater gewesen und ihre Angehörigen hatten die gleichen Informationen vom Revier erhalten – alle Personen hatten offensichtlich urplötzlich ihre Bankkonten geleert, genau wie Mrs. Woodward. Jenna sprang auf, ging zum Waffenschrank und holte ein Gewehr heraus. Dann schnappte sie sich ihren Mantel und ging zu Deputy Walters' Schreibtisch.

»Ich möchte, dass Sie alle Geldautomaten-Aufzeichnungen in Bezug auf John Helms überprüfen. Können Sie mir sagen, ob er direkt, nachdem er in Blackwater Geld abgehoben hat, verschwunden ist?« Sie lehnte das Gewehr an seinen Schreibtisch und schlüpfte in ihren Mantel.

»Ich recherchiere das.« Walters sah verwundert das Gewehr an und tippte dann weiter auf seiner Tastatur. Er drehte den Bildschirm zu Jenna, damit sie die Abfrage sehen konnte. »Sieht ganz so aus. Er ist rumgefahren und hat überall Geld ausgegeben. Jedes Mal maximale Barabhebungen, genau wie bei allen anderen.«

»Die anderen? Sie wussten von den Kontoüberprüfungen bei den anderen Vermissten?«

»Erst seit heute. Soweit ich mich erinnern kann, war ich damals im Urlaub, aber ich habe die Dateien in den alten Archiven gefunden.« Mit einem Daumen deutete er über seine Schulter auf einen alten Computer. »Ich habe alles, was ich gefunden habe, ins neue System übertragen.«

»Ich hatte keine Ahnung, dass wir hier ein extra Archiv haben.« Jenna beugte sich vor und sah auf den Bildschirm. »Was hat Blackwater so Besonderes zu bieten? Prostituierte und männliche Escorts?« Sie ließ ihren Blick über die fünfstelligen Beträge schweifen und hob eine Augenbraue. »Bei den Summen auf jeden Fall was Erstklassiges.«

»Prostituierte gibt es überall, aber ich weiß nichts von einem männlichen Escort-Service. Wenn die Männer Gesellschaft brauchen, warum sollten sie dann Black Rock verlassen? An den meisten Abenden finden Sie an der Bar hier im Cattleman's Hotel High-Class Escorts – nicht in Blackwater.« Walters warf ihr einen fragenden Blick zu. »Das wussten Sie, oder?«

»Nein, war mir nicht bekannt.« Jenna richtete sich auf und hörte wie Daniels an seinem Schreibtisch kicherte. »In diesem Staat ist Prostitution illegal, Deputy, und ich habe die Absicht, das Gesetz durchzusetzen. Meine nächste Frage: Warum hat man sich um dieses Problem nicht schon früher gekümmert?«

»Keine Beweise.« Walters zuckte mit den Schultern. »Wir können nicht beweisen, dass sie der Prostitution nachgehen, denn es wechselt kein Geld den Besitzer. Und eine Frau in einer Bar zu treffen oder nach einem Date Sex mit ihr zu haben, ist kein Verbrechen, oder?«

»Ich schaue mir das später an. Holen Sie jetzt Ihren Mantel und kommen Sie mit.« Jenna griff nach dem Gewehr und ging auf den Empfang zu. Sie klopfte Maggie auf den Rücken und zog sie dann ein wenig beiseite. »Ich habe ein paar Deputys aus Blackwater County angefordert. Sobald sie hier eintreffen, schicken Sie sie zur Old Mitcham Ranch raus. Ich bin übers Satellitentelefon erreichbar, falls Sie mich brauchen. Oh, und wenn die Presse Sie wegen des Falls auf der Mülldeponie oder sonst irgendwas anruft, dann sagen Sie einfach ›Kein Kommentar‹. Verstanden?«

»Ja, Ma'am. Ich habe heute schon den ganzen Tag 'Kein Kommentar' gesagt.«

»Prima.« Sie lächelte. »Deputy Daniels wird inzwischen die Stellung halten. Und Walters wird innerhalb einer Stunde mit Rowley zurück sein. Stellen Sie sicher, dass es reichlich frischen Kaffee gibt. Ich glaub, das wird 'ne lange Schicht.«

35

Kane stand neben Rowley auf den Eingangsstufen des alten Ranchhauses, das Gewehr fest in der Hand. Er hatte alle eingehenden Anrufe aufs Satellitentelefon umgeleitet und schob es gerade in seine Tasche. Wenn Jenna auf dem Weg hierher in Schwierigkeiten geriet, konnte er den Sender in ihrem Ohrring auf beiden Telefonen orten. Und im Moment, mit einem Irren, der frei herumlief, stand ihre Sicherheit an oberster Stelle. Er verdrängte das unbehagliche Gefühl, das in ihm aufkam und blickte sich um. Dabei wanderte sein Blick zur Baumreihe, die ihm die Sicht auf die Straße versperrte, und der Gedanke, dass jemand sie von dort aus beobachten könnte, machte sich in seinem Kopf breit – in ihrer aktuellen Position befanden sie sich quasi wie auf dem Präsentierteller. Er drehte sich wieder zur Tür um. »Wir warten besser drin. Gefällt mir gar nicht, dass wir hier draußen so ungeschützt sind.«

»Mir auch nicht.« Rowley warf ihm einen ängstlichen Blick zu und ging geduckt ins Haus. »Hier hat sich absolut nichts verändert seit ich Teenager war.«

»Ja? Haben Sie Mädchen zum Feiern in den Erdkeller mitgenommen? Bei dem ganzen Spukgerede wäre das doch der ideale Ort für eine Halloween-Party gewesen.«

»Nein, nein, nein. Ich habe mich nie in die Nähe der

Scheune gewagt. Keiner von uns hat sich je dieser Tür genähert und ich bezweifle, dass da jetzt jemand hingeht oder jemals hingehen wird. Ich würde sagen, die Chancen das Gelände zu verkaufen, sind gleich null.« Rowley lehnte sich an eine Wand, wobei die alte grüne Wandfarbe abblätterte und ihm wie Schuppen über die Schultern fiel. »Der alte Mann, der zuletzt in diesem Haus wohnte, hat erst seine Frau umgebracht und sich dann an einem Dachbalken erhängt. Und es heißt, dass er hier Tag und Nacht herumspukt. Selbst sein Enkel, der verstorbene Sheriff, hat sich nicht in die Nähe dieses Hauses gewagt.« Rowley schluckte und sein Adamsapfel hüpfte auf und ab. »Es heißt, man könne die Dachbalken knarzen hören, als ob sein Großvater immer noch hin und her schwingen würde.« Mit trübem Blick schaute er aus dem Fenster in Richtung Scheune. »Die Frau des Alten war geschlagen und fast enthauptet worden. Deshalb hat sein Sohn das Grundstück aufgeteilt und das Land rund um das Ranchhaus verkauft. Er hat sich ein neues Haus auf der anderen Seite der Stadt gebaut, aber sein Land reicht bis an diesen Zaun.«

»Ach wirklich?« Kane konnte plötzlich Galle schmecken und das Bild von Sarahs geschundenem Körper schoss ihm erneut durch den Kopf – wie eine Szene aus einem Horrorfilm. Wiederholte sich hier etwa die Geschichte? »Wo hat man die Frau gefunden?«

»Im Erdkeller hinter den Etagenbetten. An der gleichen Stelle, an der Sie auch Sarah gefunden haben.« Rowley hob den Blick und runzelte die Stirn. »Josh ist einmal bei einer Mutprobe dort hinunter und hat uns dann erzählt, alles sähe noch genauso aus, wie die Polizei es hinterlassen habe – als ob die Zeit stehengeblieben wäre. Er sagte, auf dem Boden wären immer noch Blutlachen zu sehen. Das hat mir ganz schön Angst gemacht.« Er stieß ein kurzes, bellendes Lachen aus, als wolle er seine Verlegenheit überspielen. »Ich war damals etwa zwölf und hatte dann mehr als ein Jahr lang Alpträume. Die Vorstellung, heute hier über Nacht bleiben zu müssen, gefällt mir gar nicht – nicht nach allem, was passiert ist. Dieser Ort ist verflucht. Und jetzt wird jeder sagen, dass Sarah ihn heimsucht.«

»Wenn Sie als Polizist erfolgreich sein und weiterkommen wollen, dann müssen Sie sich ein dickes Fell zulegen.« Kane schnaubte und starrte ihn an. »Über einen Geist müssen Sie sich wirklich keine Sorgen machen, sondern eher über zwei ungelöste Mordfälle. Und der oder die Mörder sind noch auf freiem Fuß. Ich wette, wer auch immer Sarah ermordet hat, hat nicht an die GPS-Ortung in ihrem Mietwagen gedacht und könnte zurückkommen, um das Fahrzeug an einen anderen Ort zu bringen.« Mit dem Rücken an die Wand gepresst, veränderte er seine Position und blickte nach draußen. Schon wieder war der Name Josh Rockford gefallen, was die Frage aufwarf, ob der übermütige Raufbold tatsächlich die Schlüsselfigur in diesem makabren Spiel war. »Beobachten Sie alles da draußen genau, aber bleiben Sie vom Fenster weg. Ich werde mal hinten nachsehen.« Er schnappte sich sein Gewehr und ging in die Küche.

Während er sich die Fakten durch den Kopf gehen ließ, scannte er den Hinterhof durch das staubige Küchenfenster ab und überprüfte dann erneut das Schloss der Hintertür. Er bezweifelte, dass der Mörder bei Tageslicht zurückkehren würde, um den von Sarah gemieteten SUV woanders hinzufahren. Doch er musste weiterhin hundertprozentig wachsam bleiben – nur für den Fall. Die Beweise deuteten auf einen Einheimischen als Täter hin, der wusste, wie abgeschieden die Old Mitcham Ranch lag und dass es hier einen Erdkeller gab. Rockford passte in das Profil und Stan Clough noch viel mehr, angesichts der von ihm begangenen Tierquälerei. Und beide hätten den Mythos von der Spukscheune ausgenutzt, um andere vom Erdkeller fernzuhalten. Den Mietwagen hier stehen zu lassen, war allerdings ein grober Fehler gewesen, denn das bewies, dass Sarah bei der Ranch gewesen war, und jeder, der nach ihr suchen würde, hätte sofort die ganze Gegend durchkämmt. Er fragte sich, warum der Mörder das Fahrzeug nicht woanders hingebracht hatte – vor allem angesichts des erheblichen Aufwands, den er betrieben hatte, um seine Spuren zu verwischen. Vielleicht hat er keine Zeit mehr gehabt und wollte einfach nach Einbruch der Dunkelheit nochmal hierher zurück?

Plötzlich schlug sich Kane mit der Handfläche gegen die Stirn. *Was bin ich bloß für ein Idiot.* Dem Mörder war die Zeit ganz und gar nicht ausgegangen – er war schlichtweg so klug gewesen, den Wagen nicht woanders hinzufahren und dann einen langen Rückweg zu Fuß riskieren, um sein eigenes Fahrzeug zu holen. Denn wenn inzwischen jemand hierhergekommen wäre, wäre das ein Hinweis auf seine Identität gewesen.

Heilige Scheiße, der kranke Freak handelt alleine. Zwei Männer hätten Sarahs SUV sicherlich von hier fortgeschafft.

Kane dachte über seine Hauptverdächtigen nach und in seinem Kopf machten sich immer mehr Zweifel breit. Seine kurze Begegnung mit Josh Rockford hatte ihm den Eindruck vermittelt, dass Josh ein klassisches Rudeltier war und als Alphamännchen gerne seine Freunde beeindruckte und sich in Bewunderung suhlte, was also bedeuten würde, dass er nicht alleine auf die Jagd nach einem Opfer gehen würde. Sein Bedürfnis nach Publikum deutete eher darauf hin, dass er wollte, dass alle Welt seine Morde sähe und er seine Opfer für den ultimativen Schockeffekt in Szene setzen würde und sie eben gerade nicht in einem Fass oder Erdkeller versteckte. Es sei denn, er plante mit seiner Gang zurückzukommen und den anderen seine Tat zu zeigen und vielleicht sogar ein paar Selfies zu machen. Wenn der Mörder glaubte, er sei unantastbar, nur weil er der Sohn des Bürgermeisters war, dann lag alles im Bereich des Möglichen.

Anschließend dachte Kane an die kürzliche Entlassung von Stan Clough. Sein Profil passte wie die Faust aufs Auge, aber er musste noch mehr über diesen Fall wissen. Hatte er seine Tiere auf die gleiche Art und Weise misshandelt und seine Massaker dann einfach auf Menschen übertragen? Und dann war da noch der Immobilienmakler – John Davis. Sein Instinkt sagte ihm allerdings, dass er ihn als möglichen Verdächtigen ausschließen konnte, obwohl er Mrs. Woodward als Letzter lebend gesehen hatte und mit ihr noch wenige Stunden vor ihrer Ermordung zu tun gehabt hatte – was ihn eigentlich direkt ins Zentrum der Ermittlung rücken müsste.

Beide Morde wiesen die Handschrift eines Sadisten auf – jemand, der es genoss, seinen Opfern Schmerzen zuzufügen und sie leiden zu sehen. Beiden Opfern all diese vielen Verletzungen zuzufügen, erforderte einen erheblichen Kraftaufwand und Kane bezweifelte, dass John Davis die dazu nötige Körperkraft besaß. Er vermutete vielmehr, dass eine viel jüngere und stärkere Person dahinterstand. Die Frage nach dem Motiv brannte in seinem Hirn. Nach den Verletzungen zu schließen, die beide Körper aufwiesen, waren es keine Verbrechen aus Hass oder wahnsinniger Raserei gewesen – nein, hier handelte es sich um langsame und systematische Folter mit einem brutalen, jedoch gezielten Ende.

Damit kam ein Gelegenheitsmord aus reinem Kick definitiv nicht in Frage. Die meisten Täter in dieser Gruppe von Wahnsinnigen töteten schnell und ließen ihre Leichen dann an Ort und Stelle liegen, anstatt zu versuchen, ihre Verbrechen zu vertuschen. Sie warfen die Leichen wie Hamburgerpackungen irgendwo in der Öffentlichkeit weg, denn sobald der Nervenkitzel einmal vorbei war und die Opfer ihr Leben ausgehaucht hatten, besaßen sie keinen Wert mehr. Und die Chance, dass Sarah ihrem Mörder auf diesem einsamen Stück Landstraße einfach so begegnet war, war äußerst gering. Kein Killer würde auf einer so abgelegenen Nebenstraße auf ein Opfer lauern, das er in den Tod locken konnte – schon gar nicht bei diesen Temperaturen.

Und die Leiche im Fass war nicht Mrs. Woodward und er hatte auch kein Motiv für die sadistischen Morde. Es sei denn, es war Geld im Spiel und der gleiche Täter hatte auch sie ermordet. Schließlich hatte auch sie vor ihrem Verschwinden große Geldbeträge abgehoben. Sollte sie also jemand des Geldes wegen ermordet haben, dann würde das alleine schon Sarah ins Spiel bringen. Sie hatte in den Briefen ihrer Mutter Informationen über die letzten bekannten Aufenthaltsorte ihrer Großmutter – vielleicht hatte sie die Anwesen erwähnt, die sie besuchen wollte. Und für Sarah ergab es durchaus Sinn, jede mögliche Spur ihrer Oma zu verfolgen. Hinzu kam, dass sie frei heraus gesagt hatte, wohin sie als nächstes unterwegs sein würde und jede x-beliebige Person in der Autowerkstatt oder im Büro des Immobilienmaklers hätte das mithören können.

Auf den Nebenstraßen in Black Rock Falls County war Sarah allein und somit leichte Beute gewesen. Er fragte sich, ob ihr der Mörder gefolgt war oder sie zu diesem Ort gelockt hatte. Hatte sie in den Stunden vor ihrem Tod mit jemandem telefoniert? Er musste an ihre Handyaufzeichnungen kommen. Wenn der Täter beide Menschen auf dem Gewissen hatte, muss er geglaubt haben, die Angaben aus den Briefen ihrer Mutter würden direkt zu ihm führen.

Kane rief sich kurz die zeitliche Abfolge in Erinnerung. Die letzte Person, die Sarah lebend gesehen hatte, war, soweit er das feststellen konnte, Mary-Jo Miller. Sarah hatte den SUV um acht Uhr gemietet und er war um halb fünf hier am Tatort eingetroffen. Der Mörder hatte also zirka acht Stunden Zeit gehabt, Sarah zu töten, den Schlüssel ihres Motels an sich zu nehmen, ihr Zimmer zu verwüsten und alle Beweise zu vernichten. Jemandem aus der Gegend wären bestimmt die fehlenden Sicherheitsvorkehrungen am Motel und die Check-Out Zeit bekannt – aber wie hatte der Mörder herausgefunden, dass Sarah die Briefe hatte? Kane schob die Finger unter seine Wollmütze und rieb sich die pochende Narbe an seinem Kopf. Dann ging er alle Beweise nochmal im Kopf durch.

Soweit er wusste, hatte Sarah, abgesehen von ihrem Besuch auf dem Polizeirevier, ihre Informationen mit mindestens drei Personen besprochen: Rosa im Motel, Mr. Miller in der Autowerkstatt oder vielleicht seiner Tochter und vielleicht hatte sie sie auch gegenüber John Davis, dem Immobilienmakler, erwähnt. Er erinnerte sich an den Abend, an dem ihr Auto auf dem Parkplatz des Cattleman's Hotel nicht angesprungen war – damals hatte sie ihm gesagt, welche Informationen sie entdeckt hatte, und Billy Watts hatte direkt neben ihm gestanden. Eine weitere Verbindung zu Rockford. Und Watts hatte damals alles mitangehört, auch seine

Anweisung an Daniels, sie zurück zum Motel zu begleiten. Er hätte ihr also zum Motel folgen und ihre Zimmernummer herausfinden können. Kane zückte sein Notizbuch und notierte sich eine Liste von Personen, die er befragen wollte. Er wollte vor allem herausfinden, wo sich die Verdächtigen zwischen heute Morgen acht Uhr und dem ungefähren Todeszeitpunkt befunden hatten. Fürs Erste würde er sich jetzt erst mal gedulden und auf den Autopsiebericht warten und dann seine Theorien mit Sheriff Alton besprechen müssen. Denn ihre Erlaubnis würde er brauchen, um die Verdächtigen auf seiner Liste zum Verhör zu laden.

Plötzlich kam ihm ein weiterer grausiger Gedanke. Wenn der Mörder den ersten Mord vertuscht hatte, Sarahs Leiche hier jedoch absichtlich als Beweis für seine Brutalität für Jenna zur Schau stellte, dann würde das alles ändern. Wie ein Todesruf ertönten die Worte von Jennas Angreifer in seinem Kopf. Halt deinen Mund, oder ich zeig Dir genau, wozu ich fähig bin.

Inzwischen war die Kälte bis zu seinen Knochen vorgedrungen und er hatte das Gefühl, er würde nackt im Eis stehen. Die Drohung Jenna gegenüber hing weiterhin in der Luft – unausgesprochen, aber so klar und deutlich wie die aufgehende Sonne. Der Mord an Sarah ist ein Beweis für seine Brutalität und das nächste Opfer ist Jenna.

36

Das Satellitentelefon klingelte und Kane holte es aus seiner Tasche.

»Guten Tag, hier ist Pater Maguire. Sie hatten mich angerufen?«

Kane riss sich aus seinen Gedanken los und räusperte sich. »Ähm ja, Pater Maguire. Danke, dass Sie mich zurückrufen. Ich habe ein paar Fragen zu John Helms. Erinnern Sie sich, ob er jemals einen goldenen Armreif getragen hat?«

»Einen Armreif, ja, einen Torque – so hat er ihn zumindest genannt. Ein Erbstück glaube ich. Er nahm ihn nur selten ab, wenn ich mich recht erinnere. Er sagte, die Gravur erzähle die Geschichte seiner Vorfahren.«

Verdammt. Die Leiche ist also doch John Helms. Kane drückte seine Stirn gegen die Wand und schluckte ein Stöhnen hinunter. Die einzige Verbindung zwischen den Morden hatte sich in Rauch aufgelöst. Er hatte in seinem Kopf alle Einzelheiten so sauber miteinander verknüpft und die klare Ernüchterung, dass er sich bei seinen tadellosen Kombinationsfähigkeiten einen Riesenfehler geleistet hatte, kam wie ein Schock. Wenn es sich bei der Leiche um John Helms handelte, war das Motiv für Sarahs Mord und das Verbrennen der Briefe null und nichtig. Vor lauter Frust wollte er fluchen, holte stattdessen jedoch tief Luft, um sich zu beruhigen. »Das ist sehr interessant. Wissen Sie auch, ob er irgendwelche Tätowierungen hatte?«

»Ja, irgendein Symbol auf seiner rechten Schulter. Er hat es vor kurzem machen lassen und es kam deswegen immer wieder zum Streit mit seiner Frau. Bevor er ging, hat noch er eine diesbezügliche Auseinandersetzung mit ihr erwähnt. Bedeutet das, dass Sie endlich Neuigkeiten für mich haben?«

»Keine offiziellen, leider.« Kane machte einen Rückzieher. »Wir haben eine Leiche gefunden und können sie ohne Zahnabgleich oder DNA nicht eindeutig identifizieren. Wir möchten auch keine voreiligen Schlüsse ziehen und davon ausgehen, dass es sich um Mr. Helms handelt. Zudem möchte ich seiner Frau keine unnötigen Sorgen bereiten.«

»Das verstehe ich vollkommen. Wie kann ich Ihnen also helfen?«

»Ist es möglich, mir den Namen von Mr. Helms' Zahnarzt zu besorgen?« Kane ging zu Rowleys Position hinüber und spähte aus dem Fenster. Erleichtert sah er wie sich Walters' Streifenwagen und ein Lastwagen dem Haus näherten. »Ich würde Mrs. Helms lieber erst anrufen, wenn wir mehr Informationen haben. Im Augenblick führen wir noch Routineuntersuchungen durch.«

»Bei uns hier gibt es drei Zahnärzte. Wenn ich Johns Frau um den Namen seines Zahnarztes bitte, muss ich ihr eine Notlüge auftischen und ihr weismachen, dass John mir seinen empfohlen hat und ich nicht weiß, welcher das war. Sobald ich den Namen habe, melde ich mich wieder bei Ihnen.«

»Vielen Dank.« Kane trennte die Verbindung und stellte sich neben Deputy Rowley. »Bleiben Sie hier und passen Sie auf. Ich werde Sheriff Alton beim Ausladen der Ausrüstung helfen.«

»In Ordnung.« Rowleys Gesicht war immer noch blass und seine Stimme zitterte leicht. »Wollen Sie, dass ich die Details von Sarahs Mord für mich behalte? Sie wissen, dass Daniels und Maggie mich fragen werden, was hier draußen los war.«

Kane nickte. »Ja. Sie sagen vorerst nichts, außer dass es hier einen Vorfall gegeben hat. Im Moment wird außer mir nur Sheriff Alton die genauen Einzelheiten des Mordes erfahren – und wenn's nach mir geht, soll das bis auf Weiteres auch so bleiben. Ich hoffe, dass die Spurensicherung, wenn sie den Tatort und Sarahs Leiche genau untersucht hat, uns mehr sagen kann.« Er legte eine Hand auf Rowleys Schulter. »Das Verschweigen von Einzelheiten eines Verbrechens führt oft zu einer Verhaftung. Manchmal prahlen Mörder mit ihrer Tat und dann gibt's da noch all die Trittbrettfahrer, die aufs Revier kommen und ein Geständnis ablegen wollen. Liegt also alles an den Details, deshalb halten wir fürs Erste den Mund. Verstanden?«

»Klar, machen Sie sich keine Sorgen.«

Kane ließ einen kurzen prüfenden Blick über die Umgebung wandern, zog dann die Eingangstür auf und rannte zum LKW hinüber, dessen Tür sich mit einem Quietschen öffnete. Jenna stieg aus.

»Hey.« Sie griff kurz seinen Arm und ein besorgter Blick huschte über ihr Gesicht. »Sie sehen furchtbar aus.«

Kane schluckte den Kloß im Hals hinunter und antwortete mit kaum vernehmbarer Stimme. »Da unten im Erdkeller war ich der Hölle ganz schön nahe.«

In Jennas Augen blitzte kurz echtes Mitgefühl auf und sie drückte abermals seinen Arm. »Tut mir leid, dass Sie alleine da runter mussten.«

»Lieber ich als Rowley. Außerdem brauchte ich ihn als Wachposten. Hätte ja sein können, dass mich jemand dort unten einsperrt und der Mörder zurückkommt – und diese Vorstellung hätte mir gar nicht gefallen. Ich muss allerdings zugeben, Sarahs Wagen über der Falltür zu parken, war ein Geniestreich, denn ich hätte die Tür tatsächlich fast übersehen. Hätte Rowley nicht vom Erdkeller gewusst, hätten wir die Leiche nie gefunden.« Er warf einen Blick zu Walters und als er sah, dass dieser außer Hörweite war, trat er näher an Alton heran. »Ich habe gerade Informationen zur Leiche im Fass erhalten. Pater Maguire hat bestätigt, dass John Helms ein ähnliches Torque-Armband trägt wie das, welches wir gefunden haben. Und eine Tätowierung auf einer Schulter hat er ebenfalls. Ich habe Maguire gefragt, ob er uns den Namen von Helms' Zahnarzt besorgen kann. Sobald wir die Röntgenbilder von seinen Zähnen haben, schicke ich sie an die Gerichtsmedizin, damit die einen Abgleich machen können. Und dann verständigen wir seine Frau.« Er seufzte tief und eine Atemwolke entwich seinem Mund. »Nach diesem Mord hier mache ich mir ernste Sorgen um Mrs. Woodward.«

Kane warf Jenna einen Blick zu und überlegte, ob er ihr seine Überlegungen anvertrauen sollte. »Nach dem, was der Kerl, der Sie attackiert hat, Ihnen angedroht hat, glauben Sie, dass der Mord an Sarah eine weitere Warnung für Sie ist, den Mund zu halten?«

»Ich hoffe nicht, aber möglich ist es.« Jenna blickte ihn mit einem Anflug von Besorgnis an. »Ich denke, Mrs. Woodward könnte durchaus ebenfalls bereits tot sein und wir haben ihre Leiche bloß noch nicht gefunden. Sie könnte in einem weiteren Fass stecken und auf der Mülldeponie vergraben sein.«

»Da könnten Sie Recht haben. Was mich allerdings stutzig macht, ist, warum jemand die Briefe, die Sarah in ihrem Besitz hatte, vernichten wollte. Bevor wir die Leiche im Fass identifiziert haben, lag die Vermutung nahe, dass derjenige, der sie getötet hat, etwas mit dem Verschwinden von Mrs. Woodward zu tun hat.«

»Es sei denn, sie hat Stan Clough getroffen und ihm gegenüber erwähnt, dass sie ihrer Tochter alles über ihren Besuch erzählt hat. Vielleicht sollten wir Sarahs Mutter fragen?« Alton blickte kurz zu Walters hinüber. »Wir reden später unter vier Augen weiter.« Als der alte Deputy auf sie zukam, sagte sie mit fester Stimme: »Für sie können wir hier gerade nichts tun. Wir müssen uns an die Arbeit machen und ihren Mörder finden.«

Kane nickte. »Wenn wir einen Verdächtigen hätten, würde uns das schon mal enorm weiterhelfen.« Er sah Deputy Walters an. »Ist es Ihnen schon gelungen, die aktuelle Adresse von Stan Clough herauszubekommen?«

»Noch nicht. Davis hat ihm wahrscheinlich eine neue

Wohnung verkauft, aber er ist im Moment nicht in seinem Büro. Ich habe eine Nachricht hinterlassen.«

»Ich habe bei Aunt Betty's ein paar Becher frischen Kaffee und warmes Essen für Sie und Rowley besorgt.« Jenna deutete mit einer Hand auf Walters' Streifenwagen. »Und im Kofferraum liegen noch Kekse und ein Apfelkuchen. Essen Sie beide erst einmal etwas und dann laden wir den LKW aus.«

Kane schüttelte den Kopf. »Mir ist jetzt nicht nach Essen zumute. Sie sollten ins Haus gehen und ich hole Rowley, damit er mir beim Ausladen des Generators hilft.«

»Nicht nötig. Der Generator ist so eingerichtet, dass er von der Ladefläche aus funktioniert.« Jenna ging nach hinten zum LKW und holte eine Kiste mit Ausrüstung heraus.

»Haben Sie auch an Flutlicht gedacht?« Kane schaute auf die Strahler in einer der Kisten.

»Ich habe alles mitgebracht, was wir brauchen. Hinten im Streifenwagen sind Notfallpacks, Decken, jede Menge Essen, meine Kaffeemaschine und Kleidung zum Wechseln. Ich habe sogar meine Mikrowelle dabei.« Jenna machte eine lässige Handbewegung. »Ich kann alles von hier aus regeln und Walters hält Wache und schirmt uns vor unerwünschten Besuchern ab. Essen Sie jetzt was, bevor es kalt wird. Das ist ein Befehl.«

37

Jenna wartete, bis Kane zurückgekommen war, griff sich dann eine Halogentaschenlampe, schaltete sie ein und stieg die Stufen zum Erdkeller hinunter, wobei sie das Verlängerungskabel unter einen Arm klemmte. Bereits auf halbem Weg war der Gestank durch ihre Gesichtsmaske gedrungen und die böse Vorahnung, gleich das Resultat eines brutalen, wahnsinnigen Gewaltakts zu sehen, krampfte ihren Magen zusammen. Sie weigerte sich, vor Kane Schwäche zu zeigen und straffte ihre Schultern. Diese Stufen alleine und im Stockdunkeln hinunterzusteigen, wohl wissend, dass da unten vielleicht der Tod auf einen wartete, hatte wirklich Mut erfordert. Sie konnte einen schwachen Lichtschein ausmachen, der aus dem Raum drang und umklammerte ihre Taschenlampe fester. Während sie durch den Mund atmete, bog sie um die Ecke und ließ den Lichtkegel durch einen in tiefe Schatten gehüllten Raum wandern. In der Mitte des Kellers hing eine einzelne verstaubte Glühbirne an einer langen Schnur.

Sie steckte die Kabel ein und bückte sich, um die Flutlichter, die Kane ihr entgegenhielt, mit Strom zu versorgen. Als sie sich wiederaufrichtete, blickte sie in seine blauen Augen, die sie über die Gesichtsmaske hinweg aufmerksam beobachteten. Sie räusperte sich und zwang ihre Knie, nicht mehr zu zittern. »Sind Sie bereit?«

»Ja, schalten Sie ein.« Beim Schein der starken Scheinwerfer, die den Raum wie Sonnenlicht durchfluteten, wandte Kane zunächst den Blick ab. »Mann, sind die grell.« Er blinzelte kurz und deutete dann auf die Etagenbetten. »Sie ist da drüben.« Er zog sein Handy aus seiner Tasche. »Sie wollen sicher, dass wir unsere eigenen Fotos machen, oder?«

Jenna nickte abwesend und starrte auf die Blutflecken, die sich von der Unterkante des Etagenbettes bis zur Wand erstreckten. Schweren Schrittes schleppte sie sich ganz dicht an der Wand entlang auf die Leiche zu und vermied es dabei, in die klebrigen, dunkelroten Lachen zu treten. Es beruhigte sie sehr, Kane und seine solide Kraft hinter sich zu wissen und so schob sie sich weiter um die Betten herum.

Seine Beschreibung des Tatorts als schieres Blutbad war eine Untertreibung gewesen: Sarah hatte ziemlich lange leiden müssen, bevor ihr Mörder ihr gnädigerweise endlich die Kehle aufgeschlitzt hatte. Die Blutspritzer an den Wänden und der Decke zeugten von einem langen und brutalen Vorgehen. Plötzlich erfasste sie eine Welle des Mitgefühls für die junge Frau, die sie aus ihren blauen, vom Tode getrübten Augen anstarrte und die ihr den zu einem stummen Schrei aufgerissenen Mund entgegenreckte. Doch für Empathie war jetzt keine Zeit.

Jenna verdrängte die brutale Szenerie, erinnerte sich an ihr jahrelanges Training und schätzte den Tatort auf nüchterne und professionelle Weise ab. Sie drehte sich um, folgte den Blutflecken zurück zum Eingang und blickte dann nach oben, um die Blutspritzer an der Decke zu untersuchen. »Sehen Sie mal, da oben. Ich glaube, sie wurde von hinten getroffen, bewusstlos geschlagen und taumelte dann hierher.« Sie zeigte auf die Blutspur und Kanes Fußabdrücke. »Bei dem aufgewirbelten Staub auf dem Tisch würde ich schätzen, dass sie sich am Tisch festgehalten hat, um nicht das Gleichgewicht zu verlieren. Auf dem Boden ist Blut und auf dem Tisch sind ebenfalls ein paar Flecken. Wenn der Mörder an dieser Stelle gestanden hätte, hätte er ihn abgewischt.«

»Glaube ich auch.« Kane kam an ihre Seite und deutete mit einem behandschuhten Finger auf den Stuhl neben dem Holztisch. »Der Mörder muss sie mit einer Waffe bedroht haben, um sie zu zwingen, sich auszuziehen. Sehen Sie sich ihre Kleidung an: Ich bezweifle, dass er sich die Zeit genommen hätte, sie zu falten – er hätte sie ihr einfach vom Leib gerissen. Meiner Meinung nach hat sie jedes Kleidungsstück gefaltet, um Zeit zu gewinnen, vielleicht um ihren Kopf nach dem Schlag wieder klar zu bekommen. Dem präzisen Falten nach zu urteilen, war sie nicht schwer verletzt. Ich glaube, er hat sie geschlagen, um ihr Angst einzujagen, damit sie seine Anweisungen befolgt. Gehen wir jetzt ein wenig zurück. Der einzige Ort mit Anzeichen für einen Kampf oder irgendeine Art von Verletzung ist hier und nicht in der Scheune. Wer auch immer sie getötet hat, dem wäre klar gewesen, dass keine Frau bei klarem Verstand im Dunkeln hier runtersteigen würde. Der Mörder ist mit dem Ort vertraut und hat irgendwelche Lampen mitgebracht. Für mich sieht das alles so aus, als sei das von langer Hand geplant gewesen.«

»Oder er hatte einen Komplizen.« Jenna fing Kanes Blick auf. »Glauben Sie, dass hier zwei Täter beteiligt sind? Einer, der sie getötet hat und ein anderer, der ihr Motelzimmer durchwühlt hat?«

»Die Tür wurde nicht aufgebrochen. Jemand hat ihren Schlüssel benutzt.« Kane starrte gedankenversunken auf den Kleiderstapel. »Ohne den Todeszeitpunkt zu kennen, ist das alles reine Spekulation, aber sie könnte durchaus umgebracht worden sein, bevor das Zimmer durchwühlt wurde.«

Jenna blickte sich im Keller um, näherte sich dann vorsichtig dem Kleiderstapel und ließ den Strahl ihrer Taschenlampe über den Tisch gleiten. »Hier sind ihre Stiefel, aber wo ist ihre Handtasche? Jedes Mal, wenn ich ihr begegnet bin, trug sie eine rosa Tasche über der Schulter. Glauben Sie mir, eine Frau geht ohne ihre Handtasche selten irgendwohin.«

»Wir müssen das Fahrzeug durchsuchen.« Kane drehte sich um und blickte mit tief gerunzelter Stirn auf die Leiche. »Ich hätte auch gern ihr Handy. Jemand hat hier ein Treffen mit ihr arrangiert. Ich wünschte, sie hätte mich angerufen, bevor sie sich entschied, alleine loszufahren.«

»Geht mir genauso. Aber der Grund dafür wirft eine Frage auf: Sarah wirkte auf mich nicht naiv und ich bin mir sicher, sie besaß gesunden Menschenverstand. Glauben Sie, sie hat dem Mann vertraut, der sie hierhergelockt hat?«

»Deutet alles darauf hin.« Kane räusperte sich. »Es muss also jemand sein, den sie in der letzten Woche kennengelernt hat.«

»Ja, und außerdem jemand, der häufig hier war. Oder jemand, der den Ort hier für potenzielle Käufer vorbereitete.«

»Nein. Der Besitzer würde seine Scheune wohl kaum für einen Mord benutzen und zudem Gefahr laufen, von jemandem gestört zu werden, der gerade das Grundstück besichtigen kommt. So dumm ist niemand.

Aktuell haben wir drei Hauptverdächtige. Stan Clough passt ins Profil, aber wir haben kein Motiv. John Davis hatte viel Kontakt mit Sarah, aber das lief alles sauber ab. Und ich bezweifle auch, dass er in seinem Alter noch die Kraft besitzt, in so kurzer Zeit alles hier aufzuräumen. Außerdem hat er eine Liste mit den Immobilien, die er Sarah gegeben hat, aufs Revier geschickt. Warum würde er das tun, wenn er vorhatte, Sarah zu ermorden? Das Gleiche gilt für James Stone: Abgesehen davon, dass er sich ziemlich merkwürdig verhält, hat er ebenfalls kein Motiv – aber ich werde ihn überprüfen, nur für den Fall.«

Kane machte Fotos, wobei sein großer Körper zwei riesige Schatten auf die gegenüberliegende Wand warf. »Und dann haben wir noch Rockford. Doch meine größte Sorge ist Stan Clough, ein potenzieller Psychopath, dessen Aufenthaltsort unbekannt ist. Ihn müssen wir zuallererst finden.«

»Einverstanden. Doch im Augenblick sind die einzigen Personen, die wir zum Zeitpunkt von Sarahs Ermordung eindeutig in der Stadt verorten können, Josh Rockford, Beal und Watts.«

»Nach dem, was Rowley mir erzählt hat, würde sich keiner der Leute von hier in die Nähe der Scheune wagen, geschweige denn sich hier runter trauen – man glaubt nämlich, dass es hier spukt.« Kane blinzelte gegen das grelle Licht. »Der Einzige, der kein Problem mit dem Aberglauben hat, ist Josh Rockford. Er ist ein Fiesling und kennt den Ort. Und für seine Anhänger besitzt er fast Kultstatus. Wenn das hier auf sein und das Konto seiner Leute geht, hatten sie genug Zeit, Sarah zu töten und nachher aufzuräumen. Ich schlage vor, Sie schicken Walters und Rowley los, um Rockford, Watts und Beal zum Verhör abzuholen und dann ihre Autos zu beschlagnahmen, bevor sie sie reinigen lassen können. Wenn Rockford schuldig ist, werden wir DNA-Spuren finden. Wer auch immer das hier getan hat, muss voller Blut gewesen sein und an seinem Körper und seinem Auto sind sicherlich DNA-Spuren.«

Jenna nickte. »Wir können sie ohne Anklage zweiundsiebzig Stunden lang festhalten, aber der Verdacht ist nicht wirklich hinreichend. Wir haben nicht den geringsten Beweis gegen einen von ihnen, also hoffe ich stark, dass die Spurensicherung und die Gerichtsmedizin DNA-Spuren finden – falls nicht, haben wir gar nichts. Ich werde dafür sorgen, dass Rowley die Verdächtigen bittet, mit ihm aufs Revier zu kommen, denn zwingen können wir niemanden.«

Sie starrte auf die Blutlache und ihr Magen krampfte sich erneut zusammen. »Das viele Blut. Wahrscheinlich ist sie tatsächlich verblutet. Der Mörder hatte nicht allzu viel Zeit, seiner Fantasie freien Lauf zu lassen. Das hier sieht nach einem Schnellschuss aus – verglichen mit den Verletzungen am Körper von John Helms.«

»Vielleicht. Was mich jedoch verblüfft, ist, wie der oder die Täter es geschafft haben, zu verschwinden, ohne Fußspuren zu hinterlassen. Hätte sie mich nur über ihre Pläne informiert – ein Anruf hätte genügt und ich hätte das alles hier verhindern können.«

»Sie haben ihr einen guten Rat gegeben und ihr gesagt, dass

Sie allen Hinweisen nachgehen würden. Es war Sarahs Entscheidung, das zu ignorieren.« Jenna ging näher an die Leiche heran und trat dabei vorsichtig zwischen die Blutlachen. Sie hockte sich neben Sarahs zerschundenen Leichnam und betrachtete das Blutmuster genauer. »Sehen Sie hier. Der oder die Mörder hat etwas benutzt, um das Blut zu verteilen und die Fußabdrücke zu verwischen. Und hier«, sie zeigte auf einen kleinen Abdruck eines Stoffstücks in einer Blutlache, etwa von der Größe eines Fußabdrucks, »hier haben sie eine zweite Decke oder irgendwas benutzt, um draufzusteigen und nicht mehr ins Blut treten zu müssen. Eine Decke wäre groß genug, um sich draufstellen und die Schuhe abwischen zu können – sie vielleicht sogar ausziehen, wenn sie das nicht vorher schon getan haben. Wenn das hier wirklich geplant war, hätte die Person, oder die Personen, nackt sein können, auf eine Decke treten und das meiste Blut mit einem Handtuch abwischen und sich sogar Socken anziehen und den Raum ohne jedwede Spuren verlassen können. Schauen Sie, da drüben liegt sogar ein Stapel Decken.« Sie deutete mit der Hand zu einem Regal über einem Waschbecken. »Vielleicht hat ein Täter Sarah die Verletzungen zugefügt und der zweite dann beim Aufräumen geholfen.«

»Sie gehen also von mehr als einer Person aus?« Kane sah zur Decke. »Sehen Sie sich diese Flecken da oben an – gleichmäßig groß und in Gruppen angeordnet.« Sein Adamsapfel wippte auf und ab und er drehte sich um und blickte die Leiche lange an. »Sarah wurde mit einer Gertenpeitsche gequält, denn die Einschnitte auf ihrem Rücken sind ähnlich wie die bei John Helms. Es könnte also derselbe Täter sein. Er muss sie ausgepeitscht haben, um an die Informationen aus den Briefen zu kommen. Sie ist nicht gefesselt, also würde ich wetten, dass jemand eine Waffe auf sie gerichtet hat.«

Mit einer Hand deutete er auf die Etagenbetten. »Ich glaube, Sie haben Recht, was die Decken angeht. In dieser Koje fehlt etwas – etwas Viereckiges. Sehen Sie die Stelle auf dem Bett, wo kein Staub liegt? Auf allen Betten sind die Decken und Steppdecken gefaltet, aber ein Stapel fehlt. Meiner Meinung nach haben sie den benutzt. Nichts wäre leichter, aus den Blutlachen auf eine Decke zu treten und mit ihr anschließend auch noch etwaige Fußabdrücke mit Blut zu vertuschen. Anschließend könnten sie die verschmutzten Handtücher und die blutige Decke in eine Steppdecke gewickelt und mit rausgenommen haben. Sehen Sie mal nach rechts. Die Blutstropfen dort? Ich wette, das ist Blut, das von der schmutzigen Decke getropft ist, als sie zur Steppdecke getragen wurde.«

»Das ergibt alles Sinn, aber warum haben sie Sarahs Körper denn nicht zugedeckt?«

»Weil sie für sie nicht mehr wichtig war.« Kane ließ sein Handy sinken und blickte Jenna an, sein Gesichtsausdruck von Schatten verdeckt. »Sie war das Objekt für ihren Kick, aber sobald sie ihr Leben ausgehaucht hatte, war sie absolut nutzlos geworden.«

»Also haben sie sich ausgezogen und sind nackt von hier verschwunden? Ziemlich unwahrscheinlich bei diesen Temperaturen. Ich wette, als sie Sarah befahlen, sich auszuziehen, haben sie sich auch ausgezogen. Ich schätze, ein Mann würde ganz schön ins Schwitzen kommen, wenn er so schweren Schaden zufügt und der Ofen ist überhaupt nicht staubig. Er ist erst kürzlich benutzt worden.« Jenna drückte die Gesichtsmaske fester auf ihre Nase. »Doch trotzdem wären sie noch mit Blut bespritzt gewesen. Sehen Sie sich das alles hier doch an – an ihren Körpern wäre bestimmt noch irgendwo Blut gewesen, egal wie viel sie mit einem Handtuch auch hätten abwischen können.«

»Sie hätten sich auch waschen können.« Kane bewegte sich mit beeindruckender Achtsamkeit und nahm mit seiner Handykamera den Tatort aus jedem möglichen Winkel auf, ohne dabei die Beweise zu zerstören. »Rowley hat gesagt, hier in der Nähe gibt es einen Fluss. Es wäre also ein Leichtes gewesen, dorthin zu gehen und sich das Blut abzuwaschen.«

Jenna schüttelte den Kopf. »Unwahrscheinlich. Der ist um diese Jahreszeit zugefroren.« Sie ließ einen prüfenden Blick durch den restlichen Raum wandern. »Dieser Erdkeller wurde gebaut, um Konserven zu lagern und Schutz vor Sturm zu bieten, aber es muss hier auch irgendwo eine Schlafbaracke für die Arbeiter geben, denn das hier war früher mal eine große Rinderfarm.«

Sie richtete sich auf und ging zurück zum Ausgang.

»Viel mehr können wir hier gerade nicht tun. Die Spurensicherung wird morgen früh hier eintreffen. Ich denke, wir sollten im Mietwagen nach ihrer Handtasche und ihrem Handy suchen und dann sehen, ob es auf dem Grundstück eine Schlafbaracke mit Waschgelegenheit gibt. Mit dem Strom vom Generator kann man heiß duschen und ich habe schon gesehen, wie die Spurensicherung haufenweise Beweise aus Duschabflüssen herausgefischt hat.« Sie näherte sich dem Eingang. »Und draußen brauchen wir zudem Spürhunde, um nach den blutigen Kleidern und Decken zu suchen. Sie müssen sie ja irgendwo entsorgt haben.«

»Die hätten sie längst schon verbrannt. Wenn sie sich ausgezogen haben, hätten sie ja Ersatzwäsche gebraucht. Niemand würde bei diesem Wetter nackt in die Stadt zurückfahren.« Kane schaltete die Lichtstrahler aus und folgte ihr lautlos die Treppe hinauf. »Das hier war also alles exakt geplant.«

»Vielleicht aber auch nicht. Sportler haben zum Beispiel oft Ersatzkleidung oder Trainingsklamotten in ihrem Auto. Rockford und seine Kumpels passen also ins Schema.« Jenna zog sich Latexhandschuhe über und ging auf den in der Scheune geparkten SUV zu. »Ich werfe mal einen Blick hinein. Halten Sie Ihre Kamera bereit.«

Sie durchsuchte den Wagen, lugte unter die Sitze und spähte in jeden Winkel. »Nichts. Wir müssen wohl oder übel die Mülltonnen von hier bis zum Motel überprüfen, falls sie ihr Zeug unterwegs weggeworfen haben. Die Müllabfuhr kommt erst morgen früh –vielleicht haben wir ja noch Glück.«

»Ich beauftrage Daniels damit.« Kane griff nach seinem Satellitentelefon und rief den Deputy an.

Jenna verließ als Erste die Scheune und suchte dabei die Umgebung mit prüfenden Blicken ab. Nur unweit vom Haupthaus entfernt fiel ihr ein altes Gebäude auf. »Da drüben, am Ende des Weges. Ich wette, das ist eine Schlafbaracke.«

»Und der Weg dorthin wurde erst kürzlich geräumt. Aber vielleicht nicht von unserem Täter. Könnte sein, dass hier in den letzten Tagen Vieh entlang getrieben wurde.« Er trat einen gefrorenen Kuhfladen weg. »Genau, der hier ist frisch. Könnte jeder der Rancher von hier gewesen sein. Rowley erwähnte, dass die Viehzüchter dieses Grundstück benutzen, um aufs angrenzende Land zu gelangen.«

»Sehen wir's uns mal an, aber ziehen Sie erst Ihre Überschuhe aus.« Jenna zog die blauen Überschuhe von ihren Stiefeln und griff in ihre Tasche, um neue zu holen. »Nur für den Fall, dass wir etwas Blut vom Tatort dranhaben.« Sie blickte sich um und sah, dass Kane seine Plastiküberschuhe und seine Gesichtsmaske abgelegt hatte und sie amüsiert beobachtete. »'Tschuldigung. Manchmal vergesse ich, dass ich nicht mit Rowley unterwegs bin.«

»Das dachte ich mir schon.« Kane lächelte sie schief an. »Ich habe vier Jahre bei der Mordkommission gearbeitet und nehme an, dass Sie ähnliche Erfahrungen haben. Wenn wir dieses Verbrechen nicht gemeinsam aufklären können, hat mich meine Kopfverletzung mehr beeinträchtigt, als ich dachte.« Er zog neue blaue Überschuhe um seine Stiefelsohle und stapfte dann in Richtung Schlafbaracke davon.

38

Kanes Überprüfung der Schlafbaracke ließ keinen Zweifel daran, dass hier jemand gründlich aufgeräumt hatte. Deutlich hing noch der strenge Geruch von Bleichmittel in der Luft und machte damit jede Chance zunichte, doch noch Blutspuren zu finden. Jetzt hatte er es tatsächlich mit vorsätzlichem Mord zu tun. Wenigstens würde die Spurensicherung den gesamten Ort später minutiös absuchen und schon ein paar Haare würden für eine DNA-Probe genügen, die man einem Verdächtigen zuordnen und damit den Mörder identifizieren könnte. Der Chlorgeruch vertrieb endgültig den üblen Gestank des getrockneten Bluts aus seiner Nase, obwohl der eiskalte Wind, der vorhin durch die offenstehende Falltür in den Erdkeller gedrungen war, schon ziemlich gutgetan hatte. Bei dem Gedanken, nochmal an den Tatort zurückkehren zu müssen, war ihm unwohl gewesen, aber in dem Moment als Jenna aufgetaucht war, war dieses Unbehagen wie weggeblasen gewesen. Ihre fast schon kaltblütige Professionalität hatte seine übliche distanzierte Ruhe, die er beim Anblick eines Opfers bekam, noch verstärkt und als sie die Schlafbaracke verließen, meldete sich auch sein Appetit mit einem kräftigen Magenknurren zurück. Er bemerkte Jennas kleines Lächeln und gab ihr einen freundschaftlichen Klaps auf den Arm. »Okay, erwischt. Ich habe nichts gegessen, aber der Kaffee hat mir wirklich gutgetan.«

»Ich habe nicht erwartet, dass Sie etwas essen.« Sie warf einen Blick voller Abscheu auf die Scheune. »Hätte ich die Leiche da gefunden, hätte ich eine ganze Woche lang nichts runterbekommen – was für ein Horror! Im Schein der Halogenlampen dort runter zu steigen und bereits zu wissen, was mich erwartet, war wesentlich leichter. Und außerdem waren Sie ja an meiner Seite.« Beim Anblick ihrer Deputys, die am LKW lehnten und ihre Köpfe in einem angeregten Gespräch zusammensteckten, runzelte sie die Stirn. »Was hecken die zwei aus? Können Sie sich darum kümmern? Ich muss mir erst die Hände waschen.«

»Klar.« Langsam ging Kane auf die beiden Männer zu und gab ihnen Anweisungen, Rockford, Watts und Beal zum Verhör abzuholen. Dann ging er zum Haus. Er würde auch mit Mr. Davis sprechen müssen – der Immobilienmakler stand zwar nicht mehr ganz oben auf der Liste der Verdächtigen, aber er könnte Aufschluss darüber geben, wo Stan Clough jetzt wohnte. Plötzlich kam ein Streifenwagen die Auffahrt hinauf und hielt neben dem Haus. Der Aufschrift an den Türen nach zu urteilen, hatte das Blackwater County Sheriff's Department zwei Beamte als Ablösung geschickt. Er wartete auf der Treppe, und nachdem sie sich gegenseitig vorgestellt hatten, gab er den Männern einen Kurzüberblick über die Situation. Danach folgte er ihnen ins Haus und traf Jenna im Flur. »Sheriff Alton, die Deputys Jones und Clarke aus Blackwater County.«

»Danke, dass Sie gekommen sind.« Jenna schenkte ihnen ein freundliches Lächeln und winkte sie ins Wohnzimmer. »Hier entlang, bitte.«

Kane überließ es Jenna, entsprechende Anweisungen zu geben und betrat stattdessen die Küche, wo er voller Freude auf der Küchenbank neben einer Reihe von in Frischhaltefolie verpackten Torten und anderen köstlichen Dingen aus Aunt Betty's Café eine Kaffeemaschine entdeckte, die angenehm duftend vor sich hin blubberte. Jenna hatte genug Proviant für eine ganze Woche mitgebracht – unter anderem Dosensuppen und andere Lebensmittel – und hatte tatsächlich die Mikrowelle aus ihrer eigenen Küche mitgeschleppt.

Nachdem er zwei Pappteller mit verschiedenem Essen vollgeladen hatte, goss er zwei Tassen Kaffee ein und grinste dann über die Milchpackungen, die draußen im Schnee auf der Fensterbank standen. Er schob das Fenster auf, griff sich eine davon und schüttete reichlich Milch in seinen dampfenden Kaffee.

»Und ein prima Hausmann sind Sie auch noch.« Jenna stupste seinen Ellbogen freundschaftlich an. »Ich bin überrascht, dass Sie noch niemand aufgerissen hat.« Sie nahm eine Tasse und einen Teller, ließ sich müde auf einen der Stühle neben dem Tisch fallen und schaufelte sich dann Zucker in ihre Kaffeetasse.

Das vertraute Bild weckte Erinnerungen in Kane und urplötzlich erschien das Gesicht seiner Frau vor seinem inneren Auge. Annie. Es war immer das gleiche Bild, das er sah: Nicht das einer lebenslustigen Frau, die er mehr als alles andere geliebt hatte. Nein, seine Erinnerung quälte ihn immer und immer wieder mit dem Bild seiner toten Frau. *Vergiss sie. In diesem Leben gibt es sie nicht mehr.*

Er stellte seine Tasse und den Teller auf den Tisch und setzte sich Jenna gegenüber. Beim Gedanken an Annie spielten seine Emotionen verrückt und er würde jedes verräterische Zeichen seiner Verzweiflung vor Jenna verbergen müssen. Sicher, im Dienst hatte er sich schon oft aus schwierigen Situationen herausreden können, aber Jenna zu täuschen, das wäre ungleich schwieriger. Er begegnete ihrem fragenden Blick und zwang sich zu einem gelassenen Tonfall. »Haushaltstätigkeiten sind ein notwendiger Überlebensmodus. Wenn ich nicht kochen oder mich um mich selbst kümmern könnte, würde ich nicht lange durchhalten, nicht wahr?« Er seufzte und erinnerte sich daran, wie Jenna darauf geachtet hatte, ihn seit seiner Ankunft ständig mit Essen zu versorgen. »Ich hab noch nie jemanden gebraucht, der mich ernährt – bis jetzt, wie's scheint.«

»Ah, verstehe.« Jenna lachte und nippte an ihrem Kaffee.

»Kräftig, gutaussehend und mit einer häuslichen Ader. Sie wissen schon, dass Frauen davon träumen, einen Typen wie Sie zu kriegen?« Überrumpelt verschluckte sich Kane an einem Schluck Kaffee. *Mist, was wird das denn jetzt?* Im Nu hatte sie den Spieß umgedreht. *Okay, du willst spielen? Da kann ich mithalten.* Er würde ihr einen Einblick in seine normale, private Seite gewähren und sehen, wie sich die Dinge zwischen ihnen entwickelten. Im Moment brauchte er einen Freund. Ein Leben voller schlechter Erinnerungen war einfach nur trostlos. Er genoss Jennas Gesellschaft und ihre Zusammenarbeit funktionierte so gut, als wären sie seit langem Partner – aber alles andere würde warten müssen. Wo früher sein Herz geschlagen hatte, befand sich immer noch ein klaffendes, blutendes Loch. Doch gegen einen Freund hatte er nichts einzuwenden. Vielleicht würde sie eines Tages die Frau sein, die den Schmerz in seinem Herzen heilen konnte. Er gestattete sich ein zögerliches Lächeln. Betont lässig blickte er ihr direkt in die Augen. »Das war jetzt aber keine Anmache, oder, Ma'am?«

In der Erwartung, dass sie ihm laut ins Gesicht lachen oder ihn zurechtweisen würde, nahm er seinen Kaffee in die Hand, ohne dabei seinen Blick abzuwenden. Jenna blinzelte nicht, sondern sah ihn an, als ob sie sich ihre Antwort gründlich überlegen müsste. Kane räusperte sich und blickte auf die Tischplatte.

»Rowley hat mir erzählt, dass Sie in letzter Zeit viel Aufmerksamkeit erregt haben. Er hat jede Kellnerin in Aunt Betty's Café erfolglos um ein Date gebeten und Ihnen liegen die Frauen zu Füßen. Er hält Sie übrigens für schwul. Zwar verbergen Sie Ihre Gefühle recht gut, aber ich merke schon, wie Sie auf Mädchen reagieren.« Sie kicherte. »Machen Ihnen Frauen Angst?«

»Nein.« Aufmerksam verfolgte er ihre rosafarbene Zunge, als sie einen Tropfen Kaffee vom Tassenrand schleckte und sah dann schnell weg, beschämt über die Art und Weise, wie sein Körper reagierte. Als bedeute die Tatsache, dass er sie attraktiv und sexy fand, zugleich einen Betrug an seiner Frau. »Ich habe ihm bereits gesagt, dass ich Frauen vorziehe – keine Mädchen.«

»Das habe ich gehört. Ist schon komisch. Da kenne ich Sie erst seit kurzem, aber ich vertraue Ihnen bereits – fast wie ein angeborener Instinkt, als ob wir gleich wären. Dieselbe Geschichte, dieselben Geheimnisse.«

»Ich bin mir sicher, dass wir in vielerlei Hinsicht auch tatsächlich gleich sind und ich vertraue Ihnen auch.« Er langte über den Tisch und fasste ihre Hand, die sich in seiner klein und kalt anfühlte. »Ich bin gerade dabei, ein paar Dinge zu verarbeiten – nicht nur meine Verletzung. Ich habe erst kürzlich eine sehr schmerzhafte Trennung erleben müssen und ich bin kein Mann, der eine Frau für schnellen Sex benutzt. Ich mag Stabilität und Langfristigkeit, keine One-Night-Stands.« Er strich mit dem Daumen sanft über ihr Handgelenk.

Einer der Deputys aus Blackwater kam den Gang entlang gestapft und sie lösten sich rasch voneinander. Kane drehte sich um und begrüßte den Kollegen lächelnd. »Der Kaffee ist noch frisch.«

»Danke, alles Bestens.« Deputy Jones tippte sich an die Hutkrempe und blickte Jenna an. »Ma'am, ich hatte gerade einen Anruf von Deputy Rowley. Das Team der Spurensicherung hat seine Ankunft vorverlegt, nachdem Sie sie über den zweiten Mord informiert haben. Sie sind gerade mit dem Hubschrauber auf dem Weg nach Black Rock Falls und Deputy Rowley hat sie angewiesen, direkt hierher zu kommen. Sie glauben, dass sie in der Einfahrt landen können, wenn wir die Streifenwagen nach hinten fahren.«

»Tun Sie das.« Jenna richtete sich auf. »Wann werden sie ungefähr hier sein?«

»In zehn Minuten.« Jones drehte sich um und ging wieder hinaus.

Kane stand auf. »Ich werde meinen Wagen wegfahren. Das wird wohl eine lange Nacht werden.« Er trank seinen Kaffee aus und ging zur Spüle, um die Tasse auszuspülen.

»David?«

Er warf ihr einen Blick über die Schulter zu. »Ja?«

»Ich habe Sie sehr gerne in meiner Nähe.« Sie lächelte ihn strahlend an.

Er drehte sich von der Spüle weg, legte ihr eine Hand auf die Schulter und drückte sie leicht. »Danke.«

39

Die Kriminaltechniker waren ein gut eingespieltes Team. Nur drei Stunden nach ihrer Ankunft war Sarahs Leiche bereits in den Hubschrauber verladen und die Untersuchung des Tatorts abgeschlossen. Kane stand neben Alton und hörte Simon Duvall, dem leitenden Gerichtsmediziner, interessiert zu.

»Ich glaube nicht, dass Sie den Tatort verunreinigt haben und die Haarproben, die wir von Ihnen beiden genommen haben, werde ich verwenden, um das tatsächlich ausschließen zu können. Am Tatort gab es nicht viel zu holen. Wir haben bereits Mr. Helms' Leiche und Sie bekommen so schnell wie möglich meinen vollständigen Bericht über beide Opfer. Ich werde bei beiden auch einen Drogentest machen, aber nach den Kampfwunden von Miss Woodward zu schließen, gehe ich eher davon aus, dass sie sich ihrer Situation voll bewusst war.« Er rieb sich eine Schulter und zuckte kurz, als hätte er Schmerzen. »Ich bin mir noch nicht sicher, aber ich glaube, ich habe einen Fußabdruck entdeckt, der teilweise unter Blut verborgen ist. Sobald wir die Bilder ins Labor gebracht haben, werde ich Genaueres wissen.« Er hielt Alton seine Hand hin. »Wir bleiben in Kontakt.«

»Danke.« Alton schüttelte die Hand und seufzte erleichtert.

»Deputy Kane.« Duvall nickte ihm freundlich zu und ging dann zum Hubschrauber hinüber.

Kane sah ihm nach. »Scheint kompetent zu sein. Kennen Sie ihn schon lange?«

»Nein. Und ja, er ist sehr professionell.« Der Hubschrauber ließ den Rotor warmlaufen. Sie sprach mit lauterer Stimme weiter. »Ich hoffe, die Kollegen aus Blackwater haben unsere Ausrüstung eingepackt und sind bereit sie einzuladen. Ich freue mich schon auf eine lange, heiße Dusche.« Sie ging auf das Haus zu.

Bevor Kane ihr folgen konnte, kam ein schnittiger schwarzer Sportwagen um die Bäume gefahren und näherte sich mit hoher Geschwindigkeit und auf dem Eis schlitternden Reifen dem Haus. Wer auch immer da am Steuer saß, war offensichtlich stinksauer. Kurz vor dem Haus kam der Wagen abrupt zum Stehen. Bürgermeister Rockford stieg aus und schlug die Tür mit solcher Wucht zu, dass die Seitenscheibe zersprang. Aha, er hat also gerade erfahren, dass wir seinen Sohn zum Verhör abgeholt haben.

Kane richtete sich auf und stützte eine Hand auf seinem Dienstrevolver ab. Dieser Idiot sollte keine Chance bekommen, Jenna die Leviten zu lesen. Langsam bewegte er sich vor, um die Vordertür zu blockieren und wartete auf der Eingangstreppe. Hinter sich hörte er Schritte und Jennas Stimme.

»Irgendwie hab ich den Besuch des Bürgermeisters erwartet. Er muss hier einfach auftauchen und sich über die Überbeanspruchung unserer Ressourcen beschweren.« Alton schnaubte. »Oh, hätte ich beinah vergessen: Wir haben ja auch seinen Jungen zur Befragung mitgenommen. Er wird sicherlich schon einen Anwalt haben.«

»Warum überlassen Sie ihn diesmal nicht mir?«

Alton entfernte sich, während Kane stehen blieb, dem Bürgermeister fest in die Augen blickte und langsam die Treppe hinunterging.

»Bürgermeister Rockford, nehme ich an? Was kann ich für Sie tun?«

»Sie können meinen Jungen freilassen, das können Sie für

mich tun.« Rockfords Gesicht färbte sich dunkelrot. »Einen zu viel zu trinken, ist eine Sache, aber ihn aus dem Eishockeytraining zu holen und aufs Revier mitzunehmen, ist was anderes. Wenn Sie ihn wegen des Vorfalls im Cattleman's Hotel befragen wollten, hätte ich ihn gleich morgen früh selbst auf die Wache gebracht.«

Kane richtete sich auf und sah zu dem wütenden Mann hinunter. »Ihr Sohn wurde nicht verhaftet. Er hilft uns nur bei unseren Ermittlungen und kann gehen, wann immer er will. Gegen ihn liegt keine Anklage vor, aber ich würde ihm dennoch gern ein paar Fragen stellen.«

»Wo ist Sheriff Alton? Ich spreche nicht mit einem Untergebenen.« Rockford winkte mit seiner pummeligen Hand in Richtung Tür. »Holen Sie sie sofort.«

Kane hatte gute Lust, den Mann an seiner teuren Krawatte zu packen und zurück in seinen Luxuswagen zu zerren, warf ihm aber stattdessen einen eiskalten Blick zu. »Sie ist beschäftigt.«

»Nicht zu beschäftigt, um mit mir zu sprechen. Denken Sie daran, wer ihren Gehaltsscheck unterschreibt.«

»Ich fürchte, Sie müssen warten, bis Sie an der Reihe sind. Wir hatten in den letzten Tagen ziemlich viel zu tun.« Kane zuckte mit den Schultern. »Ich bin mir sicher, dass wir gleich morgen früh Zeit haben werden, Ihren Sohn zu befragen.«

»Was genau wollen Sie denn wissen? Sicherlich kann auch ich jedes Missverständnis ausräumen.«

»Es handelt sich um eine Routineuntersuchung und Ihr Sohn und seine Freunde haben sich bereit erklärt, uns ein paar Fragen zu beantworten. Leider waren der Sheriff und ich zu beschäftigt, um zurück aufs Revier zu kommen. Das werden Sie sicher verstehen.« Kane ließ seine Schultern lässig kreisen, was in den Augen des anderen Mannes Wut aufblitzen ließ. »Wenn Sie mich jetzt entschuldigen würden«, fuhr er fort, »es war ein sehr langer Tag und ich muss noch unsere Ausrüstung einpacken.« Er wandte sich zum Gehen, doch der Bürgermeister packte ihn am Arm.

»Einen Moment noch, ja?« Bürgermeister Rockford verstärkte seinen Griff. »Sie stehen auch auf meiner Gehaltsliste und ich verlange Respekt von Ihnen. Und vergessen Sie nicht, nur ein kurzer Federstrich von mir und Sie sind Ihren Posten wieder los.«

Kane blickte eine geschlagene Minute auf die Hand des Mannes auf seinem Arm, dann hob er langsam den Blick und sah ihm direkt ins Gesicht. Dabei bemerkte er, wie Rockfords Wut in Unsicherheit umschlug. Kane holte tief Luft. »Respekt ist eine beiderseitige Angelegenheit. Wenn Sie mich noch einmal anfassen, dann haben wir beide ein Problem. Und glauben Sie mir, mit mir wollen Sie kein Problem haben.«

»Wollen Sie mir etwa drohen?« Rockford zog seine Hand zurück und wich nach hinten.

»Nicht mehr, als Sie mir gerade gedroht haben.« Kane hielt seinen Blick fest auf das Gesicht des Bürgermeisters gerichtet. »Ich mache meine Arbeit und die einzige Person, die ich zufriedenstellen muss, ist Sheriff Alton. Sie stellt ein und entlässt – nicht Sie. Und nun, Sir, braucht Sheriff Alton meine Hilfe. Wenn Sie mich also entschuldigen wollen?« Er drehte sich um, marschierte die Treppe hinauf, betrat das Haus und schloss die Tür hinter sich.

»Ihrem Gesichtsausdruck nach zu urteilen, hat er Sie wohl beleidigt?« Alton warf ihm ein Grinsen zu, das all ihre blütenweißen Zähne zeigte und verließ dann die Küche mit einem Karton voller Essen auf den Armen.

»Nein, er hat nur gedroht, mich zu feuern.« Kane musste leise kichern. »Er sieht aus wie ein Schwein und er grunzt sogar, wenn er wütend ist. Ich konnte mir fast nicht verkneifen, ihm direkt ins Gesicht zu lachen.«

»Was hat er denn für ein Problem?« Alton stützte den Karton auf ihrer Hüfte ab.

Kane öffnete ihr die Haustür und blickte nach draußen – das fahle Licht des Tages war inzwischen in dunkle Nacht übergegangen. »Rowley hat seinen Sohn zum Verhör abgeholt. Und Papa hat das Kriegsbeil ausgegraben. Ich glaube, von dem werden wir jetzt öfter hören.«

40

Jenna fuhr den LKW in die Scheune ihrer Ranch, froh, die Scheinwerfer von Kanes Wagen dicht hinter sich zu sehen. Obwohl die Bewegungsmelder das Grundstück bei ihrer Ankunft hell ausleuchteten, spürte sie eine gewisse Unruhe. Jeder in der Gegend hier wusste, dass sie allein lebte und der Unfall und die zwei Morde hatten an ihren Nerven gezerrt. Dass sie damals von der Straße abgedrängt worden war, mochte ein Zufall gewesen sein, aber ihre Haut kribbelte bei dem Gedanken, dass die Morde eine direkte Botschaft an sie sein könnten. Plötzlich klopfte es an der Scheibe, Jenna zuckte zusammen und griff nach der Waffe an ihrer Hüfte.

»Alles in Ordnung?« Kane warf ihr einen fragenden Blick zu. »Sie sitzen schon eine ganze Weile hier drinnen.«

Ihre Hand wanderte vom Griff der Pistole zum Verschluss des Sicherheitsgurts. Sie öffnete die Tür und brachte ein schiefes Lächeln zustande. »Ja, alles okay. Es war ein langer und anstrengender Tag und ich habe nur versucht, meinen Kopf wieder klar zu kriegen.«

»Ich habe das Gelände eingehend studiert. So wie Sie die Scheinwerfer installiert haben und angesichts der Tatsache, dass es keine Bäume gibt, ist es quasi unmöglich, sich hier irgendwo zu verstecken.« Kane deutete zum elektrischen Scheunentor. »Sie haben bereits dafür gesorgt, dass Ihre Scheune ist so sicher ist wie Fort Knox, oder nicht? Bleiben nur noch mein Cottage und Ihr Wohnhaus. Wir können uns kurz umsehen, wenn sie möchten. Anschließend packe ich alles Nötige aus. Die anderen Kisten können wir morgen früh entladen.«

»Gute Idee.« Sie wollte gerade vom LKW-Sitz steigen, da packte er sie an der Taille und hob sie aus dem Wagen. »Das wäre nicht nötig gewesen, das hätte ich auch alleine geschafft.«

»Doch das war nötig.« Er schenkte ihr ein schiefes Lächeln. »Jetzt stehen Sie fest auf Ihren Beinen. Wir beide haben den ganzen Tag auf Hochtouren gearbeitet, vollgepumpt mit Adrenalin und jetzt kommt das große Loch.« Er schloss die Tür und legte ihr eine Hand auf den schmalen Rücken. »Zuerst fahre ich Sie rüber zu mir und lade dort den Kuchen und alles Verderbliche aus und dann vergewissern wir uns gemeinsam, dass Ihr Haus sicher ist.«

»Prima. Vielen Dank.« Sie verließ die Scheune und als sie den Knopf drückte, um das Scheunentor zu schließen, nahm jeder Schatten ihre volle Aufmerksamkeit in Anspruch. »Ich muss zugeben, dass es, nach allem was passiert ist, wohl keine so gute Idee mehr ist, alleine hier zu leben.«

Kane hatte den Blick von Menschen, die sich verfolgt fühlten, schon oft gesehen und fragte sich, welche Bedrohung aus Jennas Vergangenheit auf sie lauerte. Sie war vor jemandem auf der Flucht und ihre Tarnung nahm er ihr ganz und gar nicht ab. So wie sie sich bewegte und mit Krisensituationen umging, hatte er sie zunächst für eine ehemalige Agentin der Sondereinheit gehalten, war sich jetzt aber nicht mehr so sicher. Da es ihm nicht gelungen war, von seinen Kontakten Informationen über sie zu bekommen und diese ihn direkt an den Präsidenten verwiesen, hatte sie wirklich eine 1-A Tarnung. Wenn das stimmte, waren an ihr wahrscheinlich ebenfalls plastische Operationen durchgeführt worden – so wie bei ihm die Tattoos entfernt worden waren, die Rückschlüsse auf seine Zeit bei den Marines zuließen. Seine Tarnung war absolut wasserdicht und bombensicher, denn nur drei

Menschen auf der Welt kannten seinen wahren Namen und seinen Aufenthaltsort.

Er ging durchs Cottage, blickte prüfend in jeden Raum und holte anschließend den Lebensmittelkarton und seine eigene Tasche aus dem SUV. Er nahm den Scanner und überprüfte das Haus »Alles in Ordnung.« Er bemerkte, wie sich ihre Schultern entspannten und zeigte auf das gut bestückte Weinregal unter der Küchenbank. »Ich habe eine ausgezeichnete Flasche Pinot Noir und ein paar Steaks in der Tiefkühltruhe. Erlauben Sie mir, heute Abend für Sie zu kochen?«

»Ich weiß nicht, ob ich jetzt noch so gute Gesellschaft bin.« Alton zog ihre Strickmütze vom Kopf und strich sich durch die Haare. »Vielleicht schlafe ich am Tisch ein.«

Kane gluckste. »Dann setze ich Sie aufs Sofa am Kamin.«

»Okay, abgemacht.« Plötzlich verschwand die professionelle Fassade des Sheriffs und Jennas wahres Ich kam zum Vorschein – wie ein Schneeglöckchen im Frühling. Sie gähnte. »Ich komme gleich, aber zuerst brauch ich eine ausgiebige Dusche.«

Kane holte zwei Steaks aus dem Gefrierfach. »Lassen Sie sich Zeit. Warum rufen Sie mich nicht einfach kurz an, wenn Sie fertig sind und ich hole Sie drüben ab? Es ist viel zu kalt, um zu Fuß zu gehen.«

»Mach ich, danke. Sind Sie immer so aufmerksam?«

»Na ja, die meisten Leute, mit denen ich gearbeitet habe, halten mich für eine arrogante Nervensäge.« Er ging zur Tür vor. »Und so was hat manchmal seine Vorteile.«

»Kommt immer auf den Ruf an – wie man so sagt.« Zielstrebig schritt Jenna zu Kanes Auto und öffnete die Beifahrertür.

»Es hat Jahre gedauert, bis ich mir in Black Rock Falls Respekt verschafft habe. Und jetzt scheint's zu funktionieren – kaum jemand legt sich mehr mit mir an.«

Kane fuhr sie zu ihrer Haustür rüber, ließ den Motor laufen und stieg aus, weil er ihr die Tür öffnen wollte, aber noch bevor seine Füße den Boden berührt hatten, war sie schon aus dem Wagen gesprungen und stand neben ihm. Er folgte ihr zur

Eingangstreppe. »Ich sehe mich kurz drinnen um – nur zur Sicherheit.«

»Danke, aber wenn jemand eingebrochen wäre, hätte das den Alarm ausgelöst und der geht direkt auf mein Handy.« Sie stieg die Stufen hinauf und sperrte die Haustür mit ihrem Schlüssel auf.

Kane bemerkte das unbeleuchtete Alarmbedienfeld im Flur sofort und zog sie zurück, bevor sie einen Schritt hineinmachen konnte. Seine Stimme wurde zu einem Flüstern. »Gehen Sie zurück zum Auto. Und seien Sie absolut leise.« Er folgte ihr, rollte rückwärts die Auffahrt hinunter und fuhr zurück in seine Garage. »Der Generator, den wir vorhin benutzt haben, ist Ihr Notstromaggregat für die Alarmanlage, richtig?«

»Ja, aber die Eingangstür wurde nicht aufgebrochen. Vielleicht habe ich vergessen, den Alarm einzuschalten. Als ich die Vorräte zusammengesucht habe, hatte ich es ziemlich eilig.«

»Nein, im Haus ist kein Strom mehr – abgestellt.«

Kane starrte auf Jennas Haus. »Als ich das erste Mal zu Ihnen kam, hat mich die Beleuchtung vorne fast geblendet. Jetzt brennen nur noch die Strahler entlang der Einfahrt. Können wir von hinten ins Haus?«

»Ja, ich habe einen Schlüssel für die Küchentür.« Sie blickte ihn lange an. »Die habe ich schon lange nicht mehr benutzt. War nicht nötig. Wie kommen Sie darauf, dass der Mörder es riskieren würde, hierher zu kommen, wenn Sie direkt hier drüben wohnen? Das ergibt doch keinen Sinn. Ich bin mir sicher, es ist nur eine Sicherung.«

Kane deutete mit einer Hand in Richtung Einfahrt. »Wenn nichts zu befürchten ist, wozu dann die ganzen Sicherheitsvorkehrungen? Warum haben Sie das Cottage verwanzt? Das haben Sie alles schon installiert, bevor irgendwelche Mordopfer in der Stadt aufgetaucht sind. Wenn Sie noch jemand anderes bedroht, sollten Sie mir vielleicht endlich einen Namen nennen. Niemand sonst in dieser Stadt kann Ihnen so helfen wie ich – und das wissen Sie tief in Ihrem Inneren ganz genau. Genauso wie ich weiß, dass ich Ihnen vertrauen kann.«

»Das ist mir auch klar, aber wenn die Person, die mich bedroht hat, meinen Aufenthaltsort herausfinden sollte, dann kann selbst Gott mir nicht mehr helfen.« Alton begegnete seinem Blick und hob trotzig ihr Kinn. »Zuerst dachte ich, man hätte Sie geschickt, um mich zu erledigen. Nach drei Jahren hier hatte ich begonnen, mich endlich in Sicherheit zu fühlen. Und dann hab ich Sie gesehen, in Ihrem schwarzen SUV – einen Typen, der wie ein Profikiller aussieht, und da bin ich irgendwie ausgetickt. Deshalb habe ich damals auch direkt die Waffe auf Sie gerichtet.«

»Aha. Ich fand schon, dass Sie sich etwas unfreundlich verhalten haben und dabei habe ich mich so bemüht, ein wirklich galanter Retter in der Not zu sein. Und Sie wollen mir wirklich nicht sagen, wie der Typ heißt? Ich bin zwar nicht Gott, aber auf jeden Fall der kompetenteste Verbündete, den Sie im Augenblick haben.«

»Wenn ich Ihnen jetzt einen Namen nennen würde, dann würden Sie automatisch auch mit drinstecken. Also belassen wir es dabei. Bitte.«

Sie kaute auf ihrer Unterlippe. »Ich habe Ihnen sowieso schon mehr gesagt, als ich eigentlich sollte.« Sie deutete auf das Haus. »Ich hoffe nur, da ist jetzt keine Sprengfalle drin.«

Kane öffnete die Hintertür. »Wenn das Haus manipuliert und verdrahtet wurde, dann haben wir überhaupt keine Chance einen Auslöser zu finden oder im Dunkeln etwas Ungewöhnliches zu entdecken. Ich schaue mir mal die Umgebung genauer an, um sicherzugehen, dass niemand hier herumschleicht. Bei Tagesanbruch können wir dann das Haus eingehender inspizieren. Nehmen Sie mein Gewehr und halten Sie mir den Rücken frei. Sollte jemand auf dem Gelände sein, dann auf dieser Seite des Hauses, denn dort kann er sich im Schatten der Nebengebäude verbergen.«

»Da können Sie sich ja gleich eine Zielscheibe auf den Rücken malen. Ich werde nicht zulassen, dass Sie Ihr Leben aufs Spiel setzen. Ich hole Verstärkung.«

»Ich habe nicht vor, im Licht der Strahler da raus zu gehen.

Glauben Sie mir, ich habe das schon tausendmal gemacht, auch unter Beschuss – aber Sie sind der Boss.«

»Okay, ich schätze, Kampferfahrung kommt einem in solchen Situationen sehr zugute.«

»Stimmt genau. Kommen Sie mit und passen Sie auf, wo Sie hintreten.« Kane nahm ihren Arm und führte sie zur Tür hinter der Garage. »Wenn da draußen jemand ist, wird er annehmen, dass wir inzwischen wieder ins Cottage gegangen sind.« Er öffnete die Tür einen kleinen Spalt. »Von hier aus können Sie die Nebengebäude überblicken. Ich bewege mich abseits des ausgeleuchteten Bereichs. Sollte ich jemanden aufscheuchen, dann haben Sie ihn genau vor Ihrem Gewehr. Ich melde mich, sobald ich jemanden sehe, der hier herumschleicht, und Sie bleiben solange hier im Schatten. Wenn jemand aus der Dunkelheit kommt, drücken Sie auf Ihren Ohrring und benutzen das Gewehr. In fünf Minuten bin ich wieder zurück.«

Ohne auf ihre Antwort zu warten, zog Kane seine schwarze Wollmütze tief in die Stirn und stellte den Kragen seiner Jacke auf, um sein helles Hemd zu verbergen. Dann schlich er an der Garagenseite entlang und näherte sich im Schatten der Scheune den anderen Gebäuden. Er bewegte sich absolut lautlos und war nicht zu erkennen, konnte aber auch nach einer gewissen Strecke nichts Ungewöhnliches feststellen. Als er das letzte Gebäude umrundet und die Rückseite des Hauses im Blickfeld hatte, flitzte ein Kaninchen über seinen Weg und verschwand im Unterholz. Dabei machte es so viel Lärm wie ein Elefant. Mit klopfendem Herzen wartete er auf Geräusche, die auf eine Bewegung hindeuteten, aber es war totenstill. Von der äußersten nördlichen Ecke aus beleuchteten Scheinwerfer die andere Hausseite bis zum Zaun.

Kane drehte sich um und ging den gleichen Weg zurück, wobei er jeden Schatten noch einmal überprüfte. Als er bei der Garage ankam, hielt er knapp vor dem Tor an. »Alles sauber.«

»Gott sei Dank.« Alton trat neben ihn und ihm fiel auf, wie riesig das Gewehr in ihrer zierlichen Hand wirkte. »Können Sie mich bitte in die Stadt fahren? Ich werde mir ein Zimmer im Motel nehmen.«

»Es ist schon spät und wir sind beide erschöpft. Warum bleiben Sie heute Nacht nicht bei mir?« Kane nahm ihr das Gewehr aus der Hand und legte es in seinen Wagen zurück. »Während Sie duschen mache ich das Abendessen und richte Ihnen das Gästezimmer her.«

»In Ordnung. Aber ich muss mir was zum Schlafen leihen. Meine Klamotten kann ich in der Waschmaschine waschen und über Nacht trocknen.«

Sie schenkte ihm ein müdes Lächeln. »Danke, langsam werden Sie wirklich mein Fels in der Brandung.«

Er schloss den Wagen ab. »Das will ich auch hoffen.« Er folgte ihr zur Eingangstür des Cottage. »Irgendwer muss ja auf Sie aufpassen.«

41

Der Abend war schon fortgeschritten und Jenna rollte sich in Kanes Gästezimmer im Bett zusammen und ließ den Tag nochmal Revue passieren. Zufrieden und leicht schläfrig vom Abendessen, das Kane zubereitet hatte, musste sie plötzlich an ihn denken. Sie lächelte, als sie sein leises Schnarchen den Flur entlang hören konnte. Am Anfang hatte er kalt und dominant gewirkt, aber dann hatte sie eine andere, sanftere Seite an ihm entdeckt, die ihr sehr gefiel. Sie kuschelte sich unter die Decke und schloss die Augen. Als sie in den Schlaf hinüberglitt, kam ihr kurz ein Gedanke in den Sinn – wer bist du wirklich, David Kane?

Nach dem gemeinsamen Frühsport und dem anschließenden Frühstück folgte Jenna ihrem Deputy am nächsten Morgen zur Rückseite ihres Hauses. Jungfräulich lag der Schnee vor ihnen und als sie sah, wie akribisch er jeden möglichen Bereich auf Stolperdrähte oder Sensorauslöser überprüfte, bekräftigte sich ihre Meinung über Kane immer mehr. Er bewegte sich wie ein Marine und verhielt sich wie ein Agent eines Spezialeinsatzkommandos oder des Geheimdiensts. Ihr waren die winzigen Narben in seinem Gesicht schon aufgefallen, die ziemlich genau denen glichen, die ihre umfangreiche plastische OP hinterlassen hatte – und mit Sicherheit hatte er eine Kopfverletzung erlitten. Als er mit feuchten Haaren aus der Dusche gekommen war, war die lange Narbe auf seiner Kopfhaut deutlich zu sehen gewesen. Und dass er einen Schuss in den Kopf ohne Nebenwirkungen überlebt hatte, bewies ihr, dass Kane ein zäher Bursche war.

Nachdem sie das Grundstück eine Stunde lang nach irgendwelchen Sprengsätzen abgesucht hatten, sah sie zu, wie Kane das Generator-Notstromaggregat wieder ans Haus und die Scheune anschloss. Sie zitterte leicht und stampfte mit ihren gefrorenen Füßen. »Und was jetzt?«

»Jetzt überprüfe ich den Sicherungskasten drinnen.« Kane legte ihr seine Hand auf den Rücken und schob sie sanft ins Haus. »Wo ist er?«

»Gleich neben der Hintertür.« Sie folgte ihm den Flur entlang.

»Liegt nicht an der Sicherung. Das Not-Aus wurde ausgelöst, Sie müssen also irgendwo ein defektes Gerät haben. Jetzt ist alles okay, also sind alle Geräte, die im Moment angeschlossen sind ebenfalls in Ordnung.« Kane ging in die Küche. »Ich hole schnell Ihre Sachen aus dem Wagen.«

»Ich helfe Ihnen.« Jenna folgte ihm zur Eingangstür. »Ich wette, es ist der Toaster. Gestern hat sich eine Scheibe Brot drinnen verklemmt und wollte nicht mehr raus. Ich musste sie mit einem Messer heraushebeln und habe dabei vielleicht etwas im Schacht verbogen.«

»Sie haben mit einem Messer in den Schacht gelangt?« Kane gluckste mit offensichtlicher Schadenfreude. »Sie waren aber schon so schlau, vorher den Toaster aus der Steckdose zu ziehen?«

»Ja, aber ich habe ihn nicht mehr benutzt, bevor ich gegangen bin.« Jenna starrte ihn an, dann kam ihr ein Gedanke in den Sinn. »Könnte allerdings auch die Heizung in meinem Schlafzimmer sein. Die spielt in letzter Zeit ein bisschen verrückt.«

»Wenn Sie wollen, sehe ich sie mir mal an. Nach der ganzen Verkabelung hier, hatte ich eher gedacht, dass Sie ein Elektronik-Profi sind.«

Jenna folgte ihm zum Auto und Kane lud ihr den Rest ihrer Ausrüstung auf die Arme. »Das bin ich auch. Aber wenn Toaster und Heizungen kaputtgehen, werfe ich sie normalerweise einfach weg und kaufe mir neue.«

»Das wäre auch das Beste.« Kane hielt die Mikrowelle in seinen starken Armen und schloss die Autotür mit der Hüfte.

Sie ging vor ihm die Treppe hinauf und war sehr froh, dass er ihr folgte und ihr den Rücken freihielt – wie ein menschlicher Schutzschild. Er war zweifellos ganz anders als alle Kollegen, mit denen sie in der Vergangenheit zusammengearbeitet hatte. Sicher, auch er hatte eine Fassade der Professionalität und behandelte sie mit Respekt, aber sie spürte seine Verletzlichkeit dahinter. Sie hatte gesehen, wie verzweifelt er gewesen war, nachdem er Sarah Woodwards Leiche entdeckt hatte, und seine Reaktion war ganz anders gewesen als beim Fund der Leiche im Fass. Kane hatte einen Verlust erlitten und sie nahm an, dass das noch gar nicht so lange her war.

Obwohl er es versäumt hatte, die Umstände zu erwähnen, die zu seiner Kopfverletzung geführt hatten, war ihr klar, dass der Vorfall im Dienst geschehen sein musste, doch wurde sie das Gefühl nicht los, dass er an diesem Tag jemanden verloren hatte, der ihm sehr nahegestanden war. Sie stellte den Karton mit dem Geschirr auf dem Küchentisch ab und blickte Kane an. Stark und zuverlässig, hatte er sie im Wald mit seinem Körper abgeschirmt. Vielleicht hatte er an dem Tag, als ihm irgendein verdammter Irrer in den Kopf geschossen hatte, seinen Partner verloren. Und jemand wie Kane würde sich immer Vorwürfe machen, dass er es nicht geschafft hatte, ihn zu beschützen. Wenn das tatsächlich passiert sein sollte, wäre das eine Erklärung dafür, warum er sich ihr gegenüber so übervorsichtig verhielt. Wenn der richtige Moment gekommen ist, wird er mir schon alles erzählen.

»Alles gut?« Kanes musterte sie besorgt.

»Ja, alles gut.« Sie überprüfte den Inhalt des Kühlschranks.

»Es ist eiskalt hier drin. Wenn die Heizung aus ist, brauchen Sie hier überhaupt keinen Kühlschrank.« Er stellte die Mikrowelle an ihren Platz und steckte das Kabel ein. Das Gerät piepte und er stellte erst mal die Uhr ein, bevor er sich wieder zu ihr umdrehte. »Können wir los?«

»Ja.« Jenna holte ein Paar Handschuhe aus ihrer Tasche und zog sie an. »Freuen Sie sich darauf, Rockford und seine Freunde zu befragen?«

»Auf jeden Fall. Und ich bleibe auch an John Davis dran, er könnte versuchen, etwas zu vertuschen. Mich würde interessieren, ob einer unserer Verdächtigen auf der Liste der Einheimischen steht, die blaue Pickups haben. Ich möchte wissen, wo sich unsere Verdächtigen aufhalten und welche Autos sie fahren – ganz besonders Stan Clough. Da wartet noch viel Arbeit auf uns und falls wir irgendwelche Beweise finden, die die Morde mit den Anschlägen auf Ihr Leben in Verbindung bringen, ist Ihnen schon bewusst, dass Sie dann mir die Leitung überlassen müssen? Wir wollen doch nicht, dass irgendwelche Anwälte ›Interessenkonflikt‹ rufen und unseren Fall zunichtemachen.«

Jenna folgte ihm die Treppe hinunter und stieg in seinen Wagen. »Ich habe Ihnen schon mal gesagt, dass ich froh bin, dass Sie die Untersuchung der Vorfälle, die mit mir zu tun haben, übernehmen. Und sollten die Fälle wirklich miteinander zusammenhängen, bleibt mir sowieso keine andere Wahl, als die Ermittlungen abzugeben.«

»Ich versuche hier nicht, Ihnen das Heft aus der Hand zu nehmen, aber es ist doch eindeutig klar, dass der Mord an Sarah eine direkte Warnung an Sie war.«

Sie starrte ihn fassungslos an. Nachdem sie ihn im Einsatz hatte arbeiten sehen und angesichts seiner erstaunlichen Reaktionszeit und seiner Fähigkeit, alle Fakten der Fälle im Kopf zu behalten, war er der beste Mann für den Job.

»Okay, aber ich bleibe nicht in meinem Büro, eingesperrt wie eine verängstigte Maus. Ich werde hinter den Kulissen arbeiten und meine Deputys anweisen, Nachforschungen anzustellen. Die können Spuren nachgehen, wenn Sie beschäftigt sind.« Sie nickte. »Ja, ein bisschen extra Zeit könnte ich gut gebrauchen. Ich muss mich noch um den Versicherungsanspruch für meinen neuen

Streifenwagen kümmern. Und da er extrem wichtig ist, sollte man meinen, dass die Versicherung den Anspruch für mich durchsetzen wird.«

»Nicht, wenn er Teil einer laufenden Ermittlung ist.« Kane glitt auf den Fahrersitz, zog seine Handschuhe an und startete den Motor. »Die wollen jemanden, dem sie die Schuld geben können, damit eine andere Versicherung die Hälfte oder sogar alle Kosten übernimmt. Daher würde es mich nicht wundern, wenn die Schadensabwicklung einige Wochen dauert. Haben Sie Rowley den Fall mit der Fahrerflucht schon übergeben?«

»Noch nicht.« Jenna starrte aus dem Fenster. »Bei allem, was sonst noch passiert ist, liegen meine Prioritäten gerade woanders. Ich will nur, dass mein Auto ersetzt wird.«

»Das funktioniert aber nicht so einfach, als würde man einen Zauberstab schwingen. Wir reden hier von einer großen Summe.« Kane lenkte den Wagen die Zufahrt hinunter. »Haben Sie noch nie einen Unfallbericht für einen Versicherungsanspruch eingereicht?«

Jenna lachte. »Doch schon, aber nicht für mich persönlich und nichts so Kompliziertes wie diesen Fall. Meistens Auffahrunfälle und Diebstähle. Sie haben recht, was den Versicherungsexperten angeht und da Sie der einzige Zeuge in meinem Fall sind, wird man sie wohl im Laufe dieser Woche anrufen.«

»Der Tag wird einfach immer besser.« Kane verzog das Gesicht und steuerte seinen Wagen in Richtung Zentrum. »So viel zu einem ruhigen Leben.«

Als sie in der Stadt ankamen, starrte Jenna auf die verschlossene Eingangstür und das unbeleuchtete Büro des Black Rock Falls County Sheriff's Department. »Was ist denn hier los?« Sie zog die Schlüssel aus ihrer Tasche und schloss auf. »Hier sind Leute in Gewahrsam. Wo zum Teufel stecken Walters und Daniels?« Sie stieß die Tür mit einem Fuß auf und schaltete die Deckenbeleuchtung ein.

»Ich sehe mal nach, ob jemand in den Zellen ist.« Kane ging voraus, warf kurz einen Blick in Jennas Büro und marschierte dann weiter den Flur hinunter.

Plötzlich öffnete sich hinter Jenna die Tür und Maggie kam mit einem strahlenden Lächeln herein. »Guten Morgen. Wo sind denn die anderen?«, fragte Jenna.

»Ihnen auch einen guten Morgen. Sie sind heute anscheinend die Erste.« Maggie zog ihren Mantel aus und hängte ihn an einen Haken neben dem Eingang. »Keine Anrufe heute Nacht, aber Jake hat versucht, Sie zu erreichen.« Sie sah sie fragend an.

Jenna zog ihre Handschuhe aus und öffnete den Reißverschluss ihrer Jacke. Sie weigerte sich, Maggies unausgesprochene Frage mit einer Ausrede zu beantworten. Völlig erschöpft hatte sie gestern Abend ihr Handy ausgeschaltet und auf dem Festnetz konnte Rowley sie nicht erreicht haben. Sie vermutete, dass er nicht versucht hatte, Kane anzurufen, um herauszufinden, ob sie bei ihm übernachtet hatte. Sobald ich ihm heute begegne, wird er mich zweifellos ebenso fragend anblicken. »Hat er eine Nachricht hinterlassen?«

»Nein.« Maggie setzte sich an den Empfang und schaltete den Computer ein. »Ich schätze, er wird Ihnen alles bald selbst sagen.« Sie deutete zum Fenster. »Und da ist er auch schon.«

Da sie in Maggies Anwesenheit nichts besprechen wollte, ging Jenna in ihr Büro und hörte, wie sich die Tür zu den Zellen schloss und Schritte in ihre Richtung kamen. Sie bemerkte Kanes genervte Miene. »Was?«

»Wir haben niemanden in Gewahrsam.« Kane verstrahlte glühende Wut, als er ihr ins Büro folgte. »Heute Nacht hätten Walters und Daniels Dienst haben müssen und ich habe ihnen ausdrücklich gesagt, dass wir einen hinreichenden Grund haben, unsere Verdächtigen über Nacht für ein Verhör festzuhalten. Sie hätten sich ihre Schichten aufteilen können. Auf wessen Anweisung haben sie sie freigelassen?«

Jenna wurde heiß und sie ging zu ihrem Schreibtisch, räusperte sich dann und warf ihm einen Blick zu. O Mann, er glich einem Vulkan, der kurz vor dem Ausbruch stand. »Gestern Abend hatte ich mein Handy ausgeschaltet und offenbar hat Rowley versucht, mich zu erreichen.«

»Und warum hat er nicht mich angerufen?« Kanes blaue Augen blitzten vor Wut.

Jenna zuckte mit den Schultern. »Warum wohl? Wahrscheinlich hat er ohne Erfolg auf meinem Festnetz angerufen und dann vermutet, dass ich bei Ihnen übernachte. Und uns zu stören, das hätte er niemals gewagt.«

»Oh. Ja, ich verstehe. Aber das ist wirklich keine Entschuldigung. Wir sind beide alleinstehende Erwachsene und was wir machen, ist unsere Sache.« Seine Aufmerksamkeit richtete sich auf die Tür. »Ich glaube, da kommt er gerade.« Er marschierte aus dem Büro.

Wenige Sekunden später tauchte Deputy Rowley mit einem unbehaglichen Gesichtsausdruck in Jennas Büro auf, die Spitzen seiner Ohren waren hellrosa.

»Guten Morgen, Ma'am.« Er blickte erst Jenna an und starrte dann auf seine Füße. »Ich habe die Verdächtigen freigelassen.«

»Und warum?« Kane schloss die Tür hinter sich. »Wer hat das veranlasst?«

»Bürgermeister Rockford ist mit einem Anwalt erschienen, der gesagt hat, er würde Josh, Billy und Dan vertreten. Er bestand darauf, dass ich ihm die Haftbefehle zeige und fragte, ob ich ihnen ihre Rechte vorgelesen hätte.« Langsam sog er die Luft ein. »Ich habe ihm erklärt, dass Sheriff Alton sie zur Befragung hergebracht habe und keine Anklage erhoben worden wäre. Ich sagte ihm auch, dass wir das Recht hätten, seine Mandanten zweiundsiebzig Stunden festzuhalten – auch ohne Anklage. Dann hab ich versucht, Sheriff Alton zu verständigen, aber der Anwalt bestand darauf, dass ich die Befragung in seiner Gegenwart durchführe oder die Verdächtigen eben sofort wieder freilasse. Ich konnte keinen hinreichenden Verdacht äußern oder alleine weitermachen, weil ich über den letzten Stand der laufenden Ermittlungen nicht ausreichend informiert war.« Er schlurfte unbehaglich mit den

Füßen. »Und ihre Autos durften wir auch nicht beschlagnahmen. Der Anwalt sagte, wir bräuchten dazu einen Durchsuchungsbefehl. Und da das einzige Fahrzeug, das in den laufenden Fällen eine Rolle spielt, ein blauer Ford Pickup ist und keiner der Verdächtigen so einen hat, hatte ich eben keinen hinreichenden Verdacht.«

Jenna faltete die Hände auf ihrem Schreibtisch. Sie hatte nicht die Absicht, Rowley hart anzugehen, er hatte ja die Regeln befolgt. »Sie hatten keine andere Wahl, stimmt.« Sie fing Kanes verärgerten Gesichtsausdruck auf. »Nur eine Sache noch: Haben Sie die Verdächtigen gebeten, zum Verhör zu kommen, oder haben Sie sie verhaftet?«

»Ich hatte keinen Haftbefehl.« Rowley richtete sich auf. »Ich bin zum Eishockeytraining und als sie aus den Umkleidekabinen kamen – nach dem Training, nicht davor –, habe ich sie gebeten, mich aufs Revier zu begleiten, um einige Fragen zu beantworten.« Er seufzte. »Rockford hat sich sofort über Polizeiwillkür beschwert und gesagt, das sei schon das dritte Mal in einer Woche. Aber der Trainer sagte ihnen, es wäre besser, zu kooperieren und dann sind sie bereitwillig mitgekommen. Ich habe sie weder in die Zellen gesteckt noch ihnen Handschellen angelegt. Und als Rockford seinen Vater anrief, traf kurz darauf auch schon der Anwalt ein und der Bürgermeister wütete und schimpfte, er wolle Sie Ihres Postens entheben.«

»Konnten Sie sie denn überhaupt befragen?«, fragte Kane. »Zu ihrem Aufenthaltsort zum Beispiel, während der beiden Vorfälle mit dem Sheriff?«

»Ja.« Rowley zog einen Notizblock aus seiner Innentasche. »Ich habe Rockford gebeten, mir zu erzählen, wo er in der Nacht des Unfalls mit dem Sheriff gewesen ist. Er sagte, er sei mit Susie Hartwig Essen gegangen und sie habe die Nacht bei ihm verbracht.« Er warf einen Blick auf Kane und runzelte die Stirn. »Die Kellnerin aus Aunt Betty's Café, wissen Sie noch?«

»Weiter.« Kane machte eine ungeduldige Geste mit der Hand. »Haben Sie auch mit Watts oder Beal sprechen können?«

»Nein, ich habe nur Rockford befragt. Ich bin mir nicht sicher, ob Daniels Zeit hatte, Beal Fragen zu stellen, er war mit Billy Watts beschäftigt.« Seine Aufmerksamkeit konzentrierte sich wieder auf Jenna. »Ich habe Walters nach Hause geschickt und seine Aufgaben übernommen. Er hat angeboten, sich heute, sobald es hell wird, auf die Suche nach Sarah Woodwards Handtasche zu machen. Wollen Sie, dass ich ihm dabei helfe? Ich könnte die Geschehnisse vom Motel zum Tatort zurückverfolgen.«

Ihr Gespräch wurde von einem Klopfen an Jennas Bürotür unterbrochen. Es war Daniels. »Ah, genau die Person, die ich sehen wollte.«

»Guten Morgen, Ma'am.« Deputy Daniels ließ eine Reihe blütenweißer Zähne aufblitzen und kam herein.

»Hatten Sie gestern Zeit, Billy Watts zu befragen, wo er sich in der Nacht meines Unfalls aufgehalten hat?«

»Nein, aber ich habe ihn gefragt, ob er gestern früh irgendwo in der Nähe der Dutton Road war. Er sagte, er sei zwar bei der Mülldeponie gewesen, konnte dort aber seinen Müll nicht abladen.« Daniels schenkte ihr ein süffisantes Lächeln. »Ich weiß ganz sicher, dass er in seinem SUV ein Jagdgewehr hat. Und ein schlechter Schütze ist er auch nicht. Ich war schon öfters mit ihm jagen.«

»Wer hat Ihnen von den Schüssen erzählt?« Kane warf Deputy Rowley einen eiskalten Blick zu.

»Rowley.« Daniels runzelte die Stirn und in seinem Gesicht machte sich Verwirrung breit. »Er hat uns beiden einen Überblick über die Fälle gegeben und wonach wir die Verdächtigen fragen sollen – hauptsächlich Uhrzeiten und Aufenthaltsorte. Allerdings hat er nichts davon erzählt, dass Sarah Woodward tot ist.« Er stemmte seine Hände in die Hüften. »Das war doch kein Geheimnis, oder?«

»Nun, in gewisser Weise schon, denn wir müssen die Einzelheiten ihres Todes vorerst geheim halten.« Jenna warf einen Blick auf Kanes versteinerte Miene. »Ich war gestern Abend nicht erreichbar und Rowley hat alles Notwendige getan, damit Sie die Verdächtigen befragen können.«

»Danke, Ma'am.« Rowley wandte sich an Kane. »Angesichts der drei Vorfälle in Zusammenhang mit Sheriff Alton in kaum einer Woche, denke ich, dass einer von uns ständig in ihrer Nähe sein sollte.«

Jenna hatte es satt, dass ihre Deputys sie zuerst als Frau und dann erst als Sheriff betrachteten, und stieß einen langen Seufzer aus. »Ich kann im Büro schon selbst auf mich aufpassen, meine Herren, und falls ich entführt werde und mein Handy, mein Fahrzeug oder meine Waffe verliere, hat Kane ein Gerät als Sicherung eingerichtet, mit dessen Hilfe man mich orten kann.« Sie tippte an ihren Ohrring und lächelte Kane an. »Unser neuer Deputy hat äußerst geniale Ideen.«

42

Fassungslos starrte Kane Sheriff Alton an. Ihm fehlten die Worte. Hatte sie den Verstand verloren, hier vor versammelter Mannschaft den Peilsender in ihrem Ohrring zu erwähnen? Aus den Augenwinkeln nahm er draußen im Flur eine Bewegung wahr. Durch die offene Tür erkannte er Billy Watts, der auf dem Weg zur Toilette an ihnen vorbeikam. Kane befürchtete, dass einer von Josh Rockfords Freunden ihr Gespräch mitangehört hatte. Der Anblick von Billy Watts löste eine Flut von zufälligen Informationen aus, die er übersehen hatte. Geistesgegenwärtig räusperte er sich und starrte Rowley an. »Hat einer von Ihnen heute Morgen schon mit Billy Watts gesprochen?«

»Ich. Er wartet draußen im Vorzimmer.« Daniels blieb auf halbem Weg zur Tür stehen. »Er ist nochmal zur Befragung gekommen, denn er habe nichts zu verbergen, wie er sagte.«

»Okay, danke. Sagen Sie ihm, er soll warten, ich werde mit ihm sprechen.«

Kane drehte sich zu Jenna um. »Der Sheriff hat mir die Leitung in dem Mordfall übertragen und mein Hauptanliegen ist es, einen Wahnsinnigen zu stoppen, bevor er erneut mordet. Wir müssen daher Prioritäten setzen. Im Moment haben wir die Leiche im Fass noch nicht endgültig identifiziert, glauben aber, dass es sich bei dem Opfer um John Helms handelt. Ich habe Pater Maguire gebeten, den Namen von Helms' Zahnarzt herauszufinden. Sollte die Leiche im Fass tatsächlich John Helms sein, werde ich die Polizei in seinem Heimatort bitten, seine Frau zu verständigen.« Er massierte die Metallplatte in seinem Kopf und zuckte bei dem unangenehmen Pochen zusammen. »Jemand wird Sarah Woodwards Mutter kontaktieren müssen und sie herbestellen, um ihre Leiche zu identifizieren.«

»Ich bitte Maggie, die Anrufe zu tätigen. Sie kann sehr gut mit heiklen Situationen umgehen«, sagte Alton. »Ich wünschte, ich hätte mehr Personal hier. Ich brauche eine aktuelle Version der Akten der KFZ-Zulassungsstelle und außerdem jemanden, der Walters bei der Suche nach Miss Woodwards Handtasche hilft.« Sie seufzte. »Hat sich Mr. Davis bezüglich des Verbleibs von Stan Clough schon gemeldet?«

»Die Recherchen der KFZ-Zulassungsstelle habe ich gestern abgeschlossen, ist alles in der Akte«, erklärte Daniels. »Ich rufe meine Brüder an, vielleicht wissen die ja, wo Stan Clough jetzt wohnt. Und dann helfe ich Walters, wenn Sie wollen. Haben Sie eine Beschreibung der Handtasche von Miss Woodward?«

Kane gab ihm die Beschreibung und wandte sich dann an Rowley. »Und Sie befragen Susie Hartwig, vielleicht kann sie Rockfords Alibi ja bestätigen.«

»Haben Sie auf der Old Mitcham Ranch die Leiche von Sarah Woodward gefunden?« Daniels warf ihm einen besorgten Blick zu. »Ich meine, auf der Suche nach der Handtasche lassen Sie ja von dort bis zum Motel nichts aus. Also was war da los? Ich habe ein Recht darauf, das zu erfahren.«

»Haben Sie das?« Kanes Blick verengte sich. »Alles, was Sie im Augenblick wissen müssen, ist, dass wir ihre Leiche gefunden haben und ich die Ermittlungen durchführe.«

Kane winkte die Deputys hinaus und schloss die Tür, bevor er sich an Alton wandte. »Warum haben Sie den Deputys von dem Peilsender in Ihrem Ohrring erzählt? Angesichts Ihrer großen

Sorge über eine undichte Stelle im Revier, war das ja wohl reichlich kontraproduktiv.«

»Ich gebe Ihnen Recht, das war total dumm von mir.« Jenna zuckte die Schultern. »Aber jetzt ist es zu spät – also vergessen Sie's einfach.« Sie richtete sich auf. »Ich sehe, dass Sie über etwas nachgrübeln. Was haben Sie sonst noch über den Fall herausgefunden?«

»Als ich Billy Watts da im Flur sah, hat mich das zum Nachdenken gebracht.« Kane ging zum Whiteboard hinüber und griff sich einen Stift. »Ich weiß nicht, ob er mit den Anschlägen auf Ihr Leben zu tun hat, aber er war zufällig genau zur richtigen Zeit am richtigen Ort, um Informationen zu bekommen, die für einen unserer anderen Fälle relevant sind.«

»Billy Watts? Ehrlich?« Jenna stand auf und trat zu ihm an die Tafel. »Wie kommen Sie darauf, dass er etwas damit zu tun hat? Er ist eher einer der ruhigeren in Rockfords Gang – fast schon ein Außenseiter. Daher auch der Streit ums Geld im Cattleman's Hotel. Und welcher Fall eigentlich?«

»Ich frage mich, ob er mit dem Verschwinden von Mrs. Woodward zu tun hat.« Kane schrieb den Namen Watts oben auf die Tafel. »Nehmen wir einfach mal an, er hat Mrs. Woodward ermordet. Watts ist ein Spieler, also ist Geld ein mögliches Motiv.« Er ergänzte die Informationen auf der Tafel. »Er denkt, er kann hier machen was er will und dann kommt Sarah in die Stadt, auf der Suche nach ihrer Großmutter. Dass Sarah eine Großmutter hat, konnte er nicht wissen, aber während meines Gesprächs mit ihr hat er zufällig im angrenzenden Bürobereich darauf gewartet, dass Daniels mit seinem Papierkram fertig wird. Die Information über die Briefe hätte er also leicht mitbekommen können und ihre Pläne auch.« Er kritzelte etwas auf die Tafel. »Für ihn würde es Sinn ergeben, die Beweise zu vernichten, wenn sie ihn belasten. Allerdings habe ich mich gefragt, wie er Sarahs Zimmernummer herausgefunden hat, denn der Motelbesitzer weigert sich, Informationen über seine Gäste herauszugeben.« Er schnippte mit den Fingern. »Aber dann hab ich mich erinnert: Billy Watts hat sich mit Sarah auf dem Parkplatz unterhalten, in der Nacht als ihr Auto kaputt ging. Und zufällig hat er unser Gespräch über Sarahs Absicht mitgehört, am Montag nach ihrer Großmutter zu suchen, und auch, dass sie ihr Auto reparieren lassen wollte. Und als ich Daniels anwies, sie zu ihrem Motel zu begleiten, stand er keine fünf Meter weit weg. Billy Watts hat den Parkplatz in ihre Richtung verlassen und hätte ihr folgen können, um ihre Zimmernummer herauszufinden.« Er fügte die letzten Vorfälle der Liste hinzu. »Wenn Watts etwas mit dem Verschwinden von Mrs. Woodward zu tun hat, dann glaube ich, dass wir Sarahs Mörder gefunden haben könnten.«

»Klingt alles schlüssig, aber ich würde Stan Clough zum jetzigen Zeitpunkt noch nicht ausschließen. Er ist der einzige Verdächtige, den wir haben, der schon einmal verurteilt wurde.«

Kane nickte. »Stimmt, aber nicht, wenn die Folter dazu diente, Informationen zu erhalten, zum Beispiel die PIN für das Konto des Opfers. Verdammt, ich habe schon Kinder gesehen, die wegen ihrer Schuhe zu Tode geprügelt wurden.«

»Falls Sarahs Großmutter bei Watts gewohnt hat, zum Beispiel als Haushälterin, und ihn in einem Brief erwähnte, dann könnten wir ihr Bewegungsprofil bis zu ihm nachvollziehen. Watts lebt allein auf einer Ranch, nicht weit vom Stadion der Larks entfernt, was bedeutet, dass er leicht auch Helms getroffen haben könnte. Und wenn Helms die Art von Fan war, wie wir glauben, hätte er die Einladung bei einem Eishockeyspieler zu wohnen, nie im Leben abgelehnt.« Alton drehte sich zu ihm um und tippte sich mit einem gepflegten Fingernagel an ihr Kinn. »Sollte Watts in beide Morde verwickelt und Geld das Motiv sein, dann brauchen wir Beweise.«

Kane starrte auf das Whiteboard. »Wir wissen, dass sowohl Woodward als auch Helms offenbar das County verlassen haben und urplötzlich im gleichen Großraum von Geldautomaten große Mengen Bargeld abgehoben haben. Wir wissen auch, dass Helms aus einem bestimmten Grund gefoltert wurde. Wenn er seine PIN verraten hat, dann ergäbe es Sinn für seinen Mörder, das Geld außerhalb von Black Rock Falls abzuheben, um den Anschein zu erwecken, das Opfer hätte unseren Bezirk bereits verlassen. Und um Ihrer nächsten Frage zuvorzukommen: In kleineren Städten sind die Kameras an den Geldautomaten völlig nutzlos, ihre Aufnahmen sind körnig und im Winter sind die Leute wegen ihrer Mützen und Schals sowieso kaum zu erkennen.« Er legte den Filzstift zurück in die Magnethalterung. »Wir haben die Bankaufzeichnungen und wenn wir Watts oder einem unserer Verdächtigen nachweisen können, dass sie sich zu der Zeit, als die Abhebungen stattgefunden haben, an einem dieser Orte aufgehalten haben, dann haben wir einen hinreichenden Verdacht für eine Verhaftung – und fürs Protokoll: Stan Clough steht immer noch ganz oben auf meiner Liste. Sobald ich herausgefunden habe, wo er wohnt, bin ich an ihm dran, wie Flöhe an einem Hund.«

»Ich gehe persönlich zum Richter und besorge uns Vollmachten für so viele Telefon- und GPS-Aufzeichnungen wie nur möglich.« Alton lächelte. »Im Justizgebäude bin ich sicher, außer ich treffe dort James Stone, aber ich bezweifle, dass er vor dem Richter eine Szene machen wird. Tolle Kombinationsarbeit übrigens. Ich glaube schon fast, ich arbeite mit Sherlock Holmes zusammen.«

Er folgte Alton zur Tür hinaus und schloss sie hinter sich. Billy Watts saß auf einem Stuhl im Bürobereich, die breiten Hände auf den Knien verschränkt, und richtete seine Aufmerksamkeit auf Sheriff Alton. Kane räusperte sich, um ihn auf sich aufmerksam zu machen, und ließ sich dann auf seinen Stuhl fallen. »Mr. Watts?«

»Billy Watts.« Der Mann schien die Situation zu genießen. »Nennen Sie mich Billy.« Er zeigte ein selbstsicheres ironisches Grinsen. »Mr. Watts ist mein Vater.« Er streckte seine langen, muskulösen Beine, die in engen Jeans steckten, aus und kreiste mit den Schultern. »Und Sie sind Deputy Sheriff Kane, nehme ich an?« Er kicherte leicht. »Wie fühlt es sich an, von einer Frau herumkommandiert zu werden?«

Kane setzte seine professionelle Miene auf und blickte Watts lange an. Dann nahm er einen Schreibblock aus der Schublade und ließ ihn auf den Schreibtisch fallen. »Ungefähr so, wie den Anordnungen eines Trainers zu gehorchen, schätze ich. Wie ich höre, hat er Ihnen bis zum Finale eine strenge Ausgangssperre aufgebrummt?«

»Genau, seit der Meinungsverschiedenheit im Cattleman's Hotel.« Watts schnaubte. »O Mann, manche Leute können echt überreagieren. Es gab keinen Grund, die Bullen zu rufen. Es war ein Missverständnis unter Freunden und jetzt müssen wir alle unseren Kopf dafür hinhalten.«

»Die Leute haben ein Recht darauf, sich zu amüsieren, ohne Angst haben zu müssen, dass Flegel die Kontrolle verlieren und eine Schlägerei anzetteln.« Kane nahm sich einen Stift aus der ramponierten Kaffeetasse auf seinem Schreibtisch und betrachte voller Bewunderung das Foto einer schönen Hula-Tänzerin an einem malerischen Palmenstrand an dessen oberem Ende. »Sie haben Glück, dass Sheriff Alton Sie mit einer Verwarnung davonkommen ließ. Ich hätte Sie wegen Ruhestörung verhaftet.«

»Ach wirklich?« Watts starrte ihn an. »Dann darf ich wohl annehmen, dass Sie kein Fan der Larks sind. Oder haben Sie diese Woche auf das andere Team gesetzt? Einen von uns anzuklagen, hätte dem Team seine wichtigsten Spieler entzogen – und wir verlieren nicht gern, wissen Sie.«

Kane hielt seinem Blick ohne zu blinzeln stand. Er hatte schon alle möglichen Leute befragt und nur die wirklich Dummen hatten versucht, ihn einzuschüchtern. Er gähnte, bedeckte seinen Mund mit einer Hand und sah dabei sehr wohl, wie sein Gegenüber mit den Augen rollte. »Entschuldigung. Ich habe ein paar harte Tage hinter mir. Macht es Ihnen etwas aus, wenn wir jetzt mit den Fragen beginnen? Welche Automarke und welches Modell fahren Sie?«

»Auto? Ich besitze einen Chevrolet Silverado Pickup.« Watts zeigte mit einem schmutzigen Daumen in Richtung Vorderfenster. »Der da vorne, mit der schwarzen Metallic-Lackierung und den getönten Scheiben.«

»Okay.« Kane warf einen Blick auf das glänzende Fahrzeug,

das am Bordstein parkte, und notierte sich die Details. »Wo waren Sie am Freitagabend gegen Mitternacht?«

»Ich war hier in der Zelle.« Er gluckste und legte seine Cowboystiefel in Höhe der Knöchel übereinander. »Ich hab mit Ihnen gesprochen, als man mich am Samstag entlassen hat – erinnern Sie sich nicht mehr?«

»Doch. Mein Fehler.« Kane starrte auf das Blatt Papier vor sich. Seine letzte Frage war ein bewusster Versuch gewesen, Watts den Eindruck zu vermitteln, es ging in ihrem Gespräch hier nur um einige Routinefragen, die jedem gestellt wurden.

»Kennen Sie eine Person namens John Helms?«

»Nein.« Billy Watts blickte ihn weiterhin unverwandt an.

Kanes Gesicht zeigte keinerlei Regung. »Waren Sie zwischen Samstag und Montag auf der Mülldeponie?«

»Ja, am Samstagmorgen. Ich habe dort etwas Müll hingebracht und bin am Montag wieder hin, aber am Tor hing ein ›Geschlossen‹-Schild. Warum stellen Sie mir die gleichen Fragen wie Pete?« Aufgeregt rutschte Watts auf seinem Stuhl herum. »Ich habe keine Leiche in ein Fass gestopft, falls Sie das meinen. Ich habe am Samstag nur einen Karton Bierflaschen zum Recyclinghof gebracht.«

»Haben Sie auf dem Weg nach Hause die Dutton Road genommen?«

»Ja, das ist der Weg zu mir nach Hause.« Watts sah ihn misstrauisch an. »Warum?«

Kane machte sich ein paar Notizen und entgegnete dann seinen Blick. »Im Bereich der Dutton Road sind am Montagmorgen gegen halb acht Schüsse gefallen und wir ermitteln diesbezüglich.« Er tippte mit dem Stift auf den Notizblock. »Ist Ihnen zufällig ein Fahrzeug aufgefallen, das hinter der Mülldeponie oder auf der Straße dort in der Nähe geparkt war?«

Billy Watts fuhr sich mit der Hand durch die Haare und betrachtete einige Augenblicke lang die Wand an.

»Ja, jetzt, wo Sie's erwähnen, ich habe tatsächlich einen dunkelblauen Ford Pickup gesehen, ein älteres Modell, das dort zwischen den Bäumen stand.« Er kratzte sich an der Wange und nickte. »Ja, der Pickup ist mir auf dem Weg zur Mülldeponie aufgefallen und als ich sie verließ, war er immer noch da. Ich dachte, vielleicht kippt jemand seinen Müll da hinten über den Zaun.« Die Spitzen seiner Ohren hatten sich rosa gefärbt. »Eigentlich hatte ich dasselbe vor, aber dann hab ich den Streifenwagen hinter mir bemerkt.«

»Aha.« Kane legte den Kopf schief. »Haben Sie zufällig den Fahrer des Pickups gesehen?«

»Nö, niemanden, nur das Auto.« Watts grinste. »Was ich erkannt habe war das hässliche Gesicht von Deputy Walters in seinem Streifenwagen. Der ist mit hundert Sachen an mir vorbeigerauscht.«

»Woher kennen Sie Sarah Woodward?« Kane drehte den Stift in seinen Fingern wie einen Roulette-Chip. »Und wo haben Sie sie kennengelernt?«

»Sarah?« Watts zog seine Augenbrauen hoch. »Was hat Sarah mit der Leiche im Fass zu tun?«

»Beantworten Sie einfach meine Frage.«

»Wie ich schon sagte, ich habe nichts zu verbergen.« Watts räusperte sich und zuckte gelangweilt mit den Schultern. »Sarah war am Samstagmorgen zur Befragung hier. Später dann habe ich ihr gegenüber draußen die eine oder andere Bemerkung gemacht, wie ihr hier alle Leute schikaniert. Am selben Abend erschien sie dann im Restaurant vom Cattleman's Hotel und der Kellner wies ihr den Tisch neben mir zu. Ich stellte mich vor und da wir beide alleine waren, bat ich sie, sich doch zu mir zu setzen.«

»Worüber haben Sie gesprochen?«

»Ach, dies und das, hauptsächlich über Eishockey.« Watts grinste lüstern. »Sie hatte von mir gehört und wir verstanden uns echt gut.«

»Und später haben Sie sie dann zu ihrem Auto begleitet, nehme ich an?«

»Nein, sie ist alleine raus. Kurze Zeit später bin ich ihr gefolgt und sie rief mich zu ihrem Auto rüber, weil es nicht anspringen wollte.« Er warf Kane einen genervten Blick zu. »Und dann sind Sie aufgetaucht und haben alles verpatzt, sonst hätte ich sie nach Hause gefahren.«

»Okay.« Kane bemerkte, dass Watts vollkommen entspannt vor ihm saß. *Er weiß nicht, dass sie tot ist. Mist, schon wieder eine Theorie, die wir vergessen können. So viel zu Sherlock Holmes.* »Hat Sarah erwähnt, was sie vorhatte oder wo sie wohnte?«

»Sie war auf der Suche nach ihrer Großmutter.« Watts seufzte lang und deutlich. »Ich weiß, wo sie wohnt und dass ihre Großmutter vermisst wird. Ich habe zufällig mitangehört, wie Sie mit ihr gesprochen haben.«

»Und was haben Sie am Montag gemacht, nachdem Sie die Mülldeponie verlassen hatten?«

»Ich bin zum Stadion der Larks gefahren und habe meine Sachen dort in die Mülltonne geworfen.« Watts zuckte kurz mit den Schultern. »Und dann hab ich Dan angerufen, Dan Beal, und wir sind zu Aunt Betty's auf einen Kaffee und später dann gemeinsam zur Turnhalle.«

»Wann war das und welche Turnhalle?« Kane hob seinen Stift.

»Die im Stadion. Als wir Aunt Betty's verließen war's so ungefähr acht Uhr, glaub ich. Ein paar der Spieler haben mich dort gesehen und außerdem der Assistenztrainer, John Beenie. Die können Ihnen das bestätigen.«

Kane schob ihm den Block und den Stift zu. »Schreiben Sie mir bitte die Namen auf.« Ein kurzer Blick auf die Hände des Mannes – keinerlei Verletzungen.

»Sicher.« Watts gehorchte.

»Haben Sie was dagegen, eine DNA-Probe abzugeben?« Kane beobachtete ihn genau und positionierte seine Beine unter ihm, falls er plötzlich aufspringen und wegrennen sollte.

»O Scheiße.« Watts rieb sich mit beiden Händen über das Gesicht und blickte Kane durch seine Finger an. »Ist mit Sarah was passiert?«

»Ich fürchte, Miss Woodward war gestern Morgen in einen

Vorfall verwickelt.« Kane griff in seiner Schublade nach einem Speichelproben-Kit und legte es auf den Schreibtisch. »Wir wollen jeden, der ihr zuvor begegnet ist, ausschließen können und dazu brauche ich einen Abstrich von der Innenseite ihres Mundes.«

»Werde ich einen Anwalt brauchen?« Plötzlich war alle Farbe aus Watts Gesicht gewichen.

Kane beugte sich vor und hob eine Braue. »Das hängt von Ihnen ab, Mr. Watts. Wie ich schon sagte, möchte ich alle Unschuldigen aus einer langen Liste von Verdächtigen streichen können. Wenn Sie nichts zu verbergen haben, geben Sie uns jetzt einfach eine Speichelprobe. Das ist zwar freiwillig, aber ich kann, falls nötig, auch einen entsprechenden Gerichtsbeschluss erwirken.«

»Ich schwöre Ihnen, ich habe sie nicht angefasst.« Watts starrte auf das versiegelte Päckchen auf dem Schreibtisch. »Was ist denn passiert, hat ihr jemand wehgetan?« Er verzog das Gesicht. »Wenn Sie DNA-Proben brauchen, dann ist es wohl schlimm, oder?«

»Ich wiederhole: Sie war in einen Vorfall verwickelt und ich brauche die DNA von allen, die ihr vor kurzem begegnet sind.«

»In Ordnung, ich mach das hier jetzt.« Watts runzelte seine Stirn. »Können Sie mir wenigstens sagen, ob es ihr gut geht? Sie ist ein wirklich nettes Mädchen – Sie wissen schon, so sanft.«

»Es tut mir leid, aber ich darf keinerlei Informationen herausgeben.« Kane zog sich ein Paar OP-Handschuhe über und nahm eine Speichelprobe aus Watts' Mund. Dann schob er Watts ein Formular über den Tisch und sagte, »unterschreiben Sie bitte hier.«

Watts unterschrieb das Formular. »Und jetzt? Darf ich jetzt gehen?«

Als Kane bemerkte, dass Alton ihr Büro betrat, winkte er sie zu sich und wandte sich dann wieder an Watts. »Ich bitte um die Erlaubnis, Ihr Fahrzeug durchsuchen zu dürfen.« Kane richtete sich auf. »Besitzen Sie ein Gewehr?«

»Ja.« Watts erhob sich ebenfalls. »Durchsuchen Sie so viel Sie wollen, ich habe nichts zu verbergen.«

»Gibt's ein Problem?« Lässig stellte sich Alton an Kanes Seite und warf ihm einen fragenden Blick zu.

Er zuckte kurz mit den Schultern. »Nein. Mr. Watts hat einer Durchsuchung seines Fahrzeugs zugestimmt. Würde es Ihnen etwas ausmachen, mit anwesend zu sein?«

»Ganz und gar nicht.« Altons lächelte zufrieden und wandte sich zur Tür.

Nachdem er die DNA-Probe am Empfang abgegeben hatte, damit Maggie es ins Labor schicken konnte, traf Kane Watts und Alton draußen vor dem Gebäude. Er überprüfte Watts' Auto, nahm Proben vom Teppich und untersuchte das Gewehr. Die Waffe war in letzter Zeit nicht abgefeuert worden. Dann wandte er sich wieder Watts zu. »Ich danke Ihnen für Ihre Kooperation. Sie können jetzt gehen.«

»Aber bitte bleiben Sie in der Stadt.« Alton wedelte mit einem Dokument vor seinem Gesicht. »Das hier ist ein Gerichtsbeschluss, mit dem ich Zugriff auf Ihre Handy- und die GPS-Aufzeichnungen Ihres Wagens habe.«

»Tun Sie, was Sie tun müssen.« Watts öffnete sein Auto und stieg ein. »Ich habe Sarah nicht verletzt und ich hoffe, Sie finden das Arschloch, das es getan hat.« Er startete den Motor und fuhr davon.

»Er war's nicht, oder?« Alton wirkte unzufrieden.

»Nein.« Kane folgte ihr zurück ins Revier. »Nicht, wenn seine Alibis stimmen, und das werden sie bei der Anzahl der Leute auf seiner Zeugenliste. Den DNA-Test hat er auch freiwillig gemacht, aber ich bezweifle, dass die Gerichtsmedizin bei beiden Opfern DNA-Spuren finden wird. Wer auch immer sie ermordet hat, weiß wie man Beweise vernichtet. Das Bleichmittel, das in der Schlafbaracke benutzt wurde, hätte wahrscheinlich jede brauchbare DNA ausgelöscht. Ist alles die Schuld der ganzen Sendungen über Verbrechensaufklärung im Fernsehen – bevor es die gab, waren Verbrecher viel leichter zu fassen.« Er seufzte frustriert. »Verdammter Mist, ich dachte wirklich, Watts passt ins Puzzle.«

»Bevor Sie ihn wieder von der Liste streichen, werde ich

Rowley beauftragen, seine GPS- und Handydaten mit seiner Aussage abzugleichen.« Alton wartete nicht auf Kanes Antwort, sondern ging zurück ins Revier. »Ich denke, wir sollten Rockford und seinen Anwalt bitten, zu einer Befragung hierher zu kommen.« Sie warf ihm einen Blick über die Schulter zu. »Und finden Sie Stan Clough.«

43

»Sheriff Alton!« Laut ertönte Maggies Stimme vom Empfang. »Ich habe die Informationen, um die Sie gebeten haben.« Sie wedelte mit einem Stück Papier.

Jenna lächelte dankbar und ging rüber zum Tresen. »Danke. Irgendwelche Probleme?«

»Nein.« Maggie seufzte. »Den Angehörigen mitzuteilen, dass ein geliebter Mensch gestorben ist, ist echt 'ne traurige Sache. Ich bin froh, dass ich einen Kurs in Trauerbewältigung belegt habe.« Sie atmete tief durch. »Ich hab mir zu all den Fragen, die ich ihnen stellen sollte, Notizen gemacht. Es gibt nur ein Problem: Sarah Woodwards Mutter kann nicht herkommen. Stattdessen kommt ihr Onkel, um die Leiche zu identifizieren. Er sollte in ein oder zwei Tagen hier eintreffen.«

»Ich danke Ihnen. Was würde ich bloß ohne Sie machen?« Jenna nahm das Stück Papier und ging in ihr Büro zurück.

Sie setzte sich und überflog die Notizen. Pater Maguire hatte herausgefunden, wer John Helms' Zahnarzt war. Sie griff zum Telefon, um die Gerichtsmedizin anzurufen und ihnen den Namen mitzuteilen. Als sie die Nummer wählte, antwortete ihr der diensthabende Forensiker, Brent Stanton und Jenna sagte: »Ich weiß, es ist noch nicht viel Zeit vergangen, aber haben Sie trotzdem schon was für mich?«

»Das erste Opfer, der Mann im Fass, ist ein Weißer, Ende Dreißig mit braunen Augen, braunen Haaren und etwa einen Meter sechsundsiebzig groß. Die Untersuchung durch Ihren Gerichtsmediziner vor Ort war vollständig. Wir sind gerade dabei, die in den Wunden vorhandenen Spuren von Insekten, Erde und Vegetation zu klassifizieren, was Rückschlüsse darauf zulassen würde, dass das Opfer auf der Erde gekrochen ist und eine Zeit lang draußen geschlafen hat. In den Wunden und Haaren finden sich ebenfalls Insekten und vermutlich Reste von Heu oder Stroh. Sobald wir diese identifiziert haben, gleiche ich sie mit bekannten Arten in Ihrer Gegend ab. Und wie es der Zufall so will, haben wir eine Datenbank mit Bodenproben aus vielen Gegenden Montanas, daher werden wir hoffentlich eine Übereinstimmung finden. Ich würde vermuten, dass das Opfer in einer Scheune ermordet wurde. Abgesehen von Erde und Insekten, weisen seine Extremitäten Zeichen von Erfrierungen auf.«

»Könnten Sie später auch sagen, ob die Angaben des Zahnarztes eine Übereinstimmung mit John Helms bestätigen? Er passt auf die Beschreibung. Soweit wir wissen, ist er vor etwa drei Wochen verschwunden und der Pastor in seinem Heimatort hat eine Vermisstenanzeige aufgegeben. Ist es noch zu früh, um einen ungefähren Todeszeitpunkt zu nennen?«

»Meiner Ansicht nach hat der Mörder dem Opfer die Verletzungen über einen Zeitraum von vielleicht einer Woche zugefügt. Es gibt Anzeichen von Verheilung, obwohl, wie Sie sicher wissen, die Flüssigkeit, in die der Körper gelagert war, die DNA-Beweise abgespült hat. Und anstatt die Leiche komplett zu zerstören, hat sie sie stattdessen bis zu einem gewissen Grad konserviert. Schätzungsweise lag der Körper nicht länger als fünf bis sieben Tage in der Lösung, bevor Sie ihn gefunden haben.« Er räusperte sich. »Und es gibt auch Wunden, die auf Gegenwehr hindeuten. Das Opfer hat versucht, sein Gesicht vor dem Angriff zu schützen.«

Jenna notierte sich alles auf ihrem Notizblock. »Ich nehme an, die Leiche lag nicht in Säure?«

»Nein. Ich habe eine Probe zur Analyse weggeschickt, aber ich würde sagen, eher in einer Lauge.«

»Konnten Sie das Mal auf seiner Schulter identifizieren? Ist es eine Tätowierung?«

»Zum Glück, ja. Nachdem wir die oberste Hautschicht entfernt hatten, konnte man das Mal recht gut erkennen. Ich schicke Ihnen ein Foto.«

»Vielen Dank. Und Sarah Woodward?«

»Morgen früh haben Sie meinen Bericht. Ich kann Ihnen bislang nur sagen, dass die Fotos vom Tatort Fußabdrücke zeigen und die stammen nicht von Ihrem Deputy. Ich habe sie ebenfalls zur Analyse geschickt. Der oder die Mörder von Miss Woodward haben also doch nicht alle Beweise vernichtet.«

Mehrere? Jenna schluckte den Kloß hinunter, der gerade in ihrem Hals hochkam. »Wollen Sie damit andeuten, dass mehr als eine Person daran beteiligt war?«

»Eine definitive Antwort kann ich Ihnen erst geben, wenn wir unsere Analysen abgeschlossen haben. Sobald wir mit allem fertig sind, bekommen Sie einen umfassenden Bericht von mir.«

»Ich danke Ihnen.« Jenna legte auf und starrte ungläubig auf das Whiteboard. Was zum Teufel war in dieser Stadt los?

Tausend verschiedene Gedanken jagten ihr durch den Kopf. Entnervt schob sie ihren Stuhl zurück und stand auf. Sie blickte kurz auf die Uhr und spähte dann ins Großraumbüro. Zur Abwechslung war alles ruhig, nur ein paar Einheimische warteten darauf, dass Maggie am Empfang Zeit für sie hatte und Deputy Rowley saß mit Kane plaudernd an dessen Schreibtisch – zweifellos brachte er ihn über sein Gespräch mit Susie Hartwig auf den neuesten Stand. Jetzt konnte sie gut für ein paar Minuten verschwinden, um sich etwas zu essen zu holen. Später würde sie mit dem Immobilienmakler in seinem Büro sprechen. Da sie Kane über jede ihrer Bewegungen informieren wollte, schlenderte sie hinüber zu seinem Tisch. Die beiden Deputys verstummten und

Jenna senkte ihre Stimme. »Ich habe gerade aus der Gerichtsmedizin einen mündlichen vorläufigen Bericht bekommen. Sie führen Analysen der Tier- und Pflanzenspuren an der Leiche im Fass durch. Außerdem glauben sie, auch ein oder zwei Fußabdruckpaare an Sarahs Tatort gefunden zu haben.«

»Zwei?« Kanes Blick verriet Sorge. »Ein weiteres Teil in unserem Puzzle, könnte aber zu meiner Theorie mit den Rockford-Anhängern passen. Denken Sie doch bloß an Charles Manson und seinen Kult – so was gibt's.«

»Wir können nicht weitermachen, bevor wir nicht den Abschlussbericht der Gerichtsmedizin haben.« Jenna seufzte. »Wenn Sie Rockford befragen, möchte ich möglichst weit weg von hier sein – also gehe ich jetzt zum Mittagessen. Sollte ich von Pete nichts Neues über Stan Cloughs Adresse hören, fahre ich anschließend zum Immobilienbüro und versuche Mr. Davis zu erwischen.«

»In Ordnung.« Kane runzelte die Stirn. »Susie Hartwig sagt, Rockford sei bis etwa zweiundzwanzig Uhr bei ihr gewesen. Er hat also doch kein Alibi für Freitagnacht. Ich erwarte ihn und seinen Anwalt um vierzehn Uhr hier zu einem Gespräch. Zu Cloughs Adresse hab' ich auch noch nichts Neues – Daniels hat nichts gefunden. Und Davis hat auf unsere Anrufe bisher nicht reagiert. Glauben Sie, er denkt wirklich, er respektiere die Privatsphäre seines Klienten, indem er uns Informationen vorenthält? Clough ist als Häftling auf Bewährung verpflichtet, seinen Bewährungshelfer oder den örtlichen Polizeibeamten über jeden Wohnsitzwechsel zu informieren. Ich wette, wenn Sie Davis gegenüber durchblicken lassen, dass Sie ihn wegen Zurückhalten von Informationen vor Gericht bringen können, wird sein Gedächtnis schlagartig prima funktionieren.«

»Gute Idee.« Jenna drückte den Rücken durch. Mit Mr. Davis konnte sie umgehen.

»Falls Josh Rockfords Anwalt Ihr Stalker ist«, Kanes Lippen waren nur noch ein dünner Strich, »wollen Sie, dass ich mich dann auch um Mr. Stone kümmere?«

Jenna seufzte. Sie hatte sich von James Stone so weit wie

möglich ferngehalten. Und lieber würde sie sich in ihrem Büro einschließen, als bei dem Gespräch dabei zu sein. Wenn sie den Anschein erweckte, dass sie im Fall gegen Rockford und auch in ihrer eigenen Sache, die verantwortliche Polizistin wäre, würde Stone zweifellos sofort »Interessenskonflikt« schreien. »Machen Sie das zusammen mit Rowley und versuchen Sie herauszufinden, wo Rockford am Samstag und auch am Montag überall war. Wenn Sie Stone allein erwischen können, befragen Sie ihn bitte ebenfalls, damit wir ihn aus unseren Ermittlungen ausschließen können. Und wenn Sie sich auf unauffällige Weise ein bisschen dafür einsetzen könnten, ihn davon abzuhalten mich weiter zu belästigen, dann würde mich das mehr als freuen. Sobald ich wieder zurück bin, erwarte ich einen vollständigen Bericht.«

»Jawohl, Ma'am. Ihm komplett den Arsch aufzureißen, kommt also eher nicht in Frage?« Kanes Augen funkelten amüsiert.

Rowley riss die Augen so weit auf, dass Jenna glaubte, sie würden gleich auf den Boden purzeln. Mit Mühe unterdrückte sie ein Grinsen und räusperte sich stattdessen. »Sollten wir herausfinden, dass er derjenige ist, der mich im Gebüsch bedroht hat, dann hätte ich große Lust, das höchstpersönlich zu übernehmen.«

44

Kane verschränkte die Finger hinter dem Kopf und lehnte sich in seinem Bürostuhl zurück, der entrüstet knarzte. Er starrte an die Decke, zählte die Spinnweben und wandte sich dann an Rowley. »Ich möchte mit Miss Hartwig sprechen. Es wäre gut, sie hier zu haben, wenn Rockford eintrifft.« Er ließ seine Hände sinken und räusperte sich. »Können Sie sie auf dem Rückweg vom Mittagessen mitbringen?«

»Klar.« Auf Rowleys Handy war eine Nachricht angekommen und er starrte einige Augenblicke auf den Bildschirm, wobei sich seine Stirn in Falten legte. »Die Lackanalyse vom Unfall hat ergeben, dass es sich um einem 1977er Ford Pickup handeln muss. Ich habe bereits alle Zulassungen für einen blauen Ford Pickup auf einheimische Besitzer abgeglichen. Von den Hunderten in der Gegend passen nur fünf auf das Modell, das Sie gesehen haben. Ich habe überprüft, ob die Besitzer Vorstrafen haben und fand zwei mit entsprechenden Einträgen. Die anderen Besitzer sind zwei Männer Mitte Achtzig und eine Frau Mitte Siebzig – die habe ich mal ausgeschlossen, also bleiben Davis und Bürgermeister Rockford übrig.« Er zuckte mit den Schultern. »Ich glaube nicht, dass ich den Bürgermeister mit einem alten Pickup habe rumfahren sehen, also vermute ich, dass der Wagen irgendwo auf seiner Farm steht.«

Kane schnaubte. »Wer hat denn jetzt die Einträge – der Bürgermeister oder Davis?«

»Davis.« Rowley wurde blass. »Er hat seine Frau verprügelt.«

»Wann?«

»Vor zehn Jahren.« Rowleys Blick verengte sich. »Sie hat die Anzeige damals aber zurückgezogen.«

Kane hatte schon viel zu oft erlebt, dass Männer die Kontrolle verloren und ihre Frauen zu Tode prügelten.

»Verstehe.« Er erinnerte sich daran, dass er in der Einfahrt des Immobilienbüros einen hellen Geländewagen jüngeren Baujahrs gesehen hatte. »Davis fährt einen Dodge SUV, oder? Hat der Ford Pickup eine aktuelle Zulassung?«

»Ja, und ich habe ihn auch schon in seinem alten Pickup gesehen, aber das ist mindestens sechs Monate her. Der Sheriff ist auf dem Weg zum Immobilienbüro, sie will mit Davis nach dem Mittagessen sprechen. Wenn wir sie erwischen, bevor sie Aunt Betty's verlässt, kann sie Davis auch gleich nach seinem Pickup fragen.«

Bei der Vorstellung, dass Jenna ohne diese wichtige Information zu Davis ging, stellten sich Kanes Nackenhaare auf. Die beiläufige Art, wie Rowley ihm das alles gerade erzählt hatte, vermittelte ihm den Eindruck, dass er John Davis nicht als Bedrohung betrachtete. Er blickte ihn streng an und Rowleys Ohren verfärbten sich an den Spitzen leicht rosa. »Davis ist verdächtig. Wir glauben, dass er eine Verbindung zu den Opfern hat und er besitzt einen blauen Pickup. Wir müssen ihn also als verdächtige Person behandeln – mit zwei Indizien, die gegen ihn sprechen. Ich rufe Alton an und bringe sie auf den neuesten Stand.« Er griff in seiner Jackentasche nach seinem Handy und räusperte sich. »Sonst noch was, das ich wissen sollte?«

»Nein, aber ich habe mich gefragt, ob es sich lohnen würde, zu überprüfen, ob Sarah auf Facebook oder Instagram war. In den sozialen Medien erzählt man sich gerne, was man gerade macht, mit wem man sich trifft und was man so vorhat. Was, wenn sie sich mit jemandem dort getroffen oder ihre Pläne online besprochen hat?«

»Gute Idee.« Kane lächelte ihn an. »Überprüfen Sie alle Fotodateien. Wenn Sarah Selfies gemacht hat, hat sie sie vielleicht auch gepostet. Es wäre interessant zu sehen, wen sie sonst noch hier in der Stadt getroffen hat.«

Rowley nickte kurz und machte sich auf den Weg zu seinem Bürobereich. Kane rief Alton an, um sie über die jüngsten Entwicklungen zu informieren. »Vielleicht stehen Sie jetzt gleich der Person gegenüber, die Sie zu töten versucht hat. Ich denke, ich sollte zur Sicherheit mitkommen.«

»Ich steh gerade vor dem Immobilienbüro. Es ist helllichter Tag, die Straßen sind voller Menschen und ich bin bewaffnet.« Alton kicherte kurz. »Aber wenn's Ihnen lieber ist, lass' ich mir eine Ausrede einfallen, um mir sein Fahrzeug anzusehen und dann unterhalte ich mich draußen vor dem Büro mit ihm. Ich bin sicher, dass ich mit John Davis ohne Probleme auch alleine fertig werde.«

Kane kratzte sich an den Bartstoppeln. Wenn Alton eine Ausbildung bei einer Spezialeinheit oder dem Geheimdienst erhalten hatte, wie er vermutete, sollte sie mit den meisten Männern im Handumdrehen fertig werden, aber in den Büschen hinter dem Cattleman's Hotel hatte ihr das auch nicht geholfen. Ob es ihr gefiel oder nicht, sie war verletzlich und das hatte er ihr während der paar morgendlichen Trainingseinheiten, die sie kurz in ihren hektischen Zeitplan eingebaut hatten, deutlich bewiesen. Er hatte ihr ein paar Tricks gezeigt, um ihre Nahkampffähigkeiten wieder auf Vordermann zu bringen. Ihr stures Beharren, sie dabei wie »einen der Jungs« zu behandeln, klang in seiner Erinnerung nach und er schob seine Bedenken beiseite. In der kurzen Zeit, seit er Jenna kannte, war er ihr nahegekommen und sein Beschützerinstinkt war deutlich zum Vorschein gekommen. Doch jetzt gab er auf und knurrte zwischen zusammengebissenen Zähnen hindurch: »In Ordnung. Aber ich wäre Ihnen dankbar, wenn Sie mir beim Gespräch mit Susie Hartwig helfen könnten.«

Aus dem Hörer erklang schallendes Gelächter. »Wenn Sie sich Sorgen machen, dass sie Sie wieder anbaggert, bitten Sie einen der Deputys um Unterstützung.«

»Walters und Daniels sind noch nicht zurück und sobald Rowley vom Mittagessen wieder da ist, sucht er in den sozialen Medien nach möglichen Hinweisen bezüglich Sarah.« Kane räusperte sich. »Wenn Sie nicht hier sein können, wenn sie kommt, muss ich mich wohl alleine durchschlagen.«

»Muss ganz schön anstrengend sein, so verdammt gut auszusehen.« Altons vergnügtes Schnauben erklang direkt in seinem Ohr. »Bis später dann.«

Kane starrte auf die Meldung »Anruf beendet« auf seinem Handy und erhob sich. Sie glaubt echt, ich hätte Angst vor Frauen. Soll sie doch denken was sie will. Verärgert über den kleinen Dämpfer seiner Männlichkeit beschloss er, Susie Hartwig direkt anzusprechen.

Er ging zu Rowleys Tisch. »Ich mache jetzt Mittag. Sie warten bitte, bis ich wieder zurück bin. Während ich bei Aunt Betty's bin, werde ich Miss Hartwig direkt bitten, um halb zwei zur Befragung hierher zu kommen. Wenn Daniels und Walters inzwischen von ihrer Suche nach Sarahs Handtasche zurückkommen, behalten Sie sie bitte hier, bis ich wieder da bin. Sie sind jetzt der Boss.« Er schnappte sich seinen Mantel vom Haken neben der Tür und trat hinaus in den eiskalten Wind. Als er über Altons Kommentar nachdachte, musste er lächeln.

Achselzuckend schlüpfte er in seinen Mantel und beschloss, zu Fuß ins Café zu gehen. Black Rock Falls war voller Menschen, die ihren täglichen Besorgungen nachgingen und Kane machte sich forschen Schritts auf den Weg.

Nachdem er eine Schüssel Chili und zum Nachtisch Apfelkuchen und Kaffee bestellt hatte, lehnte er sich zurück und beobachtete die anderen Gäste, die ihm freundlich zuwinkten, ganz so als hätten sie ihn als Teil der Gemeinschaft akzeptiert. Als Susie

Hartwig mit dem Essen an seinen Tisch kam, lächelte er sie an. »Ich danke Ihnen. Ich muss sagen, Black Rock Falls ist eine nette Stadt. Jeder kennt mich bereits.«

»Ach, das liegt daran, dass ich Sie zur Fotogalerie der Neuankömmlinge in unserer Stadt dort an der Wand hinzugefügt habe.« Susie wies mit einem Daumen über ihre Schulter. »Das ist Teil unseres Service, wir hängen die Fotos aller neuen Stadtratsmitglieder und Polizisten dort hinten auf.«

»Verstehe.« Kane fragte sich, woher sie wohl sein Foto hatte. »Noch was anderes: Könnten Sie bitte um halb zwei auf dem Revier vorbeikommen? Ich würde gerne mit Ihnen über Josh Rockford sprechen.«

»Ich kann Ihnen alles sagen, was Sie wissen müssen.« Susie schob sich eine Haarsträhne aus dem Gesicht. »Ich bin nicht mit ihm zusammen – das war nur ein ganz normales Abendessen.«

Kane zuckte mit den Schultern und versuchte nonchalant zu wirken. »Wir führen aufgrund eines aktuellen Falls Routinerecherchen durch, um Personen aus unseren Ermittlungen ausschließen zu können. Inoffiziell mit Deputy Rowley oder mir zu sprechen, genügt allerdings nicht. Ich möchte, dass Sie zu uns kommen und eine offizielle Aussage machen. Länger als eine halbe Stunde wird es sicherlich nicht dauern.« Er lächelte sie abermals an. »Also dann um halb zwei?«

»Kein Problem. Ich finde schon jemanden, der mich vertritt.« Sie erwiderte sein Lächeln. »Soll ich Kaffee und Kuchen mitbringen?«

»Oh, das wäre großartig. Und wenn Sie noch fünf Latte Macchiato und eine Schachtel mit gemischtem Gebäck mitbringen könnten ...« Er machte eine Geste mit seiner Gabel. »Setzen Sie's einfach mit auf meine Rechnung.«

»Bis nachher dann.« Susie klimperte mit ihren Wimpern und schlenderte mit einem übertriebenen Hüftschwung davon.

Ihr kurzes Gespräch hatte die Aufmerksamkeit der anderen Gäste erregt. Kane konzentrierte sich wieder auf seinen Teller und rieb sich die Schläfe, in der Hoffnung, dass die Leute nicht glaubten, er hätte gerade versucht, ein Mädchen, das seine Tochter sein könnte, anzubaggern. Vielleicht sollte er Jenna bitten, mit Susie zu sprechen, aber da erinnerte er sich erneut an ihre schnippische Bemerkung. Nein, dieses Gespräch müsste er schon selbst führen, sonst würde ihm das immer und ewig nachhängen. Er vermied den Blickkontakt mit den anderen Gästen, aß seinen Teller leer und ließ ein paar Scheine auf den Tisch fallen. Als er aufstand, bemerkte er Deputy Daniels, der die Straße entlang in seine Richtung kam – mit einer Beweismitteltüte in der Hand.

Er ging zur Tür und wartete auf Daniels. »Was haben Sie gefunden?«

»Die Handtasche von Sarah Woodward. Ihr Ausweis ist drin, aber kein Handy.« Daniels hielt die Plastiktüte hoch. »Die Schlüssel für den SUV, den sie gefahren hat, sind auch drin, aber der Schlüssel vom Motel fehlt.«

Kane griff nach dem Asservatenbeutel und schaute sich den Inhalt an. »Wo genau haben Sie sie gefunden? Haben Sie Fotos gemacht?«

»Klar habe ich Fotos gemacht.« Daniels warf ihm einen schwer zu entschlüsselnden Blick zu. »Vielleicht sollte ich das mit dem Sheriff im Büro besprechen?«

»Sicher.« Kane blickte sich kurz um – niemand war in Hörweite, doch Daniels verhielt sich merkwürdig zurückhaltend. »Bitten Sie Rowley Sie zu begleiten und stecken Sie den Beutel in den Schlitz für Asservate.« Er gab ihm den Beutel zurück. »Der Sheriff sollte bald wieder im Büro sein, dann protokollieren wir die Beweismittel gemeinsam. Haben Sie Walters schon informiert?«

»Ja, gerade eben.« Daniels warf ihm einen Blick von der Seite zu. »Er ist auf dem Weg.« Er ging den Bürgersteig entlang, die Augen streng nach vorne gerichtet und den Mund grimmig zusammengekniffen. »Ich habe übrigens auch herausgefunden, wo Stan Clough jetzt wohnt.« Kane schloss zu ihm auf. Und trotzdem hast du mich nicht angerufen. Warum nicht?

45

Jenna lächelte zwei ältere Damen an, die sich so stark gegen die Kälte vermummt hatten, dass man unter ihren Kapuzen nur ihre rosigen Wangen und Augen sah. »Guten Tag, meine Damen.«

Sie wich einem Haufen grauen, wieder gefrorenen Schneematsch voller Blätter und Äste aus und ging auf das Immobilienbüro zu. Bereits von draußen konnte sie John Davis erkennen, der hinter seinem Schreibtisch saß und auf einen Computerbildschirm starrte. Sie öffnete die Tür und musste bei dem Gestank von ranzigem Schweiß, versetzt mit Zigarrenrauch, fast würgen. Wie jemand ohne Gasmaske mit ihm in dem Büro verhandeln konnte, war ihr schleierhaft. Sie blieb im Eingang stehen und hielt die Tür mit dem Fuß offen. »Hallo Mr. Davis. Haben Sie einen Moment Zeit? Ich habe ein paar Fragen an Sie.«

»Ja, aber schließen Sie die Tür. Wird kalt hier drinnen.« John Davis nahm einen Zug von seiner Zigarre und blies, den Kopf nach hinten geneigt, einige Rauchringe aus.

Da erinnerte sie sich kurz an Kanes Warnung und hielt inne. »Würden Sie bitte kurz mit nach draußen kommen? Ich habe ein Problem mit Zigarren.«

»Oh, na schön.« Offensichtlich genervt, erhob Davis sich langsam. »Ich hole schnell meinen Mantel.«

Sie trat von der Tür weg und wartete unter der Büromarkise, bis Davis sich zu ihr gesellte. Der Geruch, den er mitbrachte, verpestete selbst die frische Winterluft. »Entschuldigen Sie, dass ich Sie in dieser Kälte nach draußen schleppe.«

»Was kann ich für Sie tun?« Davis stampfte mit den Füßen auf den eisigen Boden. »Ich habe dem Woodward-Mädchen bereits alle Informationen gegeben, die ich über ihre Großmutter habe. Und die Liste der Grundstücke, die sie interessierten, habe ich bei Ihnen am Empfang ebenfalls abgegeben. Das ist alles was ich weiß.«

Jenna zog einen Handschuh aus, griff dann in die Jackentasche nach ihrem Notizblock und schob den Stift aus der seitlichen Halterung. »Können Sie mir sagen, wo Sie am Freitagabend zwischen elf Uhr abends und ein Uhr morgens waren?«

»Im Bett. Ich habe geschlafen.« Er stieß eine Atemwolke aus. »Ich bin gegen halb elf ins Bett. Sie können gerne meine Frau fragen.«

»Und Montagmorgen?«

»Um acht Uhr war ich hier im Büro mit Klienten verabredet. Ich hab sie mitgenommen, um die Wohnung neben der Bank hier in der Stadt zu besichtigen. Danach haben wir bei Aunt Betty's was gegessen – bis etwa zehn Uhr, glaube ich. Im Restaurant ist es schön warm und meine Klienten vertragen keinen Zigarrenrauch – genau wie Sie. Ich habe den ganzen Papierkram mitgenommen und wir haben das Geschäft dort abgeschlossen.« Davis runzelte die Stirn. »Eine Menge Leute haben mich dort gesehen. Warum fragen Sie das alles?«

»Reine Routine.« Sie deutete mit dem Kinn auf den cremefarbenen SUV in der Einfahrt. »Ist das Ihr einziges Fahrzeug?«

»Nein, ich habe noch einen alten Ford Pickup draußen auf der Ranch. Ich benutze ihn, um ab und zu das Hühnerfutter aus der Stadt zu holen. Ich möchte nicht, dass mein SUV komisch riecht, wenn ich Klienten Grundstücke zeige.«

Das Zigarrenrauchen aufzuhören, wäre vielleicht auch eine

Idee. »Wann sind Sie das letzte Mal mit dem Fahrzeug in die Stadt gefahren?«

Davis' Blick glich eher vollkommener Überraschung als dem Blick von jemandem, der auf frischer Tat ertappt wurde.

»Am letzten Tag des vorigen Monats.« Er beäugte Alton neugierig. »Sie können den alten Mr. Todd im Lagerhaus fragen. Ich hole meine Bestellung jeden Monat immer zur gleichen Zeit ab. Gibt es einen speziellen Grund, warum Sie sich so für mein altes Auto interessieren?«

»Wie schon gesagt, reine Routine.« Jenna lächelte ihn an. »Hat sonst noch jemand Zugriff auf das Fahrzeug?«

»Nein, meine Frau fährt kein Auto.« Er warf ihr einen besorgten Blick zu.

»Hätten Sie etwas dagegen, wenn ich einen Beamten zu Ihnen nach Hause schicke, um ein paar Fotos zu machen, damit wir den Wagen aus unseren Ermittlungen ausschließen können?«

»Überhaupt nicht. Ich rufe meine Frau an und sage ihr, dass jemand kommen wird.« Er zog den Mantel enger um seinen rundlichen Körper. »Hatte das Woodward-Mädchen Erfolg bei der Suche nach ihrer Großmutter? Sie sagte, sie würde vorbeikommen und mir Bescheid geben.«

Jenna erkannte schnell, dass sie Davis jetzt ganz automatisch zu den Informationen befragen konnte, die er Sarah gegeben hatte und schüttelte den Kopf. »Ich habe seit Samstag nicht mehr mit ihr gesprochen. Haben Sie sie in eine bestimmte Richtung geschickt?«

»Nun, Mrs. Woodward wollte kein großes Haus, aber sie hatte das Geld, um sich ein älteres Gebäude gemütlich herzurichten. Davon hab ich nur ein paar in meinem Portfolio, aber ich habe ihr die Old Mitcham Ranch vorgeschlagen, weil die Besitzer das Haus gut in Schuss gehalten haben. Dort ist ein Wasseranschluss, man muss die Ranch nur wieder ans Stromnetz anschließen.«

Jenna stieß ihren Atem in einer dichten Dampfwolke aus. »Schade, dass Sie sich nicht an Mrs. Woodwards Interesse an der Old Mitcham Ranch erinnert haben, als wir das letzte Mal mit Ihnen gesprochen haben.«

»Ich hab mich an ihr Gesicht erinnert, aber erst als ich die Liste der Grundstücke und meine Notizen dazu durchgelesen habe, ist mir unser Gespräch wieder eingefallen.« Davis schaute nachdenklich drein. »Das Alter spielt dem Gedächtnis übel mit. Tage werden zu Jahren und es wird immer schwerer, den Überblick zu behalten.«

»Wenn ich mich nicht irre, haben Sie das alte Anwesen von Stan Clough verkauft, bevor er ins Gefängnis musste?«

»Ja, er brauchte Geld, um seinen Anwalt zu bezahlen.« Davis' Ausdruck wurde verschlossen und abwehrend. »Doch dazu kann ich Ihnen keine Details nennen. Ich glaube, es gibt Vertraulichkeitsregeln für jede Art von Geschäften.«

»Als er wieder aus dem Gefängnis entlassen wurde, haben Sie ihm auch eine neue Immobilie verkauft, nicht wahr?« Jenna blickte ihn jetzt ernst an. »Die finanziellen Einzelheiten des Verkaufs interessieren mich nicht, aber Sie sollten wissen, dass ich nur zum Grundbuchamt gehen muss, um herauszufinden, wem welches Grundstück gehört. Und Sie wissen bestimmt auch, dass es ein Verstoß gegen seine Bewährungsauflagen ist, wenn ich seine aktuelle Adresse nicht kenne? Dann müsste ich ihn erneut verhaften und das würden Sie doch nicht wollen, oder?«

»Okay, okay.« Davis warf ihr einen gequälten Blick zu. »Ich habe ihm eine Schweinefarm verkauft. Er wollte was Abgeschiedenes. Nach allem, was passiert ist, ist er nicht mehr sehr gesellig. Das Grundstück liegt nahe der Grenze zur Ranch der Daniels an der Rocky Mile Road, und bevor Sie fragen, ja, in dieser Ecke gibt's auch ein paar Grundstücke, die auf der Liste stehen, die ich Miss Woodward gegeben habe.«

Jenna schoss ein weiterer Gedanke durch den Kopf. »Eine Frage noch: Haben Sie Miss Woodward gegenüber erwähnt, wem die Old Mitcham Ranch gehört?«

»Die Namen der Besitzer und die Kontaktangaben aller Grundstücke stehen auf der Liste, die ich ihr – und Ihnen – gegeben habe.«

Hatte Sarah vor ihrem Tod etwa jemanden angerufen? Sie

nickte und schob ihre Verärgerung beiseite. »Natürlich. Vielen Dank, dass Sie die Liste an mein Büro geschickt haben. Wann haben Sie das letzte Mal mit Stan Clough gesprochen oder ihn in der Stadt gesehen?«

»Letzten Montag. Er hat da draußen keinen Handyempfang und noch keinen Festnetzanschluss, aber er kommt in die Stadt, um Vorräte zu holen.« Davis' Gesicht wurde etwas blasser. »Ich habe ihn gesehen, wie er vor Miller's Werkstatt bei den Zapfsäulen gewartet hat. Wahrscheinlich darauf, dass der Laden öffnet, damit er seinen Pickup volltanken kann.«

»Und Sie sind sicher, dass Sie Mr. Clough am Montagmorgen vor acht Uhr gesehen haben?«

»Ganz sicher. Wie ich Ihnen schon sagte, hatte ich um acht einen Termin mit Klienten hier im Büro und mir ist aufgefallen, dass bei Miller's Werkstatt die Zapfsäulenbeleuchtung noch nicht eingeschaltet war. Im Winter machen die nie vor acht auf.« Er blickte sie gequält an. »Ist das jetzt alles?«

Sie klappte das Notizbuch zu und schob den Stift in die Halterung. »Ja, das ist im Moment alles. Ich danke Ihnen.«

»Jederzeit.«

Ein Schauder des Grauens erfasste sie bei der Abfolge brutaler Bilder, die durch ihren Kopf rasten. Der Gedanke, dass Clough Sarah ermordet hatte, setzte sich in ihr fest – heiliger Strohsack! Laut Davis' Aussagen hatte sich Stan Clough ungefähr zur selben Zeit, als Sarah ihr Auto zur Wartung in die Werkstatt gebracht hatte, ebenfalls bei Miller's Garage aufgehalten. Stan Clough, der sadistische Tiermörder, könnte ihre Pläne für den Tag mitgehört haben und ihr gefolgt sein.

Das muss ich unbedingt Kane erzählen.

46

Kane saß Susie Hartwig gegenüber und Deputy Rowley schrieb auf dem Stuhl neben ihm mit. Nicht, dass es ihn beunruhigt hätte, mit dem Mädchen allein zu sprechen, aber die Art, wie sie ihn anlächelte, zog alle Blicke im Büro auf sich. Kein Zweifel, Susie hatte allen erzählt, dass er sie gebeten hatte, aufs Revier zu kommen.

Nachdem sie eine große Show damit abgezogen hatte, jedem einzelnen Deputy, Maggie eingeschlossen, den bestellten Kaffee persönlich zu überreichen, hob sie eine mit Kajal nachgezogene Augenbraue. »Für den Sheriff haben Sie keinen bestellt. Vielleicht haben Sie's ja bloß vergessen – oder haben Sie beide Probleme miteinander? Mir ist aufgefallen, dass Sie beide heute jeweils alleine bei uns gegessen haben.«

Kane wich ihrem eindringlichen Blick aus und richtete seine Aufmerksamkeit auf die Ankunft von Josh Rockford und einem Mann, von dem er annahm, dass er James Stone, sein Anwalt, war. Als Josh seinen Begleiter mit dem Ellenbogen anstieß und mit dem Finger auf Susie Hartwig deutete, verkniff er sich ein Lächeln. Rockford würde sich jetzt sicher fragen, ob sein Alibi ausreichen würde – und nervös beschrieb nicht annähernd sein Verhalten. Die Befragung von Susie Hartwig zudem vom Warteraum aus mit ansehen zu müssen, würde ihn schier verrückt machen.

»Ich habe gefragt, ob Sie mit dem Sheriff klarkommen.« Susie warf ihm einen entrüsteten Blick zu.

»Wir kommen sehr gut miteinander aus. Setzen Sie sich und wir fahren mit der Befragung fort, damit Sie wieder zur Arbeit können.«

»Okay.« Susie knöpfte ihren Mantel auf, setzte sich hin und schlug ihre langen Beine übereinander. »Geht es um Josh? Ich habe Jake schon alles erzählt, was ich weiß.«

Kane räusperte sich. »Dann erzählen Sie es mir nochmal und fangen dabei bitte mit Freitagabend an.« Er öffnete seinen Notizblock.

»Josh kam nach dem Training vorbei und lud mich zum Essen ein. Nachdem ich den ganzen Tag gearbeitet hatte, wollte ich eigentlich nach Hause gehen, doch dann hat er mir einen dieser Dackelblicke zugeworfen und ich habe Ja gesagt.« Susie seufzte lang und tief. »Wir haben zu Abend gegessen und sind dann zu ihm nach Hause – nicht zum Haus seines Vaters, sondern in seine Stadtwohnung. Und gegen elf Uhr abends war ich dann bei mir zu Hause.«

Kane legte die Hände auf dem Schreibtisch übereinander. »Wie sind Sie nach Hause gekommen?«

»Ich habe ein Taxi gerufen.« Sie kicherte. »Er hat Ihnen doch wohl nicht erzählt, dass ich die Nacht mit ihm verbracht hätte, oder? Der Junge übertreibt nämlich gern. Obwohl er viel zu viel Zeit damit verbringt, Pornos im Netz zu gucken. Ich schätze, er verausgabt sich da ein bisschen zu sehr – wenn Sie wissen, was ich meine.« Sie zwinkerte ihm verschwörerisch zu. »Josh ist vor dem Fernseher eingeschlafen und ich habe mir um halb elf ein Taxi gerufen.«

Ein Taxi, okay, das ließ sich leicht überprüfen. »Haben Sie ihn zufällig am Samstagmorgen oder am Montagmorgen gesehen?«

»Ja, am Montag kam er ganz früh ins Café, traf sich mit Dan, äh ... Dan Beal und trank einen Kaffee. Gegen acht Uhr sind sie wieder gegangen.« Sie tippte sich nachdenklich ans Kinn. »Und Samstag ... ich bin mir ziemlich sicher, dass sie ungefähr zur gleichen Zeit reingekommen sind wie Sie. Der Tag, an dem wir uns zum ersten Mal begegnet sind.«

Kane unterdrückte ein Augenrollen. Er notierte eine Zusammenfassung der Daten und Uhrzeiten auf dem Befragungsprotokoll und schob es ihr über den Schreibtisch hinweg zu. »Prima. Ich danke Ihnen für Ihre Hilfe. Lesen Sie jetzt bitte meine Notizen und unterschreiben Sie dann. Anschließend können Sie gehen.« Er wandte sich an seinen Deputy. »Wenn Miss Hartwig fertig ist, bezeugen Sie Ihre Aussage mit Ihrer Unterschrift und begleiten sie dann hinaus.«

Er bemerkte, dass Maggie versuchte, ihn auf sich aufmerksam zu machen und erhob sich, um zum Empfang zu gehen. »Gibt es ein Problem?«

»Nein, alles in Ordnung. Die kriminaltechnischen Berichte sind gerade eingetroffen. Ich habe sie zu den Akten gelegt.« Maggie strahlte ihn an. »Ich war mir jedoch sicher, dass Sie das sofort erfahren wollten.«

»Danke, Maggie.« Kane warf einen Blick durch die Glastür und sah Alton mit unheilvoller Miene auf das Revier zumarschieren. Er öffnete ihr die Tür und machte ihr Platz. »Halten Sie die Stellung für mich.« Alton fegte wie ein Tornado durchs Revier, direkt auf ihre Bürotür zu. »Daniels. In mein Büro, sofort.«

Kane starrte ihr nach und näherte sich dann Rockford. »Mr. Rockford, vielen Dank, dass Sie gekommen sind. Tut mir leid, dass Sie warten mussten.«

»Das ist James Stone, mein Anwalt.« Josh deutete auf denen Mann Mitte Vierzig neben sich. Er war in guter körperlicher Verfassung und trug ein teures Parfüm, das perfekt zu seinem maßgeschneiderten Anzug passte.

Kane reichte ihm die Hand und der feste Griff des Mannes überraschte ihn. »Sheriff Deputy Kane«, stellte er sich vor und winkte beide zu seinem Schreibtisch.

»Ich möchte Sie bitten, zu vermerken, dass mein Klient aus

freien Stücken hergekommen ist und nur Fragen beantworten wird, die ich für angemessen halte. Haben wir uns verstanden?«

»Es handelt sich um reine Routinefragen. Ich möchte in einer Reihe von Fällen, die möglicherweise miteinander zusammenhängen, Verdächtige ausschließen.« Kane lehnte sich in seinem Stuhl zurück. »Mr. Rockford, können Sie uns sagen, wo Sie am Freitagabend zwischen elf Uhr abends und ein Uhr morgens waren?« Rockford warf einen Blick zu seinem Anwalt, der aufmunternd nickte.

»Freitagabend habe ich mit Susie Hartwig verbracht. Das hat sie Ihnen doch sowieso schon erzählt.«

Kane machte sich Notizen. »Sie sagte, sie hätte Ihre Wohnung zwischen halb elf und elf verlassen. Anhand der Taxiaufzeichnungen können wir dies leicht belegen. Ich fürchte also, Sie haben für die fragliche Zeit kein Alibi.«

»Gegen drei Uhr bin ich vor dem Fernseher wieder aufgewacht und sie war schon weg.« Josh Rockford zuckte mit den Schultern. »Ich habe die Wohnung nicht verlassen.«

»Okay.« Kane begegnete seinem Blick. »Ihr Vater besitzt einen dunkelblauen Ford Pickup. Wann haben Sie das Fahrzeug das letzte Mal gefahren?«

»Warum zum Teufel sollte ich diese alte Rostschüssel denn fahren?« Josh Rockford schnaubte angewidert. »Unsere Arbeiter benutzen ihn und das schon seit etwa zehn Jahren.« Er starrte Kane an. »Ich weiß noch nicht einmal, ob das Ding jemals das Grundstück verlassen hat. Da müssen Sie schon meinen Vater fragen.«

»Sicher, auch das lässt sich leicht nachprüfen.« Kane starrte auf seine Notizen. »Wohin sind Sie gegangen, nachdem Sie Aunt Betty's Café am Montagmorgen verlassen haben?«

»Muss ich diese Frage beantworten?« Josh warf seinem Anwalt einen gequälten Blick zu.

»Nein.« Stone zuckte mit den Schultern. »Außer diese Frage ist für eine Mordermittlung wichtig und Sie möchten meinen Mandanten ausschließen.«

Interessant. »Gut.« Kane drehte den Stift zwischen seinen Fingern. »Wie gut kennen Sie Sarah Woodward?«

»Die süße Blondine?« Josh grinste. »Ich würde sie nur zu gerne kennen, aber als ich sie gefragt habe, ob sie mit mir etwas trinken möchte, ist sie praktisch sofort auf die Toilette geflüchtet. Das war vor dem Restaurant vom Cattleman's Hotel, am Samstagabend nach dem Spiel.«

Kane beobachtete Joshs Benehmen ganz genau – er verhielt sich eingebildet und selbstsicher. Er hatte Sarah nicht ermordet, aber er hatte etwas zu verbergen. »Sind Sie zum Cattleman's Hotel zurückgekehrt, nachdem ich Sie zum Taxi begleitet habe?«

»Ich berufe mich auf das Recht meine Aussage zu verweigern.« Rockford blickte kurz seinen Anwalt an. »Vielleicht hatte ich eine heiße Verabredung. Das muss ich ihm doch nicht sagen, oder?«

»Nein, Sie müssen keine seiner Fragen beantworten.« Stones Blick bohrte sich in den von Kane.

»Dann mache ich weiter.« Kane räusperte sich. »Hätten Sie etwas dagegen, mir eine DNA-Probe zu geben? Miss Woodward war in einen Vorfall verwickelt und ich bin dabei, eventuelle Verdächtige auszuschließen.«

»Ich würde ihr gerne eine DNA-Probe geben.« Josh wackelte mit den Augenbrauen.

»Sie müssen das nicht tun.« Stone beugte sich zu Josh vor. »Nicht, solange die keinen Gerichtsbeschluss haben.«

»Ich habe das Mädchen nicht angerührt.« Josh zuckte herablassend mit den Schultern. »Ich mach' den Test.«

Nachdem Kane die DNA-Probe entnommen hatte, wandte er sich wieder an Josh Rockford. Er brauchte die Kriminaltechniker, um sein Fahrzeug und den alten Pickup seines Vaters zu untersuchen. »Das ist alles, was ich Sie im Augenblick fragen muss, es sei denn, Sie wären damit einverstanden, dass Kriminaltechniker Ihr Auto untersuchen? Und den alten Pickup Ihres Vaters müssen wir uns auch genauer anschauen.«

»In welchem Zusammenhang?« Stone beäugte ihn misstrauisch.

»Wir untersuchen zwei Vorfälle und einen blauen Pickup, der in eine Fahrerflucht verwickelt war. Wir sind gerade dabei, jeden zu befragen, die sich zur fraglichen Zeit in der Nähe aufgehalten hat – und Mr. Rockford steht eben auch auf unserer Liste.«

»Sie können meinen SUV gerne untersuchen. Ich habe weder irgendwas getan noch einen Unfall verursacht. Und wegen des Pickups, da müssen Sie mit meinem Vater sprechen.«

Josh stand auf. »Kann ich jetzt gehen?«

Kane erhob sich ebenfalls und reichte ihm die Hand. »Danke für Ihre Kooperation. Reinigen Sie den Wagen in nächster Zeit nicht, ja? Wenn Sie es doch tun, wird Mr. Stone Ihnen sicher die Konsequenzen erklären.«

»Ich sorge dafür, dass er es versteht, und wegen Bürgermeister Rockfords Pickup melde mich innerhalb einer Stunde bei Ihnen. Ich bin sicher, er will seinen Namen so schnell wie möglich aus all dem raushaben.« Stone sah ihn von oben herab an, als hätte er sich verplappert. »Wann glauben Sie, werden die Spezialisten eintreffen?«

»In den nächsten vierundzwanzig Stunden. Ich möchte mir den alten Pickup aber gerne heute noch ansehen.«

»Also gut.« Stone drehte sich um, um Josh zur Tür zu begleiten.

Da trat Kane schnell neben ihn. »Darf ich Sie kurz unter vier Augen sprechen?«

»Warten Sie vorne am Empfang auf mich«, sagte Stone zu Josh und winkte ihn weg wie eine lästige Fliege. »Was kann ich für Sie tun, Deputy Kane?«

Kane musterte den attraktiven, gut gebauten Mann. »Ich habe nur ein paar kurze Fragen an Sie. Nehmen Sie Platz, es wird nicht lange dauern, es sei denn, Sie müssen auch einen Anwalt rufen.«

»Ach ja? Fragen Sie schon.« Stone stieß ein sarkastisches Lachen aus. »Müssen Sie auch wissen, wo ich überall war? Falls ja: Ich war auf einer Konferenz in L.A. und bin deswegen vor einer Woche am Samstag abgereist und erst diesen Montag gegen zehn Uhr abends, glaube ich, wieder zurückgekommen. Und kaum hatte ich meine Reisetaschen im Haus abgestellt, rief auch schon der Bürgermeister an und teilte mir mit, dass Sie die Spieler der Larks belästigen.«

Kane schob ihm den Notizblock hin. »Ich brauche Einzelheiten, wenn es Ihnen nichts ausmacht.«

»Kein Problem.« Stone kritzelte etwas auf den Block und unterschrieb dann mit einem Schnörkel. »Soll auch ich jetzt einen DNA-Test machen?«

»Im Moment nicht. Und da gibt's da noch was, worüber wir sprechen müssen: Jenna.«

»Aha, verstehe.« Stone warf ihm einen Blick zu, der einen Ozean hätte zufrieren lassen. »Ich hatte irgendwie das Gefühl, dass Sie beide sich kennen.« Er hob die Hände und schenkte ihm ein dünnes Lächeln. »Das kommt davon, wenn ich Frauen unter meinem Niveau ermutige.«

Kane warf ihm einen Todesblick zu. »In der Forbes-Liste ist mir Ihr Name bislang noch nicht aufgefallen – war wieder nichts, dieses Jahr, was?«

»Keine Sorge, sie gehört ganz Ihnen.« Mit einem Ruck stand Stone auf und ging Rockford hinterher.

Kane sah ihm nach und schüttelte den Kopf. Ein Arschloch weniger. Dann konzentrierte er sich wieder auf das Gespräch mit Rockford. Er hatte es früher schon mit supercoolen Psychopathen zu tun gehabt, weshalb die Annahme, dass Josh Rockford das Wissen, Sarah getötet zu haben, überspielen könnte, ganz und gar nicht abwegig war. Doch irgendwas stimmte trotzdem nicht. Sein Verhalten war falsch, besonders der Witz über die DNA-Probe. Wenn er die Rolle des Unschuldigen wirklich nur spielte, dann absolut filmreif.

Dennoch wollte Kane ihn als Verdächtigen für die Anschläge auf Jenna noch nicht ausschließen – Josh war in der Gegend gewesen und konnte nicht erklären, wo er sich zur Zeit der beiden Vorfälle aufgehalten hatte. Seinem Vater gehörte das gleiche Fahrzeugmodell und er hatte ein Motiv. Er würde den Pickup auf Schäden untersuchen und auch das Fahrzeug von John Davis inspizieren müssen. Kane starrte auf die Liste der Verdächtigen vor sich. Er tat sich schwer damit zu glauben, dass der Immobilienmakler etwas damit zu tun haben sollte – und die Liste wurde dadurch immer kürzer. Wenn's nicht Billy Watts oder Josh Rockford waren, dann bleiben mir nur noch Dan Beal und Stan Clough.

47

Jenna zog ihren Mantel und ihre Handschuhe aus und ließ sich in ihren Bürostuhl fallen. »Schließen Sie die Tür.«

»Hier geht's um mehr als nur um Sarah Woodwards Handtasche, nicht wahr?« Daniels sah sie stirnrunzelnd an. »Ich habe den Beutel in den Asservatenschlitz geworfen. Kane sagte, Sie würden die Handtasche persönlich protokollieren wollen.«

»Wo haben Sie sie gefunden?« Jenna faltete die Hände ineinander. »Ich hoffe, Sie haben die Vorschriften befolgt.«

»Ich habe Handschuhe getragen und sie in einem Asservatenbeutel versiegelt.« Daniels blickte auf seine Hände, dann über die Schulter zur geschlossenen Tür, bevor er seine Stimme senkte. »Ich wollte mir nicht die Mühe machen, in Ihre Mülltonne zu schauen, aber Sie haben gesagt, ich solle jede Tonne vom Tatort bis zurück zur Stadt überprüfen. Und da habe ich die Handtasche in Ihrer Recyclingtonne gefunden.«

Jenna sah ihn erstaunt an. »In meiner Tonne?« Sie hatte die Recyclingtonne seit der Abholung am Freitag nicht mehr aufs Grundstück gebracht und eigentlich hätte sie leer sein müssen.

»Genau.« Daniels holte sein Handy heraus. »Ich habe Fotos gemacht.« Er reichte ihr sein Handy.

Nachdem sie sich die Fotos angesehen hatte, gab sie ihm das

Handy zurück. »Haben Sie eine Liste des Inhalts der Handtasche gemacht?«

»Nein, ich habe nach Hinweisen auf ihren Eigentümer gesucht und ihren Ausweis gefunden und Fahrzeugschlüssel, aber ich bin mir ziemlich sicher, dass der Schlüssel fürs Motel nicht drin war.« Er warf ihr einen misstrauischen Blick zu und räusperte sich.

»Wie kommt es, dass die Handtasche in Ihrer Mülltonne lag?«

»Die Old Mitcham Ranch liegt an der gleichen Straße wie meine Ranch. Vielleicht war meine Tonne die einzige, die draußen an der Straße stand, oder vielleicht wollte die Person, die die Handtasche in meine Tonne geworfen hat, mich damit in Schwierigkeiten bringen – wie zum Teufel soll ich das wissen? Und fangen Sie bloß nicht an zu glauben, dass Kane etwas damit zu tun hat. Ich kann bestätigen, wo er am Montag gewesen ist, nämlich bei mir.«

»Sicher. Also wahrscheinlich nur ein Zufall. Aber Ihre Tonne war nicht die einzige, die nicht geleert wurde. Ich habe entlang der Straße noch vier weitere Tonnen durchwühlt. Scheint so, als wäre Ihre absichtlich ausgewählt worden. Wahrscheinlich war's jemand von hier, der weiß wo Sie wohnen.«

Jenna sah auf. »Apropos Einheimische: Warum haben Sie mir nicht gesagt, dass Ihre Brüder direkt neben Stan Clough wohnen? Ich hab das erst von John Davis erfahren müssen.«

»Ich dachte nicht, dass das wichtig wäre.«

Sie starrte ihn finster an. »Sonst noch etwas, was ich wissen sollte?«

»Ja, ich denke schon.« Er zuckte mit den Schultern. »Die Old Mitcham Ranch gehört uns. Ich habe Mr. Davis gebeten, sie zu verkaufen – meine Brüder hatte die nie interessiert.«

»Was?«

»Ich dachte, Sie wüssten, dass Sheriff Mitcham unser Großvater war und uns eine Menge Land hinterlassen hat. Das weiß hier in der Gegend doch jeder.«

»Außer mir anscheinend. Das hätten mir sagen müssen. Ich

bin nicht von hier und all das ist passiert, bevor ich hergezogen bin. Ich möchte alles ganz genau wissen. Wann haben Sie beschlossen, das Grundstück zu verkaufen?«

»Hm, vor etwa drei Monaten.« Daniels ließ sich auf einen Stuhl sinken und streckte seine langen schlanken Beine aus, wobei er Jennas Ansicht nach viel zu entspannt wirkte. »Ich bin der Jüngste und der Einzige von uns, der eine richtige Arbeit hat. Als meine Eltern starben, hinterließen sie uns viele Schulden und wir mussten persönliche Gegenstände verkaufen, um die Rechnungen zu bezahlen. Über den Winter sind wir oft knapp bei Kasse, also habe ich das alte Haus zum Verkauf angeboten. Meinen Brüdern hab ich das nicht erzählt – ich dachte, es wäre eine nette Überraschung für sie. Als ich Dean anrief und ihm von dem Mord erzählte, rastete er komplett aus und meinte, ich würde gerade einen Teil unseres Familienerbes verkaufen. Dann rief er John Davis an und bat ihn, die Immobilie sofort wieder aus seinem Portfolio zu streichen.« Daniels warf ihr einen gequälten Blick zu. »Und gestern Abend hat er mir am Telefon auch nochmal eine Standpauke gehalten. Das war das letzte Mal, dass ich versuche, meinen Brüdern zu helfen.« Jenna trommelte mit den Fingern auf den Tisch. »Verstehe.«

»Ich wusste auch nicht, dass Sarahs Großmutter vorhatte, die Ranch zu besuchen, bis ich sie auf der Aufstellung gesehen habe, die Davis hier abgegeben hat.«

Urplötzlich blitzte das Bild von Sarah Woodwards glasigem Blick aus todesstarren Augen wieder vor ihrem geistigen Auge auf und sie blinzelte heftig, um die schreckliche Erinnerung zu verdrängen. »Wenn Mrs. Woodward ein Angebot für die Ranch gemacht hätte, hätten Ihre Brüder Ihnen das sicher gesagt, zumal sie ja nicht wussten, dass Sie die Immobilie zum Verkauf angeboten haben. Wie gut kennen Sie Stan Clough eigentlich?«

»Hä?« Daniels starrte sie verständnislos an.

»Sie wissen schon – Stan Clough, einer der Verdächtigen. Warum haben Sie mir nicht gesagt, dass Sie ihn kennen und sogar wissen, wo er wohnt? Verschweigen Sie mir vielleicht etwas?«

»Ich weiß von ihm; jeder weiß, was er getan hat. Ich wusste nicht, wo er wohnt, bis ich heute Morgen mit Ihnen gesprochen habe.« Daniels zuckte die Schultern. »Im Winter bin ich selten auf der Ranch, denn da gibt's dort nichts zu tun und meine Brüder können sich durchaus alleine um das Vieh kümmern. Sie brauchen mich nicht – und in der Tat bin ich ihnen eher im Weg. Dean ist im Augenblick echt stinksauer auf mich – oh, Entschuldigung, Ma'am – wütend auf mich, weil ich versucht habe, die Old Mitcham Ranch zu verkaufen, aber als ich ihn übers Satellitentelefon angerufen habe, hat er Stan Clough erwähnt. Er sagte mir, Clough würde mit einem Haufen stinkender Schweine an der Rocky Mile Road wohnen und er sagte mir auch, Ihnen das nicht zu erzählen, weil Stan nicht will, dass irgendwer weiß, wo er wohnt – ganz besonders Sie nicht.«

»Ach, wirklich?«

»Ich schätze, er will einfach nur in Ruhe gelassen werden, Ma'am. Das glaube ich wirklich.« Jetzt sieht der Mord an Sarah plötzlich viel mehr nach einer Zufallstat aus reinem Nervenkitzel aus. Sie musterte Daniels lange. Er war eindeutig nicht dafür geschaffen, Polizist zu sein. »Haben Sie schon einmal über eine andere Karriere, außerhalb von Black Rock Falls nachgedacht?«

»Aber sicher.« Daniels lächelte sie schief an. »Ich wollte schon immer beim Rodeo mitmachen. Die Jungs da riskieren viel und lassen nichts anbrennen. Ich war eigentlich noch nie außerhalb von Black Rock Falls und habe wirklich Lust auf ein bisschen Spaß und Action in meinem Leben. Diese Arbeit hier mit all den Morden und so, das zieht mich wirklich runter.«

»Okay. Dann gehen Sie jetzt zu Walters und dann beide ab zum Mittagessen.«

Alton erhob sich und folgte ihm zur Tür hinaus. Als sie sah, dass Kane einen Bericht abtippte, beschloss sie, mit Rowley zusammen Sarahs Handtasche zu durchsuchen und den Inhalt zu protokollieren, brauchte dazu aber Kanes Schlüssel zur Asservatenkammer. Also ging sie zu seinem Schreibtisch rüber und klopfte dabei Deputy Rowley auf die Schulter, der allerdings gerade mit seinem Facebook-Account beschäftigt war, was ihr gar nicht gefiel. Ziemlich verärgert schnauzte sie ihn daher an: »Mitkommen. Und bringen Sie einen Notizblock mit.«

»Alles in Ordnung?« Kane blickte von seinem Computerbildschirm auf.

»Ja. Ich brauche Ihren Schlüssel für die Asservatenkammer. Ich nehme Rowley mit, um den Inhalt von Sarahs Handtasche zu protokollieren.« Sie trat näher und senkte ihre Stimme. »Warum haben Sie mir nicht gesagt, dass Daniels das verdammte Ding gefunden hat und zwar in meiner Mülltonne? Und dass er außerdem weiß, wo Clough wohnt? Er hat eine Schweinefarm an der Rocky Mile Road. Was ist hier eigentlich los?«

»In unserem Müll?« Kanes sah sie erstaunt an. »Er hat zwar erwähnt, dass er herausgefunden hat, wo Clough wohnt, sich aber geweigert, es mir zu sagen und darauf bestanden, dass er ausschließlich Ihnen den Fundort von Sarahs Handtasche mitteilen wolle. Was für ein Idiot. Glauben Sie, er denkt wirklich, ich hätte was mit dem Mord an Sarah zu tun?« Er warf ihr den Schlüsselbund zu.

»Keine Ahnung.« Sie war gespannt auf seine Reaktion auf ihre nächste Nachricht: »Und haben Sie gewusst, dass die Old Mitcham Ranch den Daniels-Brüdern gehört?«

»Nein. Rowley hat mir einen Überblick über die Geschichte der Ranch gegeben, aber nicht die aktuellen Besitzer erwähnt. Also bin ich davon ausgegangen, dass sie Teil eines Erbnachlasses ist.« Kane zog seinen Notizblock aus der Jackentasche und blätterte ihn durch. »Ach hier: Ich wollte John Davis nach dem Anwalt fragen, der den Nachlass verwaltet, um ihn über den Mord zu informieren. Weiß er schon Bescheid?«

»Nichts von einem Mord.« Jenna beäugte sehnsüchtig den Einweg-Kaffeebecher auf Kanes Schreibtisch. »Ich möchte nicht, dass hier wild herumgetratscht wird, bevor Sarahs Familie die Leiche offiziell identifiziert hat. Und mit den Daniels-Brüdern brauchen wir sicher nicht mehr sprechen, denn Pete hat sie bereits über alles informiert. Anscheinend hat Dean John Davis kontaktiert, um das Anwesen aus seinem Portfolio zu streichen.«

»Also haben wir endlich unsere undichte Stelle?«

Jenna seufzte. »Sieht ganz danach aus. Ich glaube, Pete sollte sich wirklich eine neue Stelle suchen. Übrigens, wann kommt Sarahs Onkel, um die Leiche zu identifizieren?«

»Er sollte morgen früh hier sein. Die kriminaltechnischen Analysen sind angekommen und Maggie hat sie zu den Akten gelegt. Soll ich mit Ihnen jetzt die Befragung von Rockford durchgehen?«

»Nein. Zuerst sehe ich mir Sarahs Handtasche an.«

Jenna schloss die Asservatenkammer auf, zog sich Handschuhe über, holte die Handtasche von Sarah Woodward aus dem Beutel und legte sie in die Aluminiumablage auf dem Tisch. Dann wandte sie sich an Rowley. »Fotografieren Sie alles – jeden einzelnen Handgriff.«

»Jawohl, Ma'am.« Rowley nahm eine Kamera aus dem Regal und regelte kurz die Einstellungen. »Fertig.« Er machte ein paar Fotos.

»Führerschein, ausgestellt auf den Namen Sarah Woodward; Autoschlüssel mit einem Anhänger von Miller's Werkstatt.« Jenna schüttete die Tasche aus. Ein paar Münzen, ein rosa Haargummi, ein Kugelschreiber aus dem Black Rock Falls Motel und eine Packung Kaugummi kullerten in die Ablage. Dann griff sie in die leere Handtasche, fand dort ein Fach mit einem Reißverschluss und öffnete es. »Bargeld.« Als sie die Geldscheine auffaltete, entdeckte sie dazwischen eine auf einen Zettel vom Motel notierte Telefonnummer. »Fünfundsechzig Dollar.« Sie trat vom Tisch zurück, damit Rowley Fotos machen konnte.

»Keinerlei Hinweise auf den Mörder.« Rowley zeigte ihr seine Aufnahmen auf dem Kamerabildschirm. »Soll ich jetzt nach Fingerabdrücken suchen?«

»Ja.« Sie lächelte ihn an. »Gut gemacht. Ich werde die Telefonnummer überprüfen, aber ich vermute, dass es sich um einen der Besitzer der Grundstücke handelt, die ihre Großmutter besucht hat – oder sollte ich eher sagen, zu besuchen vorhatte.« Sie schrieb sich die Nummer in ihren Notizblock. »Ich gehe erst mal die Liste durch, die sie von John Davis erhalten hat, bevor ich jemanden irrtümlich belästige.«

»Eine Sache noch: Da fehlt ein rosa Haargummi. Als sie das letzte Mal aufs Revier kam, hatte sie zwei im Haar. Und in der Aufstellung der persönlichen Gegenstände, die Sie am Tatort gefunden haben, steht nichts von einem rosa Haargummi.« Rowley bestäubte alle Gegenstände mit einem Pulver und nahm Fingerabdrücke. »Ich glaube, da fehlen noch mehr Sachen, finden Sie nicht auch? Keine Haarbürste oder Make-up-Utensilien in der Tasche. Frauen haben doch immer Taschentücher, Lipgloss und Hygiene-artikel in ihren Handtaschen.« Er zuckte mit den Schultern. »Sie wollte den ganzen Tag unterwegs sein, da würde sie doch sicher mehr mitnehmen als nur das hier, oder?«

Ein kalter Schauer lief Jenna den Rücken hinab und urplötzlich erinnerte sie sich wieder an all die Jahre des Profiling von Kriminellen. »Der Mörder hat etwas Persönliches als Trophäe mitgenommen. Etwas, das ihn an die Tat erinnert.« Sie starrte auf den kleinen Haufen Habseligkeiten. »Ich muss herausfinden, ob von der Kleidung, die am Tatort zurückgelassen wurde, etwas fehlt. Als ich die Liste der Gegenstände aus ihrem Motelzimmer durchging, ist mir aufgefallen, dass sie zueinander passende Unter-wäsche-Sets besaß. Täter nehmen oft Unterwäsche oder andere persönliche Gegenstände ihrer Opfer mit. Und vorhin ist auch der kriminaltechnische Bericht angekommen. Wir müssen unbedingt überprüfen, ob und was genau fehlt. Vielleicht haben wir es ja mit einem Serienmörder zu tun – einem durchgeknallten Wahnsinni-gen, der den ganzen Kick noch mal erleben will.«

Sie wartete, bis Rowley die Beweise wieder eingepackt hatte, dann schloss sie die Kammer ab. »Scannen Sie die Fingerabdrücke in die Datenbank und kommen dann in mein Büro.«

»Jawohl, Ma'am.« Rowley trat zurück, um ihr an der Treppe den Vortritt zu lassen.

»Wollen Sie, dass die anderen Deputys bei der Besprechung mit dabei sind?«

»Dieses Mal nicht.«

Aus diesem Revier drangen einfach zu viele Informationen nach draußen und das musste sie ein für alle Mal stoppen. Sie vertraute ihren Deputys zwar, ging aber inzwischen davon aus, dass Pete Daniels die undichte Stelle war. Er hatte seinen Brüdern wahrscheinlich brühwarm den neuesten Stand der Ermittlungen erzählt und das, obwohl er mit Sicherheit wusste, dass seine Brüder tratschen würden. *Im Moment kann ich das gerade nicht mehr ändern, aber ich will verflucht sein, wenn das unter meiner Leitung nochmal passiert.*

48

Jenna ging hinüber ins Großraumbüro und steuerte direkt auf die Küchenzeile zu. Nachdem sie sich drei Becher Kaffee geholt hatte, begab sie sich an Kanes Schreibtisch. »Wir müssen unter vier Augen reden. Und die kriminaltechnischen Berichte können wir auch gleich besprechen.«

»Ich bin hier fertig.« Kane stand auf. »Ist einer davon für mich?«

»Ja.« Sie reichte ihm den dampfenden Kaffee. »Haben Sie irgendwas aus Josh Rockford herausbekommen?«

»Sollten sich ihre Alibis bestätigen, habe ich weder gegen Rockford noch gegen Billy Watts etwas Konkretes in der Hand, aber Rockford ist so aalglatt – er könnte jemanden dafür bezahlen, ihn zu decken.« Kane nahm sein Notizbuch zur Hand. »Abgesehen davon, dass wir wissen, wo sich Stan Clough zur Zeit der Vorfälle aufgehalten hat, ist das letzte Wort zu den Anschlägen auf Ihr Leben noch nicht gesprochen – jeder unserer Verdächtigen könnte dafür in Frage kommen. James Stone können Sie streichen – der war auf einer Tagung und ich glaube auch nicht, dass er Sie noch mal belästigen wird.« Er lächelte süffisant.

Jenna spürte wie ihr eine große Last von den Schultern fiel. »Danke, ich weiß Ihre Hilfe wirklich sehr zu schätzen.« Sie ließ ihren Blick durch den Raum schweifen und senkte dann die Stimme. »Ich habe Informationen zu Stan Clough, aber die kann ich Ihnen erst sagen, wenn wir in meinem Büro sind. Was haben Sie noch herausgefunden?«

»Rockford und Watts schienen nichts vom Mord an Sarah zu wissen. Als ich sie gefragt habe, wo sie gewesen sind, wirkten sie eher verärgert als schuldbewusst. Ich muss jede Verbindung zwischen Josh und der Fahrerflucht ausschließen. Deshalb möchte ich mir beide Pickups genau ansehen. Ich nehme an, Bürgermeister Rockford und John Davis wohnen im selben Stadtteil?«

Jenna nippte an ihrem Kaffee. »Ja. Wir statten ihnen einen Besuch ab, sobald wir die Berichte gelesen haben. Maggie kann hier abschließen und sobald wir mit den Pickups fertig sind, fahren wir direkt nach Hause.«

»Die einzige Person, die ich noch nicht befragt habe, ist Dan Beal, aber Billy Watts hat erwähnt, dass er ihn am Montagmorgen um acht Uhr in der Turnhalle getroffen hat. Wenn das stimmt, hätte er überhaupt keine Zeit gehabt, Sarah zu ermorden oder das Motelzimmer zu verwüsten und dann um acht Uhr in der Turnhalle zu erscheinen. Für die Fahrerflucht kommt er auch nicht in Frage, weil er am Donnerstagabend hier bei uns in der Zelle saß.« Kane atmete tief durch. »Mein Bauchgefühl sagt mir immer noch, dass da zwei Täter am Werk sind. Nach den Verletzungen, die ich gesehen habe, sieht es so aus, als ob Sarah und John Helms von derselben Person oder Personen ermordet wurden. Am Tatort war alles viel zu sauber. Meiner Meinung nach hätte einer allein weder die Zeit noch die Energie gehabt, in so kurzer Zeit derart gründlich aufzuräumen.« Er räusperte sich. »Schauen wir mal, was die Autopsie ergeben hat.«

Jenna blickte hinüber zu Deputy Rowleys Schreibtisch. »Sind Sie fertig mit dem Hochladen der Dateien?«

»Ja, Ma'am, aber das hier sollten Sie sich ansehen.« Rowley drehte sich in seinem Stuhl um. »Auf den Facebook-Seiten der Verdächtigen habe ich nichts Interessantes gefunden, aber auf Sarahs Account war dieses Foto.«

»Da hol mich doch ...« Kane beugte sich vor und starrte auf den Bildschirm.

Das Foto zeigte die alte, verschwundene Mrs. Woodward, die am Heck eines alten blauen Pickups lehnte. Und als Jenna genauer hinsah, bemerkte sie dort einen abgerissenen Aufkleber. Sie sah Kane mit großen Augen an. »Das ist ein Scherz, oder? Das ist doch wohl nicht das Fahrzeug, das mich von der Straße gedrängt hat?«

»Wenn nicht einer der anderen Pickups in der Stadt den gleichen abgerissenen Aufkleber hat, dann denke ich schon, dass es das gleiche Fahrzeug ist. Warum sollte Mrs. Woodward versuchen, Sie umzubringen?«

Jenna starrte ungläubig auf das Bild der lächelnden alten Frau. »Ich bin ihr nie begegnet – es gibt also überhaupt keinen Grund.«

»Irgendetwas stimmt hier ganz und gar nicht.« Kane richtete sich auf und senkte die Stimme. »Ich will nicht, dass diese Information nach außen dringt und unsere Ermittlungen gefährdet. Ich habe keine Ahnung, mit wem seine Brüder gesprochen haben, doch falls der Mörder darunter ist, dann wird er uns immer einen Schritt voraus sein.«

Jenna nickte. »In Ordnung. Also in meinem Büro.« Sie wandte sich an Daniels. »Ich habe die GPS- und Telefonaufzeichnungen von Rockford und Watts eingegeben. Überprüfen Sie die Daten mit den Abhebungen von den Bankkonten von John Helms und Mrs. Woodwards und sehen Sie auch nach, ob einer von ihnen zur gleichen Zeit auch in den anderen Countys war.«

»Ja, mach ich.« Daniels ging schnurstracks zu seinem Tisch.

Jenna folgte Kane und Rowley in ihr Büro. Von ihrem Stuhl aus berichtete sie den beiden Deputys alles, was sie über Stan Clough von Davis erfahren hatte. »Damit ist er zur richtigen Zeit am richtigen Ort. Und er ist einer aus der Gegend. Und bislang der Einzige, auf den das Profil eines sadistischen Mörders passt. Außerdem sind damals drei Personen verschwunden und dann plötzlich niemand mehr, während er im Gefängnis sitzt. Und kaum ist er draußen, verschwinden wieder Menschen. Ein bisschen zu viel Zufall, wenn Sie mich fragen.«

»Wir müssen ihm einen Besuch abstatten«, sagte Kane. »Außerdem haben wir einen hinreichenden Verdacht, um einen Durchsuchungsbefehl für sein Grundstück zu bekommen. Können Sie den Durchsuchungsbefehl heute noch besorgen?«

Jenna nickte. »Ja, aber zuerst müssen wir sehen, was in Sarahs Autopsiebericht steht.« Sie las die beigefügte Notiz und schluckte schwer. »An dem Sack, den wir in die Gerichtsmedizin geschickt haben, befand sich Schweineblut, daher der Geruch – und außerdem mein Speichel.«

»Das ist gar nicht gut.« Kane warf ihr einen besorgten Blick zu. »Clough betreibt eine Schweinezucht.«

Sie rief sich die Einzelheiten von Sarahs Leiden in Erinnerung und zwang ihre Miene zu einem möglichst emotionslosen Ausdruck. Der Anblick des Tatorts war schon schrecklich gewesen, aber jetzt all die komplexen Einzelheiten zu erfahren – egal wie fachmedizinisch sie auch formuliert waren – krampfte ihren Magen zusammen. Sie hatte dieses Mädchen gekannt und ihr helfen wollen, ihre Großmutter zu finden. Das Bild von Sarahs zerschundenem Körper ging ihr nicht aus dem Kopf und sie musste das Brennen von sich ankündigenden Tränen in den Augenwinkeln wegblinzeln. »Okay. Ich lese den Bericht vor.«

»Soll ich das lieber machen?« Kane beugte sich mit tief besorgter Miene vor.

»Nein, das geht schon.« Sie griff nach der Maus und scrollte nach unten.

»Vielleicht fangen Sie mit dem Befund des Gerichtsmediziners an und anschließend gehen wir gegebenenfalls die Details durch. Die Fotos muss ich nicht unbedingt sehen.«

»Okay.« Jenna las das Dokument quer. »Der Gerichtsmediziner hat den Tod auf mehrere Verletzungen zurückgeführt, darunter eine tiefe Schnittwunde am Hals und mehrere Stichwunden im Bauchbereich. Die Verletzungen am Oberkörper deuten auf den Einsatz einer Peitsche mit Metallspitzen hin.«

Sie seufzte. »Ich werde den Bericht vorlesen.« Sie holte tief Luft: »Die Verletzung am Hals durch Gewalteinwirkung mit einem scharfen Gegenstand führte zur Durchtrennung der linken und rechten Halsschlagader und zur Durchtrennung der rechten inneren Halsvene, so dass die Person verblutet ist. Die Untersuchung zeigt eine Unstimmigkeit zwischen den Verletzungen durch Gewalteinwirkung mit einem scharfen Gegenstand: Die Verletzungen am Hals würden zu einem Messer mit gezackter Klinge oder einem Jagdmesser passen. Die Wunden am Torso haben einen Durchmesser von etwa einem Zentimeter und sind nach oben gebogen, was auf die Verwendung eines Küchenmessers hindeuten würde. Die Prellungen an den Unterarmen könnten Abwehrwunden sein. Die stumpfe Verletzung an der Kopfhaut ist oberflächlich und nicht tödlich. Das Opfer wies Anzeichen von kürzlicher sexueller Aktivität durch Gewalteinwirkung auf. Abstriche ergaben keine DNA-Übereinstimmung, sehr wohl aber eine Übereinstimmung mit dem Gleitkondom des Produktnamens Trojan Bareskin.« Sie blickte zu Kane. »Ich schau mal, was die Spurensicherung gefunden hat.« Sie nahm einen langen Schluck Kaffee und ging dann hinüber, um sich die Berichte anzusehen. »Da haben wir's. Auf der am Tatort zurückgelassenen Kleidung wurde ein schwarzes Haar gefunden und laut der Aufstellung fehlt Sarahs Slip.« Den nächsten Satz musste sie mehrmals lesen. »Und Sie haben recht, was die Anzahl der beteiligten Personen angeht. Es wurden zwei unterschiedliche Größen von Fußabdrücken im Blut gefunden – einer mit Schuhgröße fünfundvierzig und einer mit Größe sechsundvierzig. Beides Mal Schuhe mit Ledersohlen.« Sie drehte ihren Bildschirm um. »Sehen Sie, hier.«

»Das beweist noch lange nicht, dass wir in Black Rock Falls zwei Psychopathen haben. Diese Leute besitzen eine gewisse Anziehungskraft – es könnte sich durchaus um nur einen Mörder handeln und eine andere Person, die er einfach überredet hat, mitzumachen.« Kane umklammerte seine Kaffeetasse und sah sie verdrießlich an. Dann wandte er sich an Rowley. »Kein einziges verdammtes Wort verlässt diesen Raum. Verstanden?«

»Verstanden. Ich kann nicht glauben, dass diese Bestien sie auch noch vergewaltigt haben.«

»Und John Helms?«, wollte Kane wissen. »Hat man da noch was gefunden? Erzählen Sie mir bloß nicht, dass er auch vergewaltigt wurde.«

»Ich mach mal die andere Akte auf.« Jenna blätterte durch die Dokumente. »Vergewaltigt nicht, aber brutal zu Tode gefoltert. Die Käfer und Samen, die man bei ihm gefunden hat, stammen aus dieser Gegend. Beide Morde geschahen also hier in Black Rock Falls.«

»Es ist offensichtlich, dass die Täter in der Nähe wohnen und ortskundig sind«, stellte Rowley fest. »Kein Fremder hätte vom Erdkeller auf der Old Mitcham Ranch wissen können. Was mich wirklich überrascht, ist, dass zwei Männer daran beteiligt sind und es schaffen alles geheim zu halten.« Er warf Kane einen Blick zu. »Sind Sie sicher, dass Sie damals im Pickup wirklich nur eine Person gesehen haben?«

»Ich habe überhaupt niemanden gesehen.« Kane trank seinen Kaffee aus und stellte die Tasse auf den Schreibtisch. »Warum fragen Sie?«

»Nun, es hätte schon ein großer und kräftiger Mann sein müssen, um eine Leiche hochzuheben und in ein Fass zu stecken. Einer allein könnte das vielleicht sogar irgendwie schaffen. Und dann das Fass mit der Flüssigkeit auf einen Lastwagen zu laden und auf der Mülldeponie wieder abzuladen, das ist schon ganz schön schwer. Ich denke, Sie können die alte Mrs. Woodward ausschließen.«

»Die meisten Rancher hier haben Maschinen, um schwere Gegenstände anzuheben und eine Flüssigkeit in ein Fass zu füllen, sobald es auf der Ladefläche eines Pickups steht«, bemerkte Kane. »Von der Ladefläche eines Pickups oder Pritschenwagens könnte es dann heruntergerollt worden sein. Das Problem ist, dass die Spurensicherung beweist, dass zwei Personen in den Mord an Sarah verwickelt waren und ich habe hier zwei Männer, die sich gegenseitig als Alibi benutzen. Billy

Watts und Dan Beal haben beide behauptet, dass sie am Montagmorgen in der Turnhalle der Larks waren. Sobald wir hier fertig sind, rufe ich den Trainer der Larks an, denn wenn er sich an die beiden erinnert und die anderen Leute, die er erwähnt hat, nicht in Frage kommen, können wir wieder ganz von vorne anfangen.«

Jenna trommelte nervös mit den Fingernägeln auf ihren Schreibtisch. »Gut. Ich nehme an, Sie glauben immer noch, dass es sich bei den Morden und den Vorfällen um die gleichen Personen handelt, richtig?«

»Das habe ich von Anfang an geglaubt. Zufälle sind selten und wenn nicht irgendwer komische Substanzen in die Wasserversorgung von Black Rock Falls gegeben hat und wir hier alle langsam verrückt werden, stehen die Chancen, dass in einer Stadt zwei irre Mörder zur gleichen Zeit, aber mit unterschiedlichen Absichten herumlaufen, eins zu einer Million.« Kane richtete sich auf und ging zum Whiteboard. »Meiner Meinung nach gehörte der Ford Pickup, den ich gesehen habe, Mrs. Woodward. Ich bin gern bereit, die anderen Pickups zu überprüfen, aber die Chance, noch einen mit demselben abgerissenen Aufkleber zu finden, ist wirklich gleich Null.«

Er schrieb etwas an die Tafel. »Mrs. Woodward hat ihre Enkelin geliebt und ist lange vor ihrer Ankunft verschwunden. Ich habe ihr Vorstrafenregister überprüft – absolut kein Eintrag.« Kane drehte sich zu Jenna um und zuckte mit den Schultern. »Ich vermute, dass Mrs. Woodward ein weiteres Opfer ist und die Mörder ihren Pickup benutzt haben, um die Leiche von John Helms zu transportieren und auch bei dem Versuch, Sie umzubringen – oder Ihnen eine deutliche Warnung zu geben.«

»Sie glauben also, dass ihre Leiche hier irgendwo herumliegt? Vielleicht sollten wir alle Fässer auf der Mülldeponie durchsuchen.«

»Brinks hat jedes Fass auf dem Gelände geöffnet und nichts gefunden, aber viele liegen unter Tonnen von Müll begraben.« Jenna trank ihren Kaffee aus. »Wenn das ihre übliche Entsorgungsmethode ist, warum haben sie dann Sarah im Erdkeller zurückgelassen?«

»Vielleicht wollten sie es nicht nochmal riskieren zur Mülldeponie zu fahren«, schlug Rowley vor. »Denn ihnen wird ja wohl klar gewesen sein, dass jedes Fass, das jetzt dort entsorgt wird, genauestens überprüft wird.«

»Einverstanden«, sagte Kane. »Und die drei Vorfälle mit dem Sheriff sind Warnungen.« Er sah Jenna an. »Ich weiß, dass Sie sich an nichts Ungewöhnliches erinnern können, was in den letzten Monaten vorgefallen ist, aber ich verwette meinen letzten Dollar darauf, dass Sie etwas beobachtet haben. Und was das war, werden wir nicht herausfinden, außer Sie stimmen zu, dass man Sie hypnotisiert – und das wird wohl in absehbarer Zeit nicht der Fall sein, schätze ich.«

Die Härchen in Jennas Nacken stellten sich auf. Man hatte versucht, sie zu töten, und falls nicht wirklich jemand aus ihrer Vergangenheit sie gefunden hatte, dann hatte sie keine Ahnung, warum. Sie kaute auf ihrer Unterlippe und fing Kanes angespannten Blick auf. »Also wirklich, es gibt keinen Grund gleich so theatralisch zu werden. Ich habe Ihnen alles erzählt, woran ich mich erinnern kann. Glauben Sie mir. Ich habe nichts Ungewöhnliches in Black Rock Falls bemerkt.«

»Gut. Aber gestatten Sie mir, Ihnen meine Sicht der Dinge zu schildern.« Kane setzte sich und der Stuhl quietschte unter ihm. »Ich bin überzeugt davon, dass Sie mit diesen Morden in Verbindung stehen, und sei es nur unwissentlich. Sie haben irgendwann, seit Mrs. Woodward in Black Rock Falls angekommen ist, mit unbekannten Personen zu tun gehabt und sind dabei Zeugin eines Verbrechens geworden oder haben etwas gesehen, das jemand geheim halten will. Wenn Sie auf Cloughs Farm nichts anderes als Tierquälerei gesehen haben, dann muss das während Ihrer Ermittlungen zum Verschwinden von Mrs. Woodward geschehen sein, denn das war das einzige Mal, dass Sie die Ranches und Anwesen von Tür zu Tür abgeklappert haben.«

»Fällt mir schwer zu glauben, dass Sie denken, dass etwas, was ich angeblich übersehen haben soll, der Auslöser für zwei schreckliche Morde sein sollte.« Jenna schüttelte den Kopf. »Ich habe nicht allein ermittelt und ich habe meine Schritte zurückverfolgt. Da ist nichts vorgefallen. Und außerdem bin ich keine Anfängerin – alles Ungewöhnliche hätte ich sicherlich bemerkt.«

»Ich behaupte ja auch nicht, dass Sie schuld sind, aber Polizisten haben bei Einheimischen, die sie mögen, schon oft ein Auge zugedrückt – besonders in Kleinstädten. Die Leute hier sind wie eine große Familie. Und dann sind Sie gekommen und haben aus heiterem Himmel begonnen, gegen die örtlichen Störenfriede vorzugehen. Und dann hat Sie jemand von der Straße gedrängt und auf Sie geschossen.« Er legte seine Handflächen auf den Tisch. »Und in dem Augenblick, in dem Sie auch nur einen Schritt alleine machen, greift man Sie an und warnt Sie, den Mund zu halten.«

»Und was hat das alles mit den Morden an John Helms und Sarah zu tun?«

»Nun, als wir John Helms fanden, sind sie in Panik geraten. Die Schießerei war eine weitere Warnung, aber als ich dann begonnen habe, Leute zum Verhör zu holen, sind sie auf Sie im Cattleman's Hotel los. Ich schätze, sie glaubten, Sie könnten irgendwann nicht mehr und würden mir alles erzählen.« Kane warf ihr einen langen bedeutungsvollen Blick zu. »Sie haben damals geglaubt, Sie hätten zwei unterschiedliche Arten von Schritten gehört, nicht wahr?«

»Ja, aber ich weiß nichts. Wenn ich irgendetwas wüsste, dann würde ich es Ihnen doch sagen, das ist Ihnen doch klar, oder?«

»Natürlich glaube ich Ihnen. Ich bezweifle nur, dass Mrs. Woodward ihr erstes Opfer war, denn wir haben noch drei weitere Vermisste. Bis zu Mrs. Woodwards Mord hatten sie ihre Spuren verwischen können und dann wurden Sie hier Sheriff. Und als ich später auftauchte, dachten sie wahrscheinlich, Sie hätten sich Verstärkung mitgebracht. Sie aber haben ihre Drohungen ignoriert und der Mord an Sarah war eine ernstgemeinte Warnung im Sinne von: ›Sehen Sie, was ich tun kann, wenn Sie Kane erzählen, was Sie wissen.‹ Wir werden die Aufzeichnungen Ihrer täglichen Aktivitäten für die letzten sechs Monate oder so durchgehen, dann alle Ranches noch einmal besuchen und bei Stan Cloughs altem Haus anfangen. Mal sehen, ob es da irgendetwas gibt, was bei Ihnen eine Erinnerung auslöst – egal wie unbedeutend es auch sein mag.«

Wut wallte in Jenna auf und sie erhob sich mit einem Ruck. »Das werden wir ganz sicher nicht tun. Ich habe nichts gesehen, sonst hätte ich es Ihnen gesagt, egal wie unbedeutend es auch immer gewesen wäre, wie Sie es so wortgewandt formulieren.« Sie deutete auf die Tür. »Gehen Sie jetzt und überprüfen Sie die Alibis von Watts und Beals. Und dann fahren Sie los und überprüfen Sie die blauen Ford Pickups, damit wir die Besitzer endlich von unserer Liste der Verdächtigen streichen können.« Kräftig schob sie ihren Stuhl zurück. »Und machen Sie sich keine Mühe, mich auf dem Rückweg abzuholen. Ich finde schon allein nach Hause.«

»Jenna ...«

»Sheriff Alton für Sie.« Sie blickte ihn wütend an. »Und machen Sie die Tür hinter sich zu.«

Kane stand auf und schüttelte langsam den Kopf. »Ich wollte nicht unhöflich sein, Ma'am.« Dann ging er zur Tür.

Jenna warf einen Blick auf Deputy Rowley. Sein Gesicht glich einer zerdrückten Blume. Sie konnte sehen, dass Kane sein Idol war, der Inbegriff des perfekten Polizisten. Zu schade für ihn, dass er es auf die harte Tour lernen musste, was es bedeutete, wenn jemand es wagte, ihr Wort anzuzweifeln. »Hören Sie mir zu, ich weiß genau, dass Pete Daniels alles, was hier passiert, seinen Brüdern weitererzählt. Und dass diese dann zweifellos den Klatsch und Tratsch in der ganzen Stadt verbreiten und dadurch jeden Kriminellen vor jedem unserer Schritte warnen. Sie dürfen keinen unserer Fälle mit Daniels oder Walters besprechen. Reden Sie mit ihnen über Verkehrsdelikte und kleine Ordnungswidrigkeiten oder sonst irgendwas. Haben Sie das verstanden?«

»Jawohl, Ma'am.« Rowleys Gesicht erstrahlte jetzt in tiefem

Rot. »Ich glaube nur, Deputy Kane hat nicht ganz Unrecht. Was er sagt, ergibt Sinn.« Er klammerte sich an den Kaffee, den sie ihm gebracht hatte, wie an einen Rettungsring.

»Ermittlungen brauchen Zeit.« Jenna sog tief die Luft ein. Sie mochte Rowley und er hatte für seine Arbeit ein gutes Gespür. »Ich werde den Papierkram für den Durchsuchungsbefehl für die Clough-Ranch fertigmachen und abschicken und dann sehen wir uns dort mal um. Die Kriminaltechniker werden die Marke der Schuhe der Mörder herausfinden und irgendwelche DNA-Beweise finden. Es wird sich alles aufklären. Mörder machen Fehler und wir werden den Täter festnageln, aber es könnte noch eine Weile dauern. Ziehen Sie bitte keine voreiligen Schlüsse so wie Kane – haben Sie Geduld und arbeiten Sie sich Schritt für Schritt durch die Indizien.«

Jenna ging um ihren Schreibtisch herum und klopfte ihrem Deputy aufmunternd auf die Schulter. »Alles was wir brauchen ist grundsolide Polizeiarbeit. Und jetzt gehen Sie zu Daniels und fragen ihn, ob er die Aufenthalte von Josh Rockford und Watts mit den Abhebungen auf Helms' und Woodwards Kontoauszügen abgeglichen hat.«

»Jawohl.« Rowley deutete mit dem Daumen auf das Whiteboard. »Soll ich die Tafel verstecken, wenn Sie möchten, dass Daniels die Einzelheiten der aktuellen Untersuchung lieber nicht erfährt?«

Erschöpft und ausgelaugt ließ sich Jenna in ihren Bürostuhl fallen. »Keine schlechte Idee.«

»Darf ich Ihnen noch einen Kaffee bringen?« Rowley schob das Whiteboard in eine Nische in der Wand.

»Gerne, und zwar einen richtig großen.«

49

Kane ließ sich auf seinen Bürostuhl fallen und starrte missmutig auf Jennas Bürotür. Welchen Teil davon, einen Fall zu besprechen, verstand sie nicht? Er folgte seinem Instinkt und der sagte ihm klar und deutlich, dass es zwischen den Anschlägen auf ihr Leben und den Morden einen Zusammenhang gab.

Er wollte Stan Clough unbedingt einen Besuch abstatten – mit ihm musste er zuallererst sprechen. Und ein Durchsuchungsbefehl wäre von Vorteil, wenn er dort etwas Verdächtiges feststellen sollte. Der Gedanke, dass der Mann eine Schweinezucht besaß, beunruhigte ihn. Da er den unersättlichen Appetit von Schweinen kannte, konnte er sich durchaus vorstellen, dass ein Psychopath seine Opfer an Schweine verfüttern würde, denn ein Schwein verschlingt einen ganzen Körper samt Knochen und allem – und ein DNA-Test des Kots führte oft zu keinem Ergebnis.

Er dachte angestrengt nach. Hatte Clough eine Familie oder einen engen Freund? Wenn zwei Männer für solch brutale Morde verantwortlich waren und beide in Black Rock Falls lebten, hätten sie ohne Weiteres hier oder in der Nähe noch mehr Morde begehen können. Sowohl der Mord an Sarah als auch der an Helms verrieten ihm, dass der Täter immer größere Lust am Töten bekam. Und wenn er nun auch noch davon ausging, dass die vermissten Personen von vor zwei Jahren ebenfalls Opfer waren, hatte er Grund zu der Annahme, dass das Muster des Mörders irgendwie gestört worden war – und Clough hatte sechs Monaten eingesessen.

Er würde andere Countys kontaktieren müssen, um eine Liste der dort vermissten Personen zu erhalten. Psychopathen holten sich ihre Opfer oft an mehreren Orten und Angehörige meldeten Menschen vielleicht als vermisst, aber wie viele Menschen, die keine Familie oder Angehörige haben, verschwinden einfach für immer spurlos? Dieser Wahnsinnige könnte das schon seit Jahren machen.

Er warf einen Blick auf Jennas Tür und beschloss, sich wieder an die Arbeit zu machen. Er holte sein Notizbuch hervor und überflog die Liste von Zeugen, die Billy Watts genannt hatte. Der Trainer wäre der beste und er würde auch den Manager der Turnhalle im Stadion der Larks fragen. Er rief beide an und notierte sich die Uhrzeiten, an die sie sich erinnerten, wann sie Watts und Beal kommen und gehen gesehen hatten. Und da die Uhrzeiten bis auf 15 Minuten übereinstimmten, strich er beide Verdächtigen von seiner Liste. Dann starrte er auf Josh Rockfords Namen – er musste unbedingt den alten Ford Pickup seines Vaters überprüfen.

Er rief die Informationen der KFZ-Zulassungsstelle auf seinem Computerbildschirm auf und notierte sich die Standorte der Ford Pickups, die er überprüfen wollte. Da er sich in dieser Gegend noch nicht auskannte, musste er sich auf sein GPS verlassen, um den Weg zu finden. Er griff nach seinem Mobiltelefon und tippte die Nummer von John Davis ein. »Ah, Mr. Davis. Ich bin auf dem Weg, mir Ihren Pickup genauer anzusehen. Sagen Sie doch bitte Ihrer Frau Bescheid. Ich möchte sie nicht beunruhigen, indem ich einfach unangemeldet auftauche.«

»Ich bin für heute im Büro fertig. Meine Ranch liegt etwas abseits der Straße und könnte schwer zu finden sein. Wenn Sie kurz hier beim Büro vorbeikommen, dann fahre ich voraus.«

Kane runzelte die Stirn. »In Ordnung. Ich bin in fünf Minuten bei Ihnen.« Er nahm seine Pistole aus dem Holster und überprüfte das Magazin.

»Gibt's ein Problem?« Deputy Rowley stand neben ihm, eine Kaffeetasse in der Hand.

»Nein. Ich bin nur vorsichtig.«

»Machen Sie sich keine Sorgen wegen des Sheriffs.« Rowley zuckte zaghaft mit den Schultern. »Hunde, die bellen, beißen nicht, wie man so schön sagt.«

»Ich mache mir keine Sorgen.«

Rowleys Gesicht wurde leicht rot. »Natürlich nicht. Ach, übrigens, kein einziges Datum der Bargeldabhebungen stimmt laut den Handys oder GPS-Daten mit Watts' oder Rockfords Aufenthaltsorten überein. Wenn er nicht bei den Larks ist, scheint Rockford zu total komischen Uhrzeiten in der Stadt unterwegs zu sein – meistens nachts, und er verbringt viel Zeit vor dem Computer.«

»Okay.« Kane steckte seine Waffe ins Holster und verstaute sein Notizbuch. »Ich schaue mir jetzt die beiden Pickups an und dann fahre ich nach Hause. Wir sehen uns morgen früh.« Er warf einen Blick auf Jennas Bürotür. »Achten Sie darauf, dass sie sicher nach Hause kommt.«

Kane traf John Davis vor seinem Immobilienbüro und folgte ihm aus der Stadt hinaus in die Hügel. Als er seinen Wagen neben dem blauen Pickup anhielt, war das Tageslicht schon fast in Abenddämmerung übergegangen. Er zog die Kapuze seiner Jacke hoch und stieg aus. Dann schnappte er sich sein Handy und ging um das Fahrzeug herum, um Fotos zu machen. Schnell war er sich sicher, dass das nicht der Pickup war, den er in der Nacht von Jennas Unfall gesehen hatte, also gab er John Davis Entwarnung. »Alles erledigt. Danke für Ihre Kooperation.«

»Kein Problem,« erwiderte Davis, während eine Horde aufgeregter Hunde um ihn herumsprang. »Ich muss Sie das fragen: Ist auf der Old Mitcham Ranch etwas passiert?«

Kane überlegte lange, bis er antwortete. »Wir haben Grund zu der Annahme, dass dort in der Nähe ein Verbrechen verübt wurde.« Er hob eine Hand, um Davis von weiteren Fragen abzuhalten. »Tut mir leid, aber da es sich um laufende Ermittlungen handelt, kann ich Ihnen derzeit nicht mehr dazu sagen.« Er blickte zum Himmel mit seinen grauen, schneeverhangenen Wolken hoch. »Ich mach mich jetzt besser auf den Weg. Ich muss mir noch das Fahrzeug von Bürgermeister Rockford ansehen, bevor ich Feierabend machen kann.«

»In Ordnung. Wenn Sie durch dieses Tor fahren«, Davis zeigte auf einen kürzlich von Schnee geräumten Feldweg, »dann kommen Sie direkt zur Rückseite von Rockfords Scheune. Und dort steht auch sein Auto. Ich habe mit Rockford eine Absprache über Futterlieferungen, also halten wir diesen Weg hier immer frei. So brauchen Sie nur halb so lange. Ich lasse das Tor offen, aber wenn Sie auf dem Rückweg kurz hupen könnten, komme ich heraus und schließe es hinter Ihnen.«

Kane nickte und folgte ihm zurück zu seinem SUV. »Vielen Dank.«

Der Besuch bei Bürgermeister Rockford erwies sich schnell als reine Zeitverschwendung: der alte Pickup hatte an der Heckklappe ganz klare Roststellen – und nirgends eine Spur von einem Aufkleber. Genervt machte Kane sich auf den Heimweg, wobei die harschen Worte von Sheriff Alton in seinen Ohren nachhallten. Es gab also absolut keinen Zweifel, dass der Pickup, der an ihrem Unfall beteiligt gewesen war, Mrs. Woodward gehörte. Und seine Schlussfolgerungen zu diesem Fall hatten sich keinen Millimeter verschoben.

Als er in seinem Cottage ankam, war Jennas Haus hell erleuchtet, aber in der Einfahrt brannte kein einziges Licht. Anscheinend hatte sie ihr Alarmsystem nicht angestellt. In der Zufahrt stand einer der älteren Streifenwagen, den Pete Daniels benutzte. Wahrscheinlich hatte sie sich den Wagen ausgeliehen. Und falls Daniels sie heimgefahren hatte, dann hatte sie ihn bestimmt auf einen Kaffee eingeladen – vielleicht mit der Absicht, herauszufinden, welche Informationen er durchsickern ließ. Der Gedanke, dass Jenna gerade mit einem anderen Mann zusammen war, beunruhigte ihn irgendwie. Nicht, weil er eifersüchtig war, sondern eher so, als hätte ein enger Freund eine andere Person ihm vorgezogen.

Kane stapfte zum Cottage. Er brauchte mehr Informationen, mehr Einblick in all das, was da in Black Rock Falls vor sich ging. Verbarg Josh Rockford etwas hinter seiner lässig-provokanten Art? Wer war Stan Clough wirklich? Und wer würde ihn über all diese Fragen besser aufklären können als MissKlatsch-und-Tratsch-der-Stadt? Kane griff nach seinem Mobiltelefon, klappte es auf und wählte eine Nummer. »Hi, Mary-Jo, hier ist David Kane. Ich wollte fragen, ob Sie heute Abend Zeit hätten, mit mir essen zu gehen.«

Als sie voll überschwänglicher Freude einwilligte, reservierte er für acht Uhr abends einen Tisch im Restaurant des Cattleman's Hotel. Seit fünf Jahren hatte er keine Verabredung mehr gehabt, hatte aber schon oft in Einsätzen die Rolle des vernarrten Begleiters gespielt. Alles nur dienstlich. Nachdem er die nörgelnde Stimme in seinem Hinterkopf abgestellt und das Gefühl des Betrugs an seiner toten Frau, das seinen Bauch sich verkrampfen ließ, verdrängt hatte, machte er sich auf den Weg in die Dusche.

50

Draußen war es stockfinster, als Jenna die Scheinwerfer von Kanes SUV bemerkte, der gerade durch die Einfahrt hinaus auf die Straße fuhr. Eine Welle der Panik erfasste sie, zusammen mit der schmerzlichen Erinnerung, dass sie die Flutlichter in ihrem Sicherheitssystem nicht wieder eingeschaltet hatte. Da Kane ja in der Nähe war und sie beschützen konnte, hatte sie das nicht mehr für wichtig gehalten. Na wenn schon, er war wahrscheinlich zum Abendessen aus und würde bald zurück sein. Bis dahin könnte sie sich gut alleine beschäftigen.

Sie warf einen Blick auf die Uhr – es war bereits nach elf. Von der Haustür aus sah sie hinüber zu Kanes Cottage. Die Verandabeleuchtung erhellte die Türen seiner Garage, die weit offenstand, das Innere war nur ein klaffender schwarzer Schlund. »Heute Abend willst du endlich auch deinen Spaß haben, oder Kane? Und das, nachdem du mir erzählt hast, das du immer noch an einer schweren Trennung knabberst. Männer, echt!«

Sie ging zurück in ihr Schlafzimmer, knipste unterwegs das Licht aus und legte sich ins Bett. Sie versuchte zu schlafen, musste aber immer wieder an den Streit mit Kane denken. Nach Mitternacht wurde sie von ihrem Telefon geweckt, das aber gar nicht klingelte. Es dauerte einige Augenblicke, bis sie begriff, dass das

Piepen vom Alarm an Ihrer Grundstücksgrenze stammte. »Kommst du also doch lieber nach Hause, ja?«

Sie wartete auf das Geräusch von Kanes SUV und das Licht der Scheinwerfer, doch nichts geschah. Langsam stützte sie sich auf einen Ellenbogen hoch und spähte durch ihre offene Schlafzimmertür zu den Fenstern vorne am Haus hinüber. Der Hausalarm leuchtete grün, aber in der Zufahrt war kein Scheinwerferlicht zu sehen. Vielleicht hatte sich ein Elch oder ein anderes Tier auf der Suche nach einem warmen Schlafplatz auf ihr Grundstück verirrt. Sie drehte sich im Bett um und döste wieder ein.

Einige Zeit später wurde sie plötzlich schlagartig wach – da war doch ein Geräusch! Ohne sich zu bewegen, ließ sie ihren Blick durchs Zimmer schweifen – hier drinnen war es eher heiß als kühl und sie hatte während ihres unruhigen Schlafs die Bettdecke weggestrampelt. Da hörte sie das Geräusch wieder: leise Schritte auf der Veranda und ein leichtes Schaben, als ob sich jemand von Fenster zu Fenster bewegte und einen Weg nach drinnen suchte. Plötzlich wurde ihr Schlafzimmer durch drei Lichtblitze erleuchtet.

Starr vor Schreck blickte sie zum Fenster hinüber und konnte dort eine Gestalt sehen, die sich deutlich vor der Dunkelheit abzeichnete. O mein Gott, jemand fotografierte sie, wie sie in ihrem Bett lag. Ihr noch schlaftrunkener Verstand kämpfte gegen die lähmende Angst und sie zwang ihren Körper, sich zu entspannen. Als die Gestalt sich endlich davonschlich, hörte sie das vertraute Knarren der Dielen, atmete einmal tief durch und spannte ihren Körper an – bereit sich zu wehren. Als sie den Flur hinunterblickte und die schemenhafte Gestalt eines großen, breitschultrigen Mannes erkannte, schlug ihr Herz so stark, dass sie glaubte es würde gleich zerspringen. Da ist jemand an meiner Haustür.

Sie fasste vorsichtig mit einer Hand an ihr Ohr – nur ein Druck auf ihren Ohrring und Kane wüsste Bescheid. Doch ihre Finger ertasteten an ihren Ohrläppchen keine Ohrringe.

Verdammt, sie hatte sie im Badezimmer vergessen! Na, wenigstens hatte das Training mit Kane ihre Nahkampffähigkeiten wieder auf Vordermann gebracht, so dass sie sich gut selbst verteidigen konnte. Sie schnappte sich ihre Waffe vom Nachttisch und glitt auf den Boden.

Der Knauf der Eingangstür drehte sich mit einem Ächzen.

O mein Gott, er versucht hereinzukommen.

Hatte sie die Tür verschlossen? Flach auf den Boden gepresst, zielte sie um das Bett herum und wartete darauf, dass der Eindringling das Haus betrat. Die Tür hielt stand, aber das laute Alarmsignal des Hausalarms blieb aus. Wie bei einer Auto-Alarmanlage hätte jede Manipulation an ihrer Haustür das System auslösen müssen. Verdammte Scheiße! Da hörte sie die Schritte erneut, als sich die schattenhafte Gestalt auf der Veranda bewegte. Jennas Puls raste wie ein Güterzug. Sie robbte über den Boden, schloss die Tür und schob dann den schweren Riegel vor. Der Schreiner hatte damals über diese Sicherheitsmaßnahme an ihrer Schlafzimmertür gelacht, als sie ihn gebeten hatte, überall im Haus ähnlich schwere Schlösser an den Türen zu montieren. Sie wollte einfach sichere Zimmer haben und die schweren Riegel würden ihr ein paar wertvolle Minuten Zeit verschaffen, um mit einem Eindringling fertig zu werden. Als die Dielen erneut unter den Schritten des Mannes knarrten, zwang sie ihren Verstand, sich zu beruhigen und sich auf einen Nahkampf vorzubereiten. Nie wieder würde sie sich einfach so überrumpeln lassen und wenn dieser Verrückte glaubte, er sei ihr diesmal einen Schritt voraus, dann irrte er aber gewaltig.

O Gott, er kommt zurück! Ein Auge auf das Schlafzimmerfenster gerichtet, kramte sie nach ihrem Handy und wählte Kanes Nummer. Seine Mailbox-Nachricht ließ ihre Brust vor Panik verkrampfen. *Ausgerechnet heute Nacht bist du nicht zu erreichen und ich habe nur Walters, um mir zu helfen. Echt super!*

Sie tippte Walters' Nummer ein, der mit schlaftrunkener Stimme antwortete.

»Irgendwas nicht in Ordnung, Sheriff?«

Jenna flüsterte in den Hörer. »Ja, hier versucht jemand ins Haus zu kommen und Kane hat sein Handy ausgeschaltet. Können Sie sofort herkommen? Aber keine Scheinwerfer und keine Sirenen – ich will den Typen erwischen.«

»Bin schon unterwegs.«

Als die Schritte draußen vor dem Fenster nicht mehr zu hören waren, rollte sie sich auf die Knie, nahm die Glock in beide Hände und zielte auf die schemenhafte Gestalt. Wenn Walters sofort losfuhr und richtig Gas gab, konnte er in etwa zehn Minuten hier sein. Bis dahin bin ich längst tot. Beim nächsten Versuch des Eindringlings in ihr Haus zu kommen, würde sie schießen – egal, was das für Konsequenzen haben mochte. Ein kurzes Zittern erfasste sie und sie hielt die Waffe fester. Sie verfolgte die dunkle Gestalt draußen weiterhin mit ihrem Blick. Plötzlich erkannte sie am Fensterglas den Umriss einer Hand mit schwarzen Handschuhen und auch ein Gesicht.

Sie verdrängte ihre Angst, stützte beide Ellenbogen aufs Bett, ihr Finger sank zum Abzug und sie rief so laut wie möglich: »Hier spricht der Sheriff. Legen Sie beide Hände über den Kopf – jetzt!« Da wurde sie erneut durch einen Lichtblitz geblendet. Der Mann fotografierte weiter. Jenna zielte und drückte ab. Ein lauter Knall – dann zerbarst das Fenster und ein Hagel aus Glas flog in jede Richtung. Kurz darauf fiel der Mann mit einem dumpfen Geräusch auf die Veranda und gab ein leises Stöhnen von sich. Eiskalter Wind wehte ins Schlafzimmer, aber Jenna sprang sofort auf die Füße. Eine Hand an der aufs Fenster gerichteten Pistole, griff sie nach der Nachttischlampe und der Raum war hell beleuchtet. Sie trat über die Glassplitter und bewegte sich aufs Fenster zu.

Draußen wälzte sich Josh Rockford zusammengekrümmt vor Schmerzen, umklammerte fest seine linke Schulter und schaute sie mit einem Dackelblick an.

»Du hast auf mich geschossen.«

»Hätte ich mir gleich denken können, dass du das bist. Rühr

dich nicht von der Stelle, du Stück Dreck. Eigentlich hätte ich dir deinen verdammten Schädel wegpusten sollen.«

»Ich brauche einen Arzt.« Rockford rollte sich in eine sitzende Position und lehnte sich gegen die Veranda. »Oder willst du mich hier verbluten lassen?«

Ihr Adrenalinpegel ebbte langsam ab und ihre Zähne begannen zu klappern. Während sie die Glock weiterhin auf Rockford richtete, griff sie mit einer Hand nach der Kommodenschublade, zog die Handschellen heraus, die sie dort immer aufbewahrte und warf sie ihm zu. »Fessel deinen verletzten Arm ans Geländer, es sei denn, ich soll dir auch noch eine Kugel in die Kniescheibe jagen.«

»Mein Gott, ich habe hier echte Schmerzen.« Rockford sah sie mit leidendem Blick an. »Ich dachte, du magst mich und jetzt hast du auf mich geschossen. Ruf einen Krankenwagen.«

»Mach, was ich dir sage oder verblute hier. Ist mir total egal.«

Als er tat, was Jenna von ihm verlangte und dabei wie ein waidwundes Tier stöhnte, ging sie durch den Raum zu ihrem Schrank, holte ein paar Kleider heraus und zog sich fröstelnd etwas über. Sie rief Daniels an und bat ihn, mit einem Taxi ins Krankenhaus zu fahren und dort Walters in Empfang zu nehmen, wenn dieser mit einem verletzten Verdächtigen eintraf. In Jenna tobte die blanke Wut, aber sie hielt das Protokoll ein, holte Latexhandschuhe und einen Asservatenbeutel, ging nach draußen und warf Rockford schnell eine Decke zu. Sie konnte sehen, dass hinter ihm eine Kugel im Holz des Geländers steckte. Seine Wunde war ein glatter Durchschuss und blutete nicht übermäßig stark. Sie wollte diesem Perversen auf keinen Fall zu nahekommen und blieb auf Distanz.

»Schieb dein Handy zu mir rüber. Sobald Walters da ist, kümmere ich mich um deine Wunde, aber bis dahin musst du einfach warten.«

»Kannst du meinen Dad anrufen?«

»Nein, kann ich nicht. Aber wenn du willst, ruf ich Mr. Stone an. Du brauchst jetzt sicher einen Anwalt. Dass du mich stalkst, damit kommst du auf keinen Fall durch. Dachtest du, ich wüsste nicht, dass du das damals im Gebüsch hinter dem Cattleman's Hotel warst?« Sie hob sein Handy auf und steckte es in den Asservatenbeutel.

»Im was?« Rockford ließ den Kopf sinken. »Ich habe dich nicht gestalkt. Ich hatte eine Wette mit den Jungs. Wer von uns wohl mutig genug wäre, ein paar kompromittierende Fotos von dir zu machen und ins Netz zu stellen.« Er schenkte ihr ein halbherziges Grinsen. »Ich muss keine Frauen verfolgen, die laufen mir in Scharen nach.« Er musterte sie. »Ich war bisher nur nett – für meinen Geschmack bist du sowieso zu alt.«

Sie steckte die Beleidigung weg und schenkte ihm ihr bestes sarkastisches Lächeln. »Ich sehe schon die Schlagzeilen: ›Josh Rockford von alter Dame überwältigt‹, oder noch besser: ›Josh Rockford, der Perversling – lebenslange Sperre für die Larks.‹ Wahrscheinlich wird man die tatsächlich bald lesen.«

»Fahr zur Hölle.«

Als Walters endlich eintraf, trug er einen Mantel über seinem Schlafanzug und eine Jagdmütze. Zuerst starrte er auf Josh Rockford, dann blickte er Jenna an. »Was ist denn hier passiert?«

Jenna reichte ihm ein Paar Latexhandschuhe und den Asservatenbeutel. »Sein Handy ist ein Beweismittel. Dieser Widerling hat Fotos von mir gemacht, als ich im Bett gelegen habe. Ich klage ihn wegen Land- und Hausfriedensbruch und Verletzung der Privatsphäre an.« Sie wandte sich an Rockford und las ihm seine Rechte vor. »Ich hole jetzt einen Verbandskasten und mache die Notversorgung, dann können Sie ihn ins Krankenhaus bringen. Daniels wird ihn über Nacht dort bewachen müssen. Er wird Sie im Krankenhaus treffen. Bringen Sie ihn dorthin, aber mit Handschellen, und vergewissern Sie sich, dass er auch wirklich ans Bett geschnallt ist.«

Jenna ging ins Haus und nahm eine Kompresse aus dem Arzneikasten. Sie zog sich neue Handschuhe über und ging nach draußen. Rockford war bereits auf den Beinen und sprach mit Walters. Sie reichte dem Deputy das Verbandszeug, holte sich Rockfords Handy und sah sich kurz die Fotos an. Eine Welle von Wut überrollte sie und Galle schoss ihr in den Mund. Eigentlich wollte sie ihm direkt ins Gesicht schlagen, denn abgesehen von den Bildern von ihr, wie sie im Bett lag, waren auf dem Handy auch kompromittierende Bilder von sehr jungen Mädchen zu sehen. Sie hob ihr Kinn und bebte vor Wut. »Josh Rockford, ich klage Sie auch wegen des Besitzes von Kinderpornografie an. Schaffen Sie mir dieses Arschloch aus den Augen.«

Danach stand sie mit verschränkten Armen auf der Veranda und sah zu, wie Walters' Streifenwagen in der Ferne verschwand. Dann ließ sie ihrer Wut freien Lauf und nagelte die Fensterläden zu.

51

Am nächsten Morgen gehörte Jennas Aufmerksamkeit ganz der leeren Garage vor Kanes Cottage. Wo er wohl die ganze Nacht gesteckt haben mochte? Das männliche Draufgängertum in ihrem Büro gestern und die Tatsache, dass er genau dann, wenn sie seine Hilfe brauchte, nicht zu erreichen war, hatten ihre Nerven die ganze Nacht über zermürbt. Sie ging wieder ins Haus und wählte Rowleys Nummer. »Hi, ist Kane schon da?« Sie füllte einen Einwegbecher mit Kaffee.

»Nein.« Rowley räusperte sich.

Sie konnte das Zögern in seiner Stimme hören und schüttelte den Kopf – sie wusste, dass er ihn deckte. »Okay, spucken Sie's aus. Wo ist er?«

»Ich bin mir nicht sicher.«

»Wenn Sie's wissen, dann sagen Sie's mir – jetzt. Das ist ein Befehl, Deputy.« Sie gab Milch und Zucker in ihren Kaffee. »Er war gestern Abend nicht in seiner Hütte und telefonisch konnte ich ihn auch nicht erreichen. Wo haben Sie ihn zuletzt gesehen?«

»Er war nicht im Dienst, Ma'am.«

Jenna schloss den Deckel des Bechers, stellte das Handy auf Lautsprecher, legte es auf den Tisch und zog ihren Mantel über. »Das ist mir egal. Josh Rockford hat letzte Nacht versucht, bei mir einzubrechen und ich habe ihn angeschossen – er liegt jetzt im Krankenhaus. Ich glaube, er könnte in etwas Ernstes verwickelt sein.« Sie seufzte. »Mit dem Staatsanwalt habe ich bereits gesprochen. Die Beweise, die wir haben, reichen aus, um ihn in Untersuchungshaft zu behalten, bis ein Termin für seine Verhandlung feststeht. Der Richter wird ihn heute Morgen um neun anhören und bis zur Verhandlung wird mich der Staatsanwalt nicht brauchen.«

»Was sagen Sie da? Geht es Ihnen gut?«

»Es würde mir weit bessergehen, wenn ich meinen Deputy erreichen könnte. Wo zum Teufel steckt Kane?«

»Er ist immer noch im Cattleman's Hotel. Als ich heute Morgen vorbeikam, sah ich sein Auto auf dem Parkplatz für unsere Dienstfahrzeuge vor dem Hotel.«

An der Sache musste also mehr dran sein. Ungeduldig tippte Jenna mit dem Fuß. »Was soll das heißen, ›immer noch‹?«

»Ich war gestern Abend mit ein paar Freunden zum Essen dort. Sie hatten das Spezialmenü mit Rippchen im Angebot und ähm ... da hab ich Kane mit Mary-Jo Miller beim Essen gesehen.«

Jenna versuchte sich zu konzentrieren und starrte auf das Mobiltelefon. Kane hatte gesagt, er sei noch nicht bereit für eine Beziehung und dann lud er Mary-Jo Miller zu einem Date ein? Und warum wurde sie bei dieser Vorstellung eigentlich sauer? *O Mist, ich fange an, für David Kane Gefühle zu entwickeln.* Sie schluckte den Kloß in ihrem Hals hinunter und holte tief Luft. »In Ordnung, danke. Ich fahr hier bald los, machen Sie eine Kanne Kaffee fertig, ich glaube, das wird ein sehr langer Tag.« Dann legte sie auf.

Jenna verdrängte den Gedanken, dass Kane die Nacht mit Mary-Jo verbracht hatte und machte sich auf den Weg zu Daniels' Dienstwagen. Er war nicht gerade glücklich darüber gewesen, als sie ihn um die Schlüssel gebeten hatte, aber seine Wohnung lag nur wenige Gehminuten vom Revier entfernt und sie brauchte dringend wieder ihre Unabhängigkeit. Während sie den Tag plante, konnte sie langsam alles ins rechte Licht rücken. Sie würde

Walters schicken, um Daniels im Krankenhaus abzulösen. Daniels könnte dann Walters' Streifenwagen nehmen und Stan Clough für eine Stunde oder so beschatten – mal sehen, wo der überall unterwegs war. Sobald Kane eintraf, könnten er und Rowley mit allen nötigen Papieren zur Schweinezucht fahren, um den Verdächtigen zu befragen und, falls nötig, das Anwesen durchsuchen. Während sie die Fakten im Mordfall Sarah Woodward noch einmal durchging, schluckte sie schwer, als sie sich an die Telefonnummer erinnerte, die sie in Sarahs Handtasche gefunden hatte. Denn nachdem sie die Autopsieberichte gelesen hatte, hatte sie vollkommen vergessen, die Nummer zu überprüfen. Sie würde sie mit der Liste der Immobilien abgleichen, die John Davis Sarah gegeben hatte. Sicherlich gehörte die Nummer jemandem, mit dem sie in den Stunden vor ihrem Tod gesprochen hatte und diese Person könnte eventuell Angaben zu Sarahs Aufenthaltsort vor ihrem Ableben machen.

Sie nahm hinter dem Lenkrad Platz, stellte den Kaffeebecher in den Halter und sah wie Kanes schwarzer SUV an ihr vorbeifuhr und auf sein Cottage zusteuerte. Der Drang, auszusteigen, hinüber zu gehen, um ein ernstes Wörtchen mit ihm zu reden, durchzuckte sie kurz. Stattdessen ließ sie den Motor an und drehte die Heizung auf. Als Kane in einem dunkelblauen Anzug ohne Krawatte und mit zerzausten Haaren aus dem Auto stieg, starrte sie ihn bloß an. Er sah hinreißend aus. O ja, er war ihr Typ, aber offensichtlich gehörte sie nicht zu seinen Top-Favoriten. Ohne nachzudenken, ließ sie den Motor aufheulen und bretterte in einer Abgaswolke die vereiste Zufahrt hinunter. Ein Blick in den Rückspiegel zeigte ihr, dass er ihr mit einem grimmigen Gesichtsausdruck hinterher starrte. Sie verlangsamte den Wagen, bekam sowohl das Fahrzeug als auch ihre Gefühle wieder unter Kontrolle und fuhr ins Büro.

Kane sah Alton nach, als sie auf die Hauptstraße einbog und knirschte mit den Zähnen. Er hatte gehofft, zu Hause zu sein, bevor sie aufwachte, aber die Aussicht auf ein warmes Frühstück in einem sehr komfortablen Hotel war zu verlockend gewesen. Er ging rasch in seine Wohnung, um sich für den Dienst umzuziehen und fragte sich, ob Jenna herausgefunden hatte, dass er mit Mary-Jo zum Abendessen gewesen war. Er erinnerte sich daran, Jake Rowley im Cattleman's Hotel gesehen zu haben. Na klar, ihr unantastbarer Stellvertreter würde es ihr zweifellos gesteckt haben und zu allem Überfluss glaubte sie jetzt sicher auch noch, er hätte die Nacht mit einer zehn Jahre jüngeren Frau verbracht. Das Problem war, dass er Jenna wirklich mochte – sie war einfach hinreißend, aber sein Herz gehörte immer noch Annie. Vielleicht würde die Loyalität für Annie mit der Zeit abnehmen.

Er erschien drei Minuten vor seinem Dienst um halb neun auf dem Revier und ging schnurstracks zu seinem Schreibtisch. Sein Blick wanderte zu Altons Bürotür hinüber und er fragte sich, ob er sich bei ihr für gestern entschuldigen sollte. Seinem Bauchgefühl zu vertrauen, hatte ihn schon aus mehr Schwierigkeiten herausgeholt, als ihm lieb war. Er hörte, wie Rowley sich räusperte und das vertraute, aber nervige Quietschen seines Bürostuhls. Er drehte sich zu ihm um. »Der Boss ist heute Morgen nicht besonders gut gelaunt, was?«

»Nun, wenn man bedenkt, dass sie versucht hat, Sie anzurufen, als Josh Rockford in ihr Haus eingebrochen ist und sie ihn anschießen musste, nehme ich an, dass Sie heute Morgen nicht auf der Liste Ihrer Lieblingskollegen stehen«, erklärte Rowley.

Kane starrte ihn fassungslos an. »Was? Sie hat auf Josh Rockford geschossen?«

»Niemand. Anwalt Stone hat den Richter in den frühen Morgenstunden aus dem Bett geklingelt und eine Art Verfügung vorgelegt, damit Josh in die Obhut seines Vaters überstellt werden kann.« Rowley wich Kanes Blick aus. sehr »Der Sheriff war darüber auch nicht besonders glücklich, aber Rockfords Anhörung ist heute für neun Uhr angesetzt. Walters wird dabei sein, was aber bei der Beweislage nicht nötig ist, und außerdem ist es höchst unwahrscheinlich, dass Rockford auf Kaution freikommt. Der Sheriff sagte, die Fotos auf seinem Handy allein würden dem Staatsanwalt schon reichen, um einen Prozess einzuleiten.«

»Was ist danach passiert?«

»Sie kam herein und bellte Befehle, sagte dann Daniels, er solle zu Stan Cloughs Schweinezucht fahren und ihn so lange beschatten, bis sie einen Durchsuchungsbefehl für sein Haus hätte.« Rowley grinste in offensichtlicher Schadenfreude. »Pete hat sich über Funk gemeldet und gesagt, dass er dort sei und alles ruhig wäre – wie in einem Grab. Doch wenn der Kerl einen Schritt auf ihn zu machen würde, würde er seine Brüder als Verstärkung rufen, falls er vorhätte, ihn an seine Schweine zu verfüttern. Ich schätze, Daniels hat vergessen, dass es da draußen keinen Telefonempfang gibt.«

Kane knirschte mit den Zähnen. Einen Neuling allein zur Beschattung eines Mordverdächtigen zu schicken, war etwas, was er sicherlich nicht angeordnet hätte. Wie konnten in der kurzen Zeit, in der er Jenna allein gelassen hatte, nur so viele schlimme Dinge passieren? »Ist sie in ihrem Büro?«

»Nein. Sie ist vor etwa zwanzig Minuten ohne ein Wort gegangen.«

»Haben Sie sie gefragt, wohin sie gehen wollte?«

»Äh ... nein, aber sie hatte eine Akte bei sich, also spricht sie wahrscheinlich mit dem Richter. Ich habe mich nicht getraut, sie zu fragen, wo sie hinwollte. Sie hat mich vorhin ziemlich angeraunzt – und ehrlich, einmal reicht mir.«

Kane starrte ihn böse an. »Ich nehme an, das war ungefähr zu der Zeit, als Sie mich verpetzt haben, nicht wahr? Sie haben ihr doch brühwarm von meiner Verabredung mit Mary-Jo erzählt, stimmt's?« Als Rowley nickte, seufzte Kane tief. »Das war keine Verabredung im Sinne von romantischem Abend zu zweit. Das Abendessen diente dazu, Informationen zu erhalten – sie ist eine Klatschtante und ich brauchte Infos.«

»Und haben Sie denn von ihr Infos bekommen?«

»Nein, nur, dass Rockford ein bisschen pervers ist. Anscheinend mochte er es, wenn sie sich als kleines Mädchen verkleidete.«

»Das ergibt Sinn.« Rowley verzog verächtlich sein Gesicht und schüttelte langsam den Kopf. »Der Typ ist ein verdammter Pädophiler. Nachdem der Sheriff ihn dabei erwischt hat, wie er Fotos von ihr gemacht hat, hat sie sein Handy beschlagnahmt und dort jede Menge Fotos von jungen Mädchen gefunden. Er schleicht gern nachts herum und fotografiert sie.« Seine Miene verfinsterte sich. »Der Sheriff hat versucht, Durchsuchungsbefehle zu bekommen, um auch seine Computer beschlagnahmen zu können, denn nach den Texten und Bildern auf seinem Handy zu urteilen, steckt der da in einer echt üblen Sache drin.«

»Du meine Güte«, stieß Kane aus. »Kein Wunder, dass Jenna wütend auf mich ist.«

»Warum sind Sie denn die ganze Nacht weggeblieben?«

»Nachdem ich Mary-Jo nach Hause gefahren hatte, hab ich mich an die Bar gesetzt und mir Klatsch und Tratsch aus der Gegend angehört, in der Hoffnung, doch noch etwas zu erfahren. Und dann hab ich mir im Hotel ein Zimmer genommen, denn ich hatte zu viel getrunken.« Kane stöhnte auf. »Ich hatte keine Ahnung von Rockford. Ich dachte, Jenna wäre sauer, weil sie dachte, ich hätte die Nacht mit Mary-Jo verbracht – dabei geht sie das, was ich außerhalb des Dienstes mache, überhaupt nichts an.«

Er schaltete seinen Computer ein. »Während wir darauf warten, dass sie mit dem Durchsuchungsbefehl für die Clough-Ranch zurückkommt, gehe ich die Akten nochmal durch, vielleicht habe ich ja doch irgendwelche Hinweise übersehen. Bis dato ist Clough der wahrscheinlichste Verdächtige, aber wer ist sein Komplize? Im Laufe meiner Karriere habe ich festgestellt, dass man am besten niemanden ausschließt, bevor nicht alle Alibis überprüft sind.«

»Es war nicht Rockford, der den Sheriff im Gebüsch angegriffen hat«, erklärte Rowley. »Es ist mir gelungen, den Taxifahrer ausfindig zu machen, der ihn am Samstagabend abgeholt hat. Er hat ihn in seine Wohnung gebracht. Und Sie hatten ja seine Autoschlüssel, also kann er überhaupt nicht rechtzeitig wieder beim Cattleman's Hotel gewesen sein.«

»Okay. Vielleicht geh ich nochmal zu John Davis rüber und unterhalte mich erneut mit ihm. Es würde mich interessieren, ob es da noch jemanden gab, der sich in der Zeit, als Sarah Immobilien besucht hat, ebenfalls welche ansehen wollte.«

»Und ich mach mich auf den Weg, um einem Hundebesitzer eine Verwarnung zu geben. Bis später dann.« Rowley stand auf und ging zur Garderobe.

Kane rief sich die kriminaltechnischen Akten zu beiden Fällen auf. Er brauchte die Details zu den Fußabdrücken, die an Sarahs Tatort gefunden worden waren. Dann rief er die Spurensicherung an und hinterließ dort eine Nachricht. Ziemlich ratlos schnappte er sich seine Jacke und machte sich im Schneetreiben auf den Weg zu John Davis' Büro.

52

Kane betrat das Immobilienbüro und wartete geduldig, bis John Davis sein Gespräch mit zwei Klienten beendet hatte. Er hörte das übliche Gerede von Maklern, die alle so klangen, als wären sie aus demselben Ei geschlüpft – zur Welt gekommen mit dem Auftrag, Käufer davon zu überzeugen, sich etwas zu leisten, das ihre Möglichkeiten weit überstieg. Als das junge Paar mit den Prospekten in der Hand gegangen war, schloss Kane die Tür hinter ihnen und wandte sich an Davis. »Ich bin heute leider gekommen, um Sie über einen Mord auf der Old Mitcham Ranch zu informieren.«

»Ein Mord?« Aus John Davis' Gesicht wich alle Farbe. »Jemand, den ich kenne?«

»Ich fürchte ja. Wir haben am Montag die Leiche von Sarah Woodward dort im Erdkeller gefunden. Das ist auch der Grund, warum die Daniels-Brüder das Grundstück vom Verkauf zurückgezogen haben.«

»Großer Gott.« Sichtlich erschüttert öffnete Davis seine Schreibtischschublade und nahm eine Flasche Brandy und ein Schnapsglas heraus. »Wissen Sie, wer es war?«

Kane beobachtete den alten Mann aufmerksam.

»Noch nicht.«

»Dieser Ort ist verflucht.« Davis blinzelte.

Warum geben die Leute allem anderen die Schuld, nur nicht dem Mörder? »Ich möchte Sie bitten, diese Information vorerst für sich zu behalten, da es sich um eine laufende Ermittlung handelt.«

»Ja, natürlich.« Davis schenkte sich einen Drink ein und kippte ihn mit einem Keuchen hinunter. »Erst verschwindet der Alte und jetzt das. Ich kann kaum glauben, dass so etwas in Black Rock Falls passiert.«

Kane blickte in das bleiche Gesicht des Mannes. »Wer wusste sonst noch, dass die Old Mitcham Ranch zum Verkauf stand? Haben Sie noch jemanden dorthin geschickt, um sich das Grundstück anzusehen?«

»Nein, nur ihre Großmutter.« Davis schraubte die Flasche zu und schob sie zurück in die Schublade. »Ich habe noch nicht einmal Details des Anwesens ins Schaufenster gehängt. Niemand von hier würde sich für die Ranch interessieren und jetzt ist es sowieso vorbei mit einem Verkauf.« Er räusperte sich. »Wenn's nach mir ginge, würde ich die Ranch komplett niederbrennen.« Er stand auf, ging um den Schreibtisch herum und starrte mit leerem Blick aus dem Fenster. »Das Ganze samt dem verdammten Fluch einfach abfackeln.«

»Das ist vielleicht eine Option, die Sie den Besitzern vorschlagen könnten.« Kane blickte auf Davis' Füße – er trug nicht die von den meisten Menschen hier bevorzugten Cowboystiefel, sondern blank geputzte Slipper. »Ich mach mich jetzt besser auf den Weg. Danke für Ihre Kooperation.« Er trat hinaus in die frische Morgenluft.

Als er sich dem Revier näherte, bemerkte er, dass der Streifenwagen, den Jenna von Deputy Daniels requiriert hatte, nicht auf seinem Parkplatz stand. Er warf einen Blick auf die Uhr – zehn Uhr dreißig – und ging an der Eingangstür vorbei, direkt in Richtung von Aunt Betty's Café. Wenn er die volle Wut von Sheriff Alton aushalten musste, sobald sie wieder in ihrem Büro war, dann bräuchte er vorher etwas Ordentliches zur Stärkung. Dass sie nicht angerufen hatte, um ihn anzuschreien oder ihm verschiedene

Befehle zu erteilen, fand Kane etwas seltsam. Alton hatte ihn ja auch ohne Zögern in Rowleys Gegenwart heruntergeputzt und ihre Entscheidung, ihn jetzt nicht zur Rede zu stellen, war ziemlich untypisch für sie. Vielleicht hatte sie sich ja auch nur ein paar Stunden Auszeit genommen, um ihre Wut verrauchen zu lassen. Obwohl seiner Ansicht nach eine laufende Ermittlung in zwei Mordfällen jegliche persönliche Auszeit verbieten würde.

An der Tür ließ der verlockende Duft von frisch gebackenen Muffins seinen Magen anerkennend knurren. Er stampfte sich den Schnee von den Füßen und betrat das Café. Er bestellte genug Kuchen, Sandwiches und Kaffee für alle auf dem Revier, nahm dann den Karton in Empfang und machte sich auf den Weg zurück ins Büro. Die Menschen, denen er auf der Straße begegnete, grüßten ihn mit einem Lächeln und einem Kopfnicken. Vielleicht würde er in dieser kleinen Stadt ja tatsächlich ein Zuhause und ein bisschen Ruhe finden. Schneegestöber prasselte gegen sein Gesicht und eisige Rinnsale liefen in seinen Kragen. Als er auf dem Revier ankam, konnte er seine Füße schon nicht mehr spüren und mit einem unangenehmen Pochen waren auch seine Kopfschmerzen wieder zurückgekehrt.

Vorne am Empfang traf er Rowley und fragte ihn: »Zeit für einen Kaffee?«

»Ja, ich bin mit allem fertig, was der Sheriff mir zum Recherchieren gegeben hat. Wow! Kaffee und Kuchen. Danke!« Rowley griff in den Karton mit der Aufschrift »Cappuccino« und stieß einen zufriedenen Seufzer aus. »Sarahs Onkel ist hier und hat die Leiche identifiziert. Und ich habe eine Liste von John Helms' persönlichen Gegenständen, die seine Frau geschickt hat – er trug einen Diamant-Ohrstecker. Außerdem hab ich mit dem Gerichtsmediziner telefoniert und der hat mir gesagt, dass er Grund zu der Annahme hat, dass der Mörder ihm den Stecker nach dem Tod aus dem Ohr gerissen habe. Vielleicht ist es eine weitere Trophäe, die er behalten hat.« Er nahm sich ein paar Gebäckstücke und zuckte mit den Schultern. »Und die Spurensicherung hat auch angerufen.«

»Haben die was Interessantes gefunden?«

»Eher etwas Enttäuschendes. Keine DNA-Spur an dem Haar, das sie bei Sarah gefunden haben, und die Fußabdrücke der Stiefel sind unbrauchbar. Sie sagen, diese Schuhmarke kann man in jedem Großmarkt kaufen.«

»Hm, das ist zwar nicht viel, aber immerhin wissen wir, dass es sich um zwei Mörder handelt.« Kane machte sich mit dem Essen und seinem Kaffee auf den Weg zu seinem Schreibtisch. »Vielleicht haben wir einfach etwas übersehen.«

»Ich habe jeden Bericht immer und immer wieder gelesen, bis mir die Buchstaben vor den Augen tanzten«, sagte Rowley. »Jeder, von dem wir dachten, er könne beteiligt sein, ist überprüft worden. Wir haben jetzt keine Verdächtigen mehr – abgesehen von Stan Clough.«

Kane biss in ein Truthahn-Sandwich. Langsam kauend rief er sich die Fälle nochmal ins Gedächtnis. »Es wäre wirklich eine große Hilfe, wenn uns der Sheriff auf dem Laufenden halten würde, was sie so vorhat. Würde mich nicht wundern, wenn sie jetzt gerade hinter einer möglichen Spur her ist.«

»Möchten Sie, dass ich sie anrufe?« Rowley starrte auf das unberührte Kuchenstück in seiner Hand.

Kane nahm den Deckel von seinem Kaffeebecher und warf ihn in den Abfalleimer. »Warum nicht? Einen Anruf von mir wird sie im Moment höchstwahrscheinlich nicht annehmen.« Während Rowley Jennas Nummer wählte, nippte er an dem heißen Kaffee.

»Sie geht nicht ran«, sagte er schließlich. »Vielleicht hat sie gerade kein Netz. Hier in der Gegend gibt es haufenweise Funklöcher. Sie glauben doch nicht wirklich, dass sie sich die Durchsuchungsbefehle besorgt hat und dann allein zu Clough rausgefahren ist, oder?«

»Das glaube ich kaum, obwohl ... ausschließen kann man es auch nicht. Ich werde nachsehen, ob sie etwas in ihrem Kalender eingetragen hat.« Kane ging zu Jennas Büro hinüber und schlug den Kalender auf ihrem Schreibtisch auf. Die heutige Seite war absolut leer. »Mist!«

Er ging ins Großraumbüro und direkt hinüber zu Maggie am Empfang. »Den übernehme ich.« Er deutete auf den wütend aussehenden Mann, der am Tresen wartete. »Versuchen Sie den Sheriff per Satellitentelefon zu erreichen. Sie ist in Petes Streifenwagen unterwegs und wir können sie übers Handy nicht erreichen.«

»Mach ich sofort.« Maggie setzte sich vor das Funkgerät.

Kane wandte sich an den wütenden Mann. »Wie kann ich Ihnen helfen?«

»Ich muss ein Bußgeld bezahlen, weil ich meinen Hund ohne Leine hab' laufen lassen.« Er reichte Kane eine Verwarnung und einen Scheck. »Das ist doch alles eine Riesensauerei. Ich bin gerade erst aus dem Krankenhaus entlassen worden und jetzt bekomme ich diese Geldstrafe hier. Wie soll ich den Hund an die Leine nehmen, wenn ich gar nicht zu Hause bin? Ich werde von der alten Dame von nebenan belästigt.«

»Das glaube ich kaum. Ich hätte Ihren Hund neulich auf der Straße selbst fast angefahren. Ich habe einen Deputy angewiesen, diese Verwarnung auszustellen. Halten Sie Ihren Hund unter Kontrolle, bevor er noch einen Unfall verursacht. Bauen Sie einen Zaun, damit er nicht von Ihrem Grundstück abhauen kann. Und ab sofort werde ich mich persönlich um jede weitere Beschwerde Ihrer Nachbarin kümmern.«

»Wollen Sie mir etwa drohen?«

»Verstehen Sie's einfach als Warnung.« Kane scannte das Dokument und die Zahlung in den Computer ein und überreichte dem Mann eine Quittung.

Dieser riss ihm die Zettel aus der Hand und stürmte davon, sein Gesicht rot vor Wut. Kane warf einen Blick in den Wartebereich und war froh, dort ausnahmsweise niemanden zu sehen. Hinter ihm sprach Maggie die Nachricht abermals ins Funkgerät und drehte sich dann zu ihm um. »Sie muss das Satellitentelefon ausgeschaltet haben. In fünf Minuten versuch ich's nochmal.«

»Hat sie sich heute Morgen überhaupt schon gemeldet?«

»Bis jetzt nicht.« Maggie schob sich eine prachtvolle Locke aus ihrem runden Gesicht. »Aber sie ist ziemlich geladen von hier weggefahren. Hat die Autotür so zugeschlagen, dass sie fast aus den Angeln geflogen ist.« Sie runzelte die Stirn. »Nur schade, dass sie Petes Auto genommen hat, es ist das einzige ohne GPS. Wir hätten sie sonst ausfindig machen können, wenn sie irgendwo eine Panne gehabt hätte. Die alte Karre macht's wirklich nicht mehr lang.«

»Versuchen Sie's weiter, bis Sie sie erreichen.«

Das letzte Mal hatte er um zehn Uhr mit Deputy Daniels gesprochen, als dieser per Funk gemeldet hatte, dass auf Cloughs Schweinefarm alles ruhig sei und er rüber zur Ranch seiner Brüder fahren wolle, um dort etwas zu essen.

Und dann war es Mittag geworden und jetzt sogar früher Nachmittag – ohne eine Nachricht von Jenna.

Als die Durchsuchungs- und Haftbefehle für Stan Clough eintrafen, starrte Kane sie ungläubig an. Er rief Jenna auf ihrem Handy an, aber ohne Erfolg, und bat dann Deputy Rowley, zu ihm rüberzukommen. »Ich bin mir nicht sicher, was hier los ist, aber der Sheriff ist verschwunden und Daniels auch. Hat der Sheriff irgendwelche neuen Beweise entdeckt und versäumt, mich zu informieren?«

»Hat sie erwähnt, was wir in Sarahs Handtasche gefunden haben?«

Kane zog eine Augenbraue hoch. Wenn Jenna etwas Relevantes gefunden hätte, hätte sie es ihm zweifellos erzählt. »Daniels hat mir einen Überblick gegeben: Ausweis, aber keine Schlüssel.«

»Es ging nicht darum, was in der Handtasche war, sondern was fehlte.« Rowley senkte seine Stimme bis knapp zu einem Flüstern. »Dinge wie eine Haarbürste, Lipgloss ... Frauensachen halt. All das hat gefehlt. Und der Sheriff dachte, der Mörder hätte sich Trophäen mitgenommen.« Er räusperte sich. »Außerdem haben wir noch eine Telefonnummer gefunden, die in ein paar Geldscheinen versteckt war.«

»Wenn es wichtig wäre, hätte sie es Ihnen sicher gesagt.« Kanes Nackenhaare begannen zu kribbeln.

Irgendetwas stimmte hier ganz und gar nicht.

»Was ist mit John Davis? Ist er immer noch verdächtig?«

Sein Gespräch mit dem Immobilienmakler fiel ihm wieder ein, aber er schüttelte den Kopf. »Nein, die Nachricht hat ihn zu sehr aufgewühlt, als dass er Sarahs Mörder sein könnte, und außerdem hätte er einen Komplizen gebraucht. Zudem bezweifle ich, dass er ein Paar Cowboystiefel aus einem Großmarkt besitzt.« Er seufzte resigniert. »Wir müssen raus zu Stan Cloughs Schweinefarm und nachsehen, was mit Daniels los ist. Irgendetwas läuft da meiner Meinung nach gerade ziemlich aus dem Ruder.«

Das aufkommende Gefühl von Unheil zog seine Brust zusammen. Seine Sorge um Jenna war wesentlich stärker als seine strikte berufliche Disziplin – und das beunruhigte ihn. Er versuchte alle hemmenden Gedanken abzuschütteln und besann sich auf seine Prioritäten. Er würde seinen Hauptverdächtigen in Gewahrsam nehmen und dann jede verfügbare Person rund um die Uhr arbeiten lassen, bis Jenna gefunden war. Er warf einen Blick auf die Uhr – seit fünf Stunden hatte sie niemand mehr erreichen können. Wenn das Auto eine Panne gehabt hätte, hätte sie in dieser Zeit zu Fuß zu einer Ranch laufen können. Seine Angst, dass der Mörder sie foltern und vielleicht sogar vergewaltigen könnte, steigerte sich zu einer Wut, die er bislang noch nicht erlebt hatte.er zwang sich zur Ruhe und erhob sich. »Gehen wir.« Er trat an Maggies Tresen. »Versuchen Sie bitte weiter, Sheriff Alton zu erreichen. Wenn Sie sie haben, rufen Sie mich sofort an. Ich fahre jetzt mit Rowley zur Schweinefarm von Clough.« Dann ging er zu Walters' Schreibtisch und war froh, dass dieser bereits seine zweite Schicht begonnen hatte. »Ich möchte, dass Sie Patrouille fahren – überall dorthin, wo Sie glauben, dass der Sheriff heute gewesen sein könnte. Ist Jenna früher schon so ganz ohne Nachricht alleine los?«

»Immer. Bevor Sie gekommen sind.« Walters zuckte mit den Schultern. »Sie kommt schon zurecht. Die Kleine ist zäh – und unabhängig.«

Kane richtete sich auf. »Ich rechne mit dem Schlimmsten und

so verhalten wir uns auch. Fahren Sie sofort los und suchen nach ihr. Wenn mir auf der Schweinefarm etwas Verdächtiges auffällt, werde ich sie durchsuchen und Daniels wird Clough hier abliefern. Im Augenblick scheint er unser Hauptverdächtiger zu sein.« Kane holte tief Luft, um sich zu beruhigen und seine Konzentration für die bevorstehende Konfrontation zu sammeln – er brauchte jetzt einen klaren Verstand. »Konzentrieren Sie sich darauf, Jenna zu finden, und beten wir zu Gott, dass es ihr gut geht.«

»So machen wir's.« Walters nahm seine Jacke von der Stuhllehne und ging zur Tür.

Kane betrat Jennas Büro und schloss den Waffenschrank auf. Clough war eine unbekannte Größe und er hatte nicht vor, sich unbewaffnet in eine möglicherweise bedrohliche Situation zu begeben. Er füllte seine Taschen mit Magazinen, verschloss den Schrank wieder und wollte gerade gehen, als er es sah. »Ach du Scheiße.«

Während Kane sich in Jennas Büro ausgerüstet hatte, war die Tür zugefallen. Und an einem der Haken an der Innenseite der Tür hing ihr Satellitentelefon.

Eine Welle des Unglaubens erfasste ihn. Er riss die Tür auf und winkte Rowley zu sich. »Wie weit ist die Schweinefarm entfernt?« Er reichte Rowley ein Gewehr.

»Eine gute halbe Stunde bei guten Straßen, sonst mindestens eine. Nehmen wir diese zusätzlichen Waffen mit, weil Sie glauben, dass er den Sheriff entführt hat?«

Wenn ja, dann kommen wir wahrscheinlich zu spät. »Im Moment habe ich keinen Grund anzunehmen, dass sie sich der Schweinefarm von Clough auch nur genähert hat. Außerdem hat Pete ihn den ganzen Morgen beschattet, also ist es eher unwahrscheinlich.« Kane schlüpfte rasch in seinen Mantel und zog sich die Wollmütze über seine Ohren. »Wir werden vermutlich einen möglicherweise psychopathischen Mörder treffen und diese Waffen mitzunehmen, ist daher ein absolut sinnvoller Vorgang.«

»Der Gedanke, was wir da draußen finden könnten, macht

mich nervös.« Aus Rowleys Gesicht wich langsam die Farbe. »Wenn es wirklich ein Serienmörder ist, könnte er schon gemordet haben, seit er aus dem Gefängnis raus ist.«

Kane überprüfte seine Glock, schob eine Patrone in die Kammer und steckte sie zurück ins Hüftholster. »Sollte Clough unser Mann sein, wird er es mit mir zu tun bekommen, und ich mag keine Leute, die Menschen brutal behandeln – vor allem keine Frauen.«

Plötzlich klingelte sein Handy. »Kane.«

»Ich glaube, ich habe eine Idee, wo Sheriff Alton sein könnte.« Walters Stimme klang jovial. »Und wo?«

»Ich hab bei Aunt Betty's angehalten und Susie gefragt, ob sie sie gesehen hat. Sie sagte, der Sheriff habe erwähnt, zu den Daniels-Brüdern rausfahren zu wollen, um mit ihnen zu sprechen.«

»Okay, danke für die Information.« Er unterbrach die Verbindung und blickte kurz zu Rowley. »Wie weit ist die Ranch der Daniels von Cloughs Schweinefarm entfernt?«

»Gar nicht weit.«

Also hält sich Jenna eventuell gerade in der Nähe eines Serienmörders auf. Kane fuhr sich übers Gesicht. Sein Kopf pochte und Angst verkrampfte seinen Magen. Bislang hatte es drei erfolglose Anschläge auf Jennas Leben gegeben und jetzt war sie alleine unterwegs, ohne irgendjemandem etwas gesagt zu haben.

53

Nachdem sie mehrere Stunden damit verbracht hatte, den Richter davon zu überzeugen, einen Durchsuchungs- und Haftbefehl für Stan Clough und seine Farm auszustellen und die Beschlagnahmung von Rockfords Computer anzuordnen, war das Letzte, worauf Jenna Lust hatte, zurück aufs Revier zu gehen und sich mit Kane auseinander zu setzen. Stattdessen holte sie sich bei Aunt Betty's ein Sandwich und einen Kaffee und machte sich direkt auf den Weg zur Ranch der Daniels, erleichtert, eine dienstliche Ausrede zu haben, um ihre einzigen Freunde in Black Rock Falls besuchen zu können.

Sie bog von der Hauptstraße ab und fuhr quer durch den Schneehaufen vor der Ranch. Der Motor des alten Streifenwagens schickte Dampfschwaden in die Luft und versperrte ihr die Sicht. Sie verlangsamte das Tempo und fuhr die kurvenreiche Zufahrt zur beeindruckenden Ranch entlang – die geschwungene Eingangstreppe erinnerte an die alten Herrschaftshäuser der Südstaaten-Plantagen. Vor dem Haus wartete bereits Dean Daniels, der älteste der drei Brüder, um sie zu begrüßen. Froh, ein vertrautes Gesicht zu sehen, winkte Jenna ihm zu. Nachdem sie herausgefunden hatte, dass es Deans Telefonnummer war, die sich in Sarahs Handtasche befunden hatte, hatte sie beschlossen, eine

Überprüfung der Nummer als Ausrede für ihren Besuch zu benutzen. Sie bezweifelte allerdings, dass die Daniels-Brüder irgendwelche Informationen über Sarah Woodward hatten, denn wenn sie vor ihrem Tod mit ihr gesprochen hätten, hätten sie es Pete gegenüber sicher erwähnt.

Was Jenna in Wirklichkeit brauchte, war Gesellschaft außerhalb des Black Rock Falls County Sheriff's Department. Die inzwischen unangenehm gewordene Realität, in unmittelbarer Nähe von David Kane zu arbeiten, konnte sie für eine Weile in den Hintergrund drängen. Immerhin verstand sie sich gut mit den Brüdern und Dean war zudem fast in ihrem Alter – ganz zu schweigen davon, dass er mit seinen schwarzen, nackenlangen Haaren und seinem schelmischen Grinsen ausnehmend gut aussah. Sie parkte den Wagen dicht neben einem schneebedeckten Beet und stieß die Tür auf. »Hallo. Tut mir leid, dass ich so unangemeldet vorbeikomme, aber ich muss euch ein paar Fragen stellen. Wird nicht lange dauern, ich werde euch also nicht allzu lange von der Arbeit abhalten.«

»Kaum zu glauben, dass du da in Petes Wagen ankommst. Nachdem ich gesehen habe, dass er Walters' Wagen fährt, war ich mir sicher, dass seiner bereits in der Schrottpresse ist.« Dean sah sich das Auto genauer an. »Die alte Dampflok – so nennen wir diesen Haufen Scheiße. Sobald man schneller als 70 km/h fährt, überhitzt er und dampft wie eine alte Lok.« Er winkte Jenna rein. »Kaffee?«

»Auf jeden Fall!« Jenna konnte am Ende eines Flurs an der Rückseite des Hauses die Küche erkennen. »Mmm, ich kann den Duft von frischem Kaffee schon von hier aus riechen.«

»Du kannst dich ruhig hinsetzen und ein bisschen ausruhen. Petes Kiste braucht Kühlwasser und muss sich erst einen Moment abkühlen, bevor du weiterfahren kannst. Ich werde Dirk bitten, sich darum zu kümmern, während wir uns unterhalten.«

Sie ging den Flur entlang und bemerkte wie gepflegt das Wohnzimmer aussah. Dirk Daniels saß am Tisch und schärfte sein

Jagdmesser. Beide Männer dufteten, als wären sie gerade aus der Dusche gestiegen. »Hi.«

»Guten Morgen. Was führt dich in unser bescheidenes Heim?«

Auf dem Küchentisch standen schmutzige Teller, die Jenna einfach beiseiteschob und sich dann hinsetzte. Sie studierte Dirks verrucht gutaussehendes Gesicht – dieser Kerl strahlte wirklich einen unwiderstehlichen Zauber aus. »Ich bin hier, um mit euch über den Mord an Sarah Woodward zu sprechen.«

»Schlimme Sache das.« Dirk ließ die Klinge über den Schleifstein gleiten und prüfte die Schärfe. »Ich nehme an, du bist hier, um uns zu sagen, dass jetzt wir dran sind und die Sauerei aufräumen sollen?«

Seine nonchalante Haltung nach einem brutalen Mord machte Jenna stutzig. »Für so etwas gibt es spezielle Tatortreiniger. Ich kann mich erkundigen, wenn ihr wollt.«

»Klar, frag ruhig. Werden sich aber nicht viele Einheimische finden, die dort hinwollen.« Dirk steckte das Messer in die Scheide an seiner Hüfte und stand auf. »Hab ich gerade richtig gehört? Du bist mit Petes Wagen hier?«

»Ja, ich fahr den die nächsten paar Tage lang. Ich warte auf einen Ersatzwagen, aber du kennst ja die Versicherungsgesellschaften; das kann einen Monat oder länger dauern, bis der da ist. Ich wünschte, der Bürgermeister würde die Mittel für ein paar neue Fahrzeuge freigeben. Und SUV wären hier sowieso besser geeignet. Die alte Schüssel da draußen schafft kaum mehr als 90 km/h.«

»Wenn du das alte Mädchen gerade getreten hast, dann muss man sich drum kümmern.« Dirk zog sich ein Paar schwarze Lederhandschuhe an und streckte die Hand aus. »Gib mir die Schlüssel. Ich fülle etwas Kühlwasser nach.« Sein Blick wanderte von ihrem Gesicht zu ihren Brüsten und verweilte dort einen Moment. »Ich möchte nicht, dass du da draußen im Schnee liegenbleibst.« Er blickte Jenna wieder ins Gesicht. »Wir wohnen ziemlich abseits und haben keinen Handyempfang. Eine Nacht da draußen und du wärst am nächsten Morgen komplett tiefgefroren.«

»Ich weiß, ist mir fast schon mal passiert und ich habe wirklich keine Lust, das nochmal zu erleben. Außerdem bin ich hier, ohne dass meine Deputys etwas davon wissen.« Jenna schloss den Reißverschluss ihrer Jacke und griff dann in der Tasche nach den Autoschlüsseln. Sie drückte sie Dirk in die Hand und lächelte ihn warm an. »Danke dir.« Die Erinnerung an den zerschundenen Körper von John Helms, den sie im Fass gefunden hatte, blitzte kurz in ihrem Kopf auf und sie fragte sich, wie viel Pete seinen Brüdern wohl darüber erzählt hatte. »Hat Pete den anderen Mord erwähnt? Den an John Helms? Anscheinend hat der in der Gegend nach Arbeit gesucht.«

»Pete plappert jedes Mal wie ein Affe, wenn er zu Besuch kommt«, klagte Dirk. »Meistens stelle ich meine Ohren dann auf Durchzug. Und bei uns kommt niemand vorbei und fragt nach Arbeit. Das habe ich dir schon beim letzten Mal gesagt, als du hier warst. Für Gelegenheitsbesuche liegen wir ein bisschen zu abseits.«

Jenna erinnerte sich an ihren Besuch damals und Deans Problem mit einem Pferd. Das arme Tier hatte ganz furchtbar gestöhnt und gewiehert. »Wie geht's dem Pferd jetzt? Das, das damals so Probleme beim Werfen gehabt hat?«

»Dean hat es von seinem Leid erlöst.« Dirk warf seinem Bruder einen Blick zu. »Ich habe ihm gesagt, dass du nach dem Pferd fragen würdest. Wirklich schade, es hat immer viel Spaß gemacht, es zu reiten.«

Beschämt zog Jenna die Stirn in Falten. »Oh, das tut mir wirklich leid.«

»Mach dir keine Sorgen. Ich werde schon bald ein neues für ihn finden«, warf Dean ein. »Wie magst du deinen Kaffee?«

»Pass auf, dass du ihr unsere Spezialmischung machst und nicht diesen Instant-Müll«, sagte Dirk. »Ich würde mal sagen, unser Sheriff mag ihren Kaffee stark und süß.«

»Stimmt genau: drei Stück Zucker, bitte. Und Milch, wenn ihr welche habt.«

»Aber klar.« Dean warf seinem Bruder einen vielsagenden Blick zu und wies mit dem Kinn in Richtung Haustür. »Ich setze mich zu Jenna und unterhalte mich mit ihr und du siehst dir inzwischen den Wagen an.«

»Ich weiß wirklich nicht, ob ich dich mit einer bewaffneten Frau alleine lassen soll.« Dirk zwinkerte ihr zu. »Könnte mehr dahinterstecken als du verkraften kannst.«

Jenna sagte: »Ich werde mich zehn Minuten beherrschen können.«

»Jetzt geh schon, oder wir sitzen noch die ganze Nacht hier.« Als Dirk zur Tür ging, rutschte Dean auf den Stuhl gegenüber. »Jetzt erklär mir mal, wieso du dich aus dem Büro schleichst, ohne deine Leute zu informieren? Gab's einen Streit mit Mr. Groß, Dunkelhaarig und Effizient?«

Jenna nahm ihm den dampfenden Kaffee ab und lächelte. »So ungefähr. Ich musste einfach mal eine Stunde da raus.«

»Und was hat dich zu uns geführt? Du hast dieses Mädchen erwähnt, Sarah ... Irgendwie?«

»Ja, Sarah Woodward. Sie hatte eine Liste mit Immobilien, die sich ihre Großmutter offenbar angesehen hat und auf einem Zettel, den ich in ihrer Handtasche gefunden habe, stand eure Telefonnummer. Und da hab ich mich gefragt, ob sie wohl letzten Montag angerufen oder vorbeigekommen ist.« Sie nippte an ihrem Kaffee und seufzte genüsslich. »O Mann, ein Traum von einem Kaffee – wie eine warme Umarmung.«

»Ist Sarah der Name des ermordeten Mädchens?« Dean legte den Kopf schief und beobachtete Jenna genau. »Einmal hat eine Frau angerufen. Sie hat ihren Namen nicht genannt, sondern nur gefragt, ob wir einer alten Frau ein Grundstück gezeigt hätten, das zu verkaufen war. Ich hab damals gedacht, sie hätte sich verwählt.« Er zuckte mit den Schultern. »Ich hatte keine Ahnung, wovon sie sprach, bis Pete mich am Montag wegen des Mordes auf der Old Mitcham Ranch anrief. Er sagte mir, er hätte das Haus zum

Verkauf angeboten, sozusagen als Überraschung für uns. Natürlich habe ich sofort John Davis verständigt, dass er es von der Liste streichen soll.« Er schüttelte den Kopf. »Weißt du, für einen Deputy war Pete damals reichlich dumm. Ich meine, welcher Idiot macht so etwas, ohne es mit seiner Familie zu besprechen?«

Jenna schaute ihn über den Rand der Kaffeetasse hinweg an. »Er ist ein bisschen naiv, so wie die meisten Leute in seinem Alter, schätze ich.«

»Naiv wie Pete? Nee, wir sind das komplette Gegenteil. Das Weiche hat er von unserer Mutter – ein absolut nutzloser Zug für einen Mann. Du hättest ihn sehen sollen, als sie starb, Mann. Er hat geheult wie ein Baby. Ich weiß nicht, wie du mit ihm zurechtkommst. Und dir ist schon klar, dass er uns jedes intime Detail aus deinem Leben erzählt? Er weiß einfach nicht, wann er den Mund halten soll.« Jenna war verblüfft, wie schroff Dean plötzlich von seinem eigenen Bruder sprach. »Ich hab schon vermutet, dass er euch Informationen mitteilt, denn er ist noch jung und unerfahren. Aber ich werde ihn schon noch auf Vordermann bringen.«

»Meiner Meinung nach ist Pete nicht mehr zu helfen.« Dean drehte seine Tasse auf dem Tisch hin und her und blickte Jenna dann direkt ins Gesicht. »Und um nochmal auf die Old Mitcham Ranch zurückzukommen ... Ich nehme an, es wird noch eine Weile dauern, bis die Spurensicherung ihre Untersuchungen dort abgeschlossen hat?«

»Nein, schon alles erledigt und ihr könnt die Reinigungskräfte beauftragen, falls ihr jemanden findet, der sich in den Erdkeller hinunter wagt. Ich habe so meine Zweifel, ob ihr das Haus überhaupt noch verkaufen könnt.« Jenna nippte erneut an ihrem Kaffee und ein warmes Glühen breitete sich langsam von ihren Zehen in ihrem ganzen Körper aus. Plötzlich fühlte sie sich schwer und schläfrig und musste laut gähnen. »Tschuldigung. Ich hab letzte Nacht nicht allzu viel geschlafen.«

»Trink deinen Kaffee aus. Danach geht's dir besser. Hast du schon irgendwelche Spuren? Pete hat erwähnt, dass du glaubst,

Josh Rockford könnte damit zu tun haben, und Stan Clough ebenfalls.«

»Ich kann euch keine Einzelheiten erzählen, tut mir leid, aber wer auch immer Sarah getötet hat, weiß, wie man Spuren verwischt. Die Spurensicherung hat überhaupt nichts gefunden.« Sie hielt sich einen Finger an ihre Lippen und kicherte kindisch.

»Und pssssst, Kane darf nicht erfahren, dass ich euch etwas verraten habe.« *Was ist bloß los mit mir?*

54

Kane parkte hinter dem Streifenwagen, der in Deckung eines Buschs stand, keine zehn Meter vom Tor zu Cloughs Schweinefarm entfernt. Als Deputy Daniels nicht aus dem Fahrzeug kam, um ihn zu begrüßen, stieg er aus und ging auf das Fahrzeug zu, eine Hand fest an seiner Glock.

Der Streifenwagen war leer.

Er warf Rowley einen kurzen Blick zu.

»Er ist doch wohl nicht alleine rein, oder?«

»Nee. Dazu fehlt ihm der Mut.«

Langsam stellten sich die Härchen in Kanes Nacken auf. Er zog Rowley hinter den Streifenwagen und sah sich prüfend um. Der Schnee um Petes Wagen schien unberührt zu sein, aber auf der etwa sieben Meter entfernten Zufahrt zur Schweinefarm lag kein Schnee – hier waren unlängst Autos gefahren. »Das gefällt mir überhaupt nicht. Wenn Pete mit Clough allein oder mit dem Sheriff hätte sprechen wollen, wäre er gefahren und nicht zu Fuß gegangen.«

Er ging zum Heck seines SUVs und holte sein Gewehr. Er wollte es bei sich haben – nur für den Fall. »Wir gehen zu Fuß weiter und sehen uns erst mal um. Seien Sie wachsam und beobachten Sie mich, wenn ich Ihnen Zeichen gebe.«

»Jawohl, Sir.« Rowley stieg aus dem Auto und folgte Kane unauffällig.

Von vorn wirkte das Haus menschenleer, keinerlei Autos waren dort geparkt. Doch Clough hatte die Auffahrt zum Haupthaus und zur Scheune erst vor Kurzem geräumt. Kane hielt eine Hand hoch, um Rowley zu stoppen, und lauschte. Er konnte das Klick, Klick, Klick einer Kette hören, die durch einen Flaschenzug lief, und das Ächzen eines Mannes, der schwere Arbeit verrichtete.

Er deutete auf die Scheune und legte einen Finger an die Lippen, damit Rowley sich absolut still verhielt. Fast unsichtbar bewegte er sich auf das Gebäude zu und schlich mit dem Rücken an der Wand zum Eingang. Er lugte mit dem Kopf um die Ecke, aber anstatt Clough zu sehen, erblickte er eine Blutlache, die von einer Reihe von Schweinekadavern stammte. Hier schlachtete Clough also seine Schweine. Er lauschte weiter aufmerksam, konnte aber nur das Grunzen von Schweinen in der Nähe hören. Er drehte sich wieder zu Rowley um und schüttelte den Kopf. »Alles sauber. Diese riesigen Schuppen verstärken jedes Geräusch und vorhin habe ich einen Mann gehört, der einen Flaschenzug benutzt – wahrscheinlich im Schweinestall. Wir gehen hinten um die Scheune herum und nutzen die Bäume als Deckung.«

»Okay.« Rowley rannte rasch die Scheune entlang, hockte sich an der Ecke hin und schaute sich um. »Alles sauber.«

Kane lief geduckt durch den Schnee zu Rowley und zog ihn wieder auf die Füße, bevor sie das ungeschützte Stück vor dem Stall erreichten. Er deutete auf eine Reihe von Autospuren beim Zaun zur Hauptstraße und senkte seine Stimme zu einem Flüstern. »Wir gehen hinten rum.« Er hielt sich weiter in der Nähe der Bäume, wobei seine Füße tief in den Schnee sanken, während er sich langsam der Rückseite der Schweinezuchtanlage näherte. Kane studierte die Umgebung aufmerksam und suchte nach Fluchtwegen und möglichen Positionen für einen Hinterhalt, dann wandte er sich an Rowley: »Geben Sie mir Deckung.«

Tief geduckt lief er über den offenen Platz und wartete ein paar Sekunden, bevor er Rowley zu sich winkte. Beide bewegten sich nun auf den Eingang zu und Kane deutete auf Fußspuren im Schnee. Er reichte Rowley sein Gewehr und deutete auf die Tür. Vorsichtig griff er nach der Klinke und drückte sie langsam nach unten, wobei er bei dem Geräusch des knirschenden, rostigen Metalls zusammenzuckte. Er stieß die Tür auf und ein warmer Gestank schlug ihm entgegen. Noch mehr frisches Blut. Kurz drehte sich ihm der Magen um und er verdrängte die plötzliche Welle der Besorgnis, die seine Eingeweide erfasste. Fest mit dem Rücken an die Wand gepresst, rief er: »Black Rock Falls Sheriff's Department! Ich komme jetzt rein. Kommen Sie mit erhobenen Händen raus.«

Er hörte wie ein Mann fluchte und etwas Schweres auf den Boden krachte. Als er durch einen Spalt spähte, löste der Anblick eines nackten Körpers, der sich auf dem blutbespritzten Zementboden wälzte, eine Welle des Schreckens in ihm aus. Sein Blick wanderte über ein weißes, blutverschmiertes Gesäß zu einem massiven Stahlhaken, der zwischen den Schulterblättern versenkt war. Er drückte Rowley sein Gewehr in die Hand. »Wir haben unseren Mörder gefunden. Geben Sie mir Deckung.«

Kane nahm all seinen Mut zusammen, trat durch die Türöffnung und nahm seine Kampfhaltung ein. Die Glock fest in den Händen, zielte er auf den Mann, der über der Leiche stand, wie ein Raubtier, das seine Beute schützt. Der Mann starrte ihn überrascht mit offenem Mund und wie aus toten Augen an. In seinen schmutzigen Händen hielt er eine Kette umklammert und soweit Kane sehen konnte, hatte er den Flaschenzug benutzt, um die Leiche in die Schweinebox zu hieven. Abscheu und Wut erfassten ihn. »Nimm die Hände hoch, oder, Gott ist mein Zeuge, ich puste dir deinen verdammten Schädel weg.«

Zu Kanes Überraschung ließ der Mann die Kette fallen und gehorchte. Während er seine Waffe auf die Brust des Mannes richtete, suchte er die Umgebung ab. Abgesehen von dem mit lärmenden Schweinen gefüllten Stall, dem Mann und dem blutüberströmten Körper zu seinen Füßen schien das Gebäude leer zu sein. Rowley folgte Kane. »Halten Sie Ihre Waffe auf ihn und wenn er nur einen Muskel bewegt, legen Sie ihn um«, befahl Kane dem anderen Deputy.

Er näherte sich dem Körper und ging in die Hocke, um zu überprüfen, ob die Person noch lebte. Dann drehte er den Körper auf den Rücken. Beim Anblick von Pete Daniels' leerem Blick aus totenstarren Augen musste er heftig würgen. »Großer Gott, das ist Pete.«

Petes Gesicht war zerschunden und zerschrammt und sein Kopf hing in einem seltsamen Winkel zur Seite. Als Kane langsam das Szenario der Brutalität vor ihm begriff, wurde ihm klar, dass jemand Pete das Genick gebrochen hatte. Und all das Blut stammte aus einer einzigen Wunde unterhalb seiner Rippen. Seine Glock weiterhin auf den Clough gerichtet, erhob er sich langsam.

»Er ist tot.« Der zitternde Mann starrte ihn aus seinen tiefliegenden Augen an. »Sie haben gesagt, sie hätten noch nicht einmal mit ihm spielen können, so schnell sei er gestorben.« Kane unterdrückte das Bedürfnis, einfach abzudrücken und den affektiert kichernden Irren, der da vor ihm stand, zu töten, und winkte stattdessen Rowley herbei. »Legen Sie ihm Handschellen an.« Rowley hatte sich nicht gerührt.

Kane drehte sich um und blickte in das aschfahle Gesicht seines Deputys, auf dem sich blankes Entsetzen breitgemacht hatte. »Rowley, sehen Sie mich an. Wir können für Pete hier nichts mehr tun und Sie müssen sich jetzt zusammenzureißen. Ist das Stan Clough?«

»Ja, und er hat Pete umgebracht.« Rowleys Finger rutschte an den Abzug seiner Pistole. »Er muss ausgeschaltet werden.«

Kane legte eine Hand auf Rowleys Arm. »Das sehe ich auch so, aber wenn wir ihn jetzt töten, werden wir nie erfahren, was hier passiert ist, und es waren auf jeden noch mehr Leute beteiligt.«

»Ich habe ihn nicht umgebracht.« Clough öffnete seine Hände weit. »Warum krieg eigentlich immer ich die ganze Schuld? Ich war das nicht – das waren die Außerirdischen.«

»Aber ja.« Kane schob seine Waffe in das Holster und ging auf

Clough zu. er drehte ihn um, tastete ihn ab und legte ihm dann Handschellen an. »Wir finden Sie hier mit der Leiche eines meiner Deputys und Sie erzählen uns, Sie wären es nicht gewesen?«

»Die Außerirdischen haben gesagt, ich könnte ihn an die Schweine verfüttern, wie all die anderen auch.« Clough blinzelte ihn an wie eine Eule im grellen Sonnenlicht. »Ich habe ihn nicht umgebracht. Nein, Sir, ich war das nicht.«

Kane stieß ihn hart gegen die Wand. »Wenn Sie es nicht waren, wer hat dann Pete Daniels getötet?« Der Mann stank nach Schweiß und Blut, als hätte er sich seit Monaten nicht gewaschen. »Haben die Außerirdischen vielleicht auch Namen?«

»Auf keinen Fall.« Clough richtete seine eingefallenen Augen auf Kanes Gesicht. »Die werden mich umbringen. Schicken Sie mich zurück ins Gefängnis, wenn Sie wollen, aber die Außerirdischen verraten – auf keinen Fall!«

Der Wahnsinnige glaubte tatsächlich, dass ihm Außerirdische irgendwelche Leichen brachten, um seine Schweine damit zu füttern. »Wie viele Menschen haben die noch getötet?«

»Ich zähle nicht mit.«

Wut flammte in Kane auf. Er packte Clough am Kragen und hob ihn hoch, bis er auf Zehenspitzen stehen musste. »Haben Sie auch Sarah Woodward umgebracht? Eine junge, blonde Frau?«

»Ich habe niemanden getötet.« Clough schüttelte den Kopf. »Warum glaubt mir bloß niemand?«

Kane sah ihn an, das Bild von Sarahs totenstarren Augen noch frisch in Erinnerung. Psychopathen waren Gewohnheitstiere. »Gibt es hier einen Erdkeller?«

»Ja, in der Speisekammer. Aber ich rate Ihnen davon ab, da hinunter zu steigen.« Clough stieß ein langes, klägliches Wimmern aus. »Wenn Sie's tun, dann werden die sehr böse auf mich sein. Das«, er zeigte mit einem schmutzigen Finger auf Petes Leiche, »ist nichts im Vergleich zu dem, was sie einem Menschen antun können, der nicht so schnell stirbt. Ich bin in Gefahr, Sie müssen mich beschützen.«

»Halt den Mund, bevor ich mich vergesse und etwas tue, was ich später vielleicht bereue.« Kane zerrte Clough zu einem metallenen Befestigungspflock und fesselte ihn mit seinen Ersatzhandschellen, anschließend band er seine Knöchel mit Kabelbindern zusammen. Er blickte Rowley streng an. »Diese Bestie hier geht nirgendwohin und wir müssen das Haus überprüfen. Aber zuerst rufe ich den Gerichtsmediziner an, damit er so schnell wie möglich hierherkommt.« Er zog das Satellitentelefon aus seinem Gürtel und kontaktierte Walters, dann wandte er sich wieder an Rowley. »Kommen Sie mit.«

Er lief in Richtung Hausrückseite, die Stufen zur Veranda hinauf und stieß die Hintertür auf. Er zielte mit seiner Glock in den Raum dahinter. Eine Küche. »Sheriff's Department, ist hier jemand?«

Die Stille im Haus war gespenstisch. Er betrat die Küche, winkte Rowley, ihm zu folgen und überprüfte das verdreckte Haus. »Alles in Ordnung hier.« Er ging zurück in die Küche und deutete auf die Speisekammer. »Er hat gesagt, der Erdkeller sei da drin.«

»Ja. Ich kann im Boden ganz hinten eine Falltür erkennen.« Rowley ging hinein und Kane folgte ihm. »Halten Sie mir den Rücken frei, ich gehe da jetzt runter.«

»Sie brauchen eine Taschenlampe«, sagte Rowley. »Ich mach die Luke auf.« Er steckte seine Waffe weg, bückte sich und zog am Metallring im Boden.

Die Falltür ließ sich leicht und lautlos öffnen und Kane schob Rowley zur Seite. Er spähte in die Dunkelheit hinab und lauschte. Von unten konnte er ein leises Brummen hören. Er flüsterte: »Hören Sie das auch? Da unten läuft irgendeine Art von Motor.«

»Klingt wie ein Generator.«

Kane schaute sich in der Speisekammer um. An den Wänden verliefen mit Rattenkot übersäte Regale. Eine uralte Dose Bohnen und ein Laib Brot waren die einzigen Lebensmittel an diesem ekelhaften Ort. Neben der Tür bemerkte er zwei Lichtschalter und betätigte erst den einen, dann den anderen. Licht durchflutete den

Keller und beleuchtete eine Holztreppe. Von unten war weiterhin das Brummen zu hören. Er warf einen kurzen Blick zu Rowley. »Sie bleiben hier – mit dem Rücken an der Wand und die Waffe auf die Tür gerichtet.«

»Jawohl, Sir.« Rowley zog seine Waffe.

Kane stieg die Stufen hinunter und wartete angespannt auf das Klicken einer Waffe oder das Geräusch, wenn sich jemand bewegte, aber hier war nichts – abgesehen von ein paar Kisten mit Vorräten, die in einer Ecke gestapelt waren, und einer Axt, die an der Wand lehnte. Das Brummen, das sie gehört hatten, stammte von einer Gefriertruhe, die mit einem Schloss und einer Kette gesichert war. Er starrte auf die Gefriertruhe und beim Anblick eines Blutflecks auf dem weißen Deckel wurde ihm schlecht. Wenn er den Deckel gleich öffnen und wieder eine Leiche finden würde – diese Vorstellung verursachte ihm eine Gänsehaut. Er steckte die Glock in ihr Holster und zog ein Paar Latexhandschuhe aus seiner Jackentasche. Sollte sich das hier als Tatort herausstellen, dann durfte er keine weitere Kontamination riskieren – nicht noch einmal in dieser Woche.

Er untersuchte das massive Vorhängeschloss genau. Jemand hatte sich sehr viel Mühe gegeben, zu verhindern, dass jemand den Gefrierschrank öffnete. »Also gut, dann wollen wir mal sehen, was du da drin versteckt hast.« Er nahm die Axt und nach zwei Hieben zerbarst das Schloss.

Vom oberen Ende der Treppe ertönte Rowleys besorgte Stimme. »Alles in Ordnung da unten?«

»Ja. Bleiben Sie wo Sie sind und behalten Sie alles im Blick. Ich will jetzt keine Überraschungen.« Kane holte tief Luft, hob den Deckel an und taumelte entsetzt zurück. »Heilige Scheiße.«

Das zerschundene, tiefgefrorene Gesicht einer Frau starrte ihn an. Blut war ihr aus der Nase getropft und zu hässlichen roten Eiszapfen gefroren. Die blutigen Finger des Opfers hatten sich an die Wände gekrallt. Kane schluckte seinen Ekel hinunter – das Leiden und die Grausamkeiten, die dieser Person zugefügt worden waren, war fast zu viel für ihn. Die Mörder hatten sie zu Brei geschlagen und dann auch noch lebend eingefroren. Er schloss den Deckel wieder, um die Beweise zu sichern und erstarrte dann in ungläubigem Entsetzen. Unter der Eisschicht waren klar mit Blut an die Truhenwand gekritzelte Worte zu erkennen. Mit unendlicher Sorgfalt schabte er die Schicht aus Eiskristallen ab und erstarrte. »O mein Gott!« Das Opfer hatte die Namen seiner Mörder an die Wand geschrieben.

Dean und Dirk Daniels.

55

Jenna hob ihre Tasse und nahm den letzten Schluck Kaffee. Eine Welle der Euphorie erfasste sie, ihre Haut fühlte sich ganz heiß an und ihre Zunge klebte an ihrem Gaumen. Kurz darauf wurde ihr übel, sie verlor das Gleichgewicht und sackte auf den Tisch. Sofort war Dean bei ihr und half ihr aus ihrem Mantel. »Danke, mir ist plötzlich so heiß.«

»Sieht für mich wie 'ne Grippe aus – geht auch gerade eine um. Komm, leg dich kurz hin.« Deans starke Arme umfassten ihre Taille und hoben sie hoch. »Noch eine Tasse Kaffee, dann bist du wieder auf den Beinen.«

»Okay.« Jenna konnte nur mit Mühe sprechen. Dass sie so nuschelte war ihr komplett fremd. Ihre schweren Beine verweigerten jeden Befehl und sie musste sich wirklich anstrengen, nicht das Bewusstsein zu verlieren. *Hab ich etwa gerade einen Schlaganfall gehabt?* Sie wollte darauf bestehen, dass Dean den Notarzt verständigte, aber die Worte kamen einfach nicht aus ihrem Mund. Ihr Kopf an seiner Schulter kippte nach hinten weg und sie blickte auf Regale voller Geschirr – alle gleich, mit zwei blauen Linien auf weißem Grund. Plötzlich begann sich das Zimmer zu verschieben, so als ob seine Ecken nach unten weggeklappt wären. Verzweifelt blinzelnd fixierte sie ihren Blick auf etwas Rosafarbenes, das auf dem Regal lag, dort aber irgendwie nicht hingehörte. Sie blinzelte erneut, um ihre Sicht klarer zu bekommen und erkannte plötzlich einen rosa Haargummi. Mit einem Mal wurde sie von fassungsloser Angst gepackt – Psychopathen nahmen immer eine Trophäe mit. *O Gott, Sarahs fehlender Haargummi.* Dann wurde es finster um sie.

Jenna kämpfte gegen den Nebel in ihrem Gehirn und öffnete ihre schwer gewordenen Augenlider einen kleinen Spalt, um sich zu orientieren. Wie lange war sie bewusstlos gewesen? Hier stimmte etwas ganz und gar nicht und ihr verwirrtes Gehirn befahl ihr instinktiv, einfach bewusstlos zu bleiben. Sie war dafür ausgebildet worden, im Falle von Gefangennahme und Folter durchzuhalten und das, was ihr Peiniger ihr antat, möglichst lange durchzustehen. Als eine der am besten bewerteten Agenten ihres Teams hatte sie bereits unglaubliche Entbehrungen erleiden müssen, um überhaupt diese Bewertung zu bekommen. Und als sie jetzt mit dem Gesicht nach unten dalag, ihre Knie hinter ihrem Rücken hochgebunden, stellte sie fest, dass sie zu einem Bündel zusammengeschnürt worden war. Sie stemmte sich gegen die groben Fesseln an Hand- und Fußgelenken, doch durch ihre Bewegung zog sich der Strick, der in ihre Kehle schnitt, nur noch fester zu – wie eine Schlinge, die auf den Henker wartete, der sie nochmal kurz anzog, bevor dann der abrupte Fall kam.

Der Schmerz pochte wie ein Militärmarsch in ihren Schläfen und sie schluckte tief, um sich nicht übergeben zu müssen. Stark und unbarmherzig durchdrang Eiseskälte ihre nackte Haut und ihre Wange schabte über eine harte, raue Oberfläche. Frustrierend langsam gewann der Raum an Schärfe zurück, als hätte ein Windhauch einen Rauchschleier weggeblasen, und sie konnte seine Umrisse erkennen. Sie befand sich nicht in einem Schlafzimmer, sondern in einem feuchten und stinkenden Notfallkeller, der kärglich von einer summenden Kerosinlampe erleuchtet wurde. Doch da war noch ein anderer Geruch. Etwas Schweres lag hier in der

Luft – der Geruch von männlichem Moschus und Sex. Befand sie sich etwa an demselben Ort, wo die Mörder Sarah hingebracht hatten, um sie zu vergewaltigen, bevor sie sie zur Old Mitcham Ranch geschafft hatten?

Angst breitete sich langsam in ihrem Bauch aus, kroch dann ihre Brust hinauf und raubte ihr den Atem. Sie hätte am liebsten geschrien und gekämpft, um sich zu befreien, aber das wäre das Dümmste was sie jetzt tun könnte, denn dann wäre sie vermutlich bald tot. Sie musste den von der Angst getriebenen Adrenalinstoß nutzen, um diese Bestien zu überlisten. Hinter gesenkten Wimpern suchte sie aufmerksam nach einer Tür, schmiedete Fluchtpläne und verwarf sie sogleich wieder. So lange wie möglich so zu tun, als wäre sie noch ohnmächtig, war derzeit ihre einzige Hoffnung.

Plötzlich hörte sie ganz nahe an ihrem rechten Ohr einen tiefen Seufzer und sie drehte ihren Kopf langsam ein paar Zentimeter. Ihre Haut kribbelte beim Anblick von Dean Daniels, der in einem Campingstuhl lümmelte und sich mit einem verträumten Gesichtsausdruck den Schritt massierte. Sie drückte ihr Ohr fest gegen den Boden, in der Hoffnung, dass der Druck auf den Ohrring den Alarm auslösen und Kane herbeirufen würde. Doch das vertraute Gewicht des Ohrrings fehlte und diese Erkenntnis traf sie wie ein Vorschlaghammer. Sie hatte ihren Deputys von Kanes genialem Plan erzählt, sie jederzeit ausfindig machen zu können, und Pete Daniels hatte das bestimmt sofort seinen Brüdern berichtet. Verzweiflung überfiel sie und machte all ihre Entschlossenheit zunichte – sie war auf sich allein gestellt! *Was bin ich bloß für eine Idiotin!* Einfach ohne ihren Kollegen auf dem Revier irgendwas zu sagen und wie ein liebeskranker Narr alleine loszuziehen – das war ein grober Anfängerfehler. *Keine Menschenseele weiß, wo ich bin.*

Das Ausmaß des Verrats hier war kaum zu fassen. Sie hatte den Daniels-Brüdern immer vertraut. Dean war einer der wenigen Menschen gewesen, die sie in Black Rock Falls willkommen geheißen hatten und Dirk, obwohl eher ein Einzelgänger, hatte sie stets freundlich und respektvoll behandelt. Wie unglaublich töricht von ihr, sich von den gut aussehenden Männern so reinlegen zu lassen – und das Schlimmste dabei war, dass Kane mit seinem Instinkt komplett richtiggelegen hatte. Sie hatte damals, als sie die Leute an den Haustüren ihrer Ranches befragt hatte, einen Hinweis übersehen.

Die Wahrheit kam in einer Welle von Erinnerungen. Kein Wunder, dass Dean sie daran gehindert hatte, das leidende Pferd zu sehen. Sie hatte ihn dabei unterbrochen, wie er jemanden zu Tode gefoltert hatte – wahrscheinlich John Helms. Vor lauter Frust wollte sie laut aufschreien. *Du warst so blöd, so blöd, so blöd.* Wie idiotisch von ihr, Kanes Erkenntnisse in dem Fall einfach abzutun und dann auch noch seine Gekränktheit durch eine Beleidigung zu krönen, indem sie ihn wie ein Stück Dreck behandelt hatte. *Mein ganzes Leben werde ich brauchen, um mich bei ihm zu entschuldigen – wenn das denn reicht.*

Urplötzlich erfasste sie Panik und ihr Herz hämmerte so stark, dass es fast ihren Brustkorb sprengte, doch sie zwang sich langsam und gleichmäßig zu atmen. Sie musste nachdenken und jede Veränderung ihrer Körperhaltung würde Dean zeigen, dass sie das Bewusstsein wiedererlangt hatte. Sie verdrängte das pochende Taubheitsgefühl in ihren Händen und Füßen und versuchte die schmerzhafte Realität ihrer ausweglosen Situation zu akzeptieren. Während ihrer Ausbildung hatte sie gelernt, mit der Scham umzugehen, nackt, frierend und gefesselt zu sein. Was sie allerdings jetzt brauchte, war ein Plan, um zwei Psychopathen auf engstem Raum zu überlisten – und zwar nackt, gefesselt und ohne anständige Waffe. *Na, prima.*

Sie in dieser Position zu vergewaltigen wäre schwierig, also würden sie sie wahrscheinlich losbinden, um sie in eine geeignetere Position zu bringen. Wenn sie sich dumm anstellte, konnte sie, sobald der Strick gelöst wäre, wie eine Klapperschlange angreifen. Die Daniels-Brüder hatten sie unterschätzt und einen fatalen Fehler begangen.

Der Gedanke, dass sie ihnen in die Falle gegangen war, machte sie wütend und ihr Herzschlag wurde zu einem Rasen, als das Adrenalin sie erneut durchströmte. Sie ließ ihre Wut zu und bestärkte sich in ihrer Entschlossenheit, ihren Peinigern so viel Schaden wie möglich zuzufügen, bevor sie sie endgültig besiegen würden. Mit bemerkenswerter Klarheit erinnerte sie sich an den letzten Besuch auf der Ranch der Daniels, einschließlich des seltsamen Aufblitzens von Ärger in Deans Augen, weil er bei etwas unterbrochen worden war. Sie hatte sein ungewöhnliches Verhalten für Sorge um das fohlende Pferd gehalten. Es hatte geschneit und er war in Hemdsärmeln aus der Scheune gekommen, seine Stirn mit einem Schweißfilm bedeckt und roten Flecken auf seinen Cowboystiefeln. Zudem hatte er nach Schweiß und Blut gerochen – alles ganz normal, wenn sich da drinnen wirklich gerade ein Pferd mit einer Geburt abquälte.

Ohne Vorwarnung blitzte Sarahs Blick aus seelenlosen, toten Augen in ihrer Erinnerung auf, ein Blick des unfassbaren Schreckens. Jenna wurde von einem unkontrollierbaren Zittern erfasst und sie presste ihre Kiefer fest zusammen. Doch zu spät, Deans Blick hatte sie erfasst, wie ein Adler, der ein Kaninchen erspähte. Sie entspannte ihren Körper und als er sich zu ihr hinunterbeugte, um ihr einen Schlag auf die Wange zu geben, zuckte sie weder mit der Wimper noch gab sie einen Laut von sich.

»Du bleibst schön hier.« Dean verließ ihr Blickfeld und sie hörte, wie er die Treppe hinaufstieg.

Jenna lauschte aufmerksam auf seine leiser werdenden Schritte, dann hob sie den Kopf und musste würgen, als sich der Strick um ihren Hals enger zog. Ihre Entführer hatten genau darauf geachtet, dass sie sich nicht würde freistrampeln können, ohne gleichzeitig zu ersticken. Sie atmete ein paarmal tief durch, um die aufsteigenden Panik in Schach zu halten. Die Droge hatte inzwischen ihre Wirkung verloren und mit klarem Kopf konnte sie ihre Situation ungleich besser einschätzen.

Der Raum war kaum mehr als eine Abstellkammer mit zwei Etagenbetten an einem Ende. Sie erkannte einen kleinen Tisch und einen Stuhl vor einem alten, verstaubten Funkgerät. Eine hölzerne Treppe führte irgendwohin in die Dunkelheit und ein Waffenschrank enthielt eine beeindruckende Menge an Gewehren – an den Schubladen darunter sah sie die Aufkleber von bekannten Munitionsschachteln.

Jennas oberste Priorität war, sich möglichst genauso zu verhalten wie sie es in ihrer Ausbildung gelernt hatte und auf keinen Fall panisch zu werden. Positiv zu bleiben und das Problem zu lösen, war ihre einzige Option. Die Brüder hatten sie nicht körperlich verletzt – ein enormer Vorteil. Und da sie mit niemandem über ihr früheres Leben gesprochen hatte, hatten die Brüder auch keine Ahnung, welche Fähigkeiten sie besaß. Keine Lage ist hoffnungslos, egal wie schwierig – und sie hatte schon Schlimmeres überlebt.

Wenn sie sie losbinden würden, um sie zu vergewaltigen, hätte sie einen klitzekleinen Vorteil, aber jede Aktion gegen zwei starke Männer müsste in Sekundenbruchteilen erfolgen. Und angesichts ihrer gefühllosen Arme und Beine, ganz zu schweigen von den vor Kälte steifen Muskeln, würde sie jedes Quäntchen Kraft brauchen. Sollte ihr Plan aufgehen, würde sich ihre strikte Routine des morgendlichen, beinharten Trainings in barer Münze auszahlen.

Als sie auf dem Holzboden über ihrem Kopf Schritte vernahm, versteifte sie sich. Staub rieselte durch die Dielen und glitzerte im Schein der Kerosinlampe. Türscharniere ächzten, dann strömte Licht durch eine Tür am Kopf der Treppe und beleuchtete jeansbekleidete Beine und dreckverschmierte Cowboystiefel. Sie presste die Kiefer zusammen, befahl ihren Muskeln, sich zu entspannen und schloss die Augen. In ihrer Schläfe hämmerte ein rasender Puls, als vier Cowboystiefel die Treppe herunterklapperten. Als sich die Schritte näherten, drang ihr der süßliche Gestank von männlichem Moschus und abgestandenem Schweiß in die Nase und ein schweres Atmen strich durch ihr Haar. Eine warme Hand fuhr vom Knöchel bis zum Knie ihr Bein hinauf.

Deans Stimme schien in dem kleinen Raum widerzuhallen. »Ist sie schon wach?«

Raue Finger zogen ihre Augenlider auf und sie blickte direkt in Dirks Gesicht.

»Du hast ihr genug verabreicht, um ein Pferd kaltzustellen.« Dirk blickte finster auf sie herab. »Sie ist kalt. Ich habe dir doch gesagt, du sollst sie auf eine Matratze legen. Das wird sich gleich anfühlen, als würde man eine Leiche vögeln. Ich dreh mal die Heizung auf.«

»Gut. Ich hole die Rolle mit der Folie, ich möchte auf keinen Fall irgendwelche DNA hinterlassen. Der neue Deputy ist gewieft – ein Fehler und sie werden uns die anderen auch anhängen.« Dean holte eine große Rolle mit durchsichtiger Folie aus einem Regal und ließ sie mit einem dumpfen Schlag neben Jenna auf den Boden fallen.

»Die werden sie nie finden. Abgesehen von der alten Lady und Sarah haben alle die Schweine gefressen – samt Knochen und allem.« Dirks Stimme drang zu ihr durch. »Wir müssen sie aus der Tiefkühltruhe holen, aber bei diesen Temperaturen taut sie wahrscheinlich eh nicht auf. Glaubst du, Schweine mögen Eis am Stiel?«

»Wir legen sie zu Jenna in die Box. Sobald die Schweine Blut riechen, werden sie sie zerreißen – gefroren oder nicht. Ich setz mir die Halloween-Maske auf und sage Stan, dass er die Tiere ein paar Tage nicht füttern soll.« Dean griff mit seiner großen Hand in Jennas Haare und starrte sie an. »Wach auf, du Schlampe. Ich werde dafür sorgen, dass du jede Sekunde Schmerzen spürst. Du wirst darum betteln, dass ich dir die Kehle durchschneide.« Er gluckste vor Freude. »Ich hoffe, du bist so fit, wie Pete vermutet hat, denn ich habe vor, mich eine ganze Weile lang mit dir zu amüsieren.«

»Sie kann dich nicht hören.« Dirk kniete sich neben sie und gab ihr einen Schlag auf die Wange. »Wenn sie bewusstlos sind, macht es keinen Spaß. Ich hab's gern, wenn sie sich wehren und schreien.« Er schlug ihr so fest ins Gesicht, dass hinter ihren Augenlidern Lichtblitze aufflammten und sie Blut schmeckte. »Wie viel hast du ihr eigentlich gegeben?«

»Nicht mehr als sonst.« Dean stieß einen langen Seufzer aus. »Sie hat den Kaffee einfach nur schneller getrunken, das ist alles. Gib ihr noch etwas Zeit und du wirst deinen Spaß haben.«

»Ich will, dass das hier lange dauert.« Dirk gluckste. »Niemand weiß, dass sie hier ist. Petes Wagen hat kein GPS, also werden sie sie nicht orten können und ihre Ohrringe habe ich vernichtet. Wahrscheinlich glauben Sie, Pete hat sie entführt, und wir können dann behaupten, dass er damit geprahlt hat, sich mit ihr im Gebüsch vergnügt zu haben.«

»Gute Idee, dann können wir uns Zeit lassen und sie richtig genießen.« Dean stöhnte. »Schlag sie, bis sie zu sich kommt. Ich habe keinen Bock mehr, noch länger zu warten.«

Der Schmerz schoss wie Nadeln in ihre Wangen. Unkontrollierbare Angst erfasste Jenna, als ihr Überlebensinstinkt erwachte. Mühsam rollte sie die Augen nach hinten und zwang ihre Muskeln, sich zu entspannen. Sie durften nicht merken, dass sie das Bewusstsein wiedererlangt hatte. Ihre einzige Hoffnung war, ihnen zuvorzukommen und sie unvorbereitet zu erwischen. Knapp neben sich vernahm sie ein Rascheln, dann wurde ihr Körper von rauen Händen hochgehoben und auf eine Plastikfolie gehievt. Auf ihrem Rücken lag plötzlich ein schweres Gewicht, so dass keuchend Luft aus ihren Lungen entwich. Das Gesicht auf die Plastikfolie gedrückt, atmete sie so leise wie möglich in winzigen Atemzügen, gerade genug, um weiter wach zu bleiben. Sich maximal zu entspannen, während ihr kompletter Verstand schrie »Du bist in Gefahr, hau ab, du wirst sterben«, verlangte ihr jedes Quäntchen Willenskraft ab.

»Bind sie los. Ich will ihr Gesicht sehen, wenn sie aufwacht und mich in sich spürt.«

»Warum darfst eigentlich immer du als Erster ran?« Dirk zerrte an den Stricken.

»Na, weil ich der Ältere bin.«

In einem schmerzhaften Schwall schoss das Blut zurück in ihre Hände und der Strick um ihren Hals wurde rasch abgezogen, was ihre Haut verbrannte. Jenna presste ihre Lippen zusammen, um nicht vor Schmerz aufzuschreien. Als sich die Stricke lösten, rutschte sie auf die Matratze. Sie musste weiterhin leblos erscheinen und gleichmäßig atmen, um ihren Plan nicht zu gefährden. Dirk hatte sich wegbewegt, aber sie spürte, dass jemand in ihrer Nähe war und öffnete ihre Augen ein wenig. Als Dean in ihr Blickfeld kam und sich auszuziehen begann, lief ihr ein eiskalter Schauer über den Rücken.

Und jetzt stand er über ihr – nackt, riesig und bedrohlich. Mit seinen Zähnen riss er eine Kondompackung auf und grinste Dirk an. »Dreh sie um und halt sie fest. Ich werde diese Schlampe jetzt aufwecken und zwar auf meine Art.«

56

Kanes Puls raste. Er ließ den Deckel der Gefriertruhe zufallen, hastete die Treppe hinauf und trat mit dem Fuß die Falltür zu. Dann drehte er sich um und packte Rowley an den Schultern. »Wie kommen wir am schnellsten zur Ranch der Daniels?«

»Weiter hinten am Zaun gibt's ein Tor, das zu einem Weg führt, der durch den hinteren Teil ihres Grundstücks verläuft.«

Gemeinsam liefen sie zurück zum SUV. »Ich möchte alles über den Grundriss der Daniels-Ranch wissen, vor allem, ob es dort irgendwelche Erdkeller gibt.«

»Ja, einen in der Scheune und einen Notfallkeller weiter hinten.« Rowley glitt auf den Beifahrersitz und schnallte sich an.

Kane ließ den Motor an, wendete den SUV, gab Gas und steuerte auf das offene Tor zu. Bald verzweigte sich der gefrorene Feldweg vor ihnen. »Wohin?«

»Weiter geradeaus. Sie nehmen den Weg hier als Abkürzung in die Stadt, er ist also sicher geräumt. Das dauert etwa zehn Minuten länger, aber sie werden uns nicht kommen sehen.« Rowley warf ihm einen flüchtigen Blick zu. »Was passiert, wenn wir dort sind? Sie werden bewaffnet sein und die Ranch ist gebaut wie eine Festung.«

Kane drückte aufs Gas und die Hinterräder drehten kreischend durch. Der starke Motor des SUVs brüllte auf und sie rasten den vereisten Weg entlang. Während er mit halsbrecherischer Geschwindigkeit vorwärts donnerte, zogen Kiefern und schneebedeckte Zäune in einem Rausch von Farben an ihnen vorbei. »Sie rechnen nicht mit uns, also haben wir einen Vorteil.«

»Sie werden nicht einfach so aufgeben und wenn sie Sheriff Alton haben, dann haben wir's mit einer Geiselnahme zu tun«, stellte Rowley fest. »Soll ich Walters um Verstärkung bitten?«

Kane lenkte den Wagen um eine enge Kurve, pflügte durch Büsche und setzte den Wagen dann wieder hart auf den Feldweg. »Er ist unterwegs, um den Gefangenen zu bewachen und den Tatort zu sichern. Wir müssen das jetzt also selber regeln.«

»Waren Sie schon einmal in einer ähnlichen Situation?«, wollte Rowley wissen, während er sich an der Kante seines Sitzes festhielt.

Kane schnaubte. »O ja, schon oft. Wenn sie Jenna gegen ihren Willen festhalten und ihr auch nur ein verdammtes Haar krümmen, werde ich sie zur Strecke bringen.« Er lenkte den Wagen abrupt nach rechts, verfehlte nur knapp den Torpfosten und beschleunigte. Die Hinterräder fuhren auf Eis und der Wagen schlitterte um die Kurve. Er drehte das Lenkrad hart und Schnee wirbelte auf, als er eine Abkürzung durch eine Kiefernreihe nahm, bevor er wieder auf den Weg zurückkehrte. »Gehen Sie davon aus, dass die beiden gefährlich sind. Also ziehen Sie Ihre Waffe und benutzen Sie sie auch, wenn Sie sich bedroht fühlen. Am Allerwichtigsten jedoch – bleiben Sie immer hinter mir.«

»Verstanden.«

Äste schlugen gegen die Seiten des Fahrzeugs, das über den holprigen Weg schlingerte. Plötzlich glitten alle Hinweise ineinander, wie Teile eines Würfels. »Eine Sache noch«, mahnte Kane. »Während der Personenbefragungen damals, da war der Sheriff mit Pete Daniels doch auch auf der Ranch seiner Brüder, oder?«

»Ja.«

»Können Sie sich erinnern, dass Jenna irgendetwas über den Besuch erwähnt hat, als sie zurück auf dem Revier war?« Kane verlangsamte sein Tempo, um eine Haarnadelkurve durch ein anderes Tor zu nehmen, und konzentrierte sich weiterhin auf die tückische und vereiste Strecke.

»Nein, nichts Besonderes.« Rowley hielt sich am Türgriff fest. »Am nächsten Morgen hat sie Daniels gefragt, ob das Pferd, das gerade in der Scheune ein Fohlen zur Welt brachte, gesund sei. Doch offenbar musste es immer noch leiden.«

Und ich wette, ein Mensch ebenfalls. Obwohl die Temperatur weit unter dem Gefrierpunkt lag, spürte er, wie ihm Schweiß über den Rücken lief. Nachdem er all die zerschundenen Leichen gesehen hatte, verriet ihm sein Instinkt, dass Jenna in den Händen von Monstern war. Selbst mit den zusätzlichen Tricks, die er ihr zur Selbstverteidigung beigebracht hatte, würde sie ganz alleine nur eine gewisse Zeit gegen die beiden durchhalten können. Er musste zu ihr – und zwar sofort.

»Aber warum sollten sie Pete töten?«

»Wenn er ihnen gegenüber erwähnt hat, dass er uns gesagt hat, wo Stan Clough wohnt, und dass er heute Morgen sein Haus observiert hat, dann haben sie ihn wahrscheinlich umgebracht, um Clough die Morde anzuhängen. Und wenn sie dann eins und eins zusammenzählen, dann wäre ihnen auch klar, dass wir Mrs. Woodward in der Gefriertruhe finden.« Kane verlangsamte seinen SUV und kroch jetzt nur noch vorwärts, damit sie der Motorlärm nicht verriet. »Sie haben ihm die Zunge rausgeschnitten, weil er zu viel quatscht.«

»Oh, Scheiße.« Rowley schüttelte den Kopf. »Die Daniels-Brüder wären die Allerletzten, denen ich zugetraut hätte, jemanden zu Tode zu quälen.«

»Zweifellos dachte Jenna das auch. Sie hat immer wieder betont, wie harmlos sie sind – so viel zu Intuition.«

Der SUV schleuderte um die nächste Kurve. Kane biss die Zähne zusammen und drehte das Lenkrad, um den Wagen unter Kontrolle zu halten. »Ich würde wetten, dass die Daniels-Brüder sich mit Sarah auf der Old Mitcham Ranch verabredet haben, um sie zu foltern und Informationen darüber zu bekommen, was sie alles auf dem Revier gesagt hat. Sie hatten dort alles vorbereitet, um sie zu vergewaltigen und zu töten. Ihren Körper dann dort liegen zu lassen war nur eine weitere Warnung an Jenna, ihren Mund zu halten.«

»O Gott.« Rowley klang entsetzt. »Fahren Sie jetzt langsamer. Die Ranch liegt gleich hinter der nächsten Kurve.«

Kane steuerte den Wagen an den Rand des Feldwegs. »Gibt es irgendwo eine Deckung?«

»Ja, diese Baumreihe verläuft parallel zum Haus.«

»Nehmen Sie Ihr Gewehr und folgen Sie mir. Und machen Sie die Tür möglichst leise zu.« Kane schnappte sich ebenfalls sein Gewehr vom Rücksitz und stieg aus. »Bleiben Sie in meiner Nähe. Sobald es irgendein Problem gibt, gehen Sie in den Schutz der Bäume zurück.« Tief in die Baumreihe geduckt, lief er auf die Ranch zu.

Er erkannte die beiden Fahrzeuge, die vor dem Haus geparkt waren, aber den Streifenwagen, den Jenna gefahren hatte, bemerkte er nicht. »Wir versuchen es zuerst am Haupthaus.«

Er näherte sich dem Haus von der Seite bis zur Hintertür, wobei er seinen Körper stets unterhalb der Fenster geduckt hielt. Rowley klebte an ihm und so wie er sich bewegte, hatte Jenna ihn gut geschult. Die Hintertür hatte drei Stufen, die zu einer kleinen Veranda hinaufführten. Er signalisierte Rowley sich an eine Seite zu begeben, klopfte dann an die Tür und lauschte. Von drinnen war nichts zu hören. Die Tür ging geräuschlos auf und gab den Blick frei in eine geheizte, moderne Küche. »Mr. Daniels, sind Sie da? Hier spricht das Black Rock Falls Sheriff's Department. Könnten wir bitte mit Ihnen reden?«

Keine Antwort — auch kein Echo von Schritten auf dem polierten Holzboden.

»Ich komme jetzt rein.« Kane bedeutete Rowley, ihm den Rücken freizuhalten, lehnte sein Gewehr an die Wand und ging ins Haus. »Mr. Daniels, hier ist Deputy Kane.« Als er Jennas Jacke und Hut auf dem Küchentisch bemerkte, hielt er kurz inne und wandte sich wieder an Rowley. »Sie war hier. Ich werfe jetzt einen Blick ins Haus, Sie bleiben wachsam und achten auf alles.«

Er zog seine Waffe und durchsuchte rasch die Zimmer, stieß dabei jede Tür auf und kam zu Rowley zurück. »Alles sauber hier, aber Jennas Mantel liegt dort. Wo ist der Erdkeller?«

»In der Scheune.« Rowley deutete auf das große Gebäude. »Der Notfallkeller liegt unter diesem Bau dort.« Er deutete auf eine Hütte etwa zwanzig Meter in entgegengesetzter Richtung.

Kane brauchte mehr Zeit, doch jetzt zählte jede Sekunde. »Gut. Wenn Sie Platz bräuchten, um jemanden zu quälen, wo würden Sie das machen?«

»Keine Ahnung. Verdammt, ich weiß es nicht. Es ist Jahre her, dass Pete mir die Ranch gezeigt hat. Beide Räume sind ungefähr gleich groß, glaub ich.« Rowleys Augen hatten einen hektischen Ausdruck angenommen und seine Hand am Gewehr zitterte. »Der Erdkeller wäre um diese Jahreszeit wirklich eiskalt und voller Vorräte. Ich würde sagen, im Notfallkeller – er befindet sich in einem Bunker und ist schallisoliert.«

Kane drängte Rowley in die Richtung. »Los!«

Er lief so schnell er konnte und versuchte dabei alle Richtungen im Blick zu behalten. Sechs Stunden war Jenna jetzt schon verschwunden – sechs lange Stunden. Und seit wann sie schon hier war, machte kaum noch einen Unterschied. Jemanden umzubringen dauerte nur Sekunden. Was ihnen beiden also als einzige Hoffnung blieb, war die schreckliche Tatsache, dass diese Monster gerne vorher mit ihren Opfern spielten.

57

Bei der Vorstellung, gleich von Dean vergewaltigt zu werden, erfasste ein Adrenalinschub Jennas Körper. Und auch das Blut kehrte mit einem schmerzhaften Pochen in ihre Hände und Füße zurück, aber sie unterdrückte das Bedürfnis, ihre Finger zusammenzuballen und wieder zu öffnen. Als sie damals von einer Gang von Drogendealern gefangengenommen worden war, hatte sie nur überlebt, weil man sie als Druckmittel benutzt hatte. Doch diesmal war sie nur ein Spielzeug und sonst absolut wertlos. Die anderen Opfer der Daniels hatten vor dem Gnadenstoß eine lange und qualvolle Folter über sich ergehen lassen müssen, aber war diese Grausamkeit fester Teil ihres Rituals, oder hatten die beiden bei den anderen dadurch versucht, an Informationen zu gelangen?

Die Hitze von Deans muskulösen Schenkeln brannte sich in ihre Haut. Sie unterdrückte den ersten Instinkt, sich wegzudrehen und zu wehren, denn es bereitete ihm ja Vergnügen, die Angst seiner Opfer zu sehen und sie vor Entsetzen schreien zu hören. Wenn er ihr die Haut bei lebendigem Leib abziehen wollte, so würde sie ihm dieses Vergnügen nicht gönnen. Sie öffnete ihre Augen einen Spalt, blickte auf seinen muskulösen Körper und bemerkte, dass er sich komplett rasiert hatte. Er wollte offenbar vermeiden, irgendwelche DNA-Spuren zu hinterlassen, hatte aber dabei wohl nicht an die Spuren gedacht, die das Gleitkondom hinterlassen würde. Sie las den Namen auf der Kondompackung, die er neben sie auf die Plastikfolie geworfen hatte – Trojan Bareskin.

Pures Entsetzen kroch ihre Wirbelsäule hoch. Gefangen in der Höhle des Löwen, allein und wehrlos, musste ihre Gegenwehr sofort tödlich sein und exakt im richtigen Moment erfolgen. Als Dean ihre Knie hochdrückte und ihre Schenkel spreizte, presste sie ihre Kiefer zusammen und leistete keinen Widerstand. Der Idiot tat ihr gerade einen Gefallen, denn nun befand sie sich in der gewünschten Kampfhaltung. Eine leichte Drehung mit der Hüfte und schon könnte sie ihm einen tödlichen Tritt gegen die Kehle versetzen. Er kam näher und kniete sich vor sie. Voller Abscheu schoss Galle ihre Kehle hinauf. Sie konnte ihn riechen – sie war umgeben von einer Wolke ekelhaften Gestanks. Als er sie mit seinen rauen Händen streichelte, wollte sie schreien, aber ihre Teilnahmslosigkeit hatte auf seine Manneskraft einen negativen Effekt.

»Verdammt noch mal.« Er gab ihr eine kräftige Ohrfeige, deren stechender Schmerz sie fast aufschreien ließ. »Wach auf, du blöde Kuh.«

»Du hast ihr zu viel gegeben und jetzt liegt sie wahrscheinlich im Koma.« Dirk blickte ihr in die Augen. »Sie sollte schon längst wach sein.« Er hob ihren Arm hoch und ließ ihn wieder fallen. »Sie hat das Bewusstsein verloren.«

»Hol einen Eimer Wasser und schütte ihn ihr über den Kopf. Das ist kalt genug, um Tote aufzuwecken.« Dean kroch auf den Knien zum Rand der Matratze. »Aber pass auf, dass ich nichts davon abkriege.«

Mit klopfendem Herzen wartete Jenna darauf, dass Dirk aufstand und aus ihrem Blickfeld verschwand. Als Dean kurz durch seinen Bruder abgelenkt war, spannte sie all ihre Muskeln an und drehte sich um. Ihr präziser Tritt landete direkt unter Deans Kiefer, riss seinen Kopf zurück und zerquetschte seinen Kehlkopf. Er krümmte sich auf dem Boden und seine Augen drehten sich nach oben, so dass nur noch das Weiße zu sehen war. Sein Körper zuckte kurz und er stieß einen gurgelnden Laut aus. Als Dirk sich erstaunt umdrehte, sprang Jenna auf die Füße und fiel gegen das Regal. Mit einer Hand griff sie eine Dose Bohnen, drehte sich zu ihm um und nahm eine Kampfhaltung ein. »Da war es nur noch einer.«

Der Blick des abgrundtief Bösen, der in Dirks Gesicht einge-ätzt war, ließ sie erschauern.

»Ich werde dich bis auf die Knochen aufschlitzen, du Schlampe, und dich dann an die Schweine verfüttern.« Dirk kam auf sie zu und zog sein Jagdmesser aus der Scheide.

Jenna warf die Dose in Richtung seines Kopfes, traf ihn aber nicht. Stattdessen prallte sie von seiner Schulter ab. Dirk lachte bedrohlich und betrachtete sie amüsiert.

»Ist das alles?« Die Klinge in Dirks Hand zeichnete eine Acht in die Luft. »Ach wie werd ich's gleich genießen, dich so richtig zum Schreien zu bringen.«

»Das haben schon größere als du versucht.« Sie bewegte ihre Hände, um ihn abzulenken. »Deinem Bruder ist es gerade nicht so gut gelungen, oder?«

»Hör dir doch mal zu, du Großmaul.« Dirk lächelte, als würde er gerade einen Drink mit ihr nehmen und nicht mit ihr auf Leben und Tod kämpfen. »Los, mach weiter. Das macht mich echt geil und wenn Dean wieder zu sich kommt, wird er dich viele Wochen am Leben lassen, damit du die volle Ladung der Daniels-Brüder erlebst.«

Er hat nicht geschnallt, dass Dean tot ist. Ich muss ihn weiterhin am Reden halten. »Entführung und Folter ist euer Zeit-vertreib, oder? Ihr vergewaltigt gerne Frauen und auch Männer?« Sie grunzte. »Und ich dachte, das wäre alles nur Gerede von Pete.«

»Pete?« Dirk schüttelte den Kopf. »Der Junge hatte nicht mal die Eier, ein Huhn zu töten. Was glaubst du, warum er in die Stadt gezogen ist?« Er grinste raubtierhaft. »Aber bevor ich ihm die Zunge rausgeschnitten habe, hat er uns alles über dich erzählt.«

Scheiße. Armer Pete. Der Schock über das, was er seinen

Brüdern alles gesagt haben könnte, zeigte sich unweigerlich in ihrer Miene.

»Ja. Schon beim ersten Schlag fing er an zu singen.« Dirk gluckste und da erkannte Jenna plötzlich das Lachen wieder, das sie in der Nacht in den Büschen hinter dem Cattleman's Hotel gehört hatte. »So wie er auch uns bei dir verpetzt hat.«

Kein Wunder, dass ich zwei unterschiedliche Schritte gehört habe. »Pete hat mit mir überhaupt nicht über euch geredet. Ihr habt ihn vollkommen umsonst umgebracht.«

»Und jetzt kommst du dran.« Dirk fuchtelte mit seinem Messer vor ihrem Gesicht herum. »Weißt du, wenn ich dieses Messer genau an der richtigen Stelle in deine Wirbelsäule stoße, dann wirst du nicht sterben, sondern bist einfach nur gelähmt. Dann können wir beide so viel Spaß haben und du wirst nur daliegen und kannst nichts mehr machen.«

Er sollte unbedingt weiterreden und seine Aufmerksamkeit bloß nicht von ihr abwenden. »Du schindest gerne Leute und vergewaltigst Frauen, nicht wahr? Aber warum Helms?«

»Jenna, Jenna, Jenna.« Dirk schüttelte langsam seinen Kopf. »Du glaubst wohl, weil wir all das Land hier besitzen, sind wir reich. Als wir unseren Papa damals umbrachten, hinterließ er uns einen Haufen Schulden, also brauchten wir Geld. Daher haben wir uns reiche und einsame Leute gesucht und uns mit ihnen angefreundet. Die haben wir dann ganz höflich nach ihrer Geld-karten-PIN gefragt, aber wenn sie sich weigerten, sind wir ein biss-chen nachdrücklicher geworden. Und wenn wir gerade kein Geld brauchten, haben wir uns was Jüngeres gesucht – eine nette Abwechslung für eine lange Nacht hier draußen.«

»Wer von euch hat angefangen, Frauen zu quälen und zu vergewaltigen?«

»Du quatschst zu viel, aber wenn Dean aufwacht, werden wir dir eine Privatvorführung geben. Du wirst überrascht sein, wie lange eine lebhafte Frau wie du überleben kann. Männer halten vielleicht eine Woche durch, aber selbst Mädchen in Sarahs Alter kämpfen solange, bis wir ihrer überdrüssig werden.« Aus seiner

Kehle drang ein tiefes, unheimliches Kichern und er schmatzte mit den Lippen. »Sarah hat es zu sehr genossen und wir hätten sie gerne noch länger behalten, aber wir mussten dir einen Beweis dafür liefern, was passieren wird, wenn du nicht aufhörst, hinter uns her zu schnüffeln.« Er verzog seine Lippen. »Wir dachten, wir hätten eine Abmachung.«

Erstaunt schaute sie ihn an. Er sah tatsächlich betrübt aus. »Und ich hab geglaubt, wir wären Freunde.«

»Ganz genau. Und Freunde verpfeifen keine Freunde.« Er wedelte mit dem Messer vor ihr herum, als wolle er ihr die Kehle aufschlitzen. »Und jetzt musst du leider sterben.«

Rede weiter, bitte rede weiter, ich krieg dich, wenn du am wenigstens damit rechnest. »Ich habe mit niemandem über euch gesprochen. Ich habe Kane gesagt, dass ihr meine Freunde seid.«

Sie sah, wie er sich ein wenig entspannte, und musste ihn irgendwie überwältigen, bevor er merkte, dass sein Bruder tatsächlich tot war. Doch zuallererst musste sie von dieser Matratze runter. Ihre unebene Oberfläche war von Nachteil und wenn sie es trotzdem schaffen würde, dann stünde sie nackt und vollkommen schutzlos vor einem Verrückten mit einem Messer. Angriff war ihre einzige Wahl – und er würde nicht damit rechnen.

»Es ist zu spät.« Dirk fuhr mit der Spitze seines rauen Daumens über die Klinge. »Du bist hier, und du weißt, dass wir Pete und Sarah getötet haben. Und jetzt ich will dich aufschlitzen und schreien hören.«

Zitternd vor Angst biss Jenna die Zähne zusammen. *So einfach kriegst du mich nicht – ich werde mich wehren.* Rechterhand sah sie Deans weggeworfenes T-Shirt, ging einen Schritt zurück, schnappte es sich und wickelte es um ihren linken Arm. Seit ihrem Training mit Kane war sie im Nahkampf deutlich besser geworden, aber auf so engem Raum würde sie mit Dirks monströser Kraft Probleme bekommen. Ohne ihren Blick von ihm abzuwenden, schob sie sich an den Rand der Matratze, holte tief Luft und warf sich mit einem Satz auf ihn.

Das Überraschungsmoment gab ihr genug Zeit, sein Handgelenk zu packen und ihm ihre rechte Handfläche unter die Nase zu rammen. Der Schlag, der den Knorpel ins Gehirn drücken sollte, wäre für die meisten Menschen tödlich gewesen, doch Dirk war stark wie ein Bulle. Er schüttelte sie einfach ab, als wäre sie eine lästige Fliege und taumelte mit dem Rücken zur Matratze zurück – aus seiner zerschmetterten Nase schoss Blut.

»Du Miststück!« Er hob sein Messer und rannte auf sie zu.

Jetzt hatte sie den Platz, sich bewegen zu können. Sie wirbelte herum, trat zu und landete einen festen Schlag gegen seine Brust. Er stieß einen Schrei aus, taumelte zurück, stolperte über die Matratze und krachte in die Regale. Bohnendosen polterten auf seinen Rücken und rollten über den Boden. Jenna stürzte sich auf einen Spaten, der an der Wand lehnte, war jedoch nicht schnell genug. Ein kräftiger Arm umklammerte ihre Brust, drückte ihre Arme fest an ihren Körper und sie spürte die kühle Klinge an ihrer Kehle. Er hatte sie mit der gleichen Bewegung wie damals im Gebüsch erwischt. Ein warmes Rinnsal Blut lief ihre Brust hinunter. Sie schnappte nach Luft und erschlaffte, in der Hoffnung, ihr Gewicht würde ihn aus dem Gleichgewicht bringen.

»Black Rock Falls County Sheriff's Department.« Aus ihren Augenwinkeln bemerkte sie plötzlich Kane, der seine Glock 22 direkt auf Dirks Kopf gerichtet hatte. »Lassen Sie die Waffe fallen.«

Ein Schuss zerriss die Stille und eine heiße, klebrige Masse spritzte über Jennas Gesicht. Die Hand, die das Messer hielt, glitt von ihrer Kehle und Kane kam angelaufen, um sie an sich zu ziehen.

»Alles okay. Ich hab Sie.« Seine sanfte Stimme übertönte das Klingeln in ihren Ohren. »Rowley, sehen Sie nach, ob der Kerl auf dem Boden noch lebt.«

»Sind beide tot.« Deutlich war Rowleys Stimme in dem ganzen Durcheinander zu hören. »Ich rufe die Sanitäter. Hier, wickeln Sie sie in ein paar Decken ein.«

Wohlige Wärme breitete sich in Jenna aus, doch urplötzlich

kam der Schock und sie begann am ganzen Leib zu zittern. Sie sah in Kanes mitfühlendes Gesicht, wollte ihm sagen, dass es ihr gut ging und ihr nichts zugestoßen war, aber aus ihrem Mund kam kein einziges Wort – sie konnte einfach nicht sprechen. Stattdessen lehnte sie sich an ihn, hielt sich an seiner Jacke fest und ließ ihren Tränen freien Lauf.

Er hatte sie gefunden.

58

Kane saß an Jennas Bett und schüttelte energisch den Kopf. »Sie bleiben hier, bis die Ärzte sagen, dass Sie gehen können.«

»Ich brauche keine Untersuchungen oder einen psychologischen Test. Ich wurde ein paar Mal geohrfeigt und unter Drogen gesetzt, das war alles.« Jennas Augen blitzten vor Wut. »Kommen Sie schon, Sie sehen doch selbst, dass es mir gut geht. Das Ganze ist schon drei Tage her. Wie lange wollen die mich noch hierbehalten? Merken Sie nicht, dass ich hier drinnen langsam verrückt werde? Und außerdem ist das Essen echt mies.«

Kanes betrachtete die blauen Flecken auf ihrer Wange, die aufgeplatzte Lippe und die genähte Wunde an ihrem Hals. Er schüttelte erneut den Kopf. »Sie bleiben hier. Warum glauben Sie, hat mir der Staatsanwalt erlaubt, Sie erst jetzt zu besuchen? Er wollte sichergehen, dass wir nicht unter einer Decke stecken. Ich weiß zwar nicht, wie das mit Rowley als Augenzeugen gehen sollte, aber Mensch Jenna, wir brauchen Beweise für einen glasklaren Mord.« Mann, da entführen mich zwei Psychopathen und die wollen Beweise für eine eindeutige Notwehrsituation? Das darf doch nicht wahr sein.«

Er nickte. »Ich habe ihnen gesagt, dass Sie Dean Daniels in Notwehr niedergeschlagen haben und ich Dirk erschossen habe, bevor er Ihnen die Kehle aufschlitzen konnte – und die Schnittwunde an Ihrem Hals ist der eindeutige Beweis. Außerdem gibt's noch Rowleys eidesstattliche Aussage. Der Staatsanwalt wollte hundertprozentige Beweise für alles, was da passiert ist. Als wir Sie hergebracht haben, befanden sich in Ihrem Körper noch Drogen. Außerdem habe ich in der Küche Pillendosen gefunden und eine Kaffeetasse mit Ihren Fingerabdrücken – all das ist jetzt bei den Kriminaltechnikern. Und dann noch die Kondome, die zu der Marke passen, die bei Sarahs Mord benutzt wurden – und ihr rosa Haargummi. Wir haben jede Menge Beweise und als ich dann Stan Clough noch erklärte, dass seine Außerirdischen die Daniels-Brüder in Halloween-Masken waren, hat er zu reden angefangen und alles bestätigt, was Dirk Ihnen erzählt hat. Clough behauptet, die zwei hätten schon seit einigen Jahren gemordet und als er noch auf der anderen Ranch wohnte, hätten seine Schweine die Leichen gefressen. Er wird wegen illegaler Beseitigung mehrerer Leichen angeklagt und wahrscheinlich in der Psychiatrie landen.«

»Ich bin immer noch geschockt.« Jenna warf ihm einen besorgten Blick zu. »Hätten Sie mich nicht bei unserer morgendlichen Trainingseinheit wieder fit gemacht, dann wäre ich vielleicht jetzt tot.«

»Nein, so ein Training verlernt man nie – es ist wie eingebrannt. Ich habe Ihnen nur einen kleinen Schubs gegeben, um es wieder abrufen zu können.« Er lächelte sie an. »Und glauben Sie bloß nicht, dass ich Sie nicht weiter auf Trab halten werde, sobald die Ärzte Sie hier rauslassen.«

»So wie die um mich herumschwirren, wird das wahrscheinlich irgendwann im Herbst sein.«

Kane drückte ihre Hand. »Wollen Sie bis dahin erfahren, welche Mordmotive Ihr hart arbeitendes Deputy-Team zweifelsfrei belegen kann?«

»Puh!« Jenna verzog das Gesicht und zuckte dann vor Schmerz zusammen. »Okay, los, sagen Sie's mir. Bis jetzt weiß ich nur, was Dirk mir erzählt hat.«

Kane berichtete ihr alle Schlussfolgerungen, die er Deputy

Rowley auf dem Weg zur Daniels-Ranch bezüglich Sarahs Tod und den Anschlägen auf Jenna mitgeteilt hatte. »Der Missbrauch, den die Daniels-Brüder als Kinder erlitten haben, löst oft ein psychopathisches Verhalten aus, besonders wenn es in der Familiengeschichte bereits psychische Vorbelastungen gibt. Es ist gut möglich, dass ihr Vater ihre Mutter getötet hat und Pete nur deshalb psychisch stabil geblieben ist, weil er bereits als Baby aus dem Umfeld herausgekommen ist. Die Verstümmelung von Stan Cloughs Vieh könnte vor der ganzen Mordserie stattgefunden haben, könnte aber auch eine Strategie gewesen sein, um Clough zu kontrollieren. Es deutet viel darauf hin, dass sie durch ihr isoliertes Leben ihre Tötungsfantasien schon als Kinder an Tieren ausgelebt haben.«

»Das ist ja alles schön und gut, aber warum haben Sie weitergesucht, nachdem Sie Stan Clough mit Petes Leiche gefunden haben? Clough war unser Hauptverdächtiger.«

»Die Spurensicherung fand am Tatort von Sarahs Mord Abdrücke von zwei Paar unterschiedlicher Stiefel und Clough beharrte immer wieder darauf, dass sie es getan hätten und er Angst vor ihnen hatte. Ich hab ihm nicht geglaubt, ihn festgesetzt und dann sein Haus nach Trophäen oder Beweisen durchsucht. Als ich dann die Leiche von Mrs. Woodward fand und die Namen der Daniels-Brüder sah, die sie mit ihrem eigenen Blut geschrieben hatte, fügten sich plötzlich alle Teile zusammen.«

»Und wie haben Sie mich gefunden? Der Bunker ist gut versteckt.«

»Wenn Rowley mir nicht von dem Notfallkellerkeller auf der Ranch der Daniels erzählt hätte, hätten wir Sie sicher nicht rechtzeitig gefunden. Übrigens muss ich Ihnen ein Lob aussprechen, wie gut Sie Rowleys ausgebildet haben – er hat keinmal auch nur gezögert. Er war geschockt und entsetzt, aber zuverlässig wie ein Fels.«

»Ja, er ist ein guter und solider Deputy. Ich kann kaum glauben, dass die Daniels-Brüder so schlau waren, Mrs. Woodwards Pickup zu benutzen, um mich von der Straße zu drängen. Ich schätze, die Fahndung, die wir rausgegeben haben, hat noch nichts gebracht?« Sie fingerte am Verband an ihrem Hals herum und Kane konnte in ihren blauen Augen ablesen, was für Schmerzen sie immer noch hatte.

»Doch, doch. Walters hat den Pickup auf dem Parkplatz des Cattleman's Hotel gefunden, wo er gut sichtbar geparkt war.« Kane lächelte. »In diesem Moment nimmt Rowley gerade Lackproben von der beschädigten Vorderseite.«

»Das ist gut. Ich nehme an, die Daniels-Brüder hatten auch die Zeit, Petes Streifenwagen verschwinden zu lassen, um sicher zu gehen, dass sie nicht in meine Entführung verwickelt sind?«

Kane zuckte mit den Schultern. »Sieht eher so aus, als hätten sie vorgehabt, mir die Schuld in die Schuhe zu schieben.«

»Ihnen?« Jenna starrte ihn mit weit aufgerissenen Augen an. »Wieso denn Ihnen?«

»Na ganz einfach: Ich war der Neue in der Stadt und stellte für sie die größte Gefahr dar. Sie haben Sarahs Handtasche in unserer Mülltonne entsorgt und in meiner Garage habe ich eine Haarlocke von ihr und die fehlende Unterwäsche gefunden. Und nein, sie hatten nicht die Zeit, Petes Fahrzeug verschwinden zu lassen, wir haben es unter einer Plane in ihrer Scheune gefunden. Der Streifenwagen befindet sich gerade ebenfalls bei der Kriminaltechnik, also haben wir jetzt insgesamt zwei Streifenwagen weniger. Aber keine Sorge, ich habe bereits mit dem Bürgermeister gesprochen und der hat im Eilverfahren zwei nagelneue SUVs bestellt, die bald hier eintreffen sollten.«

»Das ist ja wunderbar! Und wie oft mussten Sie ihm dazu vors Knie treten?« Jenna kicherte, was ihn mit Erleichterung erfüllte.

»Kein einziges Mal. Ich habe einfach meinen Charme eingesetzt.«

»Nun, davon besitzen Sie wirklich reichlich. Schwer zu glauben, dass sie John Helms oder die arme alte Mrs. Woodward nur wegen des Geldes getötet haben. Dirk hat mir erzählt, dass sie einen Haufen Schulden hatten, nachdem sie ihren Vater ermordet hatten. Er sagte auch, sie hätten sich gezielt mit einsamen

Menschen angefreundet und sie dann gefoltert, um ihre Geldkarten-PINs zu kommen – fast schon wie eine Art Job, um ihre Rechnungen bezahlen zu können. Wie sachlich und abgebrüht er diese Morde begründet hat, war schockierend für mich.« Sie schauderte und rieb sich die Arme, als wäre ihr kalt. »Sowohl Dean als auch Dirk haben zugegeben, Sarah vergewaltigt und ermordet zu haben, aber nach dem, was Dirk gesagt hat, müssen sie schon ziemlich viele Menschen getötet haben. Das Problem jedoch ist, das alles ist nur Hörensagen. Wenn die Spurensicherung kein Versteck mit Trophäen findet, haben wir nichts, worauf wir uns stützen können. Obwohl man zugeben muss, die Opfer an Stan Cloughs Schweine zu verfüttern, war schon ziemlich genial.«

»Vielleicht kann Clough erklären, warum sie zwei Jahre lang nicht mehr gemordet und dann wieder angefangen haben – denn so ein Verhalten entspricht nicht dem üblichen Muster psychopathischer Killer.«

»Wie Sie schon gesagt haben, brauchten Sie einen Helfer und wir haben keine Ahnung, wie viele Leichen immer noch in irgendwelchen Fässern verrotten, oder?« Jenna lehnte sich in ihre Kissen zurück und gähnte. »Wir sollten alle Vermisstenfälle in den umliegenden Countys ab dem Zeitpunkt wieder aufrollen, an dem sie ihren Vater umgebracht haben. Das wäre doch endlich mal was, oder?«

»Machen Sie sich keine Sorgen«, sagte Kane und tätschelte ihre Hand. »Die Kriminaltechniker aus der Hauptstadt sind bereits draußen auf der Ranch. Und falls die Daniels-Brüder irgendwelche Trophäen behalten haben, werden sie sie mit allen vermissten Personen im ganzen Land abgleichen.«

»Ich komme mir wie ein absolut unfähiger Idiot vor. Wir wissen immer noch nicht, wie Helms die Daniels-Brüder überhaupt kennengelernt hat.«

Kane stand auf, füllte ein Glas mit Orangensaft und reichte es ihr. »Doch, wissen wir. Ich konnte endlich mit seiner Frau sprechen und das, was sie mir erzählt hat, stimmt ziemlich genau mit dem überein, was ich von Pater Maguire erfahren habe. Das

Ehepaar hatte ernsthafte Probleme und Helms brauchte einfach eine Pause. Also beschloss er, seinem Lieblingseishockeyteam nachzureisen und alle Spiele zu besuchen. In Blackwater hatte sein Auto dann eine Panne und er ließ es zu einer Werkstatt abschleppen. Er erzählte seiner Frau, dass er in der Werkstatt zwei Männern aus Black Rock Falls begegnet wäre, die ihm für ein paar Tage Arbeit auf ihrer Ranch eine Unterkunft sowie eine Mitfahrgelegenheit zurück nach Blackwater angeboten hätten, um später sein Auto abzuholen. Da die Reparatur seines Fahrzeugs eine Woche dauern würde, hat er eingewilligt. Und als er seine Frau auf dem Handy angerufen hat, musste er wohl außer Hörweite der beiden gewesen sein, denn die haben davon nichts mitbekommen.«

»Sie sind also sicher, dass er die Daniels-Brüder getroffen hat?«

Kane lächelte. »Hundertprozentig. Und beweisen kann ich's auch. Sie haben nämlich den Fehler gemacht, in der Werkstatt vor den Augen des Besitzers mit Helms zu sprechen. Sie haben dort Ersatzteile für Deans Pickup bestellt und dem Besitzer ihre Handynummer gegeben und der erinnert sich noch genau, wie sie mit Helms weggefahren sind.«

»Warum hat seine Frau das alles nicht dem Pater erzählt?«

»Genau das habe ich sie auch gefragt. Sie hat erst mit dem Pater gesprochen, als er sie nach dem Zahnarzt ihres Mannes gefragt hat und offenbar hat er ihr gegenüber nichts davon erwähnt, dass er ihren Mann bereits als vermisst gemeldet hatte.« Kane schüttelte den Kopf. »Als ich den Pater diesbezüglich fragte, sagte er mir nur, Helms' Frau sei psychisch labil und er habe sie nicht beunruhigen wollen.«

»Das erklärt aber nicht, warum ich sie so lange überhaupt nicht erreichen konnte. Haben Sie sie gefragt, wo sie die ganze Zeit über gewesen ist?«

»Ja, hab ich. Als ihr Mann ihr gesagt hat, dass er neue Freunde kennenlernen wollte und sich auf ein Abenteuer freute, hat sie ihre Koffer gepackt und ist zu ihrer Mutter gefahren. Sie war wütend auf Helms und hat deshalb ihr Handy ausgeschaltet. Daher konnten wir sie nicht ausfindig machen. Als der Pfarrer sie dann aufgesucht hat und nach dem Namen des Zahnarztes ihres Mannes fragte, hat sie ihm erzählt, ihr Handy sei kaputt.« Er seufzte. »Sie hielt sich ihm gegenüber eher bedeckt und sagte nur, sie könne nicht verstehen, warum ihr Mann lieber bei eisigen Temperaturen im Land herumfahren wolle, anstatt ihre Eheprobleme zu lösen.« Er schnaubte. »Und da hatte sie nicht ganz unrecht. Warum jemand mitten im Winter allein nach Black Rock Falls kommt, um dann auch noch bei Fremden zu übernachten – mit oder ohne Eishockeyspiel –, ist wirklich nicht zu erklären.«

»Sie sind doch auch hergekommen.« Jenna schob sich eine dunkle Haarlocke aus der Stirn und ihre Lippen ließen ein kleines Lächeln erahnen.

Kane grinste sie an. »Ja, bin ich. Aber nach vier Morden, vier Anschlägen auf Ihr Leben und der Erkenntnis, dass der Star-Eishockeyspieler der Stadt ein potenzieller Pädophiler ist und das alles noch vor meinen ersten Gehalt ... da frage ich mich dann schon, ob Black Rock Falls die ruhige Stadt ist, die ich mir so vorgestellt habe.« Er bemerkte die Sorge in ihrem Blick. »Natürlich hat mich der Staatsanwalt auch gefragt, warum ich einen lukrativen Posten verlassen habe und hierhergekommen bin und ich hab's ihm erklärt. Und jetzt will er, dass ich mich, zusammen mit Ihnen, von einem Psychologen untersuche lasse.«

»Na da hab ich dann wenigstens Gesellschaft. Und die Anhörung von Rockford? Wie ist die gelaufen?«

»Der befindet sich im Bezirksgefängnis und wartet auf seinen Prozess wegen mehrerer Anklagepunkte. Selbst sein Dad wird ihn da nicht rausholen können und außerdem hab ich so meine Zweifel, dass er für eine weitere Amtszeit zum Bürgermeister gewählt wird – die Leute hier finden das alles gar nicht toll.« Er seufzte. »Und Sie werden für den Rest des Jahres in Gerichtsprozessen ertrinken. Mann, diese Daniels-Brüder haben's wirklich übertrieben.«

»Ist Ihnen dieser Typ psychopathischer Killer früher schon begegnet? Ich dachte immer, die meisten von ihnen arbeiten allein? Sie haben sich unterschiedliche Arten von Opfern geholt und das ist doch ungewöhnlich, oder?«

»Nicht unbedingt. Wir sprechen hier von zwei verschiedenen Männern. Nehmen wir mal an, Dirk hat den Großteil der Misshandlungen von seinem Vater erfahren, dann hätte er wahrscheinlich das Bedürfnis, Männer zu quälen und zu foltern und sie für alles büßen zu lassen, was ihm als Junge angetan wurde.« Kane befürchtete, dass so ein Gespräch Jenna nach dem, was sie gerade am eigenen Leib erfahren hatte, aufregen könnte. Er würde es also kurz machen. »Und vielleicht hat Dean geglaubt, dass seine Mutter seinem Vater erlaubt hat, ihm und seinem Bruder weh zu tun, so dass er sich darauf konzentrierte, eher Frauen zu quälen. Vergewaltigung und Folter hat nichts mit Sex zu tun – es ist reine Bestrafung.« Kane setzte sich auf die Bettkante und beobachtete aufmerksam Jennas Reaktion. »Ich glaube, das ursprüngliche Motiv war Geld, wie Sie ja schon sagten, und dass die Daniels-Jungs ganz überlegt gehandelt haben. Sie wollten nur Bargeld – sie haben ihre Opfer gefoltert, um an die PINs zu kommen und haben dann ihre Bankkonten leergeräumt. Meine Vermutung ist, dass sie langsam anfingen und das schrittweise Steigern des Leidens der Opfer ihr psychopathisches Verhalten auslöste. Diese langen Folterungen und Vergewaltigungen kamen erst später. Psychopathen steigern sich und jeder nächste Mord ist extremer als der davor, denn das erhöht den Nervenkitzel.«

»Aber Mrs. Woodward wurde gesehen, wie sie Geld in die Bank gebracht hat. Sie haben sie also doch nicht gleich umgebracht, oder?« Jenna nippte an ihrem Getränk. »Warum nicht, frage ich mich?«

Kane zuckte mit den Schultern. »Soweit wir wissen, könnte es sein, dass sie herausgefunden haben, dass sie mehrere Bankkonten besaß und ein Vermögen versteckt hatte. Meine Vermutung ist, dass sie die Brüder wegen des Kaufs der Old Mitcham Ranch angerufen hat. Sie wollte wahrscheinlich einen Eindruck von der Gegend bekommen und ich wette, sie haben sie eingeladen, bei ihnen zu wohnen. In einer Schublade in einem der Schlafzimmer im Haus hab' ich ihre Handtasche gefunden. Und wahrscheinlich hat ihnen die alte Dame angeboten, für praktisch umsonst als Haushälterin zu arbeiten, doch zunächst haben sie sie wohl bezahlt – in bar nämlich.«

»Warum würden sie sie dann umbringen?«

»Nun, ich nehme an, sie hat ihnen gesagt, dass sie genug Geld besaß, um das Anwesen auf der Stelle kaufen zu können. Und wir wissen, dass die Brüder einen ziemlich fetten Barscheck als Anzahlung bekommen haben. Die alte Dame war die goldene Gans und Dirk und Dean wollten alle ihre Konten leerräumen – und sobald sie das getan hätten, wäre die Dame für sie wertlos.«

»Okay, also alles Beweise, die sie mit den Morden an Samantha und Sarah Woodward in Verbindung bringen und natürlich mit dem Mord an ihrem Bruder Pete. Haben Sie sonst noch etwas gefunden, was sie mit dem Mord an Helms in Verbindung bringen würde?«

»Wir haben in der Scheune der Daniels einen Ohrring gefunden, der zu dem passt, der an Helms' Leiche fehlt und an dem noch das Ohrläppchen dranhängt. Ich vermute, sie haben Helms einfach zu sich nach Hause gebracht und keine Zeit damit verschwendet, ihn wegen seiner PIN zu foltern.« Er seufzte. »Ihre Handydaten und das GPS in Dirks Pickup stimmen mit allen Daten und Uhrzeiten von Barabhebungen überein – sowohl von Helms als auch von Mrs. Woodward. Wir glauben, dass Helms deshalb ins Fass gesteckt wurde, weil Clough mit seiner Schweinezuchtanlage nicht rechtzeitig fertig wurde.«

»Muss ich sonst noch was wissen?«

»Ja. Seit einer Stunde liegt die Untersuchung nicht mehr in unseren Händen, sondern wird von den großen Jungs bearbeitet. Unsere Vermisstenfälle hat das Ministerium für innere Sicherheit übernommen und wird in diesem Zusammenhang auch Akten aus anderen Staaten überprüfen, nur für den Fall, dass es sich tatsächlich um Massenmord handelt.«

Jennas Gesicht wurde mit einem Schlag blass. Sie stellte das Glas Saft auf den Tisch und hob ihr Kinn.

»Ich muss etwas gestehen: An dem Tag, als ich zur Ranch der Daniels fuhr, habe ich tatsächlich etwas übersehen.« Sie räusperte sich und ihre Wangen färbten sich leicht rosa. »Ich habe damals ein Geräusch gehört, wie ein Wimmern, so als hätte etwas ... oder jemand starke Schmerzen. Als ich Dean darauf ansprach, sagte er, seine Stute würde gerade fohlen.« Sie begegnete Kanes Blick. »Seine Stiefel waren blutverschmiert und er stank nach Schweiß. Ich hätte nachsehen oder mich zumindest wieder daran erinnern sollen. Ich bin schuld, dass Helms und Sarah nicht mehr leben.« Sie schloss die Augen. »Ich hatte mal eine ziemlich gute Menschenkenntnis und Dean und Dirk habe ich tatsächlich immer gemocht. Doch anscheinend ist meine Ausbildung als Profiler nur reine Zeitverschwendung gewesen.«

Kane dachte ein paar Sekunden lang über ihre Worte nach und schüttelte dann den Kopf. »Sie trifft überhaupt keine Schuld. Sie haben die Erklärungen zweier Männer akzeptiert, denen Sie vertraut haben und wenn Sie sie dabei ertappt hätten, wie sie John Helms gerade foltern, hätten die beiden Sie und Pete auf der Stelle umgebracht. Sie waren gerade mitten in ihrem Akt, da hätten sie nicht zweimal überlegt. Psychopathen sind häufig sehr charmant. Und glauben Sie mir, sie können sogar Topleute täuschen und hereinlegen. Denken Sie nur daran, wie viele Menschen Jeffrey Dahmer und Ted Bundy ausgetrickst und hinters Licht geführt haben.«

»Wissen Sie«, Jenna öffnete ihre Augen und blickte ihn an, als würde sie ihn zum ersten Mal sehen, »hinter dieser harten, nüchternen und pragmatischen Schale verbirgt sich ein großartiger Mensch. Sie sind ein freundlicher und großzügiger Mann und es ist mir eine Ehre, mit Ihnen arbeiten zu dürfen.«

Kane lächelte und drückte ihre Hand, die in seiner Handfläche winzig wirkte. »Der Dank ist ganz meinerseits. Auch ich arbeite gern mit Ihnen zusammen – ich musste mich nur immer wieder daran erinnern, wer der Boss ist.« Er lachte. »Was, wie ich zugeben muss, für mich eine riesige Umstellung war – aber ich lerne schnell.«

»Und ich muss Ihre Erfahrung respektieren lernen und mit Ihnen arbeiten. Ich bin es einfach so sehr gewohnt, den Deputys zu sagen, wann sie aufs Klo gehen sollen und wann nicht. Eine wirklich tolle Sache, jemanden an seiner Seite zu haben, dem man blind vertrauen kann. Glauben Sie, wir finden jemals Ersatz für Pete?«

Kane strich mit seinen Daumen über ihren Handrücken. Er hatte die Zentrale bereits kontaktiert, um einen geeigneten Ersatz zu finden – jemanden, dem er vertrauen konnte.

»Finden Sie Black Rock Falls wirklich spannend?« Sie warf ihm einen gedankenverlorenen Blick zu.

»Auf jeden Fall. Ich frage mich, was als Nächstes passiert.«

»Oh, ich dachte nur ... sobald der neue Deputy hier eintrifft, dass Sie sich dann versetzen lassen – und ich würd's Ihnen noch nicht einmal übelnehmen.« Ihre blauen Augen lagen plötzlich unter einem Schleier und sie musste schwer schlucken.

»Glauben Sie wirklich, ich würde mein gemütliches Cottage, frisch gebackene Schokokekse und den Anblick meines Chefs in rosa Hauspantoffeln gegen irgendetwas eintauschen wollen?«

»Also bleiben Sie hier und helfen mir weiterhin, die bösen Jungs zu fangen?« Sie kaute auf ihren zierlichen Fingernägeln.

Was? Jenna in dieser Hinterwäldler-Stadt alleine lassen? Um nichts in der Welt. Kane lächelte sie an.

»Jawohl, Ma'am.«

EIN BRIEF VON D.K. HOOD

Liebe Leserinnen und Leser,

ich freue mich sehr, dass ihr euch für meinen Roman *Sie sagt kein Sterbenswort* entschieden habt und mit mir die spannende Welt von Kane und Alton erkundet.

Wenn ihr stets über alle meine Neuerscheinungen informiert werden wollt, meldet euch einfach unter dem folgenden Link an. Eure E-Mail-Adresse wird nicht weitergegeben und ihr könnt euch jederzeit wieder abmelden.

www.bookouture.com/bookouture-deutschland-sign-up

Dieses Buch zu schreiben, war ein aufregendes Abenteuer für mich. In das Leben von Ex-Geheimagenten und Serienmördern einzutauchen, war ein Traum, der jetzt wahr geworden ist. Ich liebe Kriminalistik und hatte große Freude daran, jeden Aspekt der Tatorte zu erforschen.

Wenn euch meine Geschichte gefallen hat, wäre ich sehr dankbar, wenn ihr einen Kommentar hinterlassen und mein Buch euren Freunden und eurer Familie weiterempfehlen würdet.

Es bereitet mir immer große Freude, die Meinungen meiner Leserinnen und Leser zu hören, denn wenn ich schreibe, ist es, als ob ihr bei mir seid und die Entwicklung der Charaktere mitverfolgt.

Einen Roman zu verfassen, ist immer eine sehr einsame Sache, daher würde ich mich freuen, von euch hören – also kontaktiert mich bitte auf meiner Facebook-Seite, auf Twitter oder über meine Webseite.

Vielen Dank für eure Unterstützung!

D.K. Hood

www.dkhood.com/

DANKSAGUNG

Ich danke Dan Brown für die vielen Brainstorming-Sitzungen und die Inspiration.

Und ich danke Dave Kentner, Dana Frye, Judith Leger und all den großartigen Menschen bei der ERA und Asylum Group für ihre Unterstützung und ihren Rat.